2

一路傍

画＝Noy

魔王スローライフを満喫する

勇者から「攻略無理」と言われたけど、そこはダンジョンじゃない。トマト畑だ

フィーア
FEAR
クリーン
CLEAN
キャトル
CATTLE

Characters
モタ
MOTA
セロ
CELLO

ノーブルはふと天を仰いで足を止めた。
なぜなら、セロが
初手から魔術を放ったからだ。
「……ば、馬鹿な」
ノーブルは片頬を
引きつらせて呆然とした。
というのも、上空から天を覆うばかりの
『隕石《メテオフレイム》』が落ちてきたせいだ。

GC NOVELS

魔王スローライフを満喫する

勇者から「攻略無理」と言われたけど、そこはダンジョンじゃない、トマト畑だ

2

EVIL KING ENJOYS THE SLOW LIFE
VOL.TWO
ICHIROBOU
PRESENTS
GC NOVELS

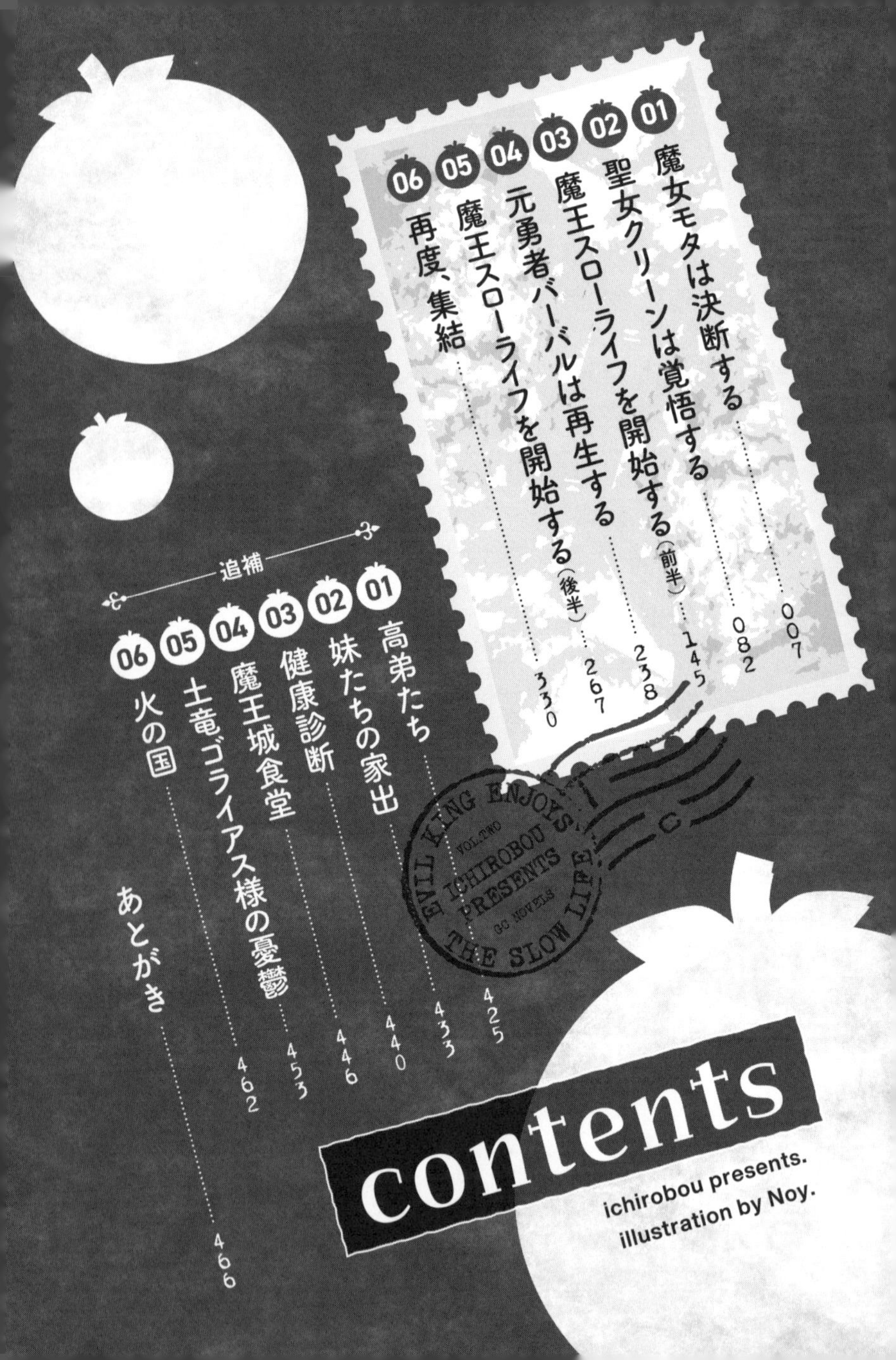

contents

ichirobou presents.
illustration by Noy.

EVIL KING ENJOYS THE SLOW LIFE
VOL.TWO
ICHIROBOU PRESENTS
GC NOVELS

魔女モタは決断する

「ふひー。景色だけはいいんだよなあ、ここー」

魔女モタは王国の王都を囲む城壁の上に立っていた。

真下は堀が穿たれて、かなりの高さがあって危険だし、また兵士たちも城塞に沿って巡回しているからいつ見つかってもおかしくはない……

ただ、モタは自身に認識阻害の闇魔術をかけて、そう簡単には視認出来ないようにしていた。

「こうしてさあ。夕日を背景に眺めてると……王都ってキラキラしてるんだよねー。さっすが、『水の都』だわ」

モタは眼下の光景に感嘆の息をついた。

さっきまで真っ暗で狭い地下水路を伝って追手から逃げ回っていた分、目の前に広がる壮大な景色についつい見惚れてしまいそうになる――

遥か昔からこの王都は大河と共にあった。北からは地底湖の深水、そして南からは『天峰』の雪解け水が流れ込み、それらはちょうど王都の中心でぶつかると西へと向きを変えて、最終的には南西のヒュスタトン高原にある巨大湖にたどり着く。

その為、王都では古くから治水事業が盛んだった。大陸中央にあるにもかかわらず、『水の都』と称えられてきた所以だ。

「何だか、まるで……宝石箱みたいだよ」

モタはちょこんと城壁に座って、目を輝かせながら両足をぶらぶらさせた。

とはいえ、そんな楽しい眺望（ちょうぼう）も長くは続かなかった。強い風に煽（あお）られて、纏（まと）っていたマントがばさばさと翻（ひるがえ）ったせいだ。

「うー。やっぱ、わたしってば……くちゃいー」

と、モタはすぐに顔をしかめる。これではせっかくの景色が台無しだ……

冒険者ギルドの前で並みいる強者（つわもの）たちのおけつに被害を与えてからこっち、大々的な捜査が始まって、懸賞金も跳ね上がったことで、最近は兵士や冒険者だけでなく裏稼業の者たちにまで追われる羽目になってしまった。おかげで日のもとをろくに歩けず、王都直下を縦横無尽に走っている地下水路に潜んできたせいか、衣服に汚れが染み込む始末だ。

「でもでも、王都の真下があんな迷宮みたいになっているなんてねー」

さすがのモタもこの事実には驚かされた。

王都の地下にはずいぶん昔に作られたまま放置された放水路や立坑（たてこう）が幾つもあると、モタの師匠が所有していた文献にあったことを思い出して、モタもそれを頼りに逃げ込んでみた。

だが、その実態はモタの予想を遥かに超えていた。実際に、地下水路があまりに複雑になっている上に、侵入者が入り込まないようにと無計画に埋め立てられてきた経緯（いきさつ）もあって、調査や整備が困難になってしまったのだろう——野獣や悪党たちまで入り込んで巣喰って、最早、ちょっとしたダンジョンの様相を呈している。

もちろん、近隣の魔王国に対処するよりも、この不気味な地下迷宮を何とかすべきではないかと、時折、声は上がるようだが……結局のところ、これまで真っ当な探索は行われずにきた。いわば、文字通りに臭いモノに蓋をしたわけだ。

しかも、この百年間、王国は平和を享受して、人口は増える一方だった。

それに合わせて王都も横に拡がっていき、いちいち縦まで調べる余裕がなかった。

結果、王都はさながら肥えた人族のように膨らんでいって、水の都として表面的な煌びやかさは保ってきたものの……その膝下では野獣や悪党といった病巣に冒されることになった。

「まあ、そのおかげで、わたしもこうして捕まらずにいるんだから、ちょっとは感謝しないといけないのかなー」

モタはきょとんと首を傾げながらも、夕日が沈んで暗くなるのを待った――

ちなみに、王都とエルフの大森林群にある大河は、この大陸でも二大河川と謳われるほどに有名だ。文明は河川のそばでしか発展しないこともあって、いわば人族とエルフ種だけがまともな社会を育んできたと喧伝しているようなものなのだが……

たしかに魔王国では、衣服も、食事も、住居も、それに娯楽や宗教もろくなものがないから、そんなふうに一方的に謳われても仕方がないことなのかもしれない。魔族が不死性を持つのとは対照的に人族はその短い生を謳歌する――事実、王都はこれまでも目の眩(くら)むモノを数多く生み出してきた。

もっとも、そんな宝石のような輝きをかろうじて放つ王都でも、地下水路以外にも薄暗く、小汚くて、悪臭塗れな上にドロドロとした場所はまだある。

この都市は城壁や堀で幾重にも囲まれているわけだが、当然のことながら外周に行くほど住む者の地位も、治安も、しだいに悪くなっていく。そして、その最外縁部にだってもちろん街はある。

モタは「ういしょ」と立ち上がった。

すると、「ぐう」と音が鳴って、モタはついお腹をさすった。

「むむー。お腹減ったなあ」

ちょうど暗くなってきたので、モタは下に兵士たちがいないことを確認して、風魔術を器用に使いこなしてすとんと着地した。

「背に腹は代えられないからなあ……めちゃ怒られるかもだけど……」

モタはそこまで呟いて、「うーん」と苦渋に満ちた表情になってから、

「やっぱ、あそこに行くっきゃないかー」

王都の最外縁部へと突き進んでいった——そう、いわゆる貧民街（スラム）だ。

ただし、街とはいってもあばら家がごちゃごちゃと固まっているだけに過ぎず、道端でござを敷いて眠っている者もたくさんいる。たいていの者が裸同然で生活していて、最近、大河で氾濫があったせいか、道が泥だらけで強烈な悪臭まで放っている……

「ふん♪　ふふーん♪　人のふーん♪」

そんな貧民街（スラム）の臭さなど気にせず、モタは呑気に鼻歌をうたいながら進んだ。

もちろん、モタは自身に認識阻害の闇魔術をかけ直している。ハーフリングなので背の低さはごまかせないが、それでも手癖が悪そうな女盗賊に上手く見せているつもりだ。

「でも、本当にくちゃいなー。臭い消しの生活魔術で、ひと儲けしちゃおうかなー。にしし」

ただ、追われているはずなのに、モタには危機感などこれっぽっちもなかった。

そもそも、モタは人殺しなどの大罪を犯したわけではない。だから、モタの認識としてはせいぜ

い、勇者パーティーを黙って抜けてきたのでわざわざ心配して捜してくれているか、もしくはどこぞの偉い人が雷を落としたくて手を回したか――といった程度のもので、さしてマズいとも思っていない。冒険者ギルドのギルマスたちのおけつを破壊したことについてはあくまでもノーカンだ。

「だって……やらなきゃ、こっちがやられたしねー」

もちろん、そんな子供っぽい理屈など通るはずもないのだが……

何にせよ、今のところモタは勇者パーティーに戻る気もさらさらなかったので、こうしてわざわざ貧民街(スラム)の端にまでやって来た。

「さてさて、いるかなー」

そこは小さな古塔だった。

もとは魔物(モンスター)などを警戒する為の監視塔だったのだろう。今ではその役割をとうに終えて、貧民街(スラム)では一番まともな建物となっている。当然、この街の人々からすれば根城にしたいところだが、そんなことをする者はここには一人としていない。

なぜなら、この塔に住んでいる者が王国最強の魔術師だからだ。

しかも、奇人変人としても有名だ――モタの師匠こと巴(は)術士のジージである。

御年百二十歳を超えてなお第一級の召喚士で、魔術師協会の重鎮でもある。しかも、槍術、棒術、魔術、法術、召喚術と何でもござれのオールラウンダーだ。

何しろ、百年前の若かりし頃には高潔の勇者ノーブルとパーティーを組んで戦っていたほどで、そんな実力者がパーティーを引退した後にこんなに離れた古塔に住み着いたせいで、周辺に人々が集まって貧民街(スラム)が出来上がったという経緯まである。

「ちはー！」

そんな古塔の扉が開いていたので、モタがひょっこりと顔を覗かせて挨拶すると、

「あら？　あらあら……久しぶりじゃないの。モタちゃん」

お手伝いのおばちゃんことサモーンがいた。

モタにとっては姉弟子に当たる人物だ。巴術士ジージの一番弟子でもある。

王国の近衛に属する魔術師よりも数段強いので、たとえ巴術士ジージが不在にしていても、賊などは全く寄り付かないし、当然襲ってもこない。むしろ、姉御と慕って相談してくる無法者たちの方が多いぐらいだ。

そんな姉弟子ことサモーンにモタはそっけなく尋ねる。

「あれれ？　ジジイは？」

「こら、モタちゃん。ジージ様よ。ここにはいらっしゃらないわ」

「ほへー。じゃ、どこにいったの？」

「園遊会にお呼ばれされたのよ。明後日くらいから王国南西にある辺境伯邸で行われる予定よ。今頃はまだ馬車で移動中じゃないかしら」

「ふむう。てかてか、あのジジイ。今さら社交界に興味なんてあったんだー？」

「だからジージ様。それはともかく……何でも偉い人たちがこんなところにまでたくさん押しかけてきて、お師匠様に散々頭を下げていたから、きっと訳ありに違いないわ」

「ふうん」

モタは当てが外れて、小さく息をついた。

師匠のジージだったら、冒険者でなくとも、前衛が出来る強者を紹介してくれそうだと見込んでやって来たのだ。おかげで北の魔族領へと赴く計画にまた遅れが生じてしまった……

だが、もう一つの目的はどうやら達成出来そうだ。

モタはわざとらしく、くん、くん、と鼻を鳴らして、まるで猫みたいにサモーンに寄っていく。

「ふふ。モタちゃん。お夕飯、食べていく？　ジージ様がいらっしゃらない分、残っちゃったのよ」

「いくいくー！」

もちろん、モタは元気良く二つ返事した。

最近は逃げてばかりで、ろくなものを食べていなかった。何をするにも空腹は最大の敵なので、モタはとりあえずテーブルの椅子にぴょこんと行儀悪く座った。

こうして夕食をご馳走になっていると、モタはふいに昔のことを思い出した——

聖職者が皆、大神殿に登録するように、魔術師は魔術師協会に入会する。

神官は大神殿内の神学校の大教室で集団教育を受けて、そのほとんどは卒業後に神殿や教会に所属する。だから、セロのように冒険者になってパーティーを組む者は意外に少ない。

その一方で、魔術師は一人の師匠に付いて、個人教育を受けていずれ認められると、そのほとんどが冒険者になるか、もしくは貴族に雇われていく。

駆け出し冒険者だったバーバル、セロやモタが王都に着いたとき、バーバルは単独で冒険者稼業を続けたが、セロは神学校に入学し、またモタも指導してくれる魔術師を探すことになった。

もちろん、モタの不世出の才能はすぐに認められたが、その気紛れな性格と、たまに魔術を暴発させる癖も相まって、上の者たちからは敬遠されてしまった。師匠になってもいいと言う者がなかなか出てきてくれなかったのだ。

　仕方がないので、拗(す)ねたモタは魔術師協会の建物の前で、木箱に『捨てモタ』と記して入って、拾ってくれる人をじっと待っていたら、巴術士ジージがやって来てお腹を抱えて笑ってくれた。結局、よほど波長が合ったのか、高齢のジージは「やれやれ」と肩をすくめてモタを最後の弟子として採ってくれた。

「くふー。しあわせー。ご飯美味しかったー。ありがと！　おばちゃん」

　モタはきちんと「ご馳走様」をしてから、後片付けを手伝った。

「ばいばい。ジジイによろしくね」

「もう！　だからジージ様よ。でも、また来なさいよ。モタちゃんがいると、お師匠様は本当に嬉しがるんだから」

「うん！」

　モタは気持ちよく返事して、サモーンに別れを告げて塔から出た。

　そして、再度、自身に認識阻害をかけ直した。ご飯を食べていたら、ついつい昔のことを思い出してしまったわけだが――

　セロも、バーバルも。いったい今頃、何をしているんだろうか、と。モタは急に心配になってきた。いつまであの二人は喧嘩しているのだろうか。昔みたいに仲良くすればいいのに……

　もっとも、それはモタだって同じだ。

「早く……セロにごめんなしゃいをしなくちゃ」

　そんなふうにモタがやや俯きながらも、とぼ、とぼ、と貧民街(スラム)の表通りを歩いていたら、どこからか怒声が聞こえてきた。もしや、認識阻害が早くもバレてしまったのかと周囲を見回してみるも、追ってくる者はいなかった。

「気のせいだったのかなー？」

それでも、一応は警戒した方がいいだろうということでモタは裏道に入ろうとした。

直後だ。ゴツンッ、と。

モタは誰かとぶつかってしまった。

見ると、モタより少しだけ背が高いくらいの冒険者風の格好をした少女が蹲（うずくま）っていた。どうやらモタではなく、この少女の方が何者かに追われているようだ。

が。

モタは「んんー？」と首を傾げた。

同時に、その少女も「あれ？」と眉をひそめた。

なぜなら、どちらも自身に高度な認識阻害をかけていたからだ。こうしてお尋ね者同士の二人は出会ってしまった——そう。今、この貧民街（スラム）にて、モタの冒険はやっと始まろうとしていたのだ。


「あいたた……」

モタは額を両手でさすってから、ぶつかった相手を見た。

そして、すぐに「んんー？」と訝しんだ。何しろ、モタと同様に相手も自身に認識阻害をかけていた。しかも、相当に高度な術式だ。つい先日、王城内の広間でも阻害の呪詞が漂っているのを見かけたばかりだったし、最近はこんなのばかりだなー、とモタはついげんなりした。

何にしても、モタはその術式を瞬時に読み取った。

どうやら眼前にいる少女は魔族のようだ。魔核と魔力経路の同調を目立たなくして、人族の心音のように見せかける高等術式が織り込まれている。虫か、竜か、亡者か、はたまた吸血鬼か――種族まではさすがに分からなかったが、これは相当な実力者だなと、モタは杖に手を伸ばした。

「どうしてこんなところに魔族がいるのさ？」

モタは口を尖らせつつ、討伐しようかと身構えたものの、

「頼む！　後生だ。ここは見逃してほしい。欲しい物があるならば差し上げる！」

意外にも、その魔族の少女はモタを襲うことなく、それどころか手を合わせて懇願してきた。

モタとしては、戦いを好むはずの魔族がそんなことを言ってくるとは露ほども思っていなかったので、唖然とするしかなかった……どうやらこの少女はモタのことを勘のいい貧民街住民とでも見て、買収しようとしているらしい……

モタはつい「むむむ」と呻った。モタも追われている身なのであまり事を荒立てたくない。

だが、一応は勇者パーティーの端くれとして、魔族が王都に潜んでいることを無視していいとも思えなかった。

はてさて、ここはどうするべきか――

と、モタが考えあぐねている間にも、ドタ、ドタ、ドタ、と。

すぐそばの角を曲がって、十人ほどの追手が「待てー！」と現れ出てきた。

「マズい……もうそこまで来てしまったか」

少女は背後を見てから呟いた。

同時に、モタも「やばっ！」と声を上げた。

最悪なことに、少女の追手の中に先日モタを尾行していた荒くれ者が交じっていたのだ。

だから、二人は即座に立ち上がると、すたこらさっさと逃げ出した。ちなみに貧民街(スラム)での捕り物は日常茶飯事なので、誰も気にする素振りを見せなかった。子供たちなど「がんばれー」と健気に声をかけてくるぐらいだ。見放された王都の外縁部だけあって、警備の兵もろくにいないので、すいすいと逃げ切れる——と言いたいところだが、そんな貧民街(スラム)だけあってきちんと区画整備されているわけではないし、地面も凸凹(でこぼこ)でぬかるんだままだ。夕暮れの暗がりのおかげで視界まで悪い。おかげで時には道なき道を進み、泥塗れになり、あるいはあばら家の屋根伝いを進んでいくことになった。

しかも、二手に分かれれば追手もばらけるというのに、どういう訳か、二人して同じ方向へと仲良く逃げている。

「もう！　ついてこないでよー！」

と、モタが下唇をツンと立てると、

「違う！　同じ方向に進んでいるだけだ！」

魔族の少女も頭を横に振ってみせた。たしかにずっと肩を並べて走っているわけだから、あながち嘘は言っていない。

これにはモタも、変なところで気が合うなー、と渋い顔をするしかなかった。しかも、逃げることに集中していたせいで認識阻害がうっすらと解けかけていたのか、追手の荒くれ者はどうやらモタの正体に感づいたらしく、

「こらああ！　そこのハーフリングも待てやああ！　賞金を寄越せえええええ！」

と、大声を上げて迫ってきた。こうなったらモタのことも見逃してはくれなそうだ……

「ほう。何だ。貴女（あなた）もお尋ね者だったのか？」

少女が走りながら尋ねてきたので、モタはそれには答えずに逆に聞き返した。

「そっちが追われてる理由はー？　やっぱ魔族だから？」

「いや。魔族だとはバレていないはずだ。おそらく彼らは盗賊だ。郊外で食材を買ったときに、手もとが狂って金貨袋を落としてしまった。それで目を付けられたのだろう」

「ふうん」

「で、そっちはどうなんだ？」

「まあ、何というか……人気者は辛いってこってスよ」

そんなふうにして二人が並走していると、王都の正門が見えてきた。

さすがに兵が多い。というか、いつもよりもなぜか多くいる。まるでどこかに出兵する準備でもしているかのようだ……

何にしても、このまま正門前を走り抜ければ、盗賊や荒くれ者などの追手は諦めてくれるかもしれないが、逆に兵士の方が怪訝に思って追いかけてくるかもしれない――

さて、ここはどうするべきか？

さすがに、モタも、少女も、すぐには判断がつかなかった。

だから、モタは仕方なく、走りながら少女へと声をかけてみる。

「ねえ。そこそこ強そうに見えるけど……魔族なんだから盗賊ぐらい倒せばいいじゃん？　何でしなかったのさ？」

「人族の街で魔族の姿にはなれん。そんなことをして下手に見つかったら、兵士たちや騎士団に街の外まで追われることになる。奴らは盗賊などよりよほどしつこい」

「なるほどねー。ちなみに何が出来んのー？」

「『魅了』などの精神異常系が得意だが、認識阻害と同時だと長くはもたないな。あとは近接戦も一通りは出来るのだが――」

「んー？　どったのさ？」

「実は、手もとの武器はなまくらなのだ。剣身がついていない」

「何でよ？」

「武器は必要ないからだ。あるもので代用できる。だが、魔族とバレたくないので、武器の錬成は街中ではあまりやりたくない」

「ふうん。まあ、おけー」

モタは短く答えると、作戦を伝えた。

魔族の少女は肯いて、正門の兵士たちに見つからないようにと、貧民街（スラム）のあばら家が固まって出来ている袋小路にわざと入った。そして、二人は即座にモタの認識阻害で姿を消す。

その袋小路に追手も次々とやって来たわけだが――

「あれ？　いねーぞ」

「さっきの二人、どこ行った？」

「間違ったとこに入っちまったかあ？」

「いやいや、ここに来たはずだろ。あばら家の中にでも隠れてんじゃねーか？」

そのわりには家の住民たちがろくに騒ぎ立てもしないので、皆で首を捻っていると、

「おい。テメエら、黙れ。少しじっとしていろ」

そんな十人ほどのゴロツキたちを片手で制して、彼らの頭目らしき男が魔導具の片眼鏡（モノクル）を腰のアイテム袋から取り出してじっと目を凝らした。

「ふん。やはり認識阻害だな。二人ともすぐそこに姿を消して潜んでいやがるぜ」

「でも、ボス。俺たちにはさっぱり見えませんぜ。どうすりゃいいんです？」

「俺様が『投刃』するから、そこに全員で突っ込んでいけ」

「へい！」

こうして、リーダーの男が短刀を投げる構えをした瞬間だ。

モタは魔族の少女に声をかけた。

「今！」

「分かった！」

直後、認識阻害が解けて、魔族の少女が現れたとたんにその両目が妖しく煌めいた。

「ううっ！」

ゴロツキたちは『魅了』の効果で呻（うめ）いた。

耐性アクセサリーを装備していたリーダー以外は全員がへろへろになって崩れかける。

「おい！　テメエら、しっかりしろ！」

もっとも、リーダーが盗賊系のスキルで『鼓舞』すると、全員が額に手をやって、ぶるぶると頭を大きく横に振ってから何とか正気を取り戻し始めた。

が。

ゴロツキたちはすぐに異様なものを目撃した。

というのも、隠されていたのはモタと魔族の少女だけではなかったのだ。

ゴロツキたちの直上には、いつの間にか夕闇に紛れて、黒いもやがあまりにも色濃く漂っていた。さすがにゴロツキたちもそれが魔術の呪詞なのだとすぐに気づいた。しかも、もやは六輪となって魔法陣を形成していく。いわゆる特大魔術だ。こんなものが放たれたら、ゴロツキ共々、ここら一帯が消失してもおかしくはない……

これには魔族の少女もさすがにギョッとなったが、モタはにやりと笑ってみせると、

「一週間は我慢してよね！」

魔法陣がゴロツキたち全員の腹部に移った。

次の瞬間、ピイイイーとか、ぐううとか、ぎゅるぎゅるとか、ありとあらゆる腹の音が鳴って、ゴロツキたちはその場でひくひくと蹲った。

「な、何を……かけたんだ？」

魔族の少女がそんな様子に呆然としていると、モタは「ふふん」と鼻の下をこすった。

「お腹を下す魔術と、おしりが緩くなる魔術と、定期的な水分補給が自然と出来てまたお腹が下っ

ちゃう複合術。闇系の最強魔術と生活魔術を色々掛け合わせて、バーバルやセロに実験していたら出来るようになったんだよねー」

「貴女……相当にヤバいね。なるほど。追われるわけだ」

「もっとほめてほめてー」

「ふふ。初めて見たよ、こんな奇天烈な特大魔術。天才とはまさにこのことだな」

「えへへ」

モタはちょっとだけデレデレした。

たしかに普通の『麻痺』や『気絶』などの状態異常を与えても、耐性アクセサリーを持っていたら対策される。実際に、ゴロツキたちのリーダーは『魅了』に抗してみせた。

だが、モタ特製の奇妙奇天烈な状態異常となると話は別だ。

今では全員がトイレを求めて芋虫みたいに這いつくばって動き始めている。

「これは……本当にえげつないな……」

魔族の少女はそんな様子を白々とした目で見るしかなかった。

一方で、このときモタは特大魔術を使用した後ということもあって、認識阻害が完全に解けてしまっていた。だから、魔族の少女はその正体に気づいて目を丸くした。

「————っ！」

何せ、本来ならば魔族の天敵たる勇者パーティーにいるべき大人物がすぐ眼前にいたのだ。

一方で、当のモタはというと、真剣な眼差しを魔族の少女に向けてきた。

「ねえ。さっき、欲しい物をくれるって言ってたよね？」

その表情に少女はごくりと唾を飲み込んだ。命を差し出せとか、魔核や魔力経路(マナ)をいじらせろとか、いかにも言ってきそうな雰囲気があったからだ。

「一つだけお願いがあるんだけど……わたしを北の魔族領に連れて行ってほしいんだ」

「北の……魔族領だと？」

「うん。捜している人がいてさ」

「北のどの辺りだ？」

「多分、魔王城付近かな」

魔族の少女は「うーん」と思案顔になって、それから周囲をきょろきょろと警戒すると、意を決して白身にかけていた認識阻害を初めて解いた。

今度は、モタが驚く番だった。

なぜなら、すぐ目の前に吸血鬼がいたからだ。魔王城で見かけた真祖カミラによく似ている。そのカミラをあどけない少女の姿に戻して、どこか蠱惑的(こわくてき)で、超然とした可愛らしさを振りまいているといったふうか。なるほど。実物の剣を持たないわけだ。血で幾らでも代用出来る。

「ばくは真祖カミラが次女、吸血鬼の夢魔(サキュバス)ことリリンだ。ふむ。まあ、仕方があるまい。これも何かの縁なのだろうな。久しぶりの帰省となるわけだが……我が家まで案内しようか」

もちろん、このとき二人はまだ知らなかった。ちょっとした案内程度に思っていた旅路が、実は艱(かん)難辛苦(なんしんく)の大冒険となって、さらには戦争にまで巻き込まれていくことに――

「おい！　こっちだ。大きな魔力（マナ）反応があったぞ！」

王都を守る兵士たちの声と足音が近づいてきたので、魔女のモタは「やっべ」と呟いて、すぐさま自身に『不可視化』と『静音』の認識阻害の闇魔術をかけた。

同様に、夢魔（サキュバス）のリリンにもかけてあげようとするも、

「必要ない」

リリンはそう応じて、モタよりも高度な術式を展開してみせた。

さすがに精神異常系に長けた夢魔（サキュバス）だけあって、認識阻害はお手の物らしい。

そうやって二人は暗がりの中で現場から離れていこうとしたが――ちょうど入れ違いで兵士たちがランプを持って現場にやって来た。

「こ、これは……？」

兵士たちは芋虫みたいに転がっているゴロツキたちを見て言葉を失った。

しかも、ゴロツキたちのリーダーは有名な悪党だったのですぐにお縄にかけた。それでも、何も抵抗せずにその場で悶えているゴロツキたちを見て、さすがに気味でも悪くなったのか、

「この状況は……いったいどういうことなのでしょうか、兵士長？」

若い兵士がいかにも叩き上げといったふうな髭の兵士長に尋ねると、

「つい数日前にも見かけたばかりだな」

「このゴロツキたちをですか？」

「いや、違う。この悶え方だ。たしか冒険者ギルドの前だった。名うての冒険者たちがこんなふうにおけつを押さえて苦しんでいたんだ」

「ああ……そういえば、勇者パーティーに所属していた魔女とやらが、冒険者ギルドがおやつを出さなかったからと怒りだして、一方的に魔術を暴発させて逃亡したとかいう珍事件でしたっけ？　たしか……モタ事件と呼ばれていましたね」

「うむ。その王都史上最凶最悪のモタ事件とよく似ているのだ。あのときも被害者たちはおけつをこんなふうに押さえていた」

「ひどい魔女もいたものですね」

「ああ、本当に最低だよな」

それを耳にしたモタは思わず、「そんな馬鹿な。だって、あれは――」と抗議しかけて、

「よせ、モタ」

と、リリンに口もとを押さえられて、ずるずると引きずられていった。

「んんー。んんんーん！」

それでもモタは何事か主張したかったみたいだが、現場から離れて、貧民街（スラム）の外縁まで来たあたりでリリンはモタの口から手を離した。そして、やれやれと肩をすくめて、モタに笑いかける。

「なるほどな。モタはお尋ね者だったわけか。おやつが欲しくて、冒険者のおけつを襲ったのか？」

「ちっがーうよ！　それじゃ、まるでわたし、食い意地が張ってる変態みたいじゃん！」

「しかし、王都史上最凶最悪の珍事件を起こした張本人なんだろう？」

「正当防衛だってばー。それに暴発なんてさせてないんだからね！」

モタはそう言って、まだぷんすかと怒っているようだったが、何にしてもリリンとしては――モタの事情が少なからず見えてきた。実際に、リリンは先ほどの兵士がモタについて「勇者パーティーに所属していた」と過去形で言っていたのを聞き逃さなかった。

しかも、モタ事件とやらが本当に正当防衛なのだとしたら、それ以前にすでに何かやらかして捕まりかかったに違いない。それがモタの捜している人物と、果たしてどう関係があるのか――

「まあ、追々、確認していくことにしようか」

と呟いて、リリンは下唇を舐めた。

当然、リリンにしても魔族の天敵たる勇者パーティーの一員をおいそれと魔王城に案内出来るはずもなかった。

リリンが幾ら真祖直系の血を継いだ次女で、城へと案内できる立場だとしても、さすがにそれは明確な背反行為だ。ただ、モタが勇者パーティーを抜けてお尋ね者になっていて、魔族と敵対する意思がないならばさして問題にもならないだろう。そこの見極めをリリンは道中でするつもりだった。

「ちぇ。ふむうー」

その一方で、モタも腹に一物抱えていた。

何しろ、魔族は敵だ。人族は悉く、そうみなしてきた。

もちろん、普通に生活する分には魔族領にいる魔族や魔物には滅多に出くわさないが、それでも百年前までは王国の東領のそこかしこで第六魔王の真祖カミラと第三魔王の邪竜ファフニールが好き勝手に暴れたので、その伝承がいまだに王国民を恐れさせている。しかも、眼前にいるのはよりによって、そんな真祖直系の吸血鬼だ。魔族の中でも屈指の大物と言っていい。

さらに言えば、モタは勇者パーティー時代にカミラを討伐している。だから、母の仇と謗(そし)られて、その敵討ちを挑まれても文句は言えない立場だ。そんなこともあって、モタは警戒を解かずに杖を出しっぱなしにして、リリンから数歩離れて歩き出した。

「じゃ、リリン……だっけ？　いくよー」

「ああ、分かったよ。モタ」

もっとも、モタも、リリンも、すぐに王都正門のぴりぴりとした空気に感づいた。

というのも、正門前にはいつもより多くの兵士たちが集合していたのだ。正門を守っているわけではなく、どこかに出兵の準備をしているといったふうだ。

しかも、モタたちがそこから数日ほど歩くと、今度は北の街道で幾つかの騎士団に遭遇した——

王国では武門貴族の頂点とされる聖騎士団、旧門貴族による近衛騎士団、そして大神殿に所属する神殿騎士団あたりが有名だが、名高い貴族たちもそれぞれに屈強な騎士を抱えている。

そんな騎士たちが各地からわざわざ出張ってきて、北の魔族領へと向かおうとしていたのだ。長閑(のどか)とされる北の街道にこれだけの軍隊がいるのはとても珍しいことだ。

これにはさすがにモタも首を傾げるしかなく、

「これって……ヤバくね？」

「いかにも戦争準備といった感じだな」

「やっぱ……第六魔王国と戦うってことだよねえ？」

「まあ、ここからわざわざ方向転換して東の魔族領たる第五魔王国に向かうとも、あるいは北東の山々に囲まれたドワーフたちの『火の国』に攻め入るとも思えないからな」

「何で今さら戦争すんだろ？　真祖カミラは倒したはずなのに――」

と言ったところで、モタは「はっ」として、慌てて口を両手で塞いだ。

「ん？　モタよ。急にどうした？」

「い、いやあ……なぜまたいちいち戦争するのかなーってさ」

モタとしてはカミラ討伐に触れて、リリンを刺激したくなかった。

だが、リリンはそんな気遣いにすぐに感づいて、かえって面白がってモタを煽ってきた。

「さあね。ぼくにはさっぱり分からないよ。そもそも、母上様がどこかの誰かさんに討たれたことは聞き及んでいるが……その一方で、姉上がやられたとは耳にしていない。となると、姉上が立場上、報復に出ようとしているのか、そうでなければ王国がそれを恐れて先手を打ちたいのか――そのいずれかではないか？」

「ねえねえ、リリン？」

「何だ？」

「わたしのこと……憎んでいる？」

意外と冷静に返されたので、どこかの誰かさんはちょっとだけばつの悪い表情になった。とはいえ、モタはもともと腹芸が苦手だし、あけすけに何もかも言い放ってしまう性格でもあるので、素直にリリンにそう尋ねた。

だが、リリンは天を仰ぐかのように頭をきれいに九十度ほども後ろに倒して、さらに顎に片手をやってみせる。いかにもおかしな姿勢だったが……リリンは逆に疑問を呈した。

「なぜ、モタはそのように考える？」

「いや、だってさあ……わたしはリリンのお母さんを討ったんだよ」

「ふむん。勇者パーティーに所属していたのだから、魔王を討つのは務めだろう？　それがなぜ憎むという話に繋がるんだ？」

「いやいや、だからさ。わたしはお母さんの仇なんだよ？」

モタがそこまで言っても、リリンはいまいち納得出来ないといった表情だった。

「どうやらぼくとモタに認識上のズレがあるようだな。まずはそれをすり合わせしていこうか」

「ズレ？　すり合わせ？」

「うむ。そもそも、モタたち、勇者パーティーは母上様を卑怯な手段で闇討ちでもしたのか？」

「いんや。そんなことはしてないよ。正々堂々と戦ったさ」

モタはいかにも「えへん」といった感じで胸を張った。

「ならば、ぼくとしては――母上様、よくぞ戦った、と追悼するだけだな」

「んん？　わたしに敵討ちするつもりはないの？」

「そこだ。なぜ、敵討ちと考えるのかが理解出来ない。今のぼくにとって、モタは仇どころか、むしろ盗賊たちから助けてくれた恩人だ」

「うー。何だか……噛み合わないなー」

「おそらく、モタはぼくたち魔族のことを知らなすぎるのだ」

「どゆこと?」

「魔族は基本的に戦場で死ぬことこそ誉(ほま)れとみなす。特に、母上様は魔王だ。これまでとて歴代の勇者を幾人も屠(ほふ)ってきた。逆に、今度は当代の勇者に敗れてしまった。いわば、魔王としての務めを戦いにて見事に果たしたわけだ。それは誉れであって、決して辱めではない」

「ふむう」

モタが煮え切らない返事をすると、リリンはさらに付け加えた。

「姉上がもし報復を考えているのならば、それはあくまでも立場上の話だ。新しく魔王として立ったのだと仮定して、右頬をぶたれたまま左頬を差し出すほど、姉上もお人好しではない。だから、王国に対して魔王としての務めを果たそうとしているかもしれないな」

「じゃあ、リリンはその務めを果たさないの?」

「残念ながら、ぼくはとうに実家を離れた身だよ。まあ、姉上まで敗れたとなったら、末妹と一緒に戻って色々と考えないといけないだろうけど……」

「ふうん。そかー」

モタはそう応じて、一歩だけリリンと距離を縮めた。

リリンを信用したというわけではないが、たしかにモタは魔族について知らなすぎた。

魔族は敵だ――と、そう信じて疑わずに生きてきたわけだが、そもそも魔術師なので知的好奇心が旺盛で、しかも特製(オリジナル)の闇魔術を開発してしまうぐらいに研究熱心、悪く言えば常識を疑ってそこから逸脱しがちな性格だ。

だからこそ、モタはまずこの相方を知ろうと努めた。

何しろ、モタは目撃してしまったのだ。本当の敵は身内にいた。信用出来ると思っていた人物が王城内で認識阻害まで使って、こそこそと裏切りの段取りを宰相ゴーガンとつけていたのだ。

「それよりも、モタ……このまま北の街道を進んで第六魔王国に向かうのは止めることにしよう」

「どしてさ?」

「よく考えてみろ。このまま進んで、峡谷にある最北の要塞まで行っても、門は閉ざされているはずだ。警備も厳重で抜け道などを使うことも難しいだろう」

「そかー。それに下手に身バレでもしたら、騎士団に追われて、えらいことになりそうだもんね」

「そういうことだ。かなり遠回りになるが、西の魔族領から迂回していくしかないな」

「うげ……湿地帯?」

「何なら、東の魔族領から『火の国』経由でもいいぞ?」

「東って……『砂漠』でしょ? 砂嵐もびゅーびゅーでしょ? しかも虫もたくさんでしょー?」

「おや、もしやモタは虫が苦手か?」

「別に苦手じゃないけど、うじゃうじゃいるんでしょ? いーやー」

「まあ、そうだな。ぼくもお勧めはしない。そもそも、砂漠は亡者の湧く湿地帯よりも遥かに過酷な環境だ。ついでに言うと、砂漠を北上して『火の国』に着いたとしても、入れてくれるかどうかは未知数だ。何せ、あそこは長年鎖国してきたからな」

「でもでもー。湿地帯を北上しても『迷いの森』があるじゃん。ダメじゃん」

「それならば問題ない。伝手(つて)がある」

「へえ。そうなんだ」

モタは顎に片手をやって考えた。

このまま北に進んで、城塞で諦めて戻ってくるよりも、ここできっぱりと方向転換すべきだ。

リリンの言う通りなら東は論外で、西の湿地帯に向かうしかない。魔族が誉れを大切にする種族ということならば、モタを早々に亡者の贄にはしないだろうし、迷いの森で惑わすつもりもないのだろう。何にせよ、今はリリンをいったん信じてみようかと、モタはそう結論付けた。

「じゃあ、行きますかー。西の魔族領へ！」

こうして二人は西へと足を運んだ。だが、この方向転換が新たな出会いをもたらすことになるなど、モタはまだ気づいていなかった。


迂回するのに一週間以上はかかってしまったが、魔女のモタも、夢魔のリリンも、それぞれに身体強化などを施して、馬を使って目立つこともなく、王国西にある城塞に近づいていた。

その間、北の街道を目指すと思しき騎士たちと幾度かすれ違ったが、二人とも手練れの冒険者に見えるように認識阻害をかけていたこともあって、あまり怪しまれずに進むことが出来た。

もっとも、それでも見慣れない二人を訝しむ者は出てくるわけで――

「そこの二人。止まれ」

馬上の騎士たちに言われて、モタとリリンは足を止めると、

「ほいほい、なにー？」

「ここから先は子爵領だ。何ぞ用がある？」

「街の冒険者ギルドにちょこっと立ち寄りたいだけなんだよねー。それより、おじさんたち、これから北の街道に向かうんでしょ？」

「…………」

騎士たちが無言で返すと、今度はリリンが落ち着いた口ぶりで伝えた。

「ぼくたちは北の城塞都市から来ました。街道にはすでに幾つもの騎士団が集まっていましたよ」

「ほう？　もうそこまで集結しているのか？」

「そだよー。北の街道に溢れるぐらい、いっぱいいたなあ」

「そうか。有益な話が聞けた。感謝するぞ、冒険者たちよ――では皆、急げ！　遅参して子爵家の名折れとなってはいけない」

こんなふうにモタも上手く煽ったものだから、結局のところ、何の問題も起こらずに済んだ。そして、後一日ほどで西の城塞に着くという距離になって、モタはリリンに尋ねた。

「ねえ、リリン？」

「どうした？」

「西の城塞には一回だけ、行ったことがあるんだけどさ」

「ふむ」

「あそこって亡者対策でずっと門を閉じているでしょ？　どうやって突破するのさ？」

「抜け道なら幾らでもあるぞ。そもそも、北の城塞とは違って険しい山間にあるわけでもなく、防塁を延々と積んでいたり、幾重もの堀があったりと、あくまでも丘陵の要害に過ぎない場所だからな」

「そだけどさー。代わりに生ける屍（リビングデッド）がたくさん湧いてくるじゃん」

「昼に行けばいいのだ。亡者は日の下で活動が鈍る分、その間は城塞の監視も緩くなっている」

「え？　そうなの？」

「ああ。それに生ける屍（リビングデッド）たちは自身に認識阻害をかけるほどの知能も技能も持たないから、あそこの城塞には王都のような間諜（スパイ）対策が施されていない。わりとザルだぞ」

「その口ぶりだと、何度も通ったことあるみたいだけどー？」

「もちろんだ。玄関のようなものだからな」

モタは閉口するしかなかった。

亡者を決して入れさせまいと堅牢な防塞を築いたはいいものの、亡者以外の魔族をフリーパスにしているとしたら何ともやるせない話だ……

このことを果たして王都に持ち帰って伝えてあげるべきかどうか、さすがにモタも頭を悩ませたが、「ま、いっか」と無視を決め込んだ。そんな余裕は今のモタは持ち合わせていないのだ。

「それよりモタよ。この先の村に立ち寄ってもいいか？」

「この先って……西北の果ての村のこと？」

「そうだ。幾つか食材を仕入れていきたいんだ。あそこは畜産が栄えているからな」

「へえ。そなんだ。てか、生ける屍（リビングデッド）がそばにうようよいるってのに……よくもまあ、畜産なんか出来るよね。そりゃ湿地帯も近いし、牧草とかには困らないんだろうけどさあ……もしかしてそこらへんの亡者よりも強い牛さんとか、羊さんとか、鶏さんとかなのかなー」

「そんなわけがあるか」

リリンはそう言って鼻で笑ったが、ふいに「ん?」と頭を傾げた。

「もしかして……モタは知らないのか?」

「何をさ?」

「あの村は聖女の法術でもって護られているんだ」

「へ? 聖女? もしかして、クリーンの出身村か何かなの?」

「クリーンというのは……たしか当代の聖女の名前だったか。いや、違う。もっと昔の聖女のはずだ。村人から聞いた話だと、半世紀も前に亡くなっている人物だ」

「んな! 何それ? 即身仏にでもなっているの? こわー!」

「何なら、その墓参りにでも行くか? 以前に遠くからちらりと見たことがあるんだが、墓は丘陵でも一段と高い小山にあった。ちょうどこれからの進路を話すのにうってつけの場所だろうな」

「ふうん。まあ、別にいいけどさ――」

というところで、モタは眉をひそめた。遠くから幾つか悲鳴が上がったせいだ。

丘陵の高い場所から聞こえてきたので、背の低いモタにはよく分からなかったものの、

「ふむん。どうやら旅商人が野盗に襲われているようだな」

「もしかして、ハーフリングの旅商人?」

「いや、違う。人族だ。子連れだから家族で旅をしているんだろう。不用心なことに護衛の冒険者も雇っていない」

モタは「そっか」と、下唇をつんと突き出した。

助けるかどうか迷っている自分にわずかながら苛立った。

勇者パーティー時代のモタだったらすぐに駆けつけたことだろう。だが、今はお尋ね者の身だ。自身に認識阻害までかけてバレないようにここまで何とかやって来た……

下手に助けようと魔術を展開したら、認識阻害が解ける可能性だってある。それはリリンも同じで、むしろ魔族である以上、余計に動きだせないはずだ。だから、モタはいかに遠くからバレないようにこっそり助けようかと思案を巡らせていたら、

「きゃあああ」

と、今度は大きな悲鳴を耳にした。しかも、子供の声だ。

直後、モタは意外にも——躊躇なく駆け出していったリリンの背中を見た。

「リリン？」

「助けに行くぞ、モタ！」

「マズいよ。バレちゃうって！」

「だからどうした？　誉れも何もないやり方で他者に手をかける者たちをぼくは許せない」

「でも、襲われているのも、襲っているのも人族だよ。魔族のリリンには関係ないことでしょ？」

「ならば、亜人族のモタは見捨てるというのか？　そもそも、強者は弱者を守る義務がある。子供に手を出す者なぞ論外だ。そこに種族は関係ない」

「そ、そりゃあ、そうだけどさー」

モタは言葉を詰まらせながらも、少しだけ「ほっ」とした。

もう迷ってなどいられなかった。それに、リリンだけに良い格好をさせるわけにもいかなかった。

そのリリンはというと、駆けながら自らの左手首を掻き切って、零れた血を鏃(やじり)に変えて、野盗たちに向けて撃ちだした。吸血鬼の得意とする血の多形術だ。

もっとも、これでもう向かってきたリリンが吸血鬼だとバレたはずだ。

実際に、野盗たちは一気に瓦解し始めた。

「おい、吸血鬼だ！」

「なぜ、こんなところにいやがる？」

「日のもとに出て平然としているってことは純血種な上に爵位持ちだ。大物だぞ。まともにやってられるか！」

「テメエら！　逃げろおおお！」

そんなふうに野盗たちは崩れて、方々(ほうぼう)に走り出したので、モタはそれよりも早く、例によってあの闇魔術を即座に放った。最早、モタにとって十八番(おはこ)になったと言ってもいい。

それが放たれるや否や、散っていた野盗たちはその場でもんどりうって芋虫みたいになった。

「トイレ……」

「うぶごじでえええ！」

「お腹が……おけつが……割れる！」

「俺の胃の中で魔獣が暴れているぜ……この程度のプレッシャー、耐えてみせ……あ、もれた」

これには駆けつけたリリンも、襲われていた旅商人の家族も、白々とした目になるしかなかったわけだが……

さすがに認識阻害が解けて、吸血鬼としての姿をまざまざと現していたリリンを見て、その家族たちはすぐに「はっ」とした。モタは「あちゃー」と、どうごまかすか考えていたら、

「やはり……リリンさんじゃありませんか？」

「そういう貴方(あなた)たちは……砦によく来る行商人じゃないか？」

「はい！　そうです！　いやあ、助けていただいて本当にありがとうございました」

モタは「へ？」と、きょとんとなった。

どうやらリリンと旅商人の一家は知り合いだったらしい。小さな子供までよく懐いている始末だ。

「ええと……どゆこと？」

だから、モタが素直に尋ねると、

「この行商人たちからはバター、チーズや卵などを買ったことがあるんだ」

「私どももリリンさんからはトマトを仕入れさせていただいています」

「だから、どゆこと？　なぜに魔族なのに平気でいられるの？」

モタが再度、質問を繰り返すも、旅商人の父親は眉間に皺を寄せてみせた。

「なぜと……仰(おっしゃ)いましても……」

すると、リリンはさも当然といったふうに断言した。

「難しい話ではないだろう？　人族にも善人と悪人がいるように、魔族もそうだというだけだ。魔族だからといって、全員が人族に襲いかかってくるわけではない」

そう言われて、モタも芋虫みたいに転がっている野盗たちを見た。

たしかに、人族だからといって容易に信頼出来るというものでもない。今のモタからすれば、そこ

らに転がっている野盗どもより、魔族のリリンの方が遥かに安心だ。

　そんなふうにモタが考え込んでいると、リリンは旅商人の家族に尋ねた。

「ところで、どうして護衛の冒険者も連れずに行商しているんだ？」

「普段この子爵領では、亡者対策の一環ということもあって、騎士様がよく街道の見回りをしてくれているんです。それがここ数日、騎士様の数も急に減ってしまって、その代わりに盗賊が出てくるようになってしまいました」

「なるほどな」

　リリンはすぐに納得した。第六魔王国に攻め入る為に動員した弊害が出ているのだ。

　盗賊たちもさすがに耳が早いのか、領内の警備が手薄になった今こそが商機だと捉えたのだろう。それがまさか魔族の吸血鬼と亜人族（ハーフリング）のお尋ね者に邪魔されるとは夢にも思っていなかったはずだ。

「何にせよ、気をつけることだ。これからどこに行くんだ？　もしや、砦か？」

「いえ、逆です。領都に帰るつもりでした。ですが、この様子では……途中の街で冒険者を募って、何なら他の商隊に紛れて戻りますよ。今回のご恩は決して忘れません。ありがとうございました」

　そう感謝して、旅商人はリリンやモタと別れた。

　モタからすれば聞きたいことは山ほどあったわけだが、それよりもリリンに言われたことの方が気になって、そのことばかりについ思いを馳せた――人族にも善人と悪人がいる。魔族だからといって、全員が襲いかかってくるわけではない。

　もしそうだとしたら、魔族となったセロも人族の頃の性格でいてくれて、モタが真摯（しんし）に謝ったなら、かつて色々とやらかしたときみたいに許してくれるかもしれない……

「早く……会いたいな」

モタはそう呟きつつも、西の魔族領へと足早に向かったのだった。


「じめじめ、気持ち悪いー」

「そうか？　存外に風もあって、悪くはないぞ」

「それはリリンが吸血鬼だからでしょー。どうせ暗いとことか好きなんでしょー」

「もちろんだ。暗くて、湿り気があって、黴臭いくらいがちょうどいいな。何なら、ぼくはそういうところに棺桶を置いて永眠したい」

「ぐへー」

魔女のモタはげんなりとした。

さっきから革のブーツに水が溜まって、重いったらありゃしない……

ちなみに、今はもう王国西の城塞を難なく突破して、西の魔族領こと湿地帯に着いて、モタも、リリンも、すでに自身にかけた認識阻害を解いている。

だから、リリンは本来の夢魔の姿なのだが――真祖カミラによく似ているとはいっても、その銀髪を丸みのある短めの髪型にして、一見すると妖艶な美少年にしか見えない。

ただ、さすがに夢魔(サキュバス)だけあって纏っている物がかなり際どい。何せ、大事なところを隠しただけの際どい黒下着しか身に着けていないのだ……おかげでモタなど、同性なのに初めて目にしたとき、「きゃっ」と思わず両目を手で隠したほどだ。

とはいえ、じめじめした湿地帯だと、そんな薄着はむしろ過ごしやすいようで、とんがり帽子に首もとまで隠したマント、それに加えて長くてふわふわした髪の毛のモタは「いいなー」と羨んだ。

「そいや、ついつい聞きそびれたけど……リリンはなぜ王都なんかにいたのさ？」

モタが歩きながら尋ねると、リリンは素直に答えてくれた。

「食材を求めに来ていたのだ」

「食材？　何でー？　魔族領では採れないのかしらん？」

「採れないわけではないが……そもそも魔族は基本的に食事をしない。大気中にある魔力(マナ)を魔核に補充すれば十分だからな」

「へえ。ジジイの持ってる文献に書いてあることって本当だったんだ」

「それに食事をするとしても、魔王城ではせいぜいトマト丸かじりぐらいだった」

「ありゃりゃ。人生の半分以上損しているじゃん」

モタが心底嫌そうな顔をすると、リリンは「だろう？」と大きく相槌を打った。

「だから、ぼくは魔王城から出て、今は『迷いの森』の先にある砦で生活をしている」

「ふうん……砦？　そうだ！　それだよ。砦！　それってなあに？　てか、迷いの森付近に砦なんてあったっけ？」

「もちろんあるぞ。遠くからだとここの霧で隠れてしまってよく見えないが、湿地帯と迷いの森のちょうど緩衝地帯あたりだな。呪人――呪われた元人族がたくさんいる場所だ。まあ、ほとんどは魔族に転じてしまっているがな」

モタは眉をひそめた。

そんな砦や呪人の集まった場所なんて一度も耳にしたことがなかった。少なくとも、人族が作成した世界地図には全く記載されていない。

だが、リリンの横顔をちらりと窺うも、嘘を言っているようには見えなかった。

ということは、あえて秘匿されてきたということだ。人族にとってよほど都合が悪い場所なのか。それとも、住み着いている呪人たちにとってなのか――何にせよ、モタはその砦にセロがいる可能性も考慮して、魔王城に行く前に捜してみたいなと思いついた。

もっとも、リリンはモタの思案顔など気にも留めずに、今後の旅程を滔々と語った。

「聖女の墓碑があった小山から眺めた通り、まずはこの湿地帯の外周を歩いていってその砦を目指す。砦にはダークエルフたちが森の恵みなどの行商に来ることがあるから、そのタイミングで迷いの森への同行を頼めばいい。そうすれば迷いの森を抜けて魔王城にたどり着ける。そういう段取りだ」

「でも、わたし……普通のハーフリングだよ。魔族じゃないけど……本当に大丈夫?」

「事情を説明すれば何とかなるだろう。ダークエルフはエルフよりもよほど物分かりがいい連中だ。モタが危害を加えない人物だと分かれば許可を出してくれると思う」

「――だといいんだけどね」

モタは煮え切らない返事をした。勇者パーティーにいたエルフの狙撃手トゥレスを思い出したからだ。リリンの話が本当なら、ダークエルフはトゥレスよりも話が分かる亜人族のようだが、何せトゥレスはものの見事に個人主義だった。セロは色々とアドバイスを引き出していたようだったが、モタにはあんな芸当は絶対に無理だ。果たして本当に対応してくれるのだろうか……

そんなモタの惑いを感じ取ったのか、リリンはさらに説明を加えた。

「そもそも、その砦にいる元人族たちにしても、迷いの森を彷徨(さまよ)っていたところをダークエルフが見つけて、わざわざ砦に連れて行ってくれたらしい」

「ほへー。てか、なぜに迷いの森なんかに呪人たちがいるのさ?」

「さあな。それはよく分からん。樹海に自殺でもしに来たのではないか?」

「ふうん。自殺ねえ。でもさあ。ダークエルフは親切だって、リリンはさっきから言うけどさ……それって単に呪人たちを砦に押し込んで、亡者たちの相手をさせたいだけなんじゃないのかなー?」

「モタはさすがに鋭いな。まあ、そうとも言える。ものは捉えようだ」

モタは「ううー」と呻った。今の話を聞く限りだと、モタに対してもその親切とやらを発揮してくれるかどうか判断がつかなかったからだ。

「ん?」

同時に、モタはまた顔をしかめた。

湿地帯の奥にちらほらと生ける屍(リビングデッド)たちが湧いて出てきたのだ。

「ねえ、リリン。今のうちに魔術で攻撃する?」

モタがそう尋ねるも、リリンは頭を横に振った。

「大丈夫だ。生ける屍(リビングデッド)どもなぞ、こちらから手を出さなければまず襲って来ない」

「それは……リリンが魔族だからでしょ?」

「人族でも同じだ。魔物（モンスター）みたいなものと思えばいい。縄張り（テリトリー）に入らないこと。変に目を合わせて構わないこと。この二つを守っていれば問題ないさ」

「なぜ、そう言い切れんの？」

「ここらへんを彷徨っている亡者はもとからいたわけではなく、不死王リッチが召喚した者たちなのだ。その召喚にあたって、どうやら単純な指示しか出していないらしい。たとえば墳丘墓に向かう侵入者を防げだとか、金目の物を持っている商隊を襲えだとか、そういった類（たぐい）の命令だ。だから、こちらから手を出さない限りは応戦してこないという寸法なのさ」

　モタはつい「へえ、へえ」と手を叩いた。

　良い情報を聞いた。それなら安心して湿地帯の端っこをこのまま進めるはず――

――というところで、モタは急にハラハラしながら、リリンを揺すって問い詰めることになった。

「ねえねえ。リリンさんや。さっきから生ける屍（リビングデッド）さんたちがぞろぞろ付いて来るんだけど……」

「うむ。たしかに……おかしいな」

　リリンが訝しんだタイミングで、ついに生ける屍（リビングデッド）は一斉に走り出してきた。

「ぎゃあああああ！」

「きゃー！」

　むしろリリンはモタの絶叫に驚いた。

　二人はすぐに湿地帯を駆け始めた。とはいっても、靴が水を含んで足取りが重い……

　モタはふいに先日の不死王リッチ討伐のときのことを思い出した。あのときも散々、生ける屍（リビングデッド）たちに追われたのだ。モタにとってはちょっとしたトラウマだ。

「全然ダメじゃん！　めちゃ来るじゃん！」

「やはり勇者パーティーのお尋ね者だとブラックリストにでも載っているのだろうか……モタよ。亡者たちに何かやらかしたか？」

「ええと……そういえば、こないだ『火炎暴風（ファイアストーム）』で焼きまくった」

「そのせいか！」

「うへー？」

「とりあえず、砦まで逃げ切るぞ！」

二人はすたこらさっさと走り出した。

そういえば、王都でも、街道でも、それにこの湿地帯でも、モタはリリンと一緒に逃げてばかりだなと思った。もしかしたら二人の冒険はそういう運命なのかもしれない……

もっとも、二人ともさすがに逃げ慣れてきたのか、湿地帯を最短距離で走り抜けたこともあって、目標の砦はすぐに見えてきた。さっきまでは霧に隠れてよく分からなかったが、意外と大きな拠点だ。無限湧きしてくる亡者の為に設置罠の術式が大量に仕込まれているのが遠目からでも分かる。

「よし！　これで逃げ切れるな」

リリンはそう言って、並んで走っているモタを励ました。

が。

突然、二人の前に——不死将デュラハンが召喚された。

モタも、リリンも、そこでいったん足を止めた。周囲を見回すと、いつの間にか、数百もの生ける屍（リビングデッド）たちがその場に召喚されて、二人を取り囲んでいる。

「ねえ、モタ。もしかして、貴女……相当に恨まれていない？」

モタは「ううー」と地団太を踏んだが、アイテムボックスから杖を取り出した。

「リリン。二手に分かれよう」

「なぜだ？」

「狙われているのはわたし。リリンは関係ない」

「おいおい、そういう言い方はないぞ。乗りかかった船だ。それに前にも言ったが、モタには貧民街（スラム）で助けられた恩がある。魔族はね、意外と義理堅い生き物なんだ。そもそも戦いも好きだからな」

リリンはそう応じて、右腕の肘から手首まで一気に自らの爪で長い傷をつけた。

その瞬間、噴き出た血が真っ赤な大鎌へと変じていく。

「では行くぞ、モタよ！」

「ありがと、リリン！」

モタは感謝すると、魔鎌を構えるリリンと並び立った。

「てことで、いっちょ亡者退治。やってやりますか！」

直後、不死将デュラハンは大剣を繰り出してきた。

その強引な振り回しをリリンは血の大鎌を両手に持って何とか受けきる。

「モタ！　先に周囲にいる生ける屍（リビングデッド）どもを焼き払ってくれ！」

「どうしてさ？　わたしもデュラハン退治の援護をするよ？」

モタがそう問い返している間に、デュラハンはやはりモタに目をつけたようで、そうはさせまいとリリンは魔鎌で「えいや！」と巨体を押し返して牽制した。

「湿地帯のフィールドに亡者がいればいるほど、デュラハンは強くなる。この場所には不死王リッチによってそういった地形効果が仕込まれているんだ」

「なるほどね。らじゃ！」

モタは短く答えると、呪詞の最初だけ謡った。術式を略したほぼ無詠唱にて、幾重もの魔法陣が宙に展開していく。相当なレベルに達していないと出来ない高等技術だ。

「じゃあ、湿地帯ごとこんがり燃やしちゃうよ！　――爆ぜろ、『火炎地獄（インフェルノ）』！」

しかも、モタは最上位の火炎範囲魔術を躊躇なく放った。

迫りくる生ける屍（リビングデッド）たちはその炎獄によって一気に焼き尽くされていく。リリンの視界が全て炎の柱で埋まってしまったくらいだ。これにはさすがにリリンも目を見張った。「ひゅう」と口笛を吹いて称えたほどだ。

一方でモタはというと、いかにも得意げだった。それもそうだろう。モタからしてみれば、魔王城とか、王都とかと違って、大魔術を放っても何も壊す心配のない湿地帯はむしろ好相性だ。幾らでも魔術を暴発し放題に出来る。

「にしし。まだまだいくよー！」

そんなモタの声に、リリンも気持ちを引き締めた。あれだけ見得を切った手前、モタにばかり良い格好をさせるわけにはいかない。

「これでも喰らえ！」

リリンは再度、デュラハンに対して魔鎌を振るった。

刹那、鎌の先を伝って弧を描くようにして幾つもの血が宙を点々と舞う。

その血が弾丸のように放たれて、デュラハンの鎧に無数の穴を開けた。お得意の血の多形術だ。

もっとも、鎧の中は空っぽだった。さらに鎧に穿った穴もすぐに結合していく。若干、鎧が小さくなっているようだから、おそらくこの鎧自体も魔力で構成された実体を持たないものに違いない。要するに、悪霊（レイス）をベースにして、不死王リッチの何かしらのスキルでもって首無し騎士を象（かたど）ったものが不死将デュラハンの正体というわけだ。


「ちぃ！」


リリンは思わず舌打ちした。

こうなったらデュラハンが内包する魔力が切れるまで徹底的にいたぶり続けるか、もしくは相性の良い光系の攻撃で仕留めるしかなさそうだ。

とはいえ、夢魔（サキュバス）は闇系と精神異常系の魔術を得意とする一方、当然のことながら光系は苦手だ。また、モタも闇系が得意と言っていたから、結局のところ、二人にとってデュラハンは相性が同じでやりづらい相手になる。

そもそも、デュラハン自身は大剣を強引にぶんぶんと振り回す攻撃しかしてこない。いわばガス欠を起こすまで延々と物理で殴り続けてくるわけだ。これはこれで本当に煩わしい……

リリンの姉ルーシーだったなら、デュラハンよりも高火力な物理攻撃で一方的に押し切るのだろうが、残念ながらリリンはそこまで物理に秀でていない。だからこそ、母たる真祖カミラは強者のルーシーをとても大切にして手もとに置いたが、リリンの家出は簡単に許してくれた。


「まあ、そんな昔のことはどうでもいい……さて、どうしたものか」

リリンはため息をついてから魔鎌を再度構えた。

逆にモタは順調そのものだった。目につく生ける屍（リビングデッド）はほぼ焼いて、あとは自動湧きしてくる敵に対して土系魔術の設置罠を大量に仕込んで、湧き上がったタイミングで爆殺していく。

そんなモタがちらりと見ると、リリンはどうやら苦戦しているようだった。

デュラハンを遠くからじっくりと観察してみると、闇系の魔力の塊のような存在だった。

だから、モタが出しゃばって魔術をぶつけても、相殺されて削り切ることは難しいだろうし、そもそもリリンによる攻撃を邪魔しかねない。こんなことなら師匠のジージに光系の攻撃をしっかりと教えてもらえばよかった……

そもそも、デュラハンはバーバル、モンクのパーンチャや女聖騎士キャトルが揃っていても手を焼いた相手だ。おそらく拠点防衛の為の単純な盾役（タンク）として召喚されているのだろう。ということは、倒すことを第一に考えると相当に手間がかかるということだ。

実際に、前回は聖女クリーンの指示で勇者パーティーは逃げ出すことにした。とはいえ、今回、リリンはモタに明確な指示を寄越してくれた——生ける屍（リビングデッド）を焼き払え、と。

「おけおけ。だったら、わたしに出来るのは、焼いて、焼いて、焼きまくることだよね！」

モタは杖を片手に、にやりと笑った。

瞬間、巨大な炎がさながら生きているかのように次々と生ける屍（リビングデッド）たちを襲った。

「凄いな……モタは……」

リリンもそんなモタの姿を見て、微笑を浮かべた。

モタの大活躍もあって、確実にデュラハンは弱ってきていた。今となっては元のサイズの半分ほどしかない。それでもまだリリンより大きいが、大剣を振り回す力は確実に失われてきている。

「このままいけば、私たちでデュラハンだけでなく、不死王リッチさえ倒せるかもしれないな」

リリンはそう勢いづいて、魔鎌をいったん引いて構えた。

一撃必殺の刈り取りにて、弱り切ったデュラハンに止めを刺すつもりだ――

が。

「な、何だと……？」

ばっさり、と。リリンは背後から斬られていた。

「馬鹿……な」

ちらりと視線をやると、そこにはもう一体のデュラハンが召喚されていた。しかもそれだけではない。モタの周囲にも幾体か現れ出てきた。

全部で五体――リリンが相手をしていたデュラハンは他と違って小さくなっていたが、他の四体は内包する魔力量も初期状態のままだ。文字通り、新手のデュラハンだった。

こんな化け物が何体もぽんぽんと出てくるなんて、さすがにリリンも想定していなかった……

しかも、背後にいたデュラハンはまた大剣を振りかざしてきた。これにはリリンも「くうっ」と、さすがにもう駄目かと諦めるしかなかった。

「リリン！」

だが、そんなリリンを庇ってモタが飛び出してきた。

そのままタックルするような格好になって、二人で湿地帯をびしゃびしゃと転げ回る。

「ねえ、リリン！　まだ動ける？」

「厳しいかも……魔核に傷が付いたようだ……治すのに時間がかかる」

「分かった」

モタはそう応じると、リリンを「ういしょ」と肩車してみせた。

「な、何をするのだ？」

「決まってる。ここから逃げるよ」

モタは迷わずにデュラハンたちの間を駆け抜けた。

もちろん、すぐに湿地の深みに足を取られた。泥で滑りかけた。霧で視界も最悪だ。その上、他のデュラハンたちに何度も襲われた。それでも、モタはリリンを決して手放さなかった。

「モタ！　いいよ。置いていけ！」

「嫌だ！」

「強情だな。このままだと二人ともやられるぞ！」

「何とかするもん！」

「いいや、ぼく一人だけならそれこそ何とかなる！　いいからモタは先に行け！」

「嘘だ。何とかなるわけないじゃん！」

全くもって噛み合わない会話だったが――

リリンが何とか出来る状態ではないことは明白だった。魔核が傷ついたということは、魔族にとっては消滅の危機だ。

そのリリンはというと、忸怩(じくじ)たる思いに駆られていた。魔族は戦闘種族だ。特に、リリンは古い価値観の塊とも言える真祖カミラのもとで育った――戦えない者に価値などない。だから見捨てよと言っているのに、モタは言うことを聞いてくれない。

このままでは本当に二人ともやられる。とはいえ、リリンを担ぐモタの腕力が本当に魔術師のものかと疑うほどに強い。おかげでモタから自力で抜けることが出来ない……

いや、違うか。それだけリリンも魔核を傷つけられて弱体化しているのだ。

「早く放せ！　モタ！」

そのときだ。モタのすぐ前でデュラハンがさらにもう一体召喚された。

同時に、大剣の振り回しによって、モタは「うぎゃ！」と、ついにぶっ飛ばされた。

「う、うう……」

それでも、モタは片手で膝を支えて何とか立ち上がると、リリンを強引に担ぎ直してよろよろと歩き出した。もう走る余力はない。しかも、デュラハンたちはすぐ背後まで迫ってきている。

「頼む！　下ろしてくれ！　モタ！」

「嫌だ……嫌だ嫌だ嫌だ！　決めたんだ。わたし……もう友達は見捨てないって！」

「……友達？」

「そうさ。リリンは魔族だけど、友達だ！」

「ぼくのことを……信用してくれるのか？」

「うん。だから……一緒に魔王城に行こう。リリンに……会わせたい……人がいるんだ」

モタはそう言って、微笑を浮かべると、一歩だけやっと踏み込んだ。

「わたしは！　絶対に！　もうこの手を放したりなんてするもんか！」

モタはあらん限りの声で叫んだ。

同時に、涙がぽろぽろとこぼれてきた。そのせいで視界が曇って、眼前にいるデュラハンの姿もろくに見えていなかった。

一方で、リリンは「モタ……」と、その頭をギュッと抱きしめた。逝くのならば、せめて共にと、

「ぼく、弱くて……ごめんな」と、モタの耳もとで囁いた。姉のルーシーのように強ければ、どれだけよかったことか。今、リリンは初めて家出したことを後悔した。

その間にも、デュラハンたちは無情にもモタとリリンを逃がすまいと完全に取り囲んでいた。

そうして振り上げられた大剣が一斉に二人に襲い掛かってくる。

……

…………

……………………

モタも、リリンも、観念して目を閉じた。

それだけに、どこからか上がった凛とした声音は二人の耳によく届いた——

「その高潔な意志。見事だ。ここで散らすには惜しい人物だな」

直後、ピキン、と。

デュラハンたちの大剣が全て根もとから折られていた。

いつの間にか、宙から一人の男性剣士がモタたちのもとにすとんと降りてきたのだ。その魔族らし

き剣士のたった一閃によって、デュラハンたちの武器は全て無力化されてしまった。

　さらに、その剣士はデュラハンたち全員の体を薙ぎ払って、鎧に裂傷を与えると、

「闇に穿て。閃け、牙突（がとつ）――『聖域の光槍（ヘブンズスピア）』！」

　左手を宙に掲げて、デュラハンたちの鎧の傷跡に向けて幾多の光槍で一気に串刺しにした。その手の甲には煌めく聖痕のようなものがあった。

　モタは驚いた。

　何せ、魔族が涼しい顔をして光系の大魔術の詠唱を略して放ってみせたのだ。

　気がつくと、デュラハンたちは跡形もなく消え失せていた。圧倒的な実力だった。モタがこれまで会った中では、師匠のジージか、真祖カミラのどちらかが一番の強者だと思っていたが、この男性剣士はそれを優に超えてくるかもしれない……

　すると、リリンが「はああ」と深いため息をついてから言った。

「遅いですよ……リーダー」

　どうやらその男性剣士は皆のリーダーを務めているようだった。

　だが、モタは再度、驚くしかなかった。なぜなら、その男性のことを何度も見聞きしたことがあったからだ。

　というのも、駆け出し冒険者の頃、バーバルがしつこいほどに語ってくれた。その胸もとから襤褸々々（ボロボロ）になった姿絵まで取り出して、この人物こそが憧れなのだと散々自慢してきた――

「まさか……勇者ノーブル？」

　そう。モタたちの前にいたのは、百年前に高潔の勇者と謳われながらも、第五魔王こと奈落王アバ

ドン討伐失敗の責を問われて、流刑にされて死んだはずのノーブルその人だったのだ。


西の魔族領の湿地帯と、『迷いの森』との間の緩衝地帯にたしかにその砦はあった。

それはより正確に言えば、丘上に建てられた連郭式の山城で、湿地側には深くて幅広い水堀があって、堀の斜面には杭のような逆茂木（さかもぎ）、また堆（うずたか）く積まれた土塁と分厚い木塀によって生ける屍（リビングデッド）の侵入を完全に防いでいた。

その堀にかかった跳ね橋を渡って、大きな鉄門をくぐると、薄暗い坑道となっていて、丘を登る長い階段がしばらく続いた。

そして、再度、鉄門をくぐると今度は日の明かりと共に一つの光景が眼前に広がった。

それは――賑やかな街だった。

まず入口広場があって、そこから真っ直ぐに大通りが延びている。手前から雑多な市場、次いで飯屋や酒屋などがあって、しばらく進むと住居、さらに奥の曲輪（くるわ）には工房や舞台なども見える。他にも迷いの森側のなだらかな丘陵には十分な田畑もあって、どうやらこの広い砦内だけで自給自足が可能なようだ。

もっとも、呪人はともかく魔族は食事をしないので、飯屋、酒屋や田畑などは必要ないはずだが、もとは人族だった名残なのか、この砦にいる者たちは食事をとる習慣が根強く残っているらしい。おかげで、おいそれとは人族の街には入れない魔族がここにぶらりとやって来て、元人族が作る食事に舌鼓を打っていく。

そんな魔族にしても、北の魔族領で生息する吸血鬼ばかりでなく多彩な種族が存在する——たとえば、植物系の魔族が人化していたり、虫人系、魚人系、獣人系など多種多様な者たちが市場を歩いている。どうやら夢魔(サキュバス)のリリンのような変わり者が一斉に集まって来ているようだ。

「ほへー」

モタはそんな凄まじい光景に感心しきりだった。

呪いつきの人族とはいえ、魔族と見事に共生していたからだ。

まあ、モタとてリリンと仲良くなった今では、魔族が単純に人族に対して一方的に戦いを仕掛けてくる戦闘狂——といったステレオタイプな見方には疑問を感じるようになっていたわけだが、こんな街並みを見てしまうと、これまでの価値観がいかに固陋(ころう)だったか痛感させられる次第だ。

そんなタイミングで、高潔の勇者もとい砦のリーダーことノーブルが尋ねてきた。

「さて、モタだったか？　どうだね、この砦は？」

「びっくりしたー」

「どこらへんがだね？」

「当然だけど、魔族だって人族と同じように生活しているんだなーって」

「ふはは。モタはいったい魔族を何だと思っていたのだね？」

「んー。そうだなあ……魔物(モンスター)とそんなに変わらない存在だと思ってたよ」

「なるほど。元人族として、その考え方はよく分かる。敵に感情移入してしまっては剣を振るえなくなるからな。魔物程度に認識しておくのが一番良い」

モタは「ふむう」と呻りながら、ノーブルをちらちらと観察した――

かつてバーバルが持っていた襤褸々（ボロボロ）の姿絵の通りにかなり若い。堂々とした白髪の美男子で、額から頬にかけて雷光のような魔紋が見える。性格的には気さくで、それでいて思慮深く、高潔と謳われるように人々の前に立って導いていく気高さがあった。

ただ、モタには当然ながら二つの大きな疑問があった――

「ねえ、ノーブル……聞きたいんだけど、呪人っていったい何なのさ？」

モタはセロのことを思って、まずその質問から始めた。

セロは真祖カミラの『断末魔の叫び』によって強力な呪いにかかった。

呪いは毒や麻痺など、いわゆる状態異常の一種とみなされていて、しかも幾つかの段階（ステージ）を経るとされている。第一段階で身体能力（ステータス）に低下（デバフ）がかかって、第二段階で眩暈や出血などの幾つかの異常が複合的に起こり、第三段階で法術による治療が難しくなって、第四段階で死へのカウントダウンが始まる。

一般的に第三段階まで呪いが進行すると、大神殿でも治すことがろくに出来ず、さらに呪いが進行して第四段階に達して死ぬしかなくなるわけだが、その一方で例外もある――魔族化だ。

実際に、セロは魔族になると懸念されて放逐されたし、モタの見立てではすぐ横を歩いているノーブルもそうなのだろう。となると、一つの疑問が生じることになる。

「そもそも、呪いって……本当にただの状態異常なの？」

モタは唇をツンと突き立てながら質問を重ねた。

王国では呪いの治療は大神殿の専売特許とされてきた。だから、魔女のモタもあまり詳しくは知らなかった。だが、この街の様子を見て、モタは確信めいたものを持つに至った。

それは——呪いとは人族が魔族になる為の転換の術式なのではないかということだ。

もちろん、身体能力の低下はあるし、複合的な異常も受けるし、さらに治療困難になって死に至ることだってある。それでも、その死を越えたところに不死性への可能性が見いだせるとしたら、呪いを単なる異常とみなすのはあまりに短絡的な考えだ。しかも、魔族が戦いに明け暮れるだけの苛烈な戦闘種族でなく、このように人族の文明も享受出来るのだとしたら尚更のことだろう。

するとノーブルはやれやれと肩をすくめながら街の人々を指した。

「まず、呪人は見ての通り、呪われた人族のことだ。ここにいるほとんどは奇跡的に第三段階で止まっている人々だな」

モタは「ふうん」と鼻で息をついた。

再度、街の人々を見渡すと、呪人たちは包帯を全身に巻いて、その体を隠すようにしていた。毒などが進行して四肢が壊死や欠損している者たちも多い。また、能力低下の影響だろうか、全体的に亡者のように動きが鈍かった。

「次に、呪いとは……実のところ、私にもよく分からん」

モタはずこーっと、転びそうになった。

「な、な、何で分かんないのさ?」

「これでも私は元勇者でね。状態・精神異常系の攻撃を得意としていたわけではないのだ」

「まあ……そうなのかもしれないけどさ。でも、呪いにかかったんでしょ？　んでもって、魔族になったんでしょ？」

「では、逆に聞くが、モタは風邪や怪我などの仕組みを正確に語ることが出来るか？」

「んー。ええと、そう言われると、まあ……」

「同じことだ。たしかに私は呪いによって魔族になったが、どうして不死性を得てこう生き永らえているのかについてはさっぱり分からない。まあ、色々と考えたことはあるがね」

「じゃあ、その考えってやつを教えてよ」

モタがそう言うと、ノーブルはやさしそうに頭を横に振ってみせた。

憶測でものは語りたくないといった意思表示に見えたし、何もかも簡単には教えたくはないといったふうでもあった。何にせよ、モタは拗ねたような声音で、「リリンんんー」と話を振った。

「ぼくも詳しくない」

「ええーっ？　だって、吸血鬼でしょ？　断末魔の叫びでしょ？」

「ぼくには扱えないのだ。母上様から教わっていない。もしかしたら姉上なら出来るのかもしれないが、少なくともぼくはそれ以前に家を出てしまった」

「んなー」

モタはガックリトホホと肩を落とした。

もっとも、さすがにハーフリングだけあって気分屋というか、頭の切り替えが上手いというか、

「むー」とまた唇を突き出すと、

「ところで王国じゃあ、ノーブルは流刑になって死んじゃったって言われてるんだけど？」

そんなふうに言葉を濁さずにストレートに尋ねた。

あけすけな質問ではあったが、ノーブルは苦笑を浮かべてから答えた。

「あながち間違いではないよ。まず流刑されたのは本当だ。当時の聖女によって北の魔族領に転送されたからね」

ただ、ノーブルが『当時の聖女』と言ったとき、やや感傷的になったのをモタは見逃さなかった。

「百年前はまだ魔族の動きが活発な時期でもあったから、ほとんど裸一貫で魔族領に流されるのは死刑に等しかった」

「でもさ。第五魔王の奈落王アバドンを討つことは出来なくても、封印はしたんでしょ？　なぜそんな重い刑を受けたのさ？」

「さあね。それこそ、私が聞きたいぐらいだよ」

ノーブルはそう言って、「ふむん」と息をつくと、どこか遠い目をしながら話を続けた。

「結局、負けてしまったということなんだろうな——百年前、奈落の王ことアバドンにね」

モタは首を傾げた。その言葉の意味がいまいち分からなかった。

ただ、ノーブルは真剣な表情になると、次の曲輪に入る橋の前でモタと真っ直ぐに向き合った。

「さて、モタよ。次は私が聞く番だ。いいかな？」

「ういす」

「一応、確認しておくが——君は勇者パーティーに所属していた魔女のモタだ。間違いはないね？」

「ういうい」

「では、なぜ、そのパーティーを離れて魔族領にやって来たのだ？」

「セロを捜しに来たんだ」

「セロとは、やはり勇者パーティーに所属していた光の司祭のことで、先日北の魔族領にて新しく立った第六魔王こと愚者セロで相違ないか？」

ノーブルがそう尋ねてきたので、モタは驚きのあまりにぽかんと口を大きく開けた。

「おや、魔王の件はまだ知らなかったようだな」

「ええと、セロが……魔王になった？」

「そうだ。これは迷いの森のダークエルフからもたらされた情報だが、つい先日、真祖カミラの長女ルーシーの助力もあって、土竜ゴライアスの加護を受けたことで、正式に第六魔王として立った。しかも、当代の勇者バーバルと聖女クリーンによる討伐隊をすでに退けてもいる」

「えええーっ！」

モタはつい、その場でひっくり返りそうになった。

「じゃあ、バーバルは？　まさか討ち取られてないよね？」

「最新の情報では、勇者バーバルは聖剣を置き残して逃げかえったことで、王都にて蟄居（ちっきょ）となったそうだ。そして、今は聖女クリーンが魔王に対抗する為のパーティーを再編している。どういう因果かは知らないが、私の友人で、モタの師でもあるジージが加入したそうだ」

ここまでくると、さすがにモタもノーブルに盛大に担がれているのではないかと疑った。

だが、からかっているようには全く見えなかった。ただ、ついこの間まで王都にいたモタでも知らないことを、なぜこんな辺鄙（へんぴ）な砦にいるノーブルが知っているのだろうか……

そんな疑心がモタの顔にありありと出ていたせいか、ノーブルは微笑を浮かべて、

「ふふ。実は、ここには意外と最新の情報が集まってくるんだよ。何せ、食事にしろ、工芸品にし

ろ、あるいは美術品や演劇にしろ、人族の街に認識阻害してまで行きたがるような連中がよくやって来るからね」

そこまで言って、リリンに視線をやった。

当のリリンはというと、「いやいや、それほどでも――」と褒められているわけでもないのに頬をぽりぽりと掻いて照れている。

さらにノーブルは橋を渡って、次の曲輪の広場でやっていた『蚤の市』の方にくいっと顎を向けた。

「それにここにはダークエルフの行商人もよく来ている。彼らはどこの誰よりも遥かに第六魔王国に詳しい。何しろ、今は第六魔王こと愚者セロに恭順しているそうだからね」

モタは目が点になった。

いよいよ理解が追い付かなくなってきた。果たしてセロは北の魔族領に送られてからというもの、いったい何を仕出かしてしまったのか……

「そういうわけで、勇者パーティーに所属していたモタに最後の質問だ」

ノーブルはそこでいったん立ち止まった。

「君は新しく立った第六魔王に会って、はてさて何をするつもりなんだ？」

その口ぶりは穏やかだったが、モタには射貫くような視線が浴びせられた。

回答如何によってはこの砦から叩き出すぞといった気迫まで放っている。それもそうだろう。この砦はダークエルフの支援によって建てられたものだ。

ということは、第六魔王国との敵対を誰も望んでいない。だから、モタがセロを害する意志を持つなら、いっそここで捕らえて、ダークエルフに身柄を預けて処分する可能性もあるわけだ。

もっとも、モタも怯むことなく言い切った。

「セロに謝りたい。誤解だったとはいえ……わたし、セロにひどいこと言っちゃった。だから謝って……そいで、出来たらまた仲良くなって……そいでそいで――」

モタはつい百面相をした。セロが魔王になっているなんて全くもって知らなかった。

そもそも、これまで魔族は全て敵だと思い込んでいた。魔王とは問答無用で倒すべき魔物（モンスター）の親玉みたいな者と認識していた。

だが、魔族が必ずしも敵だとはもう言い切ることが出来なくなった――

人族にも善人や悪人がいるように、魔族にだって同じことが言えるのかもしれない。少なくとも、リリンは良い奴だし、眼前にいるノーブルなどもとは高潔の勇者と謳われた大人物だ。

だから、モタはそんな迷いを打ち消すかのようにぶるんぶるんと頭を横に振った。

「その後のことは、分かんない。セロと話し合ってから決める」

ノーブルはモタの答えを聞くと、また微笑を浮かべた。そして、すぐにその笑みを努めて消してから、またモタをじっと直視した。

「なるほどな。理解した。さて、これは質問ではない。むしろ、私からモタへのお願いだ」

ノーブルはそう言って、モタだけでなくリリンにもちらりと視線をやった。

「二人は迷いの森を通って、魔王城に行くつもりなのだろう？　ならば、私も同行を願いたい」

「ええと……なぜ？」

モタがリリンと目を合わせてから代表して尋ねると、ノーブルははっきりとこう答えたのだ。

「これでも昔は勇者を務めていたのだ。だからこそ——その人となりによっては、私は魔王セロを討たなくてはいけない。それを是非とも確認する必要がある」

高潔の元勇者ノーブルの言葉にモタは絶句した。

ダークエルフたちに大きな恩義があって、たとえ彼らの恭順を得た魔王だとしても、場合によっては討たなくてはいけない——

砦の仲間たちに反対されようとも。

それでかえってリーダーを罷免となって追放されようとも。

ノーブルはとうに覚悟を決めていたようだ。その気迫に対して、モタは「ふう」と小さく息をついた。なるほど。高潔と謳われるわけだ。

そのノーブルはというと、すでに砦のリーダーを辞して、ここに害が及ばないように身軽になった上で、モタたちが『迷いの森』を抜けられるようにダークエルフと交渉してくれるらしい。

モタとしてはどのみちノーブルに一任するしかないわけで、その同行については断りようもなかった。ともあれ、ダークエルフたちも砦内での行商があるので、結局のところ、出立は夕方ぐらいになるだろうとのこと——つまり、それまではぽっかりと時間が空いたわけだ。

「では、夕方頃に裏門で落ち合うとするか」

ノーブルはそう言って、モタやリリンといったん別れた。

「うちらはどうするー？」

「ちょうどいい。モタも寄っていけ」

「どこにー？」

「ぼくの家だ。この先にある」

「へえ。こんなとこに住んでたんだー」

「さあ、こっちだぞ」

モタはリリンに案内されて、砦内をぶらぶらと歩いた。

人族の街においそれとは行けない魔族とは違って、王都に慣れ親しんだモタからすれば、この砦はたしかに栄えてはいるものの、領都ほどの規模もなく、一通り見て回れば十分だった。

「ねえねえ、ちょいと遠くないー？」

しかも、リリンの家は迷いの森側の丘陵にあった。ずいぶんと砦内でも奥まった場所だ。

そのせいか、周囲のほとんどが畑になっている。リリンによると、この畑の一画を借りて、真祖トマトの亜種の栽培もしているらしい。そういえば、こないだ助けた旅商人も、リリンとトマトの取引をしていたと言っていたっけと、モタは畑をぼんやりと眺めながら、

「ほいで、リリンの家ってどーれ？」

どうにも首を傾げるしかなかった……

というのも、畑のそばにあったのは茅葺(かやぶき)屋根の高床倉庫と、あとはせいぜい畜舎や水飲み場ぐらい

だったからだ。

少なくとも、先ほどまでぶらついていた大通りには、煉瓦で造った長屋が幾つか並んでいた。また、飯屋や酒屋に紛れて宿屋らしきものもあった。だが、ここにはそれらしきものが一つもない……延々と続く畑と、倉庫と畜舎しか見当たらない田園風景だ。

もしやリリンは貧乏魔族で、畜舎で藁でも被って寝ているのかなと、モタが心配していたら、

「何を言っているのだ？　すぐ目の前にあるだろう？」

「ええと……まさかとは思うけど……」

モタは厩舎の隣にぽつんと置いてある大きな箱に目をやった――棺だ。

そういえば、師匠のジージの持っていた文献に、吸血鬼は棺で寝るものだと書いてあった気がする。てっきり質の悪い冗談か何かだと思っていたが、どうやら真実だったようだ。もっとも、眼前の棺は果たして本当に棺なのかどうかとモタも疑う代物だった。

というのも、その棺は外装に色々な食材が丁寧に彫ってあったのだ。

しかも、棺自体には何らかの生活魔術が無駄にかけられていた。おそらく寝る前に匂いが発する類のものだ。アロマか何かリラックス出来るものなのかなと、モタが術式を読み取ってみると……

どうやら、その日に食べた物の香りを再現するものだった。

「ねえねえ、リリンさんや？」

「どうしたのだ、モタよ」

「もしもだよ。わたしがこの砦に遊びに来てさ。泊まりになるようなことがあったら？」

「当然、ここで一緒に寝るに決まっているだろう。モタに外で寂しい思いなどさせないぞ」

リリンは清々しいほどの笑みを浮かべた。モタが同性でなければ、きっと一発で惚れてしまったに違いない……

もっとも、モタは白々とした目つきになるしかなかった。たしかに棺というよりはかなり大きな箪笥（たんす）ぐらいのサイズはあった。二人が入り込んでも、まだ十分な余裕があるはずだ。しかも、どうやら棺の中にはなぜか宝物も幾つか収めているようだ。

金銀財宝に囲まれて眠れるのだから、まあ悪くはない気もする。いわば、お札風呂みたいな感覚か。だが、モタからしてみると、何にしたってこれは決して家ではない。あと、生きている者が寝るべき場所でもない。

そんなふうにモタが価値観の違いをどう説明しようか、「うーんうーん」と悩んでいると、リリンはこの棺の良さを滔々と語りだした――

曰く、これら食材の彫り物は王国貴族ご用達の彫り師の手によるもので、ずいぶんと宝物を売り払って仕上げてもらったとか……料理の匂いの再生の為に棺を抱えてわざわざ迷いの森のドルイドにお願いをしに行ったとか……

そんなふうに魔改造（カスタマイズ）された棺ではあったが、当然のことながらモタにはさっぱり理解も共感も出来なかった。

ちなみに、これだけ改造した棺でも、まだ最新の流行は取り入れていないらしい。棺に流行なんてあったのかと、モタは「世界は広いもんだなー」とまたもや遠い目になりかけたが、

「最近は、羊の悪魔（バフォメット）を召喚して、隣で羊の数をかぞえてくれる機能が流行っているのだ。『ヴァンパイア通信』に特集されていた」

「その『ヴァンパイア通信』って何ぞ？」

「おや、知らないのか。ぼくたち吸血鬼が寝る為の棺の流行やスペックなどが載っている瓦版だよ。この砦でも手に入れられるぞ」

「へ、へえ」

一生読まないだろうなとモタは思いつつも、とりあえずリリンに提案してあげた。

「ええとさ。バフォメット召喚ぐらいなら、わたしが魔術付与してあげよっか？」

「出来るのか！」

「へへん。わたしを誰だと心得る？」

「ま、まさか！　勇者パーティーから勝手に抜け出して、王都で珍事件まで引き起こしたと評判の魔女モタ様！」

リリンが乗ってきてくれたので、モタは「えへへん」と、無駄に鼻の下をこすってから、手っ取り早く棺に召喚術式を付与してあげた。

師匠のジージが巴術士なので、モタも召喚術は一通り習熟している。下級悪魔召喚ぐらいならお茶の子さいさいだ。まあ、ついつい手が滑って、バフォメットがお腹を下して悶えながら羊の数をぶりぶりかぞえる特殊な仕様になってしまったが……とりあえず気にしないでおこうか。

「ありがとう、モタ！」

何はともあれ、リリンがモタに飛びついてきて無邪気に喜ぶものだから、モタもつい嬉しくなった。

「にしし。苦しゅうないぞ。もっとほめよー」

「モタ様。魔女様。いつかバフォメットを囲んで三人でぐっすり永眠しましょうぞ」

それはちょっとあれだなとモタは思ったが、おくびにも出さなかった。

「では、モタにはとっておきの場所も教えないとダメだな」

リリンはモタの手を引いて、今度は畑の奥の方にある茅葺屋根の高床倉庫に入った。そこは野菜や果実が幾つも吊るされて乾燥してあったが、倉庫というよりはむしろ調理場のように見えた。

「聞いて驚け。ここは、ぼくの専用台所だぞ」

そう言って、リリンは両腕を広げてみせた。

モタは「おおー」とぱちぱち拍手する。というか、ここを家にすればいいんじゃないかなと提案したかったが、とりあえず今は黙っておいた。

「そいや、リリンは何か料理を作れるの？」

「…………」

「もしもし、リリンさんや。なぜ、急に黙ったのだい？」

「作れるならば……わざわざ認識阻害をかけてまで王都になぞ出向かない！」

「そかー」

モタはやさしい顔つきになるしかなかった。

まあ、小さな頃からトマト丸かじりで育てられたら、料理の腕なんて早々には上がらないものかもねと、ちょっとばかし同情した。

「ここの人たちは教えてくれなかったのー？」

「いや、教えてはくれた。だが、料理が上手いのと、教えるのが上手いのとはまた別の話だ。それに呪人たちは動きが鈍いから、何にしても色々と緩慢で、次第に億劫になっていくようだ」

「ふうん。なるほどねー」

　すると、リリンは俯きながらもさりげなく尋ねてくる。

「モタって……もしかして……料理を作れるのか？」

「料理ってほどじゃないけど、当然出来るよー。だって、冒険者をやってた頃はキャンプ時に交代制で色々と作ってたからねー」

　その瞬間、モタは鮮やかな土下座を見た。

　何と、リリンが三つ指をついて、丁寧に頭を下げていたのだ。ただし、それは一般的な土下座とは全く異なるスタイルだった――より正確に言えばむしろブリッジに近い。いわば、逆土下座だ。

　そういえば、以前もリリンは首を傾げるのでなく、なぜか見事に仰(の)け反ってみせたし、もしかして吸血鬼ってすごく体がやわらかくて、人族とはちょっとばかし異なったボディランゲージをするのだろうかと、モタは眉をひそめつつもそんなリリンの逆土下座を眺めていたわけだが、

「今日からぼくの師匠となってください！」

「ええー？」

「教えてくれるなら、ぼくが魔王城からこっそり持ちだした金銀財宝をモタに差し上げます」

「それって……逆にわたしが盗人(ぬすっと)とみなされて怒られるパターンじゃね？」

「どうかお願いします！　ぼくにはどうしても料理スキルが必要なのです！」

「うーん、まあ、簡単なものだけだよ？　それでもいい？」

「ありがとう！　モタ師匠！」

　そんなこんなで急遽モタに弟子が出来た。魔術の弟子でないことがあれだが……一応は師匠のジー

ジにきちんと紹介しないといけないかもしれない。何にせよ、魔族が弟子になったと聞いたら卒倒してあの世に行っちゃうんじゃないかなと、モタは心配せざるを得なかった……

「リリン。それにモタよ。いるか？」

そのタイミングで高床倉庫の外からちょうど声が聞こえてきた。ノーブルだ。

「予定よりも少し早いが、ダークエルフの行商人がもう出立するそうだ。砦の裏手から丘陵に出るから、荷支度などをして裏門に来てほしい」

こうして、モタとリリンの魔王城への旅路は束の間の休息を挟んで、ついに最後の旅程を迎えるのだった。

高潔の元勇者ノーブルに連れられて、モタとリリンは砦の裏門までやって来た。

湿地帯側とは違って、こちらはずいぶんと簡素な造りだ。堀で囲まれてはいるが、それほど広くも深くもなく、また棘（とげ）のような逆茂木なども設けられていない。それに土塁も木塀もさほど高くなく、物見櫓（やぐら）が幾つか建っている程度で、防御面を考えるといかにも弱々しい……

もっとも、生きる屍（リビングデッド）たちは日の中ではほとんど行動出来ないという弱点があるので、年中じめじめとして日も差さない湿地から離れて、夕日がはっきりと差す丘陵側まで彷徨ってこないとみなされているのだろう。

　逆に言うと、この防御の薄さは『迷いの森』のダークエルフに急襲されないという前提に立っているわけで、さすがにモタもそのことをあえて口に出して追求しなかった。

　するると、裏門前で待っていたダークエルフの親子にノーブルは声をかける。

「すでに知らせた通り、今回は真祖カミラの次女リリンの里帰りに同行する形で、ダークエルフの管轄する迷いの森を通過させてもらうことになる。同行者は二名――私と、ハーフリングのモタだ」

「ういす。よろしくお願いしますです」

　モタはいかにも「押忍」と元気よく挨拶した。

　とはいえ、ノーブルからはダークエルフの行商人と聞いていたが、モタからするとごくごく普通の母子にしか見えなかった。

　若い母親とまだ五、六歳ぐらいの女の子で、親の方が大きな籠を背負っている。

　ただ、ダークエルフに限らず、亜人族は見た目と年齢が一致しないことが多々あるから、モタも最初に挨拶を交わしてからしばらくの間は子供に対しても敬語を使っていた。

　すると、その子にぷんすかとしかめ面をされながら、

「ハーフリングのおねえちゃん、かたくるしい」

　そう指摘されたので、何だ、見た目通りなのかと、モタも普通に話しかけてみたら、

「でも、ねんれいは百五さいなのです」

「え？　マジ？」

「えへん」

「あら。ごめんなさいね。この娘（こ）がからかっているだけです。まだ五歳ですよ」

と、子供が無邪気に笑う中でダークエルフの母親に謝られてしまった。

そんな二人の話によると、今日はこの砦に迷いの森で採れる山菜などを売りに来たそうだ。

迷いの森は危険で、さすがに母子だけでは山菜採りは出来ないものの、ダークエルフの精鋭たちが採取した物を代わりに売りに来たらしい。しかも、最近はダークエルフの食糧事情が大いに変わって余裕が出てきたこともあって、一風変わった食材などを求めていたとのこと――

「へー。食材かあ。ダークエルフってあんまし料理するってイメージはないけどね」

「はい。実際に、人族に比べると、私たちは小食です。魔族ほどではありませんが、大気中の魔力（マナ）を体内に取り込めますし、この森の付近でしたら土竜ゴライアス様の庇護も受けられます」

「それじゃあ、なぜ変わった食材がほしいのー？」

「実は、私たち自身の為ではないのです。それを求めている方がいらっしゃいまして……」

「ふうん」

モタは曖昧に肯いた。

ダークエルフの族長あたりが美食家なのかな、と考えたわけだが……

それよりも、ダークエルフの母親が腰に付けている金貨袋がよほど気になった。相当に儲けたのか、お金がたんまりと入っている。

「ていうか、そもそもダークエルフがお金に興味を持っていたなんて……そっちの方が意外だなー」

モタが素直にそうこぼすと、母親は丁寧に答えてくれた。

「たしかに森で生活する分には王国通貨は必要ないのですが、ハーフリングの商隊など他種族と交易する際に通貨は便利なので、集落では貯める方針にしています。それに通貨制度も含めて、この砦ならば王国に行かずとも、人族の文明に触れることも可能です」

「そいや、王国ではダークエルフは全く見かけないもんね。まあ、エルフもだけどさ」

「もともと森の外に出たがる種族ではありませんから。私も先日、第六魔王国に働きに出ていなければ、こうして娘を連れて行商には来なかったでしょう」

モタは「ふむふむ」と相槌を打った。

セロが治める第六魔王国にどんな仕事があるのか気になったが、まあ、それはこれから行ってみれば分かることだ。モタはとりあえず質問を続けた。

「じゃ、今回はこの娘の視野を広める為に連れてきたってことなのかなー?」

ダークエルフの子供はいつの間にかモタの背にぴょこんと乗っていた。以前、リリンを肩車したようにモタは難なく子供を背負って歩いている。

「そうですね。お金儲けが主目的というわけではありません。まあ、お金はあっても困りませんが」

「籠に色々と入っているようだけど、食材の他に何か買ったのー?」

「今日は工芸品も仕入れたのです。こちらの工房製の鏃などは本当によく出来ているのですよ」

すると、ノーブルが自慢げに「ふむん」と鼻を鳴らした。

「実は、この砦にはドワーフの職人がいるのだ。珍しいだろう?」

モタは「ほへー」と、目を大きく開いた。

かつては王国とも交流があったとされる亜人族のドワーフだが、今は大陸北東の山々に囲まれた『火の国』に引きこもっている。ドワーフといえば火と鉄と酒の種族で、彼らが作る武器や装飾品の品質は非常に高く、市場にほとんど出回らないので貴族たち垂涎の逸品になっている。たまに冒険者ギルドにもドワーフとの取引を求めて『火の国』への遠征依頼が舞い込んでくるのだが、残念ながら実現した例がない。

だから、この砦にドワーフがいるというだけでも驚きだ。まあ、ここにはリリンみたいなおかしな魔族がたくさん集まってくるから、もしかしたらもっととんでもない者がいるのかもしれないが……

何にせよ、モタはちらりと背後に視線をやった。

丘陵は最北端の海岸に向けてなだらかな下り坂になっていて、砦はいつの間にか、もうずいぶんと遠くの小山の上にある。

そんな砦を見やりながら、モタはふいに思った——いっそ王国に帰らずに、あそこでしばらく過ごしてみるのもいいかもしれないと。これまで人族の視点でしか物事を見てこなかった。そんな視野の狭さのせいで、セロを追放するバーバルの思惑も見逃してしまった……

エルフやドワーフと同様に小難しいとされるダークエルフでさえ、こうして広い見識を身に付けようとしているのだ。そろそろモタもパーティーから離れて、独り立ちするべきかもしれない。

「また戻ってきたいな」

モタはそう呟いてから、改めて迷いの森へと向き直った。

その迷いの森はというと——まさに怪しさ満載のダンジョンだった。

もともとこの森には人面樹や食人花、軍隊蜂や狂乱蝶、あるいは悪霊に似た凶悪な精霊たちなどがうようよといて、王国でも長らく危険地帯として指定してきた。

むしろダークエルフがこの森に住みついて、一帯を封印してくれたことによって、そんな厄介な魔物たちが外に出て来なくなったことを喜ぶ向きがあるほどで、王国による正式な危険地帯の区分けとしては、南の魔族領にある『竜の巣』、東の魔族領こと『砂漠』、あるいは南西の海にある『最果ての海域』と同様に特一級に指定されている。

実際に、モタも迷いの森にかかっている封印を目の当たりにして、「うひゃー」と、先ほどよりも大きく目を見開くしかなかった。封印の術式を読み取ろうにも、下手に解読すると状態異常や精神異常の呪詛返しがくる仕組みになっている。

おそらく封印に使った触媒の欠片でも持っていないと、この森はろくに歩くことさえ出来ないだろう。しかも下手に進めば、あっという間に魔物の巣に直行だ。

果たしてこんな危ないところを触媒らしき物も持たずに、この普通の親子はどう進むのかと、モタが興味深々でいたら、意外にもこの親子は森に入らずに北端の海岸付近まで歩いた。そこには掘っ立て小屋がぽつんとあって、その前ではなぜかダークエルフたちが武装して立哨している。

「どゆこと？」

モタが首を傾げると、親子は彼らにモタたちのことを説明して、小屋へと手招きしてくれた。

迷いの森には行かないの？　と、モタが尋ねそうになったとき、狭かった小屋の内部が一気に広がっていった。どうやら高度な認識阻害がかけられていたようだ。モタでもすぐには気づかなかったぐらいなので、これを施した術士は相当な腕前だ。

「おんやー？」

モタはさらに眉をひそめた。その小屋内に地下へと通じる階段があったからだ。

親子に先導されて、ノーブルやリリンと一緒に下りていくと、そこは地下洞窟になっていた。

「ま、まさか……」

モタがごくりと唾を飲み込むと、

「ふふ。そのまさかだよ」

リリンがなぜか得意そうに胸を張った。さっきの子供みたいな仕草だ。

別にリリンが考えた仕組みじゃなかろうにと、モタは苦笑したわけだが、ノーブルも落ち着いてい
るところを見るに、どうやらモタだけが一見さんらしい……

なるほど。迷いの森を進むわけではなく、その地下を行くわけかと、モタは感心するしかなかった。

「てか、わたしに教えちゃっていいの？　後で記憶とか消されない？」

モタがふと心配して、リリンに小声で尋ねると、

「大丈夫だ。ちょっとパーになるかもしれないけど、何とか生きていけるさ」

「やっぱ、パーになるんじゃん！」

たしかにリリンは魔族のくせに、人族のところに料理を求めてやって来るぐらいにはすでにパーに
なりかけている……

これはマズいぞと、モタが危機感を抱いて、「帰るー」と振り返った瞬間、ノーブルが声を上げて
笑った。ダークエルフの親子もくすくすと笑みを浮かべながら、きちんとフォローしてくれる。

「大丈夫です。パーにはしません。そもそも、この地下に入る為には先ほどの兵士たちの許可が必要
です。また、いたるところに封印が施してあるので、簡単に進めるわけではありません。何より、こ
の洞窟も迷宮として作ってあるんですよ」

そう指摘されて、モタも冷静に周囲を見回した。

たしかに階段には封印がかかっているようでもう視認出来なくなっている。さらに洞窟の坑道にも幾つか罠が設置されていて、簡単には攻略出来なそうだ。

そんなこんなで迷宮探索はモタも元冒険者として得意とするところなので、「ふんす」と息巻いていたのだが……結局、親子の先導もあって何のトラブルもなく順調に進めた上に、所々に安全地帯（セーフティポイント）も設けられていて、そこで休憩や寝泊まりすることも出来たので、子供連れではあったものの、迷いの森の地下を難なく抜けられた。

そこでダークエルフの母親とは、「それではここで失礼します。良い旅路を」と別れた。大きな籠を背負っていたので、どうやら一足先に集落に帰るようだ。小さな娘に対して、「ちゃんと皆様をお送りするのですよ」と言い含めていたが、モタは少し心配になった。

「ええと……君だけで大丈夫？」

だから、モタがそう声をかけると、ダークエルフの子供は「へーき！」と元気に答えた。

「それにあたしはきみじゃなーい」

「そいや、ちゃんと名前を聞いてなかったね」

「チャル！」

「へえ。わたしはモタ」

「しってるー」

「へへん。わたしってば、有名人だもんなあ」

「ちがーう。とりでのうら門でこのおっさんに呼ばれてたじゃん」

「……お、おっさん」

直後、ノーブルはやけに項垂れていたが、チャルと名乗った子供は胸を張ってみせた。

「一人でなんどもまおー国には来ているんだよ。てへへ、どうだ？」

「そかー。すごいんだね」

「うん！」

こうして道案内役はチャルに代わったわけだが、モタは道中、その子と仲良くなって、闇魔術と生活魔術を組み合わせた秘術を懇切丁寧に教えてあげた。

もちろん、その傍らでリリンはダークエルフたちのおけつにいつか被害が及ぶんじゃないかとハラハラしていたわけだが、一時もしないうちにチャルは地上に出る階段を指差した。

「あそこ！　あのかいだんから上がれるよ！」

チャルが走り出して外へと先導してくれようとしたが、万が一を考えてノーブルが先に上がった。

地下から顔を出すと、夕日がそれなりにまだ差し込んできたので、どうやら森の浅い場所に出たのだろう。宙を見上げると、少し離れたところに大きな岩山が見えた。

モタはふと目を細めた。見覚えのある岩山だった。あれは魔王城の裏山のはずだ……

すると、チャルが注意してくれた。

「あの山にむかってまっすぐに歩いてね。まっすぐだよ。ちょっとでもそれると、へんなとこにとばされちゃうんだからね。まーっすぐね！　いい？」

モタは、「ありがとー、ばいばい」と言って、片手を大きく振ってチャルと別れた。

目的地はもう目と鼻の先だ。モタは少しだけ緊張してきた。あれだけ真っ直ぐと言われると、逸れてみたくもなるのが人の性だ……

ただ、ここには遊びに来たわけではない。モタにとってはとても大切な意義のある旅なのだ。

だから、モタはしっかりと歩みながら、また考え込み始めた――

セロに会ったらまず何を言おうか？

やっぱり、「会いたかった」かな？　それとも先に「ごめんなさい」かな？

魔王となって、セロの性格が変わっていなければいいんだけどな。むしろ、いきなり攻撃なんかされたらどうしようかな。駆け出し冒険者の頃から言い合っていた、姉弟か、兄妹か、その決着をつけるべきかな……

さっきから、ドクン、ドクン、と。

モタの心音は高鳴る一方だった。静かな森の中にいるせいか、かえって怒号のように忙しない。

そして、ついに迷いの森という名の長いトンネルを抜けると、そこはたしかに第六魔王国だった。

しかも、すぐ眼前には――なぜか、生ける屍（リビングデッド）が溢れかえっていた。

「ぎょえええええええええええええ！」

「キャアアアアア！」

「うわあああああ！」

例によってリリンもノーブルも、むしろモタの絶叫に驚かされたわけだが……

こうしてモタとリリンはついに目的地に着いた。もっとも、そこには思わぬおもてなしが待ち受けていたのだった。

聖女クリーンは覚悟する

王国の王都南西にあるヒュスタトン高原を抜けて、さらに幾つかの丘陵を越えた先には、三日月の形をした峡湾と、まるで大地を砕いたかのように大小様々な島々がある——島嶼国だ。

その島嶼国の先に、特一級とされる渡航禁止地域の『最果ての海域』もあるのだが……

残念ながら、今の舞台はそこではない。

目を向けるべきは、それら島々と海域を一望出来る高台に作られた港湾都市——

人族と魚系の亜人族でごった返して賑わい、すり鉢状の広大な土地を誇る街。その中央にある辺境伯邸にて、王国の園遊会はすでに四日目に突入していた。

女聖騎士キャトル・ヴァンディスは侯爵家令嬢として、同い年で仲の良い王女プリムの誘いを受けてやって来たものの……その肝心のプリムはというと、いつも多くの貴族たちに取り囲まれていることもあって、簡単な挨拶しかまだ出来ていなかった。

「はあ……私はいったいなぜ、こんなところに来てしまったのかしら?」

おかげでキャトルのため息も濃くなるばかりだ。

実際に、園遊会といってもずっと邸内の庭園や広間などでパーティーをやっているわけではなく、貴族の男たちは狩りや釣りに勤しんだり、女たちは海水浴、温泉、それに美食などに舌鼓を打ったりしている。「所詮は辺境よな」と蔑む向きもあるにはあるが……何にしても、貴族たちは王都の喧騒から離れて、ちょっとした小旅行を十分に楽しんでいた。

もちろん、これだけの貴族たちが集まれば、裏でこそこそと動き回る輩も出てくる。

実際に、王都から離れた港湾都市の長閑さに比して、王国を取り巻く状況は厳しくなる一方だった。

キャトルは清楚なアフタヌーンドレスを纏って、広間の窓際にて「ふう」と小さく息をつくと、自慢の長い金髪をいじりながら思い出していた——園遊会の初日の晩に武門貴族の妻や娘たちの会合に顔を出した後、父シュペル・ヴァンディスから早速、部屋に呼びつけられたのだ。

「非常に不味い事態になった」

「急にどうなさったのですか、お父様？」

「勇者バーバルが魔王に敗れたそうだ」

キャトルは絶句した。園遊会に赴いている間に勇者パーティーがキャトルに無断で出陣していたことにも驚いたが、よりにもよって魔王に敗北を喫するとは……

「相手は以前に討伐に向かった、第七魔王の不死王リッチですか？」

「いや、違う。北の魔族領に新しい魔王が立ったらしい」

「は？　北……ですか？　真祖カミラを討ったばかりだというのに……ということは、あの日、出会わなかった吸血鬼ルーシーでしょうか？」

「分からん。詳しい情報については王都に戻ってから精査しなければならない。何にせよ、これから園遊会は荒れるぞ」

シュペルはそう断言して、椅子にどさりと背をもたれさせた。

「ところでお父様。勇者パーティーの皆はいったいどうなったのですか？」

「全員、無事に戻って来たそうだ」

それを聞いて、キャトルは「ほっ」と息をついた。

「だが、今回の勇者はもう駄目だな。王命で即日蟄居(ちっきょ)になったらしい」

「それでは……勇者パーティーは？」

「即刻、解散だろうな。ただし、新たな魔王とやらがどう動くのか、全くもって未知数だ。真祖カミラ討伐の報復に出られたら堪(たま)ったものではない。だから、勇者不在でも魔王に対抗出来るパーティーをすぐにでも編制し直さなくてはいけない。今晩も、これから武門貴族の集まりに出るわけだが、当然その話が中心となるだろうな」

「そうですか……」

「何なら、お前が新たなパーティーの主役になるか？」

シュペルがからかうような視線を寄越してきたので、キャトルはすぐさま頭を横に振った。

「冗談はよしてください。武家の娘としてたしかに誉(ほま)れではありますが……さすがに己の実力はわきまえているつもりです」

「ふむん。欲がないな。まあ、新しいパーティーは厳しい状況下に置かれることだろう。そもそも勇者がいないのだ。よほどの人材を集めないと、社交界どころか、王国民の誹(そし)りも免れ得まい。お前のことは引き続き盾役(タンク)として推しておくから、新しいパーティーのことはくれぐれも頼んだぞ」

「はっ！」

キャトルは敬礼しつつも決意を新たにした。バーバルとは肌が合わなかったから、新しい仲間たちが自らを高みに導いてくれる存在であってくれたらと望むばかりだ。

「そうそう、それとここだけの話だが――」

そこで言葉を切って、シュペルは室内にいるにもかかわらず用心深く警戒してみせた。キャトルはこの辺境伯邸でもまだ魔族の間諜を疑っているのかと目を見張るしかなかった。

「実は、聖女クリーンが大神殿の懲罰房に入れられたという噂もある」

「え？　まさか、聖女様が……？　ええと……懲罰とは、いったい何をなさったのですか？」

「分からん。この件についてはどうやら大神殿の主教イービルが絡んでいるらしい。聖職者のくせに蛇蝎そのものと噂される彼奴に関わるとろくなことにならん。下手に噂を調べているうちに、藪をついて蛇だけでなく、毒蝎まで出てくることになりかねんからな」

シュペルがため息をつく様を見て、キャトルも「はあ」と漏らすしかなかった――

それがちょうど園遊会初日の晩のことだ。あれからシュペルはせっかくの港湾都市滞在だというのに、いつもよりもよほど忙しく動いている。

しかも、肝心の園遊会そのものも、いつの間にか、貴族たちの疲れを癒す為の息抜きといった趣きから、魑魅魍魎が跋扈する伏魔殿にも似た雰囲気に変じていた。

「そんな遠方での社交界も……やっと終わりを迎えるわけですね」

キャトルはアフタヌーンドレスの乱れを直して、やれやれとまた小さく息をついた。

事実、今日はやっと最終日となって、各界で目立った功績を残した人々が褒章を受けるということで、辺境伯邸の広い前庭にて盛大な式典が行われている最中だ。高名な女性魔導騎士、はたまた芸術家や吟遊詩人などが次々に呼ばれている。

すると、唐突に邸の正門に馬車が三台着いた。

キャトルは眉をひそめた。いったい誰がこんなにも遅れてやって来たのかと訝(いぶか)しんでいたら、まず大神殿の主教フェンスシターが出てきた。

これには式典に出席していた貴族たち全員がざわついた。

主教フェンスシターは小太りの中年男で、聖職者というよりも商人――立場的には日和見なので主教イービルの腰巾着とも小間使いとも言われている俗物だ。

とはいえ、聖職者が貴族の園遊会にやって来るのはいかにもおかしい。生臭坊主だと自ら公言しているようなものだからだ。幾ら俗物と評判の男だとしても、まともな感性を持ち合わせているならば、こんな場所に堂々とやって来るはずなどないのだが……

さらに、馬車からは二人の人物が出てきた。その様子を見て、貴族たちの騒々しさは一気に増していった。キャトルの耳にもひそひそ声が届く――

「なぜ冒険者如きが馬車から降りてきたのだ？」

「片田舎の魔物(モンスター)でも狩りにやって来たのでは？」

「しかしながら、もう一方の御仁は？　どこかで見た覚えがあるような……」

「ま、まさか！　そんな馬鹿な！　こんな式典に出てこられるような御方ではないぞ！」

そんな騒々しさを掻き分けるかのようにして、武門貴族でも勇猛果敢として知られる精悍な辺境伯がわざわざ皆の前に進み出て、騒ぐのを止めるようにと両手を広げる仕草をした。

まず、主教フェンスシターの後を追うように馬車から降りた冒険者こそ、英雄ヘーロスだった。

三十代前半の好男子で、強者に相応しい屈強な体格に、よく焼けた浅黒い肌――いかにも叩き上げの剣士なのだが、その戦歴は英雄と謳われるだけあって凄まじい。個人(ソロ)で南の魔族領にある『竜の巣』を踏破して、幾体もの毒竜討伐を果たしたほどだ。

そんな英雄ヘーロスが前庭の中央に来たとたん、口さがない貴族たちはつい先ほどまで冒険者如きと蔑んでいたはずなのに、すぐに掌をくるりと返し始めた。

「勇者よりも勇者らしい英雄とはまさに彼のことだな」

「いかにも。バーバル様のことは聞きましたか？　何でもまた負けたそうですよ」

「勝手に魔王退治に赴かれたとか。以前も神殿騎士団から独断専行と嫌われていましたな」

「それでは……いったい今後、勇者パーティーはどうなるのかしら？」

そんなひそひそ話と共に、英雄ヘーロスからしだいにキャトルへと視線が移っていく。

勇者パーティーがどうなるかと問われても、実のところ、キャトルの方が知りたいぐらいだったが……そんな不躾な貴族たちによる視線に堪えきれず、キャトルはつい目を伏せてしまった。

さらに、主教フェンスシター、英雄ヘーロスに遅れて、一人の老人が杖をついてゆっくりと歩み始めた。そのとたん、老いて引退していた公侯爵たちがその場に一斉に跪いた。そんな様子に驚いて、他の貴族たちも次々と倣っていく。

「よい。とうに引退した爺（じじい）だ。皆も面（おもて）を上げられよ」

その老人は穏やかに言った。

たったそれだけで時化（しけ）のように荒れていた会場に凪（なぎ）の静けさが訪れた。

キャトルも跪いて、いったい誰なのかと眉をひそめていたが、これまたすぐにひそひそ声で理解できた――巴（は）術士のジージだ。

百年ほど前に高潔の勇者ノーブルと共に戦った大魔術師らしい。そして、魔術師協会の重鎮として、多くの後進を育て上げ、長らく王族の魔術指南役も務めてきた大人物でもある。亡くなった先代の王から「師父」と敬われていたので、その頃を知っている者たちは自然と膝を地に突いたわけだ。

もっとも、ここでもまた百年前の話に絡んで勇者パーティーの噂が聞こえてきて、キャトルへとあけすけな視線が集まっていった。キャトルもいい加減に辟易したわけだが、そこにふらりとまるでキャトルを守るかのようにして王女プリムがやって来た。

「まあ、今日の主賓がそんなにしょげた顔をしていては駄目ですよ」

「……え?」

「さあ、共に行きましょう」

王女プリムに手を引かれる格好で、キャトルは立ち上がった。

全く事態が飲み込めないままに、主教フェンスシター、英雄ヘーロスや巴術士ジージのもとに連れてこられると、いつの間にか、父シュペルもすぐそばにやって来ていた。

その瞬間、キャトルは「まさか」と小さく声に出した。

同時に前庭の中央にて、主人(ホスト)の辺境伯は全員の注目をいったん伯自身に戻した――

「皆様にご紹介しよう。まず、フェンスシター卿だ。本来なら聖女クリーン様にお越しいただく予定だったが、聖女としての外せない所用があって来られなくなってしまった。代理としてわざわざ急遽、このような世俗の社交場にお越しいただいた卿には深く感謝を申し上げたい」

辺境伯がそう説明すると、会場からはまばらな拍手が上がった。

そんな拍手が静まるタイミングを見計らって、今度はシュペルが集まった人物の紹介を辺境伯から引き継いだ。

「次に、皆さんもご存じやもしれないが、数々の冒険と功績で知られる英雄ヘーロス殿だ」

そのとたん、武門貴族たちを中心として大声と拍手が上がった。

シュペルは「ごほん！」とわざとらしく咳払いして、いかにも身贔屓に近い声援を止めさせると、老人のそばに寄り添った。

「そして、どの功績によって称えればいいのか、不肖の身では――」

「よい。年寄りは気が短いのだ。手短に頼むぞ」

「はっ！　それでは、かつて王家の魔術指南役であらせられた巴術士ジージ様である！」

直後、会場からは「やはりか」とか、「まさかこんな場所で見えるとは……」とかといった言葉が続いた。

「最後に、我がヴァンディス家の長女ではあるが、聖騎士のキャトル。それからこの会場には来ていないが、引き続き、モンクのパーンチ殿、狙撃手のトゥレス殿にも参加していただく」

そこまでシュペルが言うと、さすがに貴族たちの喧騒はいやが上にも増していった。今、ここで何が宣言されるのか、誰もが気づいたのだ――

シュペルは再度、会場が静かになるのを待った。

そして、全体をいったん見渡してから、辺境伯と合わせて声を張り上げる。

「本日、勇者バーバル様が蟄居した状況を踏まえて、新たに聖女クリーン様を旗頭にした魔王討伐のパーティーを結成した！　我々はこの聖女パーティーにて魔王討伐を行うことをここに宣言する！」

会場は歓喜に包まれた。勇者バーバルの敗北の報はそれだけ皆の不安を掻き立てていたのだ。

その一方で、キャトルだけが落ち着かない顔をしていた。なぜなら、新しいパーティーにセロはともかく、魔女モタの名前もなかったせいだ。

「モタは……いったい、どこに行ったのかしら?」

そう呟くも、すぐに王女プリムがやって来て、「さあ、主賓なのだから皆に改めて挨拶に行きましょう」とまたもやキャトルを引っ張っていった。その日、キャトルはそれこそ社交場で一生分の挨拶をする羽目になって、勇者パーティーにいた頃よりもよほどへとへとになったのだった。


園遊会も終わりが見えてきたはずなのに、帰る者はほとんどいなかった。

聖女パーティー結成の報の熱気に中てられたということもあるが、会場となった辺境伯邸は王都からあまりに離れているので、帰るのならば翌朝にした方がいいという判断が勝ったわけだ。

そんな辺境伯邸の前庭では、夕日を浴びながら王女プリムが女聖騎士キャトルと他愛のない話を続けていた。まるでこの数日、キャトルと全く話せなかった鬱憤を晴らすかのように、プリムの目は爛々と煌めく――

「ねえ、キャトル……知っていた?」

「今回の聖女パーティー結成の件ですか?」

「いいえ。違うわ。最近の社交界の流行りのことよ」

「残念ながら、私はしばらく勇者パーティーに属していましたので、あまりこういった社交場には顔を出しておりませんでした」

「そうなのよね。じゃあ、今、社交界で婚約破棄が流行っているなんてことも知らないんでしょ?」

「……はあ」

「もしかしたら、この園遊会でも見られるかしらとドキドキしていたのだけど……」

キャトルはつい苦笑した。

そんなことをする阿呆がいたら、すぐに社交界から追放されるだろう。本当にそんなものが流行っているのだろうか……いや、おそらくからかわれているだけか……

と、キャトルが考えていると、王女プリムは急に真正面から顔を覗き込んできた。

「バーバル様がこの場にいらしてくれたら、キャトルにも婚約破棄を見せつけられたかもしれないのに。とても残念なことよね」

キャトルは「げふん!」と呻(うめ)いた。

一方で、王女プリムは天真爛漫な笑みを浮かべてみせた。

本気かどうかは分からないが、小さな頃から無邪気で、いつまで経っても純真な方だなと、キャトルは「やれやれ」と頭を横に振った——

そもそも、キャトルは王女プリムとは同い年ということもあって、幼いときから何かと付き合いがあった。それこそ子供の時分には双子の姉妹のように王城でよく遊ばせてもらったものだ。

もっとも、姉であるべき王女プリムはというと、あまりに無垢な性格だったので、どちらかと言うとしっかり者のキャトルの方が姉らしく振る舞うことになった。そんな二人の微笑ましい関係はしばばらく続いたが、大人になるにつれて解消していった……

　キャトルからすると、将来的には王女付きの近衛騎士に抜擢されるのではないかと考えて、分相応に距離を置くように意識したわけだが……それがかえっていけなかったのだろうか。王女プリムはいまだキャトルに一方的に甘えがちで、キャトルが勇者パーティーの女聖騎士になったにもかかわらず、こうして大事な時期なのに園遊会に誘ってくる。

　王女はその身分上、何かと孤独になりがちだし、小さい頃に兄たちを魔物(モンスター)や魔族との戦いで亡くしたことも知っていたから、キャトルも王女プリムのわがままにこれまで辛抱強く付き合ってきたのだが――そのせいで、肝心の魔王討伐に赴くことが出来なかった。

　キャトルは「ふう」とまた息をつくと、王女プリムにきちんと向き合った。

「ところで、プリム様。バーバル様とは本当に婚約破棄をなさるおつもりなのですか?」

　キャトルが探りを入れると、プリムはどこか遠い目をした。

「私の一存では決められないわ。でも、バーバル様なら立ち直ってくださると信じております」

「では、蟄居が解かれるようにご助力なさるということでしょうか?」

「ふふ。それはちょっと勘弁してほしいわね」

　王女プリムはそう答えると、「あら」と口もとに両手をやった。

「いけませんわ。最近、バーバル様の勘弁してがつい口癖のようになってしまって……」

「たしかによく耳にしましたね。もう聞けないかと思うと、少し寂しいですよ」

　別にたいして寂しくもなかったが、キャトルは王女プリムに話を合わせた。

　おそらく婚約は保留で、そのまましだいに婚約関係も消失していくことだろう。王女プリムはバーバルにもっと熱を上げているのではないかと考えていたから、キャトルにとってはその冷静さがかえって意外だった。

ともあれ、こうして熱狂を生んだ園遊会は静かに終わって、貴族たちが邸にあまりに残ってしまったこともあって、夜には急遽、大広間で聖女パーティー結成の祝宴が行われることになった。

その会場にゲストとして入る直前、渡り廊下にて簡単な顔合わせも兼ねて、キャトル、英雄ヘーロスと巴術士ジージが揃った。

が。

キャトルはすぐに無言で俯いてしまった。

相対してすぐに気づいたが、格があまりにも違ったからだ。

英雄ヘーロスはともかく、巴術士ジージについてはキャトルが百人集まっても難なくいなされるイメージしか湧かなかった。だから、そんなふうに圧倒されていると、英雄ヘーロスがやさしい口調で話しかけてくれた。

「キャトル嬢よ。これからはパーティーの後輩になるからな。指導の程をよろしく頼む」

「そ、そんな……とんでもありません！　現時点で、実力も実績もヘーロス様の方が断然上です」

「はは。そんなに謙遜してくれるな。キャトル嬢だって、なかなかやるだろう？」

「私は実戦の経験が足りていません。以前も足を引っ張ってばかりでした。セロ様というお手本がいらしたので何とかやってこられた――」

というところで、急に巴術士ジージがキャトルの言葉を遮るようにして尋ねてきた。

「今、セロ――と言ったな？」

「ええと……はい。そうです。光の司祭セロ様です。それがどうかなさいましたか、ジージ様？」

「いや、俗世から離れたわしでもどこかで聞いた名前じゃなと思ってな……ああ、そうか。そうだった。やっと思い出したぞ。モタが言っておったのじゃ」

「え？　もしやモタをご存じなのですか？」

「ご存じも何も……あれはほんに不肖の弟子じゃよ」

意外な関係性にキャトルは驚いたが、すぐに頭を切り替えて疑問を口にした。

「それでは、ジージ様。モタがどこに行ってしまったのか、ご存じでしょうか？　この聖女パーティーに入っていなかったものですから……少し心配なのです」

「それなのじゃ。せっかくその日暮らしを楽しんでおったのに、モタがいなくなった責任を取れときたものだ」

巴術士ジージはそう言って、子供みたいに「ぷう」と両頬を膨らませた。

なるほど。モタのお師匠様だなとキャトルはすぐに実感した。もっと穏やかなイメージを持っていたが、あっという間に偏屈かつ子供っぽい奇人変人といった印象に変わった。

とはいえ、キャトルから見れば巴術士ジージは圧倒的な強者なので、ものはためしとここで素直に頭を下げてみた――

「ジージ様。もしよろしければモタ同様に、私にもご指導頂けませんでしょうか？」

「ふむん。魔術を扱えるようには見えんが？」

「いえ、武術です。ジージ様の立ち居振る舞いから、相当な使い手なのだと分かります」

そこに英雄ヘーロスが割り込んでくる。

「そういうことなら、俺にも教えて頂きたいものだな」

「お前さんはもう十分に強いじゃろう？」

「はは。嬉しいお言葉ですが、ジージ様に勝てる自信は全くありませんな。近接戦限定で百回やっても、一回でも勝てればいい方だ」

これにはキャトルも「それほどですか」と驚いた。

「ふん。あまり年寄りを虐(いじ)めてくれるな。それにヘーロスと言ったか。お前さんからは高潔の勇者ノーブルと同じモノを感じる。誇っていいぞ」

「なるほど。さすがはヘーロス様です」

「違う、違う。単に俺に指導するのが面倒だから、こうして持ち上げてくださっているだけだ。本当にひどい御仁だよ」

英雄ヘーロスはひねくれると、「はあ」とわざとらしくため息をついた。

もっとも、同時にヘーロスは思った――巴術士ジージには隙が全くない。さすがだ。これなら安心して背中を任せられる。だが、聖騎士キャトルの方はまだまだだ。さすがに武門貴族の筆頭ヴァンディス侯爵家出身だけあって良いモノを持ってはいるが、残念ながらいまだ磨かれていない。

一方で、キャトルは思った――英雄ヘーロス様が気さくな方でよかった。これから良い所をたくさん吸収させてもらおう。それよりも巴術士ジージ様が凄まじい。このパーティーにいる間に是が非でも教えを乞いたい。というか、父のシュペルからは「新たなパーティーをよろしく頼むぞ」などと言われていたが、むしろ足手まといにならないように懸命に付いていかなくてはならない、と。

そして、何より巴術士ジージは底深い眼差しになった――このお嬢さん(キャトル)はまあいい。未熟な聖騎士に過ぎない。もちろん才能もあるし、素直な性格だから、これから幾らでも伸びていくだろう。しかしながら英雄ヘーロスはどこか危うい。武門貴族と親しくしている様子からパーティーへの誘いを断り切れなかったのだろうが……何かしら思惑を抱えている様子を隠し切れていない。そういう意味では、たしかに高潔の勇者ノーブルと同じだ。

「やれやれ。これも縁というしかないのかね」

巴術士ジージはぼやいた。

そもそも、ジージとて別にモタの逃亡の責任を取る為にパーティーに入ったわけではなかった。

御年百二十歳を超えてまで生きてなお、どうしてもたどり着きたい真実があったのだ——百年前の勇者パーティーが冒険の最後に直面した出来事。また、勇者ノーブルが第五魔王こと奈落王アバドンを倒さずに封印するしかなかった謎。何より、倒せずとも封印したにもかかわらず、ノーブルだけが王国から追放されてしまった真相。

あのときは何もかもがおかしかった……

しかも、そんな怪奇がいまだに王国の歯車を狂わせているように感じる……

このパーティーにあえて誘われてやったのは、天寿を全うするまでにそれら全てに決着をつけろという天啓のように巴術士ジージには思えたからだ。

「全くもって……モタめ。余計なことをしてくれたもんじゃわい」

巴術士ジージはそう呟いて、新しい仲間となった二人と共に大広間へと入っていったのだった。

王国の南西にある辺境伯邸にて、宵闇(よいやみ)――

聖女パーティー結成の祝宴が半ばを過ぎても、女聖騎士キャトルはいまだに落ち着かなかった。

もともとこうした祝宴に出るのが苦手な武辺者ということもあるが……実のところ、王女プリムが一向に会場に姿を現さなかったのだ。

そもそも、この園遊会に出席したのも、父シュペルから王女プリムの身辺警護を示唆されたからだ。もちろん、プリムの周辺には同性の近衛騎士が常に付いているから問題など然々(そうそう)に起きないとは思うが、それでもキャトルは金髪をいじりながら苛々(いらいら)と貧乏揺すりを続けた。

とはいえ、祝宴の主役がおいそれと席を外すわけにもいかず、キャトルは仕方なく、「ふう」と息をついてから大広間をざっと見渡した――

英雄ヘーロスは父シュペルを筆頭とした武門貴族たちの集まりに顔を出して談笑している。

また、巴術士ジージはご老公こと引退した公侯爵たちの輪の中にいて、昔の出来事を偲んでいるようだ。どちらにしても、王女プリムの到着が遅いなどという懸念だけで邪魔をしては申し訳ない……

もっとも、キャトルの周囲とて貴族の女性たちが距離を取って群がっていた。

そもそも、キャトルはシンプルなイブニングドレスを纏(まと)っているものの、どこか男装令嬢といった趣きがあって同性に大人気だった。キャトル本人はどちらかといえば無愛想で塩対応なのだが、そこらへんもかえって女性たちには良いらしい……

だが、さすがにキャトルには居心地がよろしくないようで、

「私が捜しに行ってみるしかないかな」

そう呟いて、また「ふう」と大きく息をついた。

そして、「失礼」と周囲に短く告げてから、つか、つか、と歩み出すと——

ちょうどそんなタイミングだった。

「王女プリム様、御入場！」

大広間の扉がゆっくりと開かれて、王女プリムがやっと姿を現したのだ。

その背後には近衛騎士二人と、王女プリム付きのメイドも距離を置いて侍っていた。

キャトルはやっと「ほっ」とした。ただ、同時に「ん？」と首を傾げた。夕方に談笑したときの王女プリムとはどこか印象が違ったように感じられたからだ。

とはいえ、この夜の祝宴の為に新しいドレスに着替えて、髪型や装飾品なども変えてきたせいかなと、キャトルはすぐに思い直した。今でも王国民から人形姫と謳われる王女プリムは流行の発信源でもある。社交場において様々なモードの人形（モデル）になるのも務めのうちだ。それにどのみち王女プリム自身が無事ならば、そんな違和感など些細なことでしかない。

さて、当の王女プリムはというと、キャトルが入口のそばに突っ立っていたことに気づいて、すぐに笑みを浮かべて親しげに近寄ってきた。キャトルもなぜ疑心など持ってしまったのかと、昔と変わらぬプリムのままなので安心して微笑を返した。

周囲からすれば、美麗な男装令嬢と愛らしい人形姫の組み合わせということで、まるで演劇のワンシーンでも見ているかのようで、

「おおお！」

と、感嘆が一斉に漏れた。

だが、その吐息も鶴の一声で掻き消された。

「お待ちなさい」

そう声を張り上げたのは——巴術士のジージだった。

キャトルがいったい何事かと思って視線をやると、巴術士ジージは王女付きのメイドにそれ以上近寄るなと、杖を出して制しているようだった。同様に、英雄ヘーロスもすぐさまアイテム袋から片手剣を抜き出す。

もちろん、どちらにしても社交場ではあってはならない行為だ。

王女の御前でそのメイドに杖や剣を向けるなど、大逆罪に問われてもおかしくない……

王女付きの近衛騎士もギョッとして、それぞれ剣に手をかけた。一人は王女の警護に、もう一人はそばにいた英雄ヘーロスに対応した。それでも、巴術士ジージは淡々と告げる。

「この園遊会場に着いてからというもの、どこかきな臭いなと思っておったが、今はっきりと分かった。なぜ、魔族がメイドの格好なぞしているのかね？　もしや、わしが知らんだけで、最近は魔族如きがメイド服を着て、人族の社交界に出席するのが流行っているんじゃろうかの？」

そのとたん、辺境伯邸の大広間がざわついた。

武門貴族たちは万が一の為に携帯していたアイテム袋からそれぞれの武器を取り出した。女性たちは彼らに守られるようにして隅に集まっていく。

一方で、王女付きのメイドは頬が裂けるほどに、にんまりと笑ってみせた。

次瞬、そのメイドは英雄へーロスに対応していた近衛の女性騎士の首を背後から爪で切り裂いた。

「きゃあああ！」

大広間に女性たちの悲鳴が響いた。

そのままメイドは王女プリムに突っ込むも、キャトルが聖盾を取り出してメイドの進行を遮る。

「プリム様には傷一つ付けさせません！」

「ちぃっ！」

メイドはそれで諦めたのか、大広間入口へと踵を返したが、そこにはすでに英雄へーロスが回り込んでいた。

「逃がしはせんよ。さっさと正体を現して観念したらどうだ？」

英雄へーロスがそう言うと、メイドは立ち止まって「すう」と息を吸った。そして、自らの認識阻害を解いていく――現れ出たのは、バンシーだ。

第七魔王こと不死王リッチの配下として知られる老婆の姿をした亡者で、素早さと状態・精神異常攻撃に全振りした魔族でもあって、墳丘墓の室内など、狭い場所では圧倒的な強さを誇る。当然、この大広間で異常攻撃を繰り出されたらたまったものではない……

そんなバンシーに向けて英雄へーロスはゆっくりと歩み始めた。

「ほう。不死将デュラハンと同格の妖精バンシーなぞが紛れ込んでいたか。これは面白い。ジージ様、ここは俺に任せてほしい」

「いいじゃろう。ただし、彼奴に泣かせるな。ここには女たちが多くいる。泣き声一つで女たちが皆、狂ったようにわしらに牙を剥くぞ」

「分かりましたよ。やれやれ。中々に難しい注文だ」

英雄ヘーロスはそう応じて、片手剣を構えた。

バンシーの泣き声は特に女性に対して凶悪な精神異常をもたらすので、たしかにこんな室内でやらせるわけにはいかない。

そのバンシーはというと、巴術士ジージを見て瞬時に敵わないと悟り、次にキャトルを見て聖盾を突破するのも面倒臭いと考えたのか、結局は英雄ヘーロスと対峙することに決めた。

「あたいとやろうなんて酔狂な人族がいたもんだね」

バンシーがしわがれた声を上げると、英雄ヘーロスはまた進み始めた。

「しかも、一人きりで戦うとは……なめられたもんだよ！」

「本当にそう思っているなら、身の程を知るがいい」

英雄ヘーロスとバンシーが交錯した。

武門貴族の重鎮たちでも目を瞬いた。二人の動きを捉えきれなかったのだ。

直後、ヘーロスは片手剣を華麗に鞘に納めた。バンシーは横一文字に、さらには真っ向にも斬られていた。まさに達人による鮮やかな剣技だ。その凄まじさがよく理解出来る武門貴族たちからすると、「ほほう」と感嘆の息しかこぼれなかった。

「英雄ヘーロス……これほどとは……」

バンシーが呻いて、その体が黒いもやのようになると、英雄ヘーロスは「おや？」と首をひねった。魔核が見当たらなかったからだ。

「まだ脇が甘いのう」

だが、巴術士ジージが光系と水系魔術を掛け合わせた『光の雨（ホーリーレイン）』をその黒いもやに降らすと、それらはあっという間に霧散していった。

「ヘーロスよ。ただの魔族ではないぞ。不死王リッチが持つとかいう特殊スキル『等価交換』――金銀財宝によって亡者を召喚するものなのじゃが、それで召された亡者は魔核を持たず、魔力（マナ）の塊のような存在となるらしい。じゃから、光属性で打ち消すか、黒いもやそのものをさらに切り刻んでやらん限りは再生し続ける」

「なるほど。お見それいたしました」

「次からは爺に楽をさせよ」

「はっ！」

英雄ヘーロスが巴術士ジージに素直に頭を下げると、大広間では割れんばかりの拍手が上がった。

何しろ、勇者パーティーが苦戦した不死将デュラハンと同格の妖精バンシーを難なく討ち取ったのだ。これにはキャトルの父シュペルも、武門貴族たちも、惜しみのない喝采を上げ続けた。

一方で、キャトルは呆然としていた。英雄ヘーロスの剣筋を目で捉えることが出来なかったせいだ。

それにバンシーが特殊召喚された魔族だとも気づかなかった。なるほど。以前戦ったデュラハンもそのせいで戦いづらかったのかと、やっと気づくことが出来た。上には上がいるというが、果たしてどれほどの努力をすればこの二人の境地にたどり着けることだろうか……

すると、そんな惑いなどお構いなしにキャトルの背後から声がかかった。

「キャトル、守ってくれてありがとう」

王女プリムは笑みを向けてきたのだ。その笑顔と言葉でキャトルは「はっ」とした――

守ることこそが聖騎士の務めなのだ。そこを履き違えてはいけない。その為にも力をつけなければなと、キャトルは決意を新たにした。

そんなふうに盛り上がる一方の夜の祝宴だったが、巴術士ジージは傷ついた近衛騎士を法術で回復しながらも、またもや底深い眼差しを王女プリムに向けた。

「ふむふむ。お嬢さん（キャトル）も一瞬気づいたように見えたが……夕方の王女とは明らかに別人のようじゃ。最近の王国は何かと物騒だというから、影武者でも用意したのじゃろうか？　だとしたら、このメイド騒ぎはいったい如何に？」

こうして勇者パーティー敗北の悲報から始まった園遊会は、熱狂から凶事まで含んで、次の波乱を予感させつつも、やっと全てを終えたのだった。


辺境伯邸での園遊会から数日後――

王国の王城、玉座の御前にて、聖女クリーンは現王に対して簡単に会釈だけをした。

もちろん、これは無礼には当たらない。そもそも聖女は王に額（ぬか）ずく貴族ではなく、あくまでも大神殿に所属する聖職者なので、たとえ現王の前であっても起立したままで立礼もしない。

そんなクリーンの横には、いかにも優等生といったクリーンとは違って、まさに本物の聖母といっても過言ではない女性が並び立っていた。先輩の女司祭に当たるアネストだ。

クリーンはこれまで品行方正とみなされてきたが、それはあくまで計算ずくで、飽くなき上昇志向に裏打ちされたものだった。だが、このアネストに限っては掛け値なしに清廉潔白かつ慈悲深い人柄だ。その分、融通がきかないので、いわゆる聖女レースからは遠ざかってきたのだが――

クリーンが凛として、胸を張ってから話を始める。

「王よ。報告いたします。本日より、私(わたくし)、クリーンは第二聖女となって、こちらのアネストが第一聖女として祭祀祭礼の儀を執り行わせていただきます」

「アネストと申します。以後、何卒、よろしくお願いいたします」

現王は「ふむ」と短く首肯するだけだ。

同時に、第一聖女アネストも軽く会釈を返して退室していった。

もともと、第一や第二聖女などという身分は、魔王の動きが活発だった百年以上も前に、聖女が前線に赴くことが多くあった為に設けられたものであって、近年では完全に形骸化されていた。それが今回わざわざ蘇った。理由は言うまでもないだろう――

「それでは、第二聖女として新しくパーティーを結成いたしましたので、ここでお披露目をさせていただきます」

第二聖女クリーンがそう告げると、玉座の間には女聖騎士キャトル、モンクのパーンチ、エルフの狙撃手トゥレスに加えて、英雄ヘーロスも入ってきて入口のそばですぐに跪いた。

巴術士ジージだけがこの場にいなかったが、それはとある事情によるものだ。

「良い。近(ちこ)う寄れ」

現王の言葉で、四人は第二聖女クリーンの近くまでやって来て、もう一度跪いた。クリーンだけはいまだに突っ立ったままだ。

もっとも、このクリーンの態度もまた無礼には当たらない。そもそも、聖職者が跪くのは神に対してのみだ。天族ならともかく、人族の頂点たる現王には最低限の儀礼を示すのみである。

すると、王のそばに控えていた宰相ゴーガンが勅書を開いて重々しく告げる。

「勇者バーバルが手放した聖剣の奪取及び、北の魔族領に新しく立った第六魔王討伐を命じる」

以前、第七魔王こと不死王リッチに対して宰相ゴーガンは女性の口ぶりで話しかけたものだが、今はよく通る青年の声音だ。

もちろん、魔王討伐と言っても、勇者がおらず、聖剣もなければ、それは不可能に近い。だから、ここでは対抗するという程度の意味合いではあったが、五人は顔を上げて「ははっ！」と言葉を合わせた。そして、宰相ゴーガンの「下がれ」によって、皆は退室していった。

それからしばらくして、王城の客間に戻った五人はロングテーブルを囲んで座った。

そのとたん、モンクのパーンチが両手を上げて、「はあぁ」と大きなため息をついた。

「いやあ、玉座なんていつまで経っても慣れねえよな。いっそ聖女様だけで十分だろ？」

すると、英雄へーロスが意外にも親しげに応じる。

「そういう仕来り（しきた）も大事だぞ。お前みたいな態度を取る者が多いから、いつまでも俺たちは礼節を知らない冒険者如きなどと陰口を叩かれるんだ」

「でもよ。へーロスの旦那。どのみち冒険者如きなのは間違っちゃいねえだろ？」

「これからは聖女様と共に戦うのだ。少しは品格を持て。パーンチよ」

「オレにそんなものを求められてもねえ」

そんな他愛のない二人の会話に、第二聖女クリーンが割り込んだ。

「もしかして、お二人は知り合いなのでしょうか？」

「はい。聖女様。その通りです。互いに長らく冒険者をやっていましたから」

「てか、王都で冒険者をやっていて、この旦那を知らなきゃモグリだぜ、聖女様よ」

「だから、そういう口の利き方は止めろ、パーンチ」

「へいへい」

第二聖女クリーンは目を見張った。バーバルとは口喧嘩ばかりしていたモンクのパーンチがわりと素直に従っている。

そのこと一つ取っても、英雄ヘーロスが加わってくれたことにクリーンは感謝した。他に王国でも最高の魔術師と呼び声の高い巴術士ジージもいるわけだから、主教イービルが絡んだ案件にしてはまともな人選になったなと、とりあえずクリーンは「ほっ」と一息ついた。

そんなタイミングで巴術士ジージが客間に入ってきた。

「現王への挨拶は終わったかの？」

第二聖女クリーンはやれやれと肩をすくめて、小さく息をつきつつも、

「はい。終了いたしました。ですが、ジージ様。ご欠席されて、本当によろしかったのですか？」

「その件でお主はあの小僧から何か咎められたか？」

巴術士ジージが現王を小僧呼ばわりしたとあって、第二聖女クリーンはギョッとした。パーティー以外の誰かに聞かれていやしないかと、ついきょろきょろとしてしまったほどだ。

「い、いえ。何も特には……仰っていませんでしたが……」

「ならば、問題ない。あれの父親とも、祖父とも、親しく付き合ってきたが、あの小僧とはどうにも反りが合わなくてな。わしが顔を出せば機嫌が悪くなるじゃろうから外しただけじゃ」

はてさて、現王に対してそんな態度を取っても許される者が国内にいるかどうか……

現王は比較的温和な性格で、王子たちを亡くしてからというもの、娘の王女プリムを溺愛している。もっとも、そのプリムは人形姫と謳われるだけあって、政治にも、軍事にも、興味を持っていないのか、余計な口出しをしない。

だから、旧門貴族筆頭の宰相ゴーガンや武門貴族筆頭のシュペル・ヴァンディス侯爵の忠言をよく聞く賢明な王とみなされているが……それでも、王侯貴族の実態に詳しくない聖職者のクリーンからすればその裏の顔は見えてこない。

巴術士ジージが変人なだけなのか……

それとも、ジージと仲違いするほどの何かを隠しているのか……

いずれにしても、最初が肝要ということで、クリーンは真剣そのものの表情を作ってみせると、

「さて、皆さん。今回、王命は聖剣奪取と、第六魔王討伐……というよりも対抗となっていますが、ここでパーティーとしてどちらを達成するか、その合意を得ておきたいと考えております」

一気にそうまくしたてた。

ただ、女聖騎士キャトル、英雄ヘーロスと巴術士ジージは「ん？」と眉をひそめた。

どちらも何も、その二つを同時に達成することがパーティーを組んだ目的なのではないかと、三人共に首を傾げたわけだ。

だが、第二聖女クリーンはその三人をよく見据えて、はっきりと言葉を続けた。

「これほどの実力者を揃えたパーティーでも、第六魔王を討つのは不可能だと、私は考えております」

そんなパーティーの中心たるクリーンの暴言に――

女聖騎士キャトルは、「はあ？」と唖然として言葉を失った。

また、英雄ヘーロスはしかめっ面をしながら即座に腕を組み、巴術士ジージはむしろ「ほう」と興味深げに長い顎髭に手をやった。

それに対して、モンクのパーンチや狙撃手トゥレスは「うんうん」と深く肯いて同意してみせる。

「まあ、そりゃあ当然の判断だよなあ。さすがにあそこはヤバいって。オレでもぶるっちまうぜ」

「同意する。少なくとも超越種直系の魔物（モンスター）を従えている魔王など、これまでの歴史にも登場したことがない。詳しくはないが、地下世界にも存在しないのではないか？」

そんなトゥレスの言葉に、巴術士ジージはさらに「ほうほう」と身を乗り出した。

が。

女聖騎士キャトルは第二聖女クリーンに詰問した。

「新しい第六魔王が立ったわけですが、その正体は――やはりセロ様なのでしょうか？」

わずかな間隙。クリーンは「すう」と息を吸った。

「はい、キャトル。その通りです」

クリーンが毅然として答えると、キャトルはドンッと机を叩いて立ち上がった。

「なぜ！　そう平然としていられるのですか？　クリーン様の婚約者だったのでしょう？　呪いにか

かっていたとはいえ、解呪は本当に出来なかったのですか？」

　そんな女聖騎士キャトルの厳しい問いかけに、客間はしんとなった。

　モンクのパーンチャや狙撃手トゥレスは事情を知っていたが、前パーティーのごたごたに詳しくなかった英雄ヘーロスや巴術士ジージは「おや？」と訝しんだ。

　だが、そのヘーロスが皆に聞こえるように「待ってくれ」と言った。

「キャトル嬢よ。俺は事情に詳しくないのだが、今さらクリーン様を責めても致し方あるまい。そのセロ殿はかけられた呪いによって、魔族に変じてしまったということなのだろう？　しかも今では魔王になったと……たとえかつての仲間だとしても、心を鬼にして討たねばならないときだってある」

　不思議と英雄ヘーロスの言葉には実感がこもっていた。まるでかつて断腸の思いで友でも討った経験があるかのようだ。

　そんなヘーロスに諭されたからか、女聖騎士キャトルは叩いた拳を緩めて椅子にゆっくりと座り直した。一方で、第二聖女クリーンは「こほん」と、いったん咳払いをしてから皆に粛々と告げる。

「よろしいでしょうか。私としては、第六魔王となったセロ様と対話することによって、聖剣を取り戻したいと考えております」

　すると、巴術士ジージが相変わらず顎髭をいじりながら面白がって尋ねた。

「魔王と対話など、はてさて本当に出来るものなのかね？」

「セロ様は暴虐非道な魔王には見えませんでした。私が言うのもなんですが、礼を尽くせば応えてくださるのではないか、と」

　より素直に言えば、真祖カミラの長女ルーシーがいて、人造人間（フランケンシュタイン）エメスまでいる。そんな大物二人を従えるほどの力を持った新たな魔王だ。たとえこちらに英雄ヘーロスや巴術士ジージなどの強者が加わったとしても、勇者も聖剣もないパーティーで対抗出来ようはずがない――

第二聖女クリーンはそう考えて、もし聖剣を返してもらう為に靴先でも舐めろと言われたなら、そうする覚悟でいた。まともに戦うなど愚の骨頂でしかなかった。

そのときだ。客間の扉が、こん、こん、と丁寧にノックされた。

第二聖女クリーンが「どうぞお入りください」と伝えると、意外なことに主教フェンスシターが顔をのぞかせた。

「やあ、諸君。お忙しいところ、失礼いたしますぞ」

突然の来訪に、クリーンは眉をひそめながら尋ねた。

「フェンスシター卿……いったいご用件は何でしょうか？」

「なあに、皆様には早速、北の魔族領に行ってきてもらいたいのですよ」

「そんな！　早急に過ぎます！」

「おやおや、皆様は魔王討伐の為に組まれたパーティーなのでしょう？　こんなところで遊ばせておくわけにはいきません」

「討伐には準備も必要です。各人との連携も確認しなくてはいけません」

「そんなもの、北の街道を進みながらやればよろしい。まあ、ご安心ください。王国から兵も出ます。すでに正門前や北の拠点に集結させています。皆様方だけではございません。ですから、くれぐれもよろしくお願いいたしますよ――第二聖女様」

主教フェンスシターはわざとらしく第二の部分を強調して嘲笑った。

クリーンはギュッと下唇を噛みしめた。主教イービルの腰巾着に過ぎない輩に口答えするだけ時間の無駄だ。またどんな嫌がらせを受けるか分かったものじゃない……

そんな空気を察したのか、パーティーの面々は押し黙ってしまった。

主教フェンスシターは「くく」と、勝ち誇ったかのような笑みを浮かべる。

だが、その直後だ。卑屈な笑顔を巴術士ジージの一言があっけなく崩してみせた――

「ところで、王国ではいつから聖職者が軍事に介入するようになったのじゃ？」

主教フェンスシターは目を丸くした。そして、ジージが王家の魔術指南役で、古株の貴族たちに慕われているという情報を思い出して、いかにも日和見主義者らしく揉手(もみで)を始める。

「こ、これは失礼しました。ジージ様……私はただ、伝達をしに来たに過ぎません」

「それに付け加えるが、魔王を討つパーティーとは、本来、王命以外に従う必要もなかったはずじゃが？　卿(けい)が話した内容は本当に王命によるものか？　ならば、なぜ先ほどの玉座で発されなかったのじゃ？　そもそも、大神殿が軍事に介入してくるなぞ前代未聞じゃろうて？　このことを玉座の小僧に改めて問い合わせてみてもよろしいか？」

事ここに至って、主教フェンスシターは顔を引きつらせた。

このまま話をしていてもボロを出すだけだと、「そ、そ、それでは……たしかに伝えましたからな！」と、捨て台詞だけを残して、さっさと退室してしまった。

そんな様子にパーティーの面々も呆れて見送ったわけだが、結局、英雄ヘーロスが話をまとめた。

「まあ、急な話ではあるが、どのみち北の魔族領には行かねば始まらないのだ。第一回の遠征は偵察とするか。相手の実力を見定めることこそ肝要だ。それと騎士や兵士などの出兵に関しては、現地で指揮官としっかりと話をつけるべきだな。後々、責任がどうこう言われても詰まらんだろう?」

その言葉に皆が肯いた。

第二聖女クリーンは今こそ神に感謝した。

聖女パーティーとはいうが、実質的には英雄ヘーロス、巴術士ジージとその仲間たちといったところだ。それでもいいとクリーンは思った。リーダーシップと経験値があまりに違い過ぎる。

こうして名ばかりの聖女パーティーは北の魔族領に赴くことになったのだった。


その日の夕方。聖女パーティーに属する面々は支度の為にいったん別れた――

英雄ヘーロスは王都郊外の共同墓場にやって来た。その中でも比較的新しい墓石の前に立って、持ってきた高級酒を墓石へと惜しみなくかける。

「よう、相棒。ついに勇者パーティーに入ってしまったよ。いや、正確には聖女パーティーか。まあ、どちらでもいいさ。何にせよ、俺が救国の為に働くんだぜ。いやはや、本当に偉くなっちまったものだ」

英雄ヘーロスは夕日に視線をやりつつも、独り言を続けた。

「俺の隣にお前がいてくれないことがいまだに慣れないよ。もう十年も経つというのにな」

そして、「よいしょ」とその場に座り込むと、ヘーロスは瓶に残っていた酒を呷った。

「なあ……いったい、どうしてお前は呪われてしまったんだ？　勇者になるはずじゃなかったのか？　それなのにあの日、大神殿に一人きりで行って……なぜ魔族になって戻って来てしまった？」

英雄ヘーロスは片手剣に手をやった。

それはかつてコンビを組んでいた無二の親友を斬った得物だ。

駆け出し冒険者時代の同僚は意気揚々と聖剣を抜きに大神殿に行ったはずなのに、どういう訳か行方不明となって、しばらくして呪人となって見つかった挙句、解呪も間に合わずに魔族と化してしまった。その上、王都に侵入しようとして、対応した兵たちを傷つけたことによって、当時冒険者として討伐依頼を受けたヘーロスは捜し出して斬らざるを得なかった……

「だからこそ、俺は真実を見極めたいのだ。呪いとは何か。そして魔族とはいったい何者なのか」

英雄ヘーロスはまた酒を呷るも、すでに酒瓶に一滴も残っていないことに気づいてから、「やれやれ」と頭を横に振って、墓石に真摯な眼差しをやった。

「これから魔王となった光の司祭セロに会ってくるよ。そいつがいったい何を知っているのか。何を知らざるのか。偵察任務とはいえ、いずれにせよこの剣で聞いてくるつもりだ」

英雄ヘーロスはそう呟いて、やっと立ち上がった。

直後、その頬を冷たい風が過った。赤々とした空はみるみるうちに大地の影に支配されていった。

ヘーロスは「じゃあな」と墓石に別れを告げると、そんな暗がりの中にゆっくりと進むのだった。

巴術士ジージは貧民街（スラム）の古塔に戻っていた。

「おうい、帰ったぞ」

そう声をかけると、モタがお手伝いのおばちゃんと呼んでいた高弟サモーンが出迎える。

「おかえりなさい、ジージ様。そうそう、こないだモタちゃんがここに来ましたよ」

直後、ジージは顔をわずかに歪めた。

「あやつはいつも勝手に来て、勝手にどこかに行きおる。まるで猫みたいな奴じゃな」

「でも、木箱に入っていた『捨てモタ』を拾ってあげたのはジージ様でしょう？」

「ふん。わしの経歴の中で最大の汚点じゃよ。それで……あやつは何か言っておったか？」

「いいえ。特には何も。ジージ様によろしくといった程度ですよ」

「どこに行ったかぐらいは分からんか？」

「そういえば、謝りに行きたいとは言っていましたね」

「は？　あやつが素直に謝るじゃと？　よせよせ。雪でも降ってくるぞ。はあ、嫌じゃ嫌じゃ」

ジージは纏っていた外套を玄関先に掛けると、「はて、雪が降るか……もしや、新たな水系魔術の呪詛（いたずら）でも仕込んでいやしないよな？」と、塔内を一応確認してから「ふん」と鼻を鳴らした。もっとも、辛辣な態度のわりにはモタを語るときのジージの口の端は少しだけ緩んでいた。

「そうそう、雪が降ってくるといえば、同じくらいに珍しいことが起きているらしい。光の司祭と謳われたセロなる若者が第六魔王の真祖カミラの呪いによって魔王になったそうじゃ」

すると、サモーンは「そう。そのセロですよ」と、ジージに指差した。

「は？」

さすがのジージもぽかんと呆気に取られる。

「まさかとは思うが……モタのやつはセロに会いに行くと言っておったのか？」

「はい」

サモーンがにっこりと笑うと、ジージは深いため息と共に額に片手をやった。これは雪どころか、槍でも降ってきそうだなと、何だか無性に嫌な予感しかしなかった……


王都にあるヴァンディス侯爵邸にて、女聖騎士キャトルは父シュペルに詰問していた。

「北の魔族領へと兵を動かしたのは父上ですか？」

「いや、違う。私ではない。そもそも王命による出兵ではなかったのか？」

「どうやら違うようです。少なくとも現王は命じておられません。とはいえ、宰相ゴーガン様に掛け合ってもごまかされたので、詳しいことは結局分かりませんでした……まさかと思いますが、大神殿が動かすことなどあり得るのでしょうか？」

「それこそあり得ん。神殿直属の騎士団なら話は別だが、それでも亡者対策や聖女の護衛などに限られるはずだ。それに、他の各騎士団は武門貴族の有力者が仕切っているし、王都の抱える兵ならば同門の将軍の差配だ。私の耳に入ってこないのはおかしい。となると、王命によって直接動いたとしか考えられないのだが……」

そこまで言うと、シュペルは眉をひそめつつも、椅子に座って足を組んだ。

「それよりも、王都の兵が少なくなっている方がよほど問題だ」

「魔族が侵入する件ですか？」

「そうだ。この状況は決して好ましくない」

先日も園遊会後の夜の祝宴に第七魔王こと不死王リッチの配下、妖精バンシーが入り込んだばかりだ。それまではキャトルもシュペルの杞憂ではないかと疑っていたものだが、今ではこの王都こそ魑魅魍魎が跋扈する舞台に見えてくるのだから恐ろしい……

すると、シュペルがふいに顎に片手をやってから、思案顔で呟いた。

「まさかとは思うが……すでに王国の中枢にまで敵が潜り込んでいるなんてことはないよな？」

シュペルの言葉にキャトルも顔色を変えた。

王族を疑うなどさすがに不敬に過ぎる。そもそも、勇者がいない時分に騎士団を率いて人族を守護してきたのが王族だ。しかも、王子たちが全員殺られたこともあって、現王は魔族や魔物を相当に憎んでいるはずだ。

「何にせよ、手は打っておくか。私はこれから現王にお会いする。お前も己の役割を果たせ」

「はっ！」

キャトルは首肯するしかなかったわけだが、その表情はシュペル同様にどうにも晴れなかった。

その頃、モンクのパーンチは王城の一室で手紙を書いていた。

それは故郷の教会付き孤児院の子供たちに宛てたものだ。王都から北西に行った山のふもとにある街で、酪農で賑わっているので決して貧しくはないが、それでも娯楽は全くと言っていいほどない。だから、子供たちにとって、勇者パーティーに所属するパーンチの活躍は何よりの英雄譚だ。

そもそも戦闘狂とも言えるパーンチが、戦闘種族の魔族に呪いつきを経由してまでなろうとしないのは、魔族になったら人族の生活圏には入れなくなるし、子供たちにも会えなくなるからだ。

その孤児院を支えているのもパーンチの給金によるところが大きいので、幾ら戦いが好きだとはいっても、今のところ、死ぬことも、魔族になることも、パーンチにとって選択肢にはない。

「だが、まあ……この戦いが終わったら、オレもそろそろ故郷に戻って身の振り方でも考えないといけないよな」

パーンチはふと地元での生活に思いを馳せた。

「喧嘩ばかりしていたオレを好いてくれる女なんて……果たしているものかね」

そして、幾人か同世代ぐらいの女性たちのことを思い出した。

もしかしたら結婚して、家庭を作るのも、また違った戦いなのかもしれない……

パーンチは「はあ」と息をつくと、王城の窓から宵の空に浮かぶ長い雲を見上げた。この儚げな雲が故郷にまでずっと繋がっていると強く信じて――

「待ってろよ、子供(ちび)ども。兄ちゃん、なるべく早く帰ってやるからな」

エルフの狙撃手トゥレスは宵闇に紛れて、ある人物の尾行をしていた。

その人物とは、かつて魔女のモタが王城の広間の柱からこっそりと見かけた人物だ。認識阻害を使ってまで宰相ゴーガンと話をしていた——いわば本物の裏切り者と言っていい。

実は、その場にはトゥレスもモタ同様に隠れて宰相ゴーガンたちの動向を探っていたのだが、結果的にはモタに邪魔される格好となって、裏切り者たちの真意まで掴むことが出来ずにいた。

だが、今日はついに尻尾を掴めそうだ。その裏切り者はというと、なぜか神官服を纏って、フードを目深に被って大神殿までやって来ると、人もまばらな広場を足早に横切って、研究棟の中でも一際古びた塔の裏手から地下に下りて行った。

「ふん。まさか……私を誘っているのか？」

トゥレスは眉間に皺を寄せたが、ここでは暗殺者としての誇り(プライド)の方が勝った。

この地下には一度だけ行ったことがある。どのみち一本道だ。もっとも、隠し通路などがある可能性も否定出来ないが、それならそれで『探索』のスキルも併せ持つ暗殺者のトゥレスにとって、見つけるのはそれほど難しい仕事ではない。何せ、遥か昔にはこの身一つであの『迷いの森』に入ったことさえあるのだ……

もっとも、トゥレスは周囲を警戒しつつ裏手の螺旋階段を下りようとして、ギョッとして足をひっこめることになった。理由は単純だ。いつの間にか、この階段に認識阻害ではなく、封印がかかっていたからだ。このまま下りて行っても、永遠にたどり着けずに迷わされるだけだろう。

進むべきか、退くべきか——

いずれにせよ、このときトゥレスにとって疑心が確信に変わった。

「なるほど。これで合点がいった。まさか王国の中枢そのものが私たちを欺いていたとはな」

トゥレスはそう呟いて、塔の裏手からいったん退くと、他に動きがあるかどうか見届ける為にも、しばらくの間、そばの木陰に隠れることにしたのだった。


同時刻に、第二聖女クリーンは大神殿内の執務室にいた。

窓からじっと夜空を眺めていたのだが、ぼんやりしていたせいか、広場を横切ったエルフの狙撃手トゥレスの存在には気づかなかった。

先刻、英雄ヘーロスはあくまでも今回の出征は偵察だと言っていたが、残念ながらそれは政治をよく知らない冒険者の短絡的な考え方に過ぎないとクリーンはみなしていた――今の聖女パーティーには何より結果が求められている。聖剣奪取か。はたまた魔王討伐か。どちらかの目的をすぐにでも果たさないと、王侯貴族の玩具（おもちゃ）にされる可能性がある。

いや、むしろ社交界は勇者パーティーに代わる体（てい）のいい玩具こそ求めているはずだ。

だから、せめて壊してはいけない玩具だときちんと認識させる為にも、聖女パーティーは早急に結果を出さなくてはいけない。

当然、魔王討伐など土台無理な話だ。現王との謁見後に客間で話し合った通り、第六魔王国に正面切って攻め入るなど、自殺するのと同義だ。逆に、王国の至宝たる聖剣は魔王にとって何ら価値のない代物だ。勇者が装備するからこそ意味を持つ武器なのであって、元聖職者のセロならばそのことをよく理解しているはず……

「まさか魔王となったセロ様に、そんな良識を今さら期待する羽目になるとは……ほとほと困った話ですよね」

もっとも、クリーン自身が蒔いた種なのだから自責の念に駆られるしかないわけだが……

こうなったら何とか魔王セロと謁見して、その玉座の間で平身低頭、土下座でも、三跪九叩頭でも、あるいは自らに磔刑を科してでも、国宝を返してもらうしかない。

「最悪、元婚約者として……私の身を差し出して、あんなことやこんなことをされても――」

魔王セロに苛烈に責め立てられる姿を想像して、クリーンは「きゃ」と両頬を赤らめた。存外にそれも悪くないかもしれないと考えてしまうあたり、この第二聖女も大概である……

それはさておき、クリーンにはどうしても理解が出来ないことが一つだけあった。

「なぜ、これほどまでに私たちを急かそうとするのでしょうか？」

たしかに聖剣が失われたのは失態以外の何物でもなかった。すぐにでも取り戻す必要がある。

とはいえ、現在の第六魔王国は明らかにおかしい。人族の王国が簡単に対抗できる存在ではない。そのように報告も素直に上げている。それなのに、ここにきてなぜ第六魔王の愚者セロをわざわざ刺激するような真似を仕出かすつもりなのか――

「どうにも、何かに踊らされている気がするのです」

英雄ヘーロスや巴術士ジージは王国きっての実力者だ。

もちろん、王国にはまだ虎の子の聖騎士団がいるとはいえ、この二人を失うのは今の王国にとって大きな痛手のはずだ。

「もしかして、聖女パーティーを結成したのは……聖剣奪取や魔王討伐が目的ではない？」

クリーンはそう囁いて、ズキズキと痛む頭に手をやった。

その問いに対する答えはあまりに闇深いものだ——英雄ヘーロスや巴術士ジージの早急な戦死。それこそが本来、このパーティーにて求められているものだとしたら？

「いやいや……さすがに考え過ぎですね。私の悪い癖です」

どうやら今日もしばらくは眠れない夜を過ごすことになりそうだ。クリーンは「はあ」と深いため息をつくしかなかった。


翌日、聖女パーティーは朝早くに王都を出立して、わずか二日ほどで王国中央領から北領までやって来ていた。

本来ならば王都から馬を飛ばして、一週間は優にかかるところだが、魔王討伐に赴くパーティーとあって、特別に各領都に設置された転送陣を使って移動することが許された。以前のように大神殿の地下にある巨大転送陣で転移すれば一瞬で全員が北の魔族領の岩山のふもとに着けるのだが、どうやら大神殿から許可が下りなかったらしい。あれだけ主教フェンスシターが急かしてきたというのに、

「これは……いったい、どういうことかしら？」

と、第二聖女クリーンもさすがに首を傾げざるを得なかった。

「まあ、たしかに聖遺物と同様、大神殿で大切に管轄している物ですし……むしろ敷地内の古塔の地下奥深くに聳（そび）えて、隠匿されてきたような禍々（まがまが）しい代物でもありますし……」

道すがらクリーンはぶつぶつと不満そうに独り言を呟いた。

そもそも、大神殿と王族は長らく王国を支えてきた両輪ということで水と魚のような仲かと思いきや、どちらかと言うと同じ穴の貉（むじな）でどうにも不可解な関係だ。

王侯貴族の社交界などに聖職者が顔を出すのはよほどのことに限られるし、それに勇者にまつわる事柄についても、聖剣を管理しているのは大神殿だが、その任命権を有するのは王族だ。どちらも魔族や魔物（モンスター）を敵視しているが、前者はむしろ生ける屍（リビングデッド）などを含む亡者を天敵とみなしている。

今回も、聖剣奪取は大神殿たっての要望で、魔王討伐はこれまで同様に王命によるものだ。

「巨大転送陣の件も、王族には報告されているはずなのに……壊れたとか、実験中とか、使用出来ない理由でもあるのかしら？」

クリーンはさらにぼやき続けた。

今も、クリーンたちはわざわざ各領都で管理している小さな転送陣を使用している。

これは最高位の法術の『転移』を込めた扉形の魔導具で、一人ずつしか転送出来ない代物だ。しかも、隣接する領都の教会内に座標が定められているので、いちいち転移するごとに後続する仲間を待って、全員が揃ってからまた一人ずつ扉をくぐっていく。

さらに、この魔導具は一度使うと魔力（マナ）のチャージが必要なので、一定時間待たされる羽目になる。

だから、その間に聖女パーティーは教会から出て、わざわざ街の広場で民衆の前に立って、

「これから、私（わたくし）、第二聖女クリーンは魔王討伐に赴きます！」

といった宣言などをして、その都度、民衆に歓待されることになった。

「国威発揚の為に必要なこととはいえ、何だか無駄に足止めでも喰らっている気分ですよね」

教会の一室に戻ったクリーンはまた不満をこぼしたわけだが、モンクのパーンチなどは子供のように目を輝かせていた。

「いやいや、聖女様よ。こういう歓迎も悪かないぜ。バーバルのときはあまりなかったからな」

「え？　意外ですね。勇者なのですから、私よりもよほど人気があったのでは？」

「人気ってことなら……バーバルなんかよりも聖女様の方があると思うぜ。てか、そういう意味じゃなくてよ。バーバルはそもそも群衆の前に出たがらなかったんだよ」

「それこそ意外です。目立ちたがりな方（かた）だとばかり思っておりました」

クリーンが首を傾げると、今度はパーンチがぼやいてみせた。

「あいつ、戦闘だとやたら出しゃばるくせに、いざこういう場になると――民は信じられん、みたいなこと言い出して神経質になるんだぜ。妙に子供（ガキ）っぽいとこがあったんだよなあ」

「民が信じられない……ですか？」

「ああ。誰だっけ？　あいつが憧れていた勇者……ええと、たしか爺さんと一緒にパーティーを組んでいたって奴？」

パーンチは巴術士ジージに話を向ける。

「ノーブルのことかの」

「そう。そいつだ。王国民に裏切られたんだろ？」

「いやはや、裏切られたとはあまりに直截的な物言いじゃが……まあ、たしかに第五魔王アバドン討伐失敗を受けて、あやつに向けられた熱狂は一気に——いや、不自然なほどに冷めていったな」

「バーバルもそのことを心配していたぜ。いつか同じ目にあうかもしれないってさ」

パーンチの言葉を聞いて、クリーンも、ジージも、釈然としない顔つきになった。

クリーンは傲岸不遜を絵に描いたようなバーバルにそんな繊細な一面があったのがいかにも信じられないといったふうに、またジージはノーブル追放の余波が当代の勇者にまで及んでいたことに——それぞれ、片頬に、あるいは顎髭に手をやって、「ふむん」と息をついた。

すると、そばにいた英雄ヘーロスが話題を変えた。

「それよりも、パーンチ。せっかく北の魔族領に向かうんだ。真祖カミラ討伐の話を聞かせろよ」

「いいぜ。つっても、大した話はないけどな」

「いやいや、謙遜するな。お前らしくもない。何せ真祖カミラと言えば、化け物中の化け物だぞ？」

「まっ、たしかにな。恥ずかしい話だが、オレだって初めて見たときはちびりかけたぜ」

「はは。で、どんな装備をしていったんだ？　神格級の武器でも手に入れていたのか？」

「そりゃあ、旦那に比べりゃ、オレなんかまだまだだろうがよ。それでも武器はこの拳一つだぜ。そもそも、真祖カミラ討伐っていうが……しっかりと計画を立てて準備して向かったわけじゃなく——何だかんだでバーバルの思いつきだったんだよ」

その言葉にヘーロスは「ほう？」と眉をひそめた。

「もともと、オレたちは北の魔族領の探索をしていたんだ」

パーンチがそう言って、女聖騎士キャトルやエルフの狙撃手トゥレスにちらりと視線をやると、二人とも首肯してみせた。そして、キャトルが話を受け継いだ。

「あのときは宰相ゴーガン様より勅命をいただきまして、来るべき魔王討伐に向けて地図作成を優先していたわけです」

「なるほどな。南の魔族領の『竜の巣』は俺が踏破して、ある程度の地図は完成しているし、西の魔族領の湿地帯は神殿の騎士団がよく遠征している。東の魔族領の砂漠は……まあ、あれは人では容易に踏み込めない死の大地だし……そう考えると北の魔族領の探索はパーティーの訓練もかねてちょうどよかったということか」

そんなヘーロスの相槌に、クリーンは首を傾げた。

「しかしながら、北の魔族領には吸血鬼がおります。竜の巣同様に、吸血鬼も十分に危険な魔族なのでは？」

「ふん。吸血鬼なぞ、眠りを妨げなければ襲って来もせんわい」

もっとも、クリーンの疑問に対して、ジージは「かか」と笑ってみせた。

「彼奴らほどぐーたらな魔族もおらんよ。日がな一日、棺の中で寝ていて、たまに夜に起き出す程度じゃ。それに根本的に人族を見下しておるから、出会っても下手に出れば問題ない」

「そ、そうだったのですか……」

意外な事実にクリーンが驚いていると、ヘーロスがパーンチに話を振った。

「それで地図作成の為の探索が、どうして魔王討伐に切り替わったんだ？」

「バーバルのせいだよ。まあ、オレにもちょっとは責任があるかな……」

パーンチの目が泳ぐと、キャトルが険しい表情でパーンチを非難しだした。

「ちょっとどころではありません。バーバル様と一緒にむしろ率先して魔王討伐に向かったではないですか?」

「どういうことだ?」

ヘーロスが合いの手を入れると、

「いや、よお……せっかく北の魔族領まで来たんだから、先っぽだけでもいいから魔王城に入ってみね?　ってことで話がまとまったんだよ」

「まとまってなどいません！　私とセロ様は幾度も反対しました。それなのにモタをおやつで丸め込んで、三人で肩を並べてスキップしながら勝手に行ったのです。それで仕方なく、私もセロ様も追いかけました。そもそも、トゥレス殿など、私たちからずいぶん離れたところでいつでも逃げ出せるようにしていましたよね?」

トゥレスは無言で鏃(やじり)をせっせと研ぎ始めた……

ヘーロスも、ジージも、そんな無鉄砲な話に目を丸くしたが、クリーンだけは「はあ」と息をついた。かつての湿地帯での無様な敗戦から、その様子を簡単に思い描くことが出来たからだ。

「それで魔王城に赴いたわけか?」

ヘーロスが話の先を促すと、パーンチが大袈裟に肩をすくめてみせた。

「それがもう驚いたなんてもんじゃないぜ。魔王城に行ってみたら、入口広間で真祖カミラが出迎えたんだからな」

「よくもまあ……それで倒せたものだな?」

「だから言ったろ。オレだって旦那ほどじゃないが、腕を上げたんだぜ。とはいっても――」

パーンチはそこで言葉を切ると、「セロのおかげだけどな」とこぼした。

その瞬間、クリーンは「はあ」とため息をついた。魔王となったセロの強さについてはあれから素直に皆に伝えていた。万が一に備えて、バーバルのとき以上に言い含めたつもりだ。

もちろん、パーンチやトゥレスには敵対の意思など微塵もなかった。また、キャトルは秘かに憧れていたセロが魔族になったことにまだ困惑するばかりだったが、クリーンの方針を尊重してくれた。

それでも、ヘーロスの表情にはどこか陰が差していた。同様に、ジージも顎鬚を片手で撫でながら、

「人族の強者が魔族に転じると……ほんに厄介なものよのう」

と、クリーンよりもよほど深い息をついた。

そんな様子に皆が顔をしかめたわけだが、何にせよ教会の司祭がやって来て、

「転送陣に魔力（マナ）がチャージされました。転移の間までお越しください」

そう伝えてきたので、クリーンたちはそれぞれの思惑を胸に進み始めたのだった。


聖女パーティーは結局、王都から三日ほどで王国北最大の領都までやって来ていた。

ここはまだ第六魔王国と隣接する最北の要塞ではないが、北の大峡谷に位置する城塞都市で、武門

貴族の中でもヴァンディス侯爵家と肩を並べるムーホン伯爵家が治める街に当たる。

「これは……いったいどういうことかしら？」

そんな街の歓待を受ける一方で、第二聖女クリーンは額に片手を当てた。

というのも、この領都にはすでに複数の騎士団が駐屯していて、第六魔王国に出撃する準備を整えていたからだ。

おかげで街中がやけに物々しい……

巴術士ジージが語った通り、北の魔族領にいる吸血鬼たちは基本的に寝てばかりということもあって、王国北部の街や村は穏やかでどこか牧歌的なのだが、今だけは市民もピリピリしていて、クリーンたちも到着してすぐにそれを肌で感じ取った。

もっとも、ここでのクリーンたち、とりわけ英雄ヘーロスの仕事は、魔王国に急いで赴くことではなく、むしろ各騎士団をなだめて留まらせることになった。特に、武門貴族たちに顔がきくヘーロスは「第六魔王国へは先制攻撃をするのではなく、あくまで防衛に専念すべきだ」と、領都郊外に設営された幕舎で各騎士団の幹部相手に粘り強く説得を続けている――

「はあ。ヘーロスの旦那もよくやるぜ」

そんな様子に、幕舎の柱に背をもたれさせたモンクのパーンチは呆れ顔となった。

すると、パーンチの隣に立っていたエルフの狙撃手トゥレスが珍しく長台詞で返してくる。

「私たちが上げた第六魔王国に関する報告が彼らには伝わっていないように見える。上層部に情報操作している者がいるのではないか？」

ジージもその意見に肯いて、「どうやらその通りのようじゃな」と相槌を打った。

この室内になぜか色濃く漂っている戦勝気分は、ジージにどうしても百年前の出来事を思い出させた——あのときも、なぜか高潔の勇者ノーブルが第五魔王こと奈落王アバドンを確実に討てるという前提で話が進められていった。王侯貴族はもちろんのこと、騎士も兵たちも、王国民でさえも、ノーブルの栄誉ある凱旋を一途に待ち望んだ。

だが、アバドン討伐はならず、その封印という結果を受けて、熱狂はいつしか冷淡に変じて、ノーブルの追放にまで繋がった。

その後、ジージは王族の魔術指南役となって王国内部を探ってみたが、叩くと埃だけはやたらと出たものの、結局、真実にたどり着くことは出来なかった。そんな埃塗れの過去が、今もまた怪奇の姿を取って現れ出てきているのかもしれない……

「やれやれだ。これではお手上げだよ」

ヘーロスはそう言って、降参のポーズをしてパーンチたちに近寄ってきた。

「連中は早々に一戦交えるつもりでいるぞ」

「旦那よ。戦わせてやりゃあいいんだ。そうすりゃあ、騎士団の連中だって目も覚めるってもんさ」

「無責任なことを言うな、パーンチよ。無駄死にさせることが俺たちの仕事じゃない」

ヘーロスが腕を組むと、女聖騎士のキャトルが急に歩みだした。

それから、つか、つか、と靴音を立てながら、騎士団幹部に挨拶もせずに近づいていく。

ヘーロスが慌てて、「おい、キャトル嬢。ちょっと待て。いったいどうした?」と追いかけるも、キャトルは中央のテーブル上に一枚の羊皮紙を叩きつけた。

当然、騎士団幹部こと、武門貴族の重鎮たちは口々に、

「ヴァンディス侯爵家令嬢か？」

「何事だ？　乱心か？」

「たかが小娘一人で何をしに来た？」

「聖女パーティーに選ばれて慢心したか？　それとも、親の威でも借りるつもりかね？」

などと罵ったが、全員がその羊皮紙を見てギョッとした。

というのも、それは万が一の為にと父シュペルが現王に秘かに謁見して、聖女パーティー出発前に用意したものだったからだ。そこには急な出兵を取り止めるように指示が記されていて、さらには王印まで捺されていた。

「シュペル・ヴァンディスの代理として、皆様にお伝えいたします。王命！　――即座に王都に帰還せよ！」

その瞬間、騎士団幹部たちは胡乱な目つきになった。

朝令暮改だと非難を口にする者はまだマシな方だった。中には王印の捺された伝令書を偽物だと決めつける輩までいた。おかげで室内は一気に喧騒に包まれた。

だが、その騒ぎを不審に感じたジージが、まず法術の『平静』の祝詞を唱えた――

「やれやれ。これだけの武門貴族どもが集まって、まさか己らの状態もろくに把握出来とらんとは何事じゃ！」

そんな一喝によって、騎士団幹部たちはしんとなった。

同時に、幹部と肩を並べて着座していたクリーンに対してジージは問いかける。

「クリーンよ。お主は此奴らの状態が見抜けたか？」

「い、いえ……ジージ様。私には分かりませんでした。ええと……状況的にどこかおかしいとはずっと感じていましたが……何か精神異常を仕掛けられていたのでしょうか？」

「ふむん。そうか。当代の聖女でも見抜けんとなると、此奴らを責めるのもちと可哀そうじゃな。ものはためしにクリーンよ。此奴らにかかっている『魅了』を解いてやってくれるかの？」

その言葉で騎士団幹部たちは「はっ」となった。

それぞれが胸のあたりを押さえて、自らにかかっている異常を落ち着いて分析（アナライズ）しようと試みる。

「た、たしかに！」

「いつの間に……こんな異常を？」

「この場にいる全員がかけられているということは——」

「まさか私の王女プリム様に対する片想いは……この魅了の効果だったとでも言うのか？」

直後、クリーンも祝詞を謡って、魅了を解除する範囲法術をかけると、全員がすとんときれいに憑き物でも落ちたかのような表情になった。もう意気揚々と、先制攻撃だの、急襲だのと、声を荒らげる者もいない。

すると、ジージは「今、誰ぞ……王女プリムの話をしたな？」と問いただした。

「はい！　私です。ムーホン伯爵家長男のルギラウであります。いえ、王族を疑うようなことを軽々しく口にしてしまい——」

「構わん。ここでは気にしなくていい。ということは、ここにいる全員が現王ではなく、王女プリムの前に平伏して、宰相ゴーガンより出兵の命をもらったということじゃな？」

「はい。その通りでありますが……」

ジージの疑問はすぐに騎士団幹部たちにも動揺として伝わった。つまり、王女プリムか宰相ゴーガンのどちらかが全員に『魅了』をかけた可能性があるということだ。

これには彼ら以上に、プリムと親しいキャトルが唖然となった……

「さて、王都にすぐにでも帰って問い詰めてやりたいところじゃが――」

ジージはヘーロスと目を合わせた。

「ジージ様。いっそ、この策に乗ってやりますか？　何せ相手が相手です。こちらは下手な動きが取れません。確実に尻尾を掴む必要があります」

「ふむん。それもそうじゃな。ただ、王都に兵が少なくなっている状況は気になる」

「騎士団の精鋭のみ、秘密裏に戻すのも手でしょう。ただ、それは俺たちの仕事ではありません」

ヘーロスはそう言って、騎士団幹部たちを見渡した。

それこそ彼らは魅了をかけられた落ち度を払拭するべく、互いに肯き合った。

「ならば、わしらは第六魔王国に急ぐとするか。相手の思惑を超えてやらねばならんじゃろうて」

「そうですね。ここまで邪魔されると、むしろ魔王セロに会うのが楽しみになってきましたよ」

「鬼が出るか、蛇が出るか。はてさて、やれやれじゃの」

ジージはそう言って頭を小さく横に振った。

こうして聖女パーティーはこの拠点の転送陣から最北の要塞へと急いで向かったのだった。

第六魔王国に隣接する要塞も城塞都市の体（てい）を取ってはいたが、山間の境界線に分厚くて堅牢な城壁を建てているだけに過ぎなかった。

その為、都市内は街というよりも、どちらかと言うと村に近い外観だ。実際に、丘陵には田園風景が広がって、いかにも長閑な田舎そのものだ。

先ほどまでいたムーホン伯爵領とは違って、こちらにはそこまでピリピリとした空気はなく、農民上がりの兵士たちが農作業を続けている。つまり、魔族や魔物（モンスター）との戦いに備えて、自給自足しているわけだ。

これが真逆の最南の拠点だったら第三魔王こと邪竜ファフニールの機嫌一つで壊されるし、そもそも配下の毒竜や大蜥蜴（バジリスク）たちの産卵期になると被害が一気に増してしまう。それを抑えるべく、かつて英雄ヘーロスが冒険者として毒竜退治に赴いたことがあるほどで、それだけ北と南では同じ王国領内でも趣きがまるで違う。

ちなみに、西の拠点も湿地帯からあぶれた生ける屍（リビングデッド）の対応があって大変だ。また、東の拠点は魔物（モンスター）よりも飛砂の被害に悩まされていて、近年はそれを防ぐ為の長城を建設中なのでこれまた忙しない。

何にしても、今、そんな城壁だけが立派な片田舎にいかにもそぐわない光景があった。

聖女パーティーよりも早く、到着していた騎士団があったのだ――

「第二聖女クリーン様に敬礼！」

よりにもよって神殿の騎士団だ。大隊規模で駐屯している。

これにはクリーンも額に片手をやって、「あら、まあ」とため息をつきかけたが、どうやら王女プリムの『魅了』にかかったわけではないらしい……

「我々は！　どうしても！　我々の聖女たるクリーン様と共に！　戦いたいのです！」

騎士団の隊長たちは皆、「ふんす！」と前のめりで主張した。

「撤退指示の際の鮮やかさ！」

「一兵卒にまでかけてくださる慈愛の笑み」

「何より、大量の亡者から守ってくださった――『聖防御陣』」

「我々はクリーン様を守る為なら、火の中、水の中、死地といえども突き進みましょうぞ！」

どうやら第七魔王の不死王リッチ討伐に赴いて以来、クリーンの熱烈なファンになったようだ。下手なアイドルの追っかけよりもよほど質が悪い……

とはいえ、こんな辺鄙な北の端まで押しかけてきて、今さら手ぶらで帰すわけにもいかないので、仕方なしに英雄ヘーロスと巴術士ジージがこそこそと相談を始めた。

「むしろ、好機かもしれません。俺たちだけで先行して偵察しようかと考えていましたが、最低限の騎士団が付いていれば、第六魔王国に対して出兵したという実績も作れるのでは？」

「王女プリムや宰相ゴーガンに詰問されたときの言い訳作りということじゃな？」

「はい。そのとおりです。このままパーティーのみで単独行動すれば、俺たちの独断専行と誹られる可能性も出てくることでしょう」

「そう考えると、神殿の騎士団ならむしろ好都合かもしれんの。幾ら王女や宰相でも大神殿には強く出られまい」

そんな二人の話し合いを受けて、神殿の騎士団からは精鋭のみ中隊規模で聖女パーティーと共に進むことになった。もちろん、その精鋭たちには重々、魔王セロとは敵対しないこと、さらには今回の主目的は聖剣奪取だということについて口を酸っぱくして説明した。

精鋭たちはどこか腑に落ちない顔つきではあったが……残された部隊が泣く泣く、クリーンを見送ってくれた上に、大の男たちが泣きはらしながら手をぶんぶん振って、オタ芸にも似た集団演武を見せつけてくるものだから、これほどに暑苦しいものもなかった……

ともあれ、多少のハプニングはあったものの、第六魔王国に対する偵察任務は順調にいった。

王国領から出て北の魔族領に入って、さらに二日ほどかけて馬と馬車で北の街道を駆けると、その先には入り組んだ道が見えた。

しかも、周囲にはいかにも出来たばかりの田畑まで広がっている。当然のことながら、騎士たちは「こんなもの……北の街道沿いにあったか？」と地図を取り出して首をひねった。

その一方で、馬車に乗っていたクリーン、さらに乗馬していたモンクのパーンチとエルフの狙撃手トゥレスたちの脳裏にはある種のトラウマが過った――

なぜなら、その一角にトマト畑があったせいだ。

「皆さん、ここで止まってください！」

クリーンが馬車の覗き窓を開けて声を張り上げた。

そして、「ふう」と小さく息をつき、額から滴る冷や汗を片手で拭ってから、トゥレスにちらりと視線をやる。

「ああ、いるな。ヤモリ、イモリ、コウモリにかかしだ。ご丁寧にここにも一式揃っている」

それを聞いて、クリーンは血の気が引いた。

だが、騎士たちはというと、「だからどうした？」といった憮然とした表情だ。

たしかに北の街道にこれほどの広さの田畑が出来上がっていたことには驚かされたものの、それでもどこにでもある、いかにも長閑な田園風景にしか映らなかった。実際に、近くの林からは小鳥の囀(さえず)りまで聞こえてきて、本当にここが魔族領なのかと疑いたくなってくるほどだ。

もっとも、騎士たちもすぐにギョッとさせられた。

そんな穏やかな景色に対してではない。すぐ眼前にいた人物のせいだ。

というのも、馬上のパーンチの様子が明らかにおかしかったのだ。トゥレスの索敵からこっち、パーンチの震えが止まらなくなっている。これだけ閑静な景色の中で、パーンチの直下でのみ、いかにも大地震が起こっているといったふうだ。

しかも、当のパーンチは震え声でこう呟いた――

「逃げちゃダメだ……逃げちゃダメだ……逃げちゃダメだ」

いったい何に対してだ？

と、騎士たちは一斉に首を傾げた。

それでも、パーンチはがくがくぶるぶるとさらに震えだして、ついには「ぜぇはー、ぜぇはー」と、ひどい息切れまで起こし始めた。

おかげで馬が「ひひーん」と嘶(いなな)いて、さらには怯えが伝播してしまったのか、うるうると泣きそうな目でもって騎士たちをじいっと見つめてくるものだから、さすがにこれは尋常なことではないぞと騎士たちも感づいて、もしや気づかないうちに何かしら状態異常にでもかけられたのかもしれないと、法術をかけて治してやろうとした。

とはいえ、王国の誇る神殿の騎士——その精鋭たちの法術でもってしても、パーンチの震えは全く止まらなかった。それどころか、パーンチはどこか血走った目つきで、

「やめろ！　そんなものでは……オレのこの右腕の震えは止まらねえ！」

と、まるで思春期の少年みたいに右拳を左手でもってギュッと握り締めるも……

むしろ震えているのは全身だろうにと、騎士たちはツッコミを入れるかどうか惑うしかなかった。

というか、法術で治らないとしたら、これは持病か何かかに違いないと判断して、騎士たちはかえって親切心から薬師（くすし）も兼ねている者を呼んでやった。ただ、その薬師はかなりの高齢で、優秀ではあるものの、実はアルコール依存症だったことも手伝って、パーンチの症状を診るや否やすぐに看破してみせた——

「ああ、これは……最早、末期症状じゃな」

いわゆる同類相憐れむというやつである。

これには騎士たちも同情せざるを得なかった……

たしかに冒険者はその日暮らしの刹那的な生き方をする者が多いから酒に溺れがちだとはいえ、この若さでもうそこまできていたのかと、聖女パーティーに属することの過酷さを彼らなりに察するしかなかった。

が。

「違う！　オレはアルコールなぞ一滴も飲みやしねえ！」

「呑兵衛（のんべえ）はたいていそう言（い）うものじゃ」

「だからちげえって！　そもそも、アルコールは筋肉の敵だ！」

そう言って、パーンチは露出狂みたいに纏っていた上着を開け(はだ)てみせた。

もちろん、騎士たちからすれば、だったらなぜそこまで震えているのかと、増々訝(いぶか)しんだが……おかげでパーンチもついに意を決して、疑いの眼差しを投げかけてくる騎士たちと薬師をいったん片手で制してから、唇をわなわなと震わせつつも必死の形相で訴えかけることにした。

「いいか。テメエら、よーく聞け！　ここから先は――まさに死地だ！　生きて帰れると思うな！　特に……トマトだ！　あのトマトだけは絶対に！　そう！　絶対にだ！　手を出すな！　いいか。絶対だぞおおおおお！」

さすがに騎士たちもパーンチの頭がついにおかしくなったかと、眉をひそめた。

そばにいた英雄ヘーロスとて、先にパーンチやトゥレスから報告を受けていなかったら、同様の疑いをかけたことだろう。とりあえず、ヘーロスはパーンチを何とかとりなしてから、騎士たちを説得して『斥候(スカウト)』が出来る者に畑内をきっちりと分析(アナライズ)させることを提案した。

その直後だ。

分析(アナライズ)してみた騎士が「あばばば」と白目を剥いて、その場で卒倒してしまった。

これには騎士たちもすぐにしんとなった。

熟達した斥候(スカウト)のスキルをもった騎士がよりにもよって調べただけで倒れてしまったのだ。

「この若者も……末期症状じゃったか」

すると、先ほどの薬師が進み出てきた。

とはいえ、騎士たちも今度ばかりはその言をスルーして、全員がすぐさま武器に手をかけて身構えた。魔王城へと繋がるはずの北の街道の異常さにやっと気がついたわけだ。

パーンチは「それ見たことか」と言わんばかりに腕を組んでいる。

トゥレスもいつの間にか、騎士たちの最後尾に付いて、いつでも逃げられるように準備していた。

……

……

…………………

不気味と言ってもいい沈黙だけがその場にずっと降り続けた。

というのも、このとき誰もが悟ってしまったのだ――『迷いの森』、『竜の巣』、『砂漠』や『最果ての海域』といった危険地帯よりもよほど厄介な田畑(ダンジョン)が北の街道に出来てしまったのだ、と。

その一方で、巴術士ジージは果敢にも一人だけ進み出て、入り組んだ街道の様子を調べ始めた。

「何とまあ……これは封印じゃな。しかも古馴染みによる術式じゃ。ほんに懐かしいことよの」

その呟きに、クリーンが反応した。

「ジージ様、何かご存じなのでしょうか?」

「うむ。この街道には封印が施されておる。どうやら第六魔王の愚者セロはダークエルフだけでなく、その最長老たるドルイドまで手懐けたようじゃな」

「ドルイド……ですか?」

「本来、そう簡単にはなびかない性格のはずなのじゃが……」

「ということは、迷いの森と同じく?」

「その通りじゃ。入っても迷わされるだけじゃよ」

「ジージ様には解けますか？」

「時間は相当にかかるだろうが、ある程度までは可能じゃな」

その言葉に、「おお！」とクリーンだけでなく、ヘーロスや騎士たちも感嘆の声を上げた。

「まあ、待て。最後までよく聞け。封印の解除を始めると、おそらく敵対行為とみなされて畑の中で蠢（うごめ）いている魔物（モンスター）たちが一斉に動き出すぞ。どうやら超越種直系の魔物（モンスター）という話は本当のようじゃな。これほどの数がいると、わしでも応戦出来ん」

今度は分かりやすく、皆が「はあ」と落胆の息をついた。

「とはいえ、喜ぶべきか否か。封印は施されているが、どういう訳かそれが一時的に切られている状態じゃ」

クリーンは首を傾げて、再度問いかけた。

「浅学で申し訳ありません。つまり、現状は封印の入り・切りのうち後者になっているということでしょうか？」

「そういうことじゃ」

「もしかしなくとも罠でしょうか？」

ジージが「さてな」と息をつくと、クリーンは周囲を見回してから言った。

「そばの小山に登って迂回することも出来るのでしょうが……おそらく、かなり遠くまでいかないと下りられないのでしょうね」

それを受けて騎士たちがまた地図を広げて、「『火の国』近くの盆地あたりまで出る羽目になりそうです」とクリーンに報告した。

クリーンはちらりとパーンチに視線をやった。勇者パーティーが地図作成の任務をしっかりとこなして、最新のものにしてくれていたら、こんなふうに足止めされずに済んだかもしれないのに——

とはいえ、クリーンは無念そうに頭を横に振ってからジージへと尋ねた。

「やはり、このまま迂回せずに……街道を突っ切りましょうか？」

そう問うたクリーンの声音はやけに震えていた。

ジージもさすがに気の毒になってきた。よほどトマト畑とやらにこっぴどくやられたのだろう。遠目からは美味しそうな普通のトマトにしか見えないのだが……と、ジージは首を傾げつつも、他のパーティーの面々にちらりと視線をやった。

パーンチは「逃げちゃダメだ」と相変わらず呟いていた。

トゥレスは自分の体が溶けてゲル状になっていないか、いちいち触って確認していた。

クリーンは赤いものを見かけるたびに、「ひい」と声を上げていた。どうやらヘーロス以外にまともなのは女聖騎士キャトルぐらいで、ヤモリを見かけては「きゃ。かわいい」と、つんつんと指先で触って謎の交流をしていた。

ジージのため息は深くなる一方だった。そのヤモリが毒竜や大蜥蜴（バジリスク）よりも遥かに危険な存在だと気づかないとは……これはよほど鍛え上げないといけないないと思い直した。

何はともあれ、ジージはトゥレスに歩み寄った。

そして、トゥレスが首にかけているペンダントを凝視する。

それがかつてダークエルフの里から盗まれた秘宝の一部——いわゆる封印の触媒の欠片であることをジージだけが感づいていた。この北の街道の封印が一時的に切ってあるとはいっても、ジージたちが入ったとたんに切り替えられる可能性もある。つまり、その触媒はあくまでも保険だ。

そんなジージの真っ直ぐな視線に、トゥレスも気づいて、やれやれと肩をすくめてみせた。

「さて、ぬしが先導するか。わしがそれを持って先に行くか。どちらが良い？」

「はあ。ご老公には勝てませんね……仕方がありません。お貸しいたしましょう」

トゥレスはそう言ってペンダントを手渡して、また騎士たちの最後尾にそそくさと隠れるようにして紛れてしまった。ジージのため息はさらに深まるばかりだ。

「それでは皆、進むぞ。わしの後に一人ずつ等間隔でついてこい。畑には決して入るな。足もとの虫一匹にも注意して歩け。何がきっかけで襲いかかってくるか分からん。襲われたら最期だと思え」

そんなジージのすぐ後ろに付きながら、クリーンは「ひっ、ひっ、ふー」と謎の呼吸を繰り返した。さながら陣痛にでも苦しむ鬼のような形相だ。ジージも背後からそんな吐息がかかってくるので唖然としたが、さすがに同情したのか、「生温いからやめい」とは言えなかった……

そんなクリーンはというと——

さっきから、ドクン、ドクン、と心音が忙しなかった。

静かな田畑の中にいるせいか、まるで怒号のように五月蠅(うるさ)く、恐怖が体内で轟いている。

それでも、クリーンが何とか意識を保って進むことが出来たのは使命感によるものだ。王国の至宝こと聖剣を何としてでも持ち帰る——そんな高邁(こうまい)な意志こそがクリーンを前へと歩ませていた。

もっとも、封印が切られていた上に、魔物(モンスター)たちが「キュイ？」と首を傾げつつも全く襲ってこなかったこともあって、北の街道自体はすぐに通り抜けることが出来た。そもそも、魔物(モンスター)たちは新たな土地の開墾に忙しくて、雑魚の相手などしていられなかった。そんな事情もあって、皆は地獄の一丁目を運良く通過出来たことで、汗と涙塗れになりながらも喜んだ。

　全員でまるで今回の遠征の目的を達成出来たかのように、

「聖剣！　聖剣！　聖剣！　奪取だああ！　うおおおお！」

と、まだ国宝を返還してもらってもいないのに、勝鬨（かちどき）を無駄に上げたほどだった。

ただし、その先には――なぜか聳え立つ岩山も、荘厳な魔王城も、一切見えてこず、本格的に広がるトマト畑の手前に三階建ての領主館のような立派な建物があるだけだった。しかも、その門前ではクリーンたちが以前会ったことのある人狼のアジーンが呑気に水をぱしゃりと撒いている。

　そのアジーンはというと、聖女パーティーと騎士団の一行を見かけて、「おや？」と一瞬だけ眉をひそめるも、

「いらっしゃいませ！　ようこそお越しくださいました！」

　どういう訳か、満面の笑みで声をかけてきた。

　クリーンは遠い目になった。何かがおかしいと、ズキズキと頭痛しかしなかった……

魔王スローライフを開始する（前半）

勇者パーティーを追い払った数日後――

「またトマトのスープかあ……」

と、代わり映えしないお昼を食べてから、第六魔王こと愚者セロは別のことで困っていた……

何しろ、すぐ目の前に聖剣があるのだ。これは本来、魔王の天敵こと勇者が持つべき武器だし、そうでないときには大神殿にある『聖剣の間』の台座にぶすりと突き刺さって、新たな勇者に抜かれる瞬間を待つべき王国の至宝だ。

それがよりにもよって魔王城に入ってすぐの広間で、セロ様像が置かれるはずだった台座に見事に鎮座ましましている……

セロは「はあ」とため息をついて、「うーん」と頬に片手をやった。

このままでは大神殿で聖剣を抜いて勇者になるという王国の一大イベントがいつまで経っても発生しないし、そもそもからして魔王討伐に赴く者が出てこなくなる。

こういう慣習をなおざりにすると因果応報というやつで、世界のルールそのものが可笑しな感じに捻じ曲がっていく可能性もあって、元聖職者のセロとしては当然看過出来るわけもなく……

「いっそ、魔王城に来てもらって、勇者候補の人たちにこれを抜いてもらおうか？　何なら、勇者が誕生したあかつきにはお祝いしてあげてもいいんじゃない？　ちょっとだけ斬られてあげたりとかさ？　色々とサービスしたら、かえって勇者になりたい人も増えるかもしれないよ」

などと、セロの困惑ぶりがよく分かる、魔王としては本末転倒な発言をしていたものだが……実のところ、そんな混乱をさらに深める報告が人造人間（フランケンシュタイン）エメスからもたらされた——


「セロ様。残念ながら、これは聖剣ではありません。終了（オーバー）」


セロは「マジかー」と、ついに両手で頭を抱えた。

バーバルはいったい何を帯剣して、ここまで来たというのか……

まさかとは思うが、聖剣を失くしちゃって代わりのなまくらを持ってきたとか、もしくは後生大事に家に飾ってあるとかじゃないよな……

あのバーバルのことだから、そんな事態があり得るのがほとほと嫌なんだけど……と、セロは幼馴染のいい加減さ具合に頭を悩ませながらもエメスにさらなる説明を求めた。

「じゃあ、これは……いったい何なのさ？」

「この片手剣は王都あたりで二束三文ぐらいにて売っている代物です。装飾だけはやたらと後付けされていますからもう少し値は張るでしょうが、性能的にはよくある鋼の剣に過ぎません」

「でも、一応は聖剣なんでしょう？　実際に、勇者にしか台座から抜けないはずだよ？」

「それではセロ様。ものはためしにその台座から抜いてみてください。終了（オーバー）」

エメスにそう催促されたので、セロは聖剣に右手をかけた。

さすがに緊張したものの、結局、何の問題もなくすぽーんと抜くことが出来た。このとき、元聖職

者としてのセロの常識はがらがらと音を立てて崩れていった。

「い、いや……これはきっとこの台座のせいだよ……大神殿のやつはもっと、ばーんとして、ごーんとして、どどーんって感じで、すごく壮大な台座だったよ……本当だよ」

セロの言語が幼児化するぐらい、あたふたしているようだったので、エメスは何とか「よしよし」とか、「ばぶー」とか、セロをあやしつけてから説明を付け加えた。

「よろしいでしょうか、セロ様。たしかに聖剣は勇者にしか扱えないという伝承があります。逆に言えば、セロ様が手に持てた時点ですでに食い違うのです。もちろん、小生にも使うことが出来ました」

そう言って、エメスは意外にも達者に聖剣を振ってみせる。

「じゃあ、繰り返すけど……この剣はいったい何なのさ?」

「装飾過多な普通の片手剣です。ただ、時間が経過したことによって弱くなってきていますが、ある特定の魔力経路(マナ)を探知する特殊な魔術が付与されています」

「つまり、それが勇者選定の為に働いていたってこと?」

「あくまでも可能性です」

「それなら王国の魔術師がすぐに気づいたんじゃない?」

「いえ。小生も地下の研究室に持っていって、長時間調べてやっと解明することが出来たのです。どれだけ優れた人族の魔術師でも、見ただけで感づくことは難しいかと思われます。終了(オーバー)」

セロは「ふうん」と曖昧な相槌を打つしかなかった。

最初はこの聖剣に熨斗(のし)でも付けて王都に送り返そうかと思っていた。

こんな物騒な剣を所持していたら、間違いなく王国は奪還しにやって来るだろう。そのたびにいちいち相手をするのも面倒なので、昨晩のうちにルーシーに相談してみたら、

「ならば、食材あたりと交換すればいいのではないか？」

と、食事中だったこともあって、そんな呑気なことを言ってきた。

いやいや、聖剣をよりにもよって食べ物と交換って……

ご近所同士のおすそ分けじゃないんだし、もうちょっと何かないかな……

そんなふうにセロが困った表情を浮かべていたせいか、ルーシーは「ふむん」と息をつくと、

「ならば、人材はどうだ？　セロは調理が出来る者を求めているのだろう？」

「でもさ。勇者パーティーじゃあるまいし、人族がおいそれと魔王城に来てくれるはずないよ」

「そうなのか？　だが……第三魔王国には、たしか人族の料理人がいたはずだぞ」

「……本当に？」

さすがにセロも驚いたが、昨晩は結局、そこで話が逸れてしまった。

今となってはこの聖剣が紛い物だと分かった以上、王国と下手に何か取引しようものなら「よくもまあ偽物を寄こしてくれたな」と逆恨みされかねない……

というか、王国側はそんな聖剣の事情を果たして知っているのだろうか？　少なくとも勇者パーティーにいた司祭のセロが耳にしたこともなかったくらいだ。この事実に気づいている者は限られてくるはずだ。もしくは、全く存在しないか。まあ、どちらにせよろくなことにはならない。

はてさて、いったいどうしたもんかねと、セロはエメスに助言を請うような視線をやった。

「現状、聖剣について考えられることは三つあります。まず、聖剣など、もとからなかったケース。

次に、聖剣の本物と偽物が入れ替わっていたケース。最後に、これが本物の聖剣だというケースです」

「あれ？　本物じゃないのは確定なんでしょ？」

「確実に言えるのは、人族の残してきた伝承とは食い違うということです。伝えられてきた内容は、勇者にしか扱えないこと。かつ、魔王を討ち滅ぼすほどの強さが付与（バフ）される武器というものです。それらがむしろ後世になって捏造されたものだとしたら、実はこの二束三文の片手剣こそが事実上、数々の魔王を屠（ほふ）ってきた歴戦の武器――いわゆる聖剣だったと言えます」

「なるほどね。でも、バーバルはこの片手剣で真祖カミラを討ったんだよ。少なくとも、魔王を討つことの出来る剣というのは確かなんじゃない？」

「お言葉ですが、セロ様。本当にあの人族が真祖カミラを討ったのですか？　幾らセロ様の『導き手（コーチング）』があったとしても、先日訪れてきた者如きにカミラを討てるほどの実力があったとは到底見えなかったのですが……終了（オーバー）」

エメスがそう言って、心底信じられないといった顔つきになったので、セロもしだいに自信がなくなってきた……

いや、大丈夫だ……

討ったはずだ。た、多分……

何だかセロはしゅんとなってしまった。厳格な教師に怒られた生徒みたいだ。

そのせいか、エメスはまた「よしよし」とセロを撫でて気持ちを落ち着かせてくれた。何だか今日はエメスのやさしさがやけに染み入る。もしかしたら、こうやってダークエルフの近衛長エークや人狼の執事アジーンも篭絡されていったのだろうか……

　そんなことを思いついて、これではマズい……このままだとあれなる性癖の扉を開いてしまうかもしれない……と、セロはぶんぶんと頭を横に振った。そもそも、セロには大事な同伴者(パートナー)ことルーシーがいるのだ。このままでは浮気になってしまうかもしれない。元聖職者のセロとして不貞は決して赦(ゆる)されないことだ。

　すると、エメスはやれやれと仕方なくセロを放してから、

「まあ、いいでしょう。では、改めて先日の人族がカミラを討伐したのだと仮定すると、可能性を二つに絞ってもいいかもしれません。一つは聖剣が偽物と交換されたケース。もう一つはこれがやはり本物で、小生がまだ解明出来ていない何かが隠されているケースです。終了(オーバー)」

「結局、どちらにしても、今のところは何も分からずじまいかあ……」

　そんなふうにセロが首を傾げていると、ダークエルフのドルイドことヌフがそばを通り過ぎようとして、ふいに聖剣をまじまじと見つめてきた。どこか懐かしそうにしているのは気のせいだろうか。まあ、長い年月を生きているらしいから、聖剣を見かけたことぐらいあるのかもしれないが……

というか、白マントのフードを目深に被っているものの、相変わらず痴女みたいな際どい格好をしている。特に、胸のあたりの圧がすごくすごい。セロが思わず「ごくり」と唾を飲み込むほどで、ここらへんはルーシーにはない魅力だから、セロもつい前のめりになって視線をやってしまった。

「ごほん。よろしいですか、セロ様？」

　すると、エメスが片眼鏡(モノクル)に指をやって、また厳しい女教師みたいに声をかけてきた。

　セロはすぐに姿勢を正した。どうにも今日はこの聖剣のせいでバーバルのことを思い出してしまっ

たせいか、セロの情緒が不安定だ。

「先ほども説明いたしましたが、この剣には勇者と思しき人物の魔力経路を特定する魔術がかけられています」

「うん。でも、時間が経ったことで、その術式もそろそろ消えそうなんでしょ？」

「その通りです。ですが、この魔術を解明すれば、聖剣がなくとも勇者を探し出すことが出来ます。如何いたしますか？」

「そんなことしてどうするのさ？」

「勇者を根絶やしに出来ます、終了」

セロは目を閉じて天を仰いだ。

たしかに可能かもしれない。これまでは大神殿にて聖剣を抜くことで勇者が選ばれてきたわけだが、これからは新たに開発した探知魔術によって勇者らしき人物に当たりをつけて、こっそりと闇に葬っていけば、王国に勇者が誕生することは一切なくなる。

当然、勇者がいなくなれば、魔王が討伐される可能性もぐんと減る。セロにとっては老後の不安ならぬ、魔王後の不安が断ち切られることにもなる。

「でも、そういうのって結局のところ、この世界のルールが根本的に変わって、最凶最悪の勇者誕生のきっかけになったりしそうなんだよなあ……」

セロは何だか嫌な予感がしたので、とりあえず勇者暗殺の件はスルーすることにした。

というか、勇者を根絶やしにするって……エメスは本当に燃やすとか、切った張ったとかが好きなんだなあと、セロもため息をつくしかなかった。

何にしても、魔術を研究するぐらいなら構わないかと、その点だけ、セロはエメスに了承した。

根絶やしにするかどうかはさておいて、魔術の研究はひょんなところから発展していくものだと、かつて仲間だった魔女のモタも耳タコになるほど語っていた。そして、セロはそんな魔術の実験に付き合わされてバーバルと一緒に何度もおけつを壊したわけだが――

「そういや……モタは今頃、何をやっているのかなあ」

先日の勇者パーティーにはなぜか聖女クリーンが付いてきていたものの、モタはいなかった。

モタとは長い付き合いだけにそのことが気掛かりだった。そんなモタの心配をしながら、セロは魔王城の正門から王国の方をじっと見つめ続けたのだった。


「そうそう、エーク？」

セロが背後に声をかけると、ダークエルフのリーダーで現在は近衛長を務めているエークがセロの眼前に進み出てきて立礼した。

「はい。何でございますか、セロ様？」

セロは聖剣が突き刺さった台座に「よいしょ」と腰をかけてから、

「前から提案したかったんだけどさ。そろそろ、ダークエルフたちに服を作ってあげたいんだ」

「服……ですか？　つまり、この私のように――」

エークはそこで言葉を切って、身に纏っていた貫頭衣の胸もとをバッと開けた。

そこには普通の肌着があるかと思いきや、なぜか縄一本でその身を縛り付けていた。もちろん、セロは不審そうな顔つきになったが、エークがあれな性癖の持ち主だったことをすぐさま思い出して、人造人間エメスに責めるような視線をやった。

もっとも、エメスはいかにも心外そうに頭を横に振ってみせる。

ということは、これはエメスの加虐趣味でなく、エークが自主的にやっているということか……

そんなセロの呆れなどものともせず、エークは喜々として言葉を続ける。

「つまり、この私のように――身を律する為の縛めをダークエルフ全員にやらせるということでよろしいのでしょうか？　ふ、うふふ。さすがはセロ様！　それはとても良いお考えだと存じます。是非とも！　本日の午後から早速、皆を縛り付けるといたしましょうか」

「いいえ。そんなことは絶対にさせません」

セロがきっぱりと断ると、エークは捨て猫みたいに「なあ」と鳴いた。

ダークエルフは美しい容姿を持つ種族だが、エークはその中でも指折りの美丈夫なので、こんなふうに物寂しそうにされると、たとえ同性でも、お人好しなセロはつい「うっ」と抵抗しづらくなる。

とはいえ、今回はそばにいたエメスがすぐに助け船を出してくれた。

「それでセロ様。ダークエルフたちの衣服を作るとはいったいどういうことでしょうか？」

「うん。今ってさ、魔王城の改修工事やトマト畑の世話なんかもあって、『迷いの森』のダークエルフたちがたくさんやって来てくれているわけでしょ？」

セロが確認すると、エークも、エメスも、こくりと首肯した。

実際に、それら労働に対してトマト畑で採れる現物で報いていたら、ダークエルフの子供たちまで手伝いに来るようになった。日に日にその数も増えていって、今では老若男女、ほぼ総出と言ってもいい状況だ。

もちろん、これにはきちんとした理由があった――そもそも、迷いの森は熟達した狩人でも命を簡単に落としかねない場所だ。戦闘経験などが少ない者たちは足手まといでしかなく、普段は森内の地下洞窟に籠って仕事をするか、もしくは集落近くの比較的安全な場所で木の実などを採取するか、その程度のことぐらいしか出来ない。

そういう意味では、ヤモリやイモリたちによって絶賛拡張中のトマト畑の世話は危険もなく、何より報酬がいい。それに族長だったエークがセロの側近となったことで、ダークエルフは種族として第六魔王国に恭順した。だから、その王に自分たちが優秀だと示す必要性もあった。

そんなわけで、エークもセロの問いかけに「全くもってその通りです」と答えてからさらに続けた。

「現在、集落に残っているのは、森にかかっている封印や認識阻害などの管理をしている長老たちやその見回りなどをしている若い兵士ぐらいです。また、そんな者たちにしても、最近はこちらによく来ているぐらいです」

「森の方は大丈夫なの？」

「はい。全く問題ありません。簡単に破られるような術式ではありませんから」

「それなら……まあ、いいか。ところで本題なんだけど――」

「私どもの衣服のことですね？　もしや、何かセロ様のお気に障るような物だったでしょうか？」

ちなみに、ダークエルフたちは基本的に簡単な貫頭衣を身に纏っている。

エークは族長だけあって、耐性付与のアクセサリーなどを含めて、いかにも身分の高さを示す格好をしているが、ほとんどのダークエルフたちは薄い布を一枚、身に着けているだけだ。唯一の例外がダークエルフの双子ことドゥとディンなのだが……

というところでセロはやや首を傾げて、本題から少し逸れた話をした。

「そういえば……ドゥとディンだけ色付きでしっかりした衣服を着ているよね？」

「当然です。セロ様とルーシー様の側付きになったのです。みすぼらしい格好をさせるわけにはいきません。二人が纏っているのは私どもの礼服に当たります」

「へえ。そうだったんだ」

「もしや……あの服が何か……失礼なものでしたでしょうか？」

エークがやけに恐る恐る尋ねてきたので、セロは「いやいや、違うよ」と両手を振った。

「以前は手伝いに来てくれるダークエルフもまだ少数だったから、その人たちといわゆる近衛たちを見分けるのに苦労しなかったんだけど……こないだ間違ってお城の増築をやってくれている人を近衛と勘違いしちゃったんだよね」

「ああ、なるほど。その件でしたか」

もちろん、エークも把握していた。

その日は付き人のドゥが所用でセロのもとから一時的に外れていて、セロがエークを呼ぼうとしてたまたま近くにいたダークエルフに声をかけてしまったのだ。

しかも、そのダークエルフは近衛を務めている者の兄弟だったので外見もよく似ていた。もちろん、その者はセロに声がけしてもらったことで有頂天になって、すぐさまエークを呼んできてくれたわけだが……おかげで担当していた魔王城の改修作業が一時的に止まってしまった。

「だから、近衛にはそれらしい格好をしてもらいたいな、と」

セロが話を締め括ると、エークは「なるほど。畏まりました」と応じてから、台座のそばで控えていた人狼の執事アジーンにちらりと視線をやった。アジーンが進み出てくるのと同時に、エメスはぶつぶつ言いながら聖剣を持って地下へと下りていった。おそらく調査を続けるつもりなのだろう。

さて、アジーンはというと、すぐにパンッと手を叩いた。

直後、すたっと。どこからともなく人狼のメイドことトリーが現れた。ここ数日は魔王城の改修作業が落ち着いてきたこともあって、セロの意向で皆に休んでもらいたいと午後から半休を取らせていた。だから、トリーも作業服ではなく、きちんとしたメイド服を纏っている。

そんなトリーが相変わらず学級委員長みたいな生真面目さでもって跪いてから、

「お呼びでしょうか、セロ様？」

「うん。実は、服を作ってもらいたくてね」

「最近、セロ様には立て続けに魔王城風、ピラミッド風と人工的な服装をご提案させていただきましたが……残念ながらどれもお気に召さなかったご様子でしたので、私も猛省に猛省を重ねて、今回は自然なものを作成いたしました。コンセプトは——迷いの森です」

「…………」

それはたしかに自然だけど、さりげないとか、飾らないとかの意味合いではなく、文字通り自然そのものなんじゃないかなとはセロもツッコミを入れなかった。そもそも、本題が違うのだ。

もっとも、トリーは気にせずに迷いの森っぽい衣装を他のメイドたちに運ばせてきた。

樹齢数百年といった人面樹を丸々一本刳り抜いたような服で、たしかにまさしく自然ではあったけど、どう考えても衣服というよりも隠れ家と言った方が近い……

最近、セロも薄々と気づいてきたのだが、もしかしたらトリーは裁縫よりも建築の方がよほど得意なのかもしれない……あるいはエークの片腕として魔王城の修繕を手伝ってもらったせいで、意識がそちらに偏ってしまっているのだろうか……

「ええと、トリー。作ってもらいたいのは僕の服でなく、ダークエルフの近衛たちの物なんだ」

「なるほど。では、皆にこれを着させますか？」

「こ、これを着て……本当に動けるものなのかな？」

「セロ様が動けと命じれば、近衛たちは当然動くように努力いたします」

トリーがそう断じると、入口広間で立哨していた近衛たち全員が力強く首肯してみせた。

いやいや、どう見ても無理でしょ。大樹だよ？　さっきも力自慢の人狼メイドたちが複数人で運んできた代物だよ？　『白い烏』じゃないんだから、セロの言葉を何でも鵜呑みにはしないでほしいんだけどな……

そんなふうにセロがほとほと困った表情をしていたせいか、エークが話に割って入ってくれた。

「そもそもセロ様は、どのようなものをご入用なのですか？」

もっとも、セロも実のところ、そこまできちんとは考えていなかった。

単純に他のダークエルフたちと区別してほしいなと思っていた程度で、具体的にどんな服にするかまでしっかりと考えて提案したわけではなかった。これにはセロも猛省しきりだ。

「逆に聞くけど……どういうのがいいかな？」

そんなセロの弱気な問いかけにトリーが即座に答えた。

「私たち同様にメイド服、もしくは執事服といった使用人仕様にいたしますか？」

「いや。近衛たちだから、やっぱり儀仗兵的な感じがいいかな」

「では、武装をさせますか？　皆が狩人の職業を持っているでしょうから動きやすい革製の防具、あるいはいっそ城内では金(きん)の全身鎧(フルプレート)などは如何でしょうか？」

というところで、エークがまた話に入ってきた。

「ところでセロ様としては、他のダークエルフの手伝いなどと区別出来ればよいわけですよね？」

「うん。そうだけど……」

「それでしたら、各々(おのおの)が着ている貫頭衣に色付けをすればよろしいのでは？　もしくはトリー様の仰(おっしゃ)った通り、近衛であることを考慮して胸当てなどを常時身に着けさせるのも有用だと愚考いたしますが？」

近衛の長(おさ)たるエークがトリーの案に同意したことで、セロもそれでいいかなと傾きかけた。

ただ、セロは「うーん」と顎に片手をやった。近衛となるだけあって、ダークエルフの精鋭中の精鋭だ。それだけの努力をしてきただろうし、今も午後からの半休を取らずに立哨してくれている。

だからこそ、セロはそんな近衛たちに報いてあげたかった。

「そういえば――」

セロはふと思いついた。

自分が身に纏っている神官服に視線をやる。

以前は汚れ一つない真っ白な布地に銀の刺繍が入ったものだったが、呪いによって暗黒司祭になったときに真っ黒に変じてしまった。また、トリーを含めたメイドたちも、汚れ防止に白い前掛けを身に着けてはいるものの基本は全身黒地だ。執事服を纏っているアジーンも黒服で、よくよく観察したらこの場ではエークだけが黒以外のものを着ている。

もちろん、先ほど通りがかったドルイドのヌフも白いマントを羽織っていたし、この場にはいないがルーシーは血の色のような紅いワンピース、エメスも白衣、それにダークエルフの双子ドゥやディンも色鮮やかな民族衣装を纏っている。ただ、この場にいる者はほぼ黒でまとまっていた。これは単なる偶然ではないはずだとセロは直感した。

「じゃあ、近衛たちも黒に統一しちゃおうか」

セロはぼそりとこぼした。

そのとたん、トリーは「むふー」と急に鼻息が荒くなって、

「ほうほう。『黒の近衛団』結成というわけですね？　イメージ、湧いてきたあああ！」

そう叫ぶと、「わおーん」と鳴いてスケッチブックを咥えて、四つん這いになって勝手にどこかに駆けていってしまった。さすがにメイドの粗相ということで、執事のアジーンが申し訳なさそうにセロに対して目礼する。

「おそらく三階に増築したばかりの裁縫場に向かったのだと思われます。すぐに謝罪させますのでどうかお許しくださいませ」

「い、いや、謝罪は別にいいよ。その分、近衛たちに良い物を作ってあげてほしいな」

「セロ様のご慈悲、誠にありがとうございます」

こうして数日後、ダークエルフの精鋭こと近衛たちは黒地に金の刺繍の入った服を纏って、セロの身辺警護などにつくことになった。ちなみに後年、黒の近衛団はセロの纏った黒の神官服と共に人族側の伝承に恐怖と絶望の象徴として描かれることになるわけだが――そんな事実をセロたちは当然のことながらまだ知らない。


「さて、提案ということでしたら、私からもセロ様に一つ、お聞きしたいことがあるのですが？」

ダークエルフの近衛たちの服の話がまとまった後に、近衛長のエークはやけに真剣な顔つきでセロに話しかけてきた。

セロはさっきまで聖剣が突き刺さっていた台座に腰を下ろしたまま、

「急にどうしたのさ？」

と、話の先を促した。

「はい。実は、セロ様のご家族について折り入ってご相談があるのです」

「家族かあ……」

セロは大きく息をついた。

当然ながら、セロにも親兄弟がいる。

そもそも、セロは勇者のバーバルと同じ村の出身で、そこの村長の三男だ。ちなみにバーバルは村の自警団長の一人息子に当たる。

セロの兄弟のうち長男は跡継ぎとして、また次男は領都にある商会に丁稚(でっち)に出ていたこともあって、三男のセロは比較的自由に育てられた。バーバルと一緒になって棒切れを、長じてからは銅剣を振り回して、村の周辺の野獣を狩ることを許されてきたわけだが、それは多分にバーバルと共に自警団を切り盛りさせようとする親たちの意向があったのかもしれない……

何にせよ、セロの出身村は王国の南東の湖畔に位置して、そこでの漁業、そばには森もあって林業、また領主から割り当てられた畑などでの農作業と手広くやっていてかなり裕福だった。

もっとも、セロはバーバルと共に家出同然で村を出て冒険者になったので、最初のうちは家族に引け目を持っていたが、バーバルが勇者になってからは一転――故郷に錦を飾ることが出来た。当然、出身村も『熱血の勇者と光の司祭が出た村』として喧伝した。

「そんな僕が……今じゃあ、第六魔王だもんなあ」

セロはまた「はあ」とため息をついた。

もちろん、後悔などしていないが、それでもさすがに故郷に新たな錦は飾れまい。

というか、帰郷したら、父も、兄たちも、村民だって、慣れない武器を手に持って反撃してくるに違いない。塩を撒かれる程度ならまだマシで、確実に絶縁されるはずだ。

セロからすれば、そんな家族に現状をどう説明すればいいのか――それこそが唯一の気掛かりだったわけだが、どうやらエークの懸念は別のところにあるようだ。

「今すぐにご家族を保護して、第六魔王国にお連れすることを提案いたします」

「え？　そ、それは……どういうこと？」

「どうもこうもありません。セロ様が魔王となった以上、王国は人質を取っているようなものです。ご家族の奪還は、当国としては喫緊の課題です」

　セロはつい目が点になった。

　そして、指摘されて初めて事態の深刻さに気づいた。

　戦時においては敵対する国の村人を殺すも、生かすも、現場の指揮官や為政者の資質次第だ。特に男手は奴隷として使役する以外には、反乱を恐れて殺す確率の方がよほど高い。

　もっとも、もしセロがその立場にいたなら生かすはずだ。元聖職者として無用な殺生を好まないという気質もあるが、今では魔族となったこともあって、王国の現王や新たな勇者などとのタイマンでの喧嘩上等、それでさっさと決着をつけたいと考えている。

　だが、果たして現王や領主はどう考えるだろうか……

「少なくとも……領主は父たちを人質に取るようなタイプじゃないと思う」

「調査がまだ追いついておらず恐縮ですが、その領主とは？」

「一番上は、南の辺境伯ことディスヌフ卿だよ。過去には冒険者の英雄ヘーロスによる毒竜討伐でも、『竜の巣』を牽制する為に自ら率先して前線に出ていくほど勇猛果敢な武門貴族で、領民を守ることを家訓にしてきたはずさ」

「ほう。人族にしては、なかなかに清々しい好人物のようですね」

「うん。僕は会ったことはないんだけど、父は声をかけられたことがあって感銘を受けていたよ」

「とはいえ、領主が良くても、国を統べる者がそうとは限りません。ところで、王国の現王とは、いったいどのような人物なのですか？」

セロは「うーん」と顎に片手をやった。

勇者パーティーとして幾度か御前に跪いたことはあったが、直接話したこともなければ、その人となりを聞いたこともあまりなかった。何にしても、良くも悪くも目立たない王だったはずだ。

そもそも、王家はもとをたどれば、古の大戦時に初代勇者に付き従った騎士が民を守る為に国を起こしたとされていて、勇者が選出されていない時分には騎士団と共に魔族や魔物を討伐しに赴くこともあって、村人を害するようには思えないのだが……

そんなふうにセロがとりとめもなく呟くと、

「逆に言えば、魔王から国民を守る為ならば、最終的には手段を選ばない可能性もあるということですよね？」

エークに問い詰められて、セロもさすがに無言になった。

長い王国史には国民の反乱が一度も記されていない。もしかしたら、あえて書かれなかった可能性もあるが、何にしても四方を魔族領に囲まれた王国にあって、魔族や魔物から国民を守る王家は尊ばれてきた。となると、魔王からの攻勢を牽制出来るかもしれない人質をそのままにしておく可能性はやはり限りなく低いと見るべきだろう……

だが、セロはすぐに「保護せよ」とは言い出せなかった。

家族に対してまだどうしても引け目があるのだ。冒険者になる為に家族には無断で村を出てしまった。それが今度は魔王になったからと、家族に村を出てもらうように頼むなど、さすがにセロも心苦しかった。

「………」

そんなセロの心境をエークも慮ったのか、

「それでは、当面は王国の動向を監視するということで、村のそばの森にダークエルフの精鋭を幾人か派遣するのは如何ですか？」

「そんな……悪いよ。これは僕の個人的な問題なのだし――」

「何を仰いますか、セロ様。これはむしろ我が国家の問題です。配下の者たちも喜んで赴任することでしょう」

「……大丈夫なの？　勝手に森に潜んで見つからないかな？」

「むしろ、その点は全く問題ありません。私どもダークエルフにとって森は堅牢な要塞と同じです。何でしたら、そこに新たな拠点でも築き上げましょう」

すると、築くという言葉に反応したのか、どこからか、

「キュイ！」

という鳴き声が上がった。

ヤモリたちだ。どうやら拠点作りを手伝いたいらしい。

「キュー！」

今度はイモリたちも声を上げた。

ここ数日は魔王城の改修作業を午後から半休にしていたはずだったが、どうやら魔物たちはせっせと働いてくれていたらしく、城の床下で上下水道の配管工事をしていたイモリたちがセロに声をかけてきた。

「え？　湖が近いなら行ってみたいの？」

「キュキュ！」

胸を叩いて、イモリたちはいかにも「任せろ」といった仕草をする。

そうなると当然、コウモリたちもパタパタと羽ばたきながら黙っていないわけで――

「キイキイ！」

「連絡を取り合うのに君たちも必要だって？」

セロは顎に片手をやったままで、今日三度目の息をついた。

個人的な問題などと言って、自分だけで抱えようとしていたのが情けなくなった。

セロが魔王として仲間となった者を見捨てないと誓ったように、セロの仲間たちとて同じ思いを抱いているのだ。そもそも、ヤモリ、イモリやコウモリたちは最初にセロと共にいたいと接してきたものたちだ。だから、頼れるならば、今は甘えたっていい。いつか別の形で報いればいいだけだ。

「ありがとう……皆。だったら、僕の家族のことをお願い出来るかな？」

「キュイ！」「キュ！」「キイキイ！」

すると、魔物（モンスター）たちはセロの家族ならば彼らの家族も同然だとばかりに鳴いてくれた。

「それではセロ様。至急、派遣部隊の編制を行います。私はこれにていったん失礼いたします」

セロはエークや魔物（モンスター）たちの背中を見送った。

もっとも、このときセロはまたもや全くもって気づいていなかった――超越種直系の魔物（モンスター）を王国内に解き放つことの意味と、その王国南東ことエルフの大森林群にほど近い片田舎にエルフとは犬猿の仲とされるダークエルフの精鋭たちを送り込むことの意義について。後日、この拠点作りがよりにもよって王国内での独立自治区の設立騒動に繋がって、延（ひ）いてはエルフの大森林群侵攻や王国制圧への橋頭保にまで至るわけだが……

はてさて、肝心のセロはというと、

「父さんたち……元気にやってくれているかなあ」

と、まあ、まだまだ呑気に息をついて遠い目をしていたのだった。

セロが魔王城から王国の方にぼんやりと視線をやっていた頃——

その王国からわざわざ魔王城へとやって来る民間人がいた。ハーフリングの商隊がロバの馬車と共に北の街道をぱかぱかと進んでいたのだ。

王国と第六魔王国との間で戦争が勃発するかもしれないということで、ムーホン伯爵が治める城塞都市から慌てて出発したハーフリング一行は、何とか王国最北の要塞に着いたのはよかったものの、そこではさらなる厳戒態勢が敷かれていたこともあって、

「すまんが……北の魔族領に通してもらえないものかね？」

ハーフリングのタヌキに似た雄——三人家族のうちの父親が守衛番長に袖の下を通すと、

「何だ。あんたらか。毎年、この時期に北へと抜けているようだが……いったい何を仕入れに行って

いるんだ？　さすがに物によっては、今は事情が事情だけに通せんかもしれんぞ」

その守衛番長にしても、相手が見慣れたハーフリングたちとあって、さして警戒もせずに嫌みを言った程度で済ましたわけだが、それでも馬車内の検閲だけは怠らなかった。

「いやあ、『火の国』に行きたいのだよ。お貴族様がドワーフの作る工芸品をどうしてもと求めていてね」

もちろん、父親は真祖トマトの話を出さなかった。

これから第六魔王国と事を構えるかもしれない守衛たちをわざわざ刺激したくなかったし、それに馬鹿正直に商売（ネタ）の話をする気もなかった。王国ではまさに知る人ぞ知る高級品の真祖トマトだが……実のところ、第六魔王こと真祖カミラが育てた物だと知っている者は皆無に近い。

すると、守衛番長は「ふん」と鼻を鳴らしてから「まあ、構わんさ」と続けた。

「こちらも貴族から小言などいわれたくはないからな。こんな状況ではあるが、まあ……あんたらなら問題ないよ。通るといい」

「ありがとうございます」

父親はぴょんと跳ねて短い尻尾を振った。

こういうときハーフリングは得だ。背が低くて愛嬌があるし、人族との付き合いも長いから信頼がおける。何より、王国に害をなしたこともない。

もっとも、守衛番長はふいに眉をひそめると、

「それよりも、一つだけ聞きたいことがある」

「はて、急に何ですかね？」

「ハーフリングのお尋ね者のことだ」

「はあ……」

父親は首を傾げた。そんな話は耳にしたこともなかった。

そもそも、ハーフリングは種として善良な者が多い。というか、刹那的でぶらりと旅を好む傾向があるので、何かしらわだかまりが出来るほど一か所に留まることがない。だから、ハーフリングが人族に迷惑をかけること自体、とても珍しい。

「いやあ、お尋ね者とは……穏やかな話じゃないですな」

「だろう？　王都から最重要指名手配があってな。勇者パーティーに所属していた魔女のことは知っているか？」

そう聞かれて、ハーフリングの父親は呆気に取られた。

「知っているも何も……そりゃあ有名人ですわ。わしは会ったこともありませんが……」

「そうか。まあ、先ほども荷台を念入りに調べさせてもらったが、お尋ね者が隠れていないことは分かっている。だからこそ、素直に教えてほしいのだが――今、その者がどこにいるか知らないか？」

守衛番長はそう尋ねたものの、いかにもばつの悪そうな表情になった。

要は同族を売れと言いたいわけだ。ハーフリングの商人なら独自の情報網を持っているはずで、何かしら教えなければ通さないぞという含みまであった。

父親は御者台に座っていた母娘に視線をやった。もちろん、二人とも肩をすくめるだけだ。また、護衛をしているハーフリングたちにも確認したが、全員が首を横に振ってみせた。これぱかりは仕方のないことだろう。そのお尋ね者こと魔女のモタが王都でやらかしたとき、この商隊は遠く離れた王国北方にいて、さらに厳戒態勢が敷かれたことで情報が伝わりづらくなってしまった。

だから、ハーフリングたち全員がしゅんとなると、守衛番長も頬をぽりぽりと掻きながら「はあ」と大きなため息をつくしかなかった。

「やれやれ、分かったよ。しかし、北の魔族領で見かけることがあったら真っ先に知らせてほしい」

こういうとき、やはりハーフリングは得だ。

つぶらな瞳でじっと見つめられたら、厳つい守衛番長でも情に絆されざるを得ない。

何にしても、そんなふうに強く念を押されたので、ハーフリングたちも「いったい、魔女のモタとやらは何をやらかしたのだ？」と思案顔になりながら第六魔王国へと入ったわけだが……

そこからこの商隊はまるで亀のような鈍足で北上していった。

日があるうちは平原でキャンプをして休み、月が上ってからわざわざ動き出す。

そんな昼夜逆転のまったりした旅程になったのにはもちろん理由があった――夜行性の吸血鬼たちに商売する為だ。

そもそも、こうして北の魔族領にやって来た目的は、新たな第六魔王誕生のお祝いをして、真祖トマトの取引を改めて独占させてもらう為だったが、その一方で手広く商売をやっているハーフリングたちにとっては、この領地に点在している吸血鬼たちと取引する為でもあった。

実際に、この商隊はゆっくりと一週間もかけて、北の街道で十人ほどの吸血鬼と取引をした。

すると、リスに似た愛らしいハーフリングの娘が月明かりを頼りに馬を御しながら、馬車内にいた父親に尋ねた。

「ところで、さっきの吸血鬼の旦那さん……何でわざわざ武器なんか必要なんスかねー？　これから王国と戦争するからっスか？」

「いや、それは違うな。もとより武器として欲しているわけではないのだよ」

「ふうん。やっぱそうっスよね。だって、吸血鬼って血の多形術とやらで何でも作れるんっスもんね。だからこそ、疑問なんスよ。余計な物を増やしてどうスんだろって」

「どうやら、お前さんにはまだこの武器の美しさが分からないとみえるな」

「ほー。美しさときたもんっスか？」

「そうだ。ドワーフたちが作ったこの刀なる片刃武器は芸術品としても非常に優れているのだ。数少ないながらも、大陸中に愛好家がいるほどだからな。ほら、よーく見てみろ、この刃紋の静けき波のような美しさに加えて――」

と、父親が滔々と語り出しそうになったので、娘はそこでわざとらしく息をついた。

「うちにはさっぱりと分からない世界っスねー」

「やれやれだ。物の審美眼は早く身に着けないとダメだぞ。そうでないと、母ちゃんみたいに父ちゃんの仕入れた物は全ていらんものと断じて捨てることになる。こないだもわしが領主館に商談に行っている最中に、大事な甲冑セットを二束三文で売り払いおってからに……」

「だって、あなた……馬車に積み込めないゴミばかり拾ってくるじゃないの？」

娘の隣に座っていたウサギに似た白毛の母親がそう断じると、父親は「うっ」と呻いて刀を荷台に落とした。ぶすりと床板に刺さって、危うく父親は足の指を切りそうになる……

「ゴ、ゴミ……ときたものかね？」

たしかに、父親が仕入れる物は工芸品ばかりなので、荷台で最も場所を取っている。この家族はそれぞれが専門の商いを持っていて、母親は織物や宝石、娘は小物や食材とあって、一番大きな荷を扱う父親はどうしても肩身が狭い……

　そんな父親の落胆ぶりを横目で見ながら、母親は御者をしていた娘の肩を叩いた。

「ここらで止めてちょうだい。お客様がいるはずだわ」

　馬車が止まると、ロバに乗って護衛をしていた五人のハーフリングたちが斥候系のスキルで周囲の『索敵』を始めた。

　第六魔王国を北へとずっと走っている一本道は他の魔族領と比しても平穏そのものとはいえ、それでも凶悪な魔獣は潜んでいる。特に、鮫の頭と熊の体を持つ水陸両用のジョーズグリズリーはとても危険で、人族の騎士団が小隊で対応してやっと追い払えるかどうかといった強さだ。

　ハーフリングの護衛たちが人族の冒険者たちより熟練しているとはいえ、ジョーズグリズリーの幼体ならともかく、成体を相手に馬車を守りながら戦うのは分が悪い……

　それにここはもう魔王城にも近い。ということは『迷いの森』のそばでもあるわけで、たまに虫系や植物系の魔物（モンスター）が彷徨（さまよ）ってくることもある。だから、ハーフリングの護衛たちは念入りに索敵したわけだが、どうやら危険はなかったようで、母親は「ちょっと待っていてね」と伝えると、護衛を二人だけ連れて林の中に入っていった——もちろん、棺を探す為だ。

　そもそも、吸血鬼は公爵級以上でなければ居城などを持たない。

　実際に、下手したら数年も寝呆けている吸血鬼にとって、塵芥（ちりあくた）が積もっていくばかりの広い住処は余計なものでしかない。その結果、吸血鬼たちは極めてミニマムな一畳半生活に至った。

　それに種族的にものぐさな性分なのか、第一真祖のカミラ、第二真祖と謳われるモルモにしても、配下をほとんど持たない。カミラが亡くなった後にルーシーのもとに集団で攻め込んできたブラン公爵はむしろ例外であって、今もハーフリングの母親が「あら、こんなところにあった」と、木陰に見つけ出した棺の持ち主にしても、

「やれやれ。五月蠅いな……此処が純血種で侯爵を賜った我が住処と知っての狼藉か？」

と、棺の蓋をどかして、凄んで出てきたわりには——幼女な上にパジャマ姿だった。

しかも、まだおねむなのか、「うー」と片眼を擦っている。もちろん、こんな容姿だがハーフリングたちよりもよっぽど長く生きていて、ジョーズグリズリー程度なら歯牙にもかけない危険な魔族であることに違いはない。

「お久しぶりです、侯爵様。おやすみのところを起こしてしまって、本当に申し訳ございません」

「ん？　貴様は……二日ぶりだな」

「いえ、二年ぶりです」

「そうか。それだけ我は寝ていたか」

「はい。ところで、今日は面白いものを手に入れましたので、ぜひとも侯爵様にお見せしたくてこうして参りました」

「ふむ。構わん。早速、見せよ」

そんなこんなで商談が始まった。

母親が棺の蓋の上に並べたのは石だった。ただし、宝石の類ではない。むしろ、全く加工されていない天然石で、そのほとんどが平べったい石英ばかりだ。

棺の中にちらりと視線をやると、なぜか小さな石ころばかりが無駄に詰まっている。

「ほう。これは素晴らしい。今度こそ、子爵めをぎゃふんと言わせてやるぞ」

ちなみに、ものぐさで寝てばかりの吸血鬼ではあるが、種族的に一つの特徴を有している。

それは蒐集癖(しゅうしゅう)だ。たとえば、ルーシーはファンシーグッズだし、妹のリリンは食材だ。そういう意味ではブラン公爵は配下だったわけで、この吸血鬼の侯爵(ちびっこ)の場合は石ころとなる。それもただの石ではない――

「前回は指の先ほど届かなかったが……吸血鬼で最も水切りを得意とするのが我なのだと、改めて彼奴(きゃつ)めに思い知らせてやるわ！」

「はい。頑張ってください」

ハーフリングの母親はにこにこ顔で代金を受け取った。

もちろん、この侯爵がしっかりと働いて稼いだわけではなく、たまたま棺のそばを通りかかった人族の冒険者が「ひいい、殺さないでください！」と懇願して差し出してきたものにすぎない……

そんなわけで、石ころたった一つで父親の扱う工芸品よりもたくさんのお金を稼いで、ほくほく顔の母親だったが、吸血鬼の侯爵と別れて、林を抜けて馬車に戻ると、意外なことに街道では娘たちが何者かと話し込んでいた。

「あら、まあ……珍しいことがあるものね」

母親は護衛二人と顔を見合わせた。

というのも、馬車の前にはダークエルフたちがいたからだ。それもただのダークエルフではない。迷いの森を出ることが許されている精鋭で、もちろん一騎当千の強者ばかりだ。ダークエルフとはあまり取引がないとはいえ、優れた商人である母親の目はごまかせなかった。

「もしかして、森から危険な魔物でも出てきてしまったのかしら……」

と、母親が訝しげな視線を娘にやると、

「あ、母さん。おかえりっス。ヤバいっスよ。マジヤバいっス」

娘はいかにもリスっぽく馬車の周りをくるくると回って「ヤバヤバっス」と繰り返した。

「いったいどうしたのよ？」

すると、動転している娘に代わって、なぜか青ざめた表情の父親が答えた。

「この者たちが教えてくれたのだが……先日、勇者パーティーに真祖カミラ様が討たれて、新しい魔王様が立たれたそうだ」

「あら、やっぱり……ということは、長女のルーシー様かしら？」

「違う。新しい第六魔王は、愚者のセロ様というらしい」

「愚者？　それに——セロ様？」

母親は首を傾げて、とりとめもなく言葉を続けた。

「セロ様って……それこそ勇者パーティーにいた『光の司祭』も……たしかセロという名前だったはずよね？」

「そう。そのセロ様だ」

父親はずばりと言ってのけたが、母親は「ふうん」と曖昧に肯いた。

それがどうヤバいのか、いまいち実感出来なかった——たしかに王国にとっては一大スキャンダルだろう。勇者パーティーに所属していた光の司祭が魔王になるなど前代未聞の事態だ。

現王直属の部隊から魔王が出たとなると王権を揺るがしかねない話だし、そもそも大神殿に所属している高名な司祭が魔族に転じたという事実は神権にも深い亀裂を入れかねない。なるほど、王国があれだけ厳戒態勢でもって戦争の準備をしていたわけだ。新たな魔王が誰なのか知れ渡る前に闇に葬り去るつもりなのかもしれない……

「これは……まあ、たしかに迷いどころではあるわね」

母親は唇をツンと立てて腕を組んだ。

この話をすぐに持ち帰って、いわゆる情報屋に流すだけでも大金が手に入るはずだ。

ただ、母親は眉をひそめた。このタヌキに似た父親とは結ばれて久しいが、彼はどこか鈍臭いように見えて、化かし合いが得意な生粋の商人だ。こんなふうに緊張感丸出しの顔つきを人様の前であからさまにするような人物では決してない。

それに娘だって、ハーフリングらしくどこか飄々(ひょうひょう)とした性格なものの、それでも店番としてドンと構えるように叩き込んできた。ところが、さっきから可笑しなほどにはしゃぎ回っている。

「いったい……どういうことなのかしら?」

母親がそう呟くと、ダークエルフの一人がふいに尋ねてきた。

「ところで、地図は扱っていないか?」

「どこのかしら?」

「王国だ。王国南のディスヌフ辺境伯領あたりの地図があるとありがたい」

「たしか……あったわよね?」

母親が娘に視線をやると、「も、もちろんっス」と答えが返ってきた。

なぜ迷いの森のダークエルフがそんな遠い場所の地図を欲するのか、母親にしてみれば理解が覚束なかったが、娘が地図をごそごそと探している間に父親がそばに来て補足してくれた。

「ダークエルフは種族としてすでにセロ様に恭順したらしい」

「は？」

「何にしても、これから彼らは先遣隊として王国に赴くそうだ」

母親は思わず額に片手をやった。

まさに寝耳に水だ。よりにもよって亜人族の中でも最もプライドの高いエルフ種が誰かの下につくなど、歴史上あったためしがない。事実、長らくこの地を統治した真祖カミラでもなし得なかったことだ。だからこそ、母親は用心した――

もしかしたら、新たに魔王となった愚者のセロなる人物はこのダークエルフの精鋭たちに宣戦布告でもさせて、そのまま王国に攻め入るつもりなのかしら？

それにしては……南の辺境伯領の地図が欲しいとは？

いや、もしや王国を抜けて南にある第三魔王国と共に挟撃でもするつもりなの？

と、そんなふうに母親がつらつらと考えを巡らしていたときだった。娘がダークエルフの一人に地図を渡しながら、母親にちらっ、ちらっと、意味ありげな視線を寄越してきたのだ。

その態度に母親はさらに眉をひそめたが、とりあえず娘の視線の先にあるものに気づいてギョッとした。というのも、ダークエルフの纏っていたマントの下にヤモリが一匹張り付いていたからだ。

一見すると、いかにも可愛らしいヤモリだ。ただ、その額には魔紋がありありと浮かんでいた。つまり、紛う方なく魔物（モンスター）なのだ。しかも、ただの魔物（モンスター）ではない。商人として鑑定系のスキルに長けているからこそ、母親はすぐに看破出来た。これは――よりにもよって超越種だ。

「そ、そんな……う、嘘でしょ……」

母親は全身の震えが止まらなくなっていた……

超越種の魔物（モンスター）は四竜の眷属で、神獣とまで謳われる生物であって、ここらに棲むジョーズグリズリーはおろか、侯爵級の吸血鬼すら全く歯牙にもかけない、文字通りにヤバヤバな存在だ。あくまでも魔物（モンスター）として区分されているのは、単純に魔族領の奥深くに生息していて、他の種族には不干渉を貫いてきたからに過ぎない。要は、生態自体がよく分かっていないのだ。

もっとも、神話が本当だったとしたら、この一匹が王国に入っただけでも、最北の要塞なぞおそらく一日も保（も）たずに陥落することになるだろう。

それが……一匹だけではない。

ダークエルフの精鋭たちそれぞれのマントの下に幾匹も張り付いている。

しかも、今さらながら気づいたが、空からはぱたぱたと不気味に羽ばたく音が聞こえてくるし……

ダークエルフたちがなぜか持っている手桶の中にはヤモリによく似たイモリまでいる……

……

…………

………………

母親はそこではたと考えることを止めた。

いっそ娘と一緒に「ヤバヤバっス」と駆けまわりたい気分だった。

というか、古今東西、魔物（モンスター）を使役（テイム）した魔族や魔王はいたが、誇り高きダークエルフを従えて、さらに超越種まで飼いならした存在など、神話にすら出てこない……

なるほど。父親が青ざめて、さっきから娘の語彙が「ヤバい」しかなくなるはずだ。

するとと、地図を手にしたダークエルフが丁寧に礼を言ってきた。

「地図があって助かったよ。この先、魔王城に行くつもりなら道中の安全は保障する。それと、セロ様はとても頼りになるお方だ。決して粗相のないようにな」

ここまでくると、母親は笑うしかなかった。

そりゃあ頼りになるだろう。神にも等しい存在に庇護されたのだからダークエルフは安泰に違いない。もっとも、そのやさしさがただの行商人に過ぎないハーフリングにも向けられるかどうかは未知数ではあるが……

何にしても、こうして夜半にダークエルフの精鋭たちとは別れたわけだが、ハーフリングの商隊は魔王城のすぐそばまでやって来ていたのに、恐怖と畏怖がない交ぜになって、さらに鈍足と化してしまったのは仕方のないことだろうか。

それでも、やっと奮い立って昼間に馬車を進めた商隊だったが――ここでちょっとした足止めを喰ったのだった。


人狼のメイド長チェトリエは同じくメイドのドバーを伴って湖畔までやって来ていた。

ここは魔王城の東――『迷いの森』とは反対方向にある林の奥に広がる湖で、真祖カミラの時代から人狼たちはここでよく水浴びをしてきた。

もちろん、魔王城にも小さいながら風呂はある。さすがに人狼たち全員が入れるほどの浴場ではないが、トイレや上下水道などは一通り設けられている。

ただ、カミラが居城としてからはろくに手入れされてこなかったので、人狼たちが配下になったときにはそれらのほとんどが廃れてしまっていた……

とはいえ、清潔さを保つだけならば、この世界ではいわゆる生活魔術が発達しているのでさほど困らない。

ちなみに余談となるが、生活魔術の定義は難しい――一般的には火、水、土や風の四大魔術のうち、最も簡単なものを組み合わせた複合魔術とされているが、人族、亜人族や魔族によってそれぞれ呪詞も術式も違うし、さらには用途まで大幅に異なってくる。

実際に、魔族は基本的に食事をしないから食生活にかかわるものは持たないし、不死性を得ているので血止めなど衛生面に関するものもろくに知らない。逆に、人族は不自由な環境を改善する為に生活魔術を使いこなして、それを魔導具などにも反映させてきたので、この分野においては亜人族や魔族よりも一日の長がある。そこらへんの村人でも子供の時分から叩き込まれるほどだ。

さて、人族ほどではないが、そんな生活魔術で清潔さを保つことが出来る人狼たちであっても、やはり水で体を洗うという習慣は遺伝子レベルにまで染み込んでいるのか、チェトリエたちもこの湖畔までわざわざやって来ては、水浴びを楽しむことが多々あった。

もっとも、今、チェトリエは全く楽しそうな顔つきをしていない……

むしろ、どこかしゅんとなって、湖沿いの岩の上から尾を水中に垂らしている始末だ……

「釣れた？」

そこに遠くで水浴びを終えたばかりのドバーがやって来た。

ばしゃ、ばしゃ、とあえて大袈裟に水中で体を動かして、チェトリエの方に魚たちを追いやったわけだが――

「いいえ。全然。そもそも、釣りってこれで合っているのかしら？」

「アジーンはそれで釣れるって言ってた」

「でも、あの人……たしか釣り道具みたいなものを持っていなかった？」

「知らない」

「はあ。これじゃあ、またセロ様をがっかりさせてしまうわ」

最近、チェトリエには悩みがあった。

人狼のメイドたちが出す食事を主人が全く喜んでくれないのだ。

最初のうちは新鮮な真祖トマトや山菜などをルーシーと一緒にもぐもぐと食べてくれたのだが、それが数日も続くとセロの顔はしだいに曇りがちになって、先日など趣向を変えて、ものはためしと肉を出してみたら、

「ねえ。チェトリエ」

「はい、セロ様。何でございますか？」

「生肉は……さすがに厳しいかな」

「これは大変失礼いたしました。セロ様の牙でも噛み切りやすいように小さなサイズに致します」

「い、いや……そういうことじゃなくてね。きちんと火を通してほしいんだ」

「なるほど。畏まりました。それでは少々、お目汚しを失礼いたします――爆ぜろ、黒炎よ。『炎弾（イグニッション）』！」

「ええと……見事に肉が燃え盛っているね」

「お褒め頂き光栄です」

「焦げて……灰になりかけているよね」

「あら。これまた気づかずに失礼致しました。もしかしてセロ様は――燃えている肉を食べるのがお好きだったのですか？」

「…………」

こんなやり取りの後にセロは黙り込んでしまった。

とはいえ、セロはチェトリエを責めなかった。そもそも、魔族はろくに食事をしない。人狼たちには肉を食べる習慣が残ってはいるが、そうはいっても野生の狼と同じように生でがつがつと食べる。そこに調理という概念は全くない。

それにセロからしても、料理以外は全て完璧にこなしてくれるメイドたちの誇りを傷つけずに、どのように調理の仕方を教え込むかで悩んでいたわけだが――何にしてもチェトリエはそんな主人の不満を感じ取って、肉が駄目なら魚をと、わざわざ湖までやって来たわけだ。

今日もちょうど午後からセロが半休の暇（いとま）を皆に出してくれたので、これ幸いとばかりに釣果を求めて孤軍奮闘していたのだが……

すると、ドバーが上目遣いで尋ねてきた。

「まだ釣りをする?」

「そうね。釣れるまでは頑張ってみるわ」

「なら、こうした方が早い」

ドバーはそう言って、水中を泳いでいる魚を爪で突き刺した。

ただ、水から掻き出した魚はその身が襤褸々々(ボロボロ)になってしまっていた……

「ありゃ……」

「それはとっくに試したわよ。でも、ダメね。魔魚がいてくれたら助かるのだけど」

「探す?」

「水の中じゃあ、臭いが追えないわ」

「むう」

今度はドバーがしゅんとなる番だった。

仕方がないので、二人して岩場に上って自慢の尻尾を垂らしたわけだが、やはり一匹も喰いついてはこなかった。そうこうしているうちに午後もあっという間に過ぎて、全く釣果もないままに魔王城に戻らなくてはいけなくなったのだが——

「くん、くん」

北の街道に出たところで、ドバーが鼻を動かした。

同時に、チェトリエも様々な香ばしい匂いに感づいた。それは食材の香りだった。しかも、食べ物だけではない。何だか、とても懐かしい匂いも混じっている——チェトリエはいかにも思い出したといったふうにパンッと両手を叩いた。そうだ。間違いない。この時期によくやって来るハーフリングたちだ。

　チェトリエはすぐにドバーに指示を出した。

「セロ様……いえ、先にアジーンね。いつものハーフリングの商人たちがやって来たことを知らせてあげてちょうだい」

　ドバーはこくりと肯くと、一瞬でその場を去っていった。

　それから数分もしないうちにチェトリエはハーフリングの商隊を北の街道で出迎えた。

　本来なら、チェトリエもドバーと一緒に帰って、魔王城にてこの商隊を歓迎する為の準備に取りかかるところだったが、その前にやるべきことを思いついた——そう。この商隊から先に食材などをちゃっかり仕入れてしまおうと考えたわけだ。

「ようこそ、皆様。遠路遥々（はるばる）と、第六魔王国へお越しくださってありがとうございます」

　もっとも、いつもは魔王城の入口広間で迎えてくれる人狼、それもよりにもよってメイド長がなぜか街道上に現れ出てきたことで、ハーフリングたちはかえって不安を煽られてしまった。昨晩、ダークエルフや超越種の魔物（モンスター）と接触して、散々驚かされた後だったからこれも仕方のないことだろう。

「たしか……チェトリエさんでしたっスよね」

　御者台にいたハーフリングの娘が馬車を止めて声をかける。

「はい。そうです。お久しぶりです。このたびは例年通りの商いでございますか？」

「その通りっス。いつもより遅れてしまってすいませんっス。あと、第六魔王の真祖カミラ様におかれましては……大変でしたっスね。お悔やみを申し上げますス」

「これは恐れ入ります。生前は大変お世話になりました。カミラ様も果敢に戦われて果てたとのことで――」

その瞬間だった。

チェトリエは機敏に別の気配を感じ取った。

そして、険しい目つきで上空へと視線をやる。そんな態度の変化に、ハーフリングたちは「ひいっ」と小さく悲鳴を上げたわけだが……

このとき、不埒にも認識阻害をかけて姿を隠しつつ魔王城に攻め込もうとしていた者たちに最初に気づいたのは――メイド長のチェトリエとハーフリングの商隊だった。


「あつーい」

「……い」

「あと、十まで数えたら出るよ。いい？　ドゥ」

「うん。一、十」

ばしゃ、と。

ろくに数えずに飛び出たダークエルフの双子ことドゥを追いかけるようにして、

「待ちなさーい！　ずるーい！　こらー、ドゥ！　もう一度数えなきゃダメー！」

と、もう一方の双子ことディンの大声が魔王城内にも届いたので、「何かあったのかな？」と、セロが前庭に出ていくと、そこにはいつの間にか、溶岩坂のすぐそばに血反吐の池が出来上がっていた。

そういえば、ルーシーから要所に血溜まりが欲しいとねだられていたっけと、セロはふと思い出した。ちなみに、肝心の血に関してはダークエルフの近衛長エークや人狼の執事アジーンのあれな性癖に頼らずとも、土竜ゴライアス様が幾らでも吐き出してくれているようなので、今のところは全くもって困っていない。

ただ、畑ならば遠くにあるので気にならないが、さすがに魔王城の前庭に血溜まり、それもそこそこ広いものがドドンとあると、セロとしては景観的に「うーん」と首を傾げざるを得ない……

「おお、セロよ。良いところに来た」

「どうしたのさ、ルーシー？」

「うむ。ためしにここに血の池を作ってみたら、熱をもってしまったのだ」

「まあ、溶岩の近くだからね。逆に、氷の断崖の方に作ったらキンキンに冷えるんじゃない？」

「ほう。冷製スープを作るのによさそうだな」

「それはちょっと止めてほしい」

セロがルーシーを何とか説得している間に、ドゥとディンが人目も気にせず裸のまま、氷の断崖絶壁でいったん体を冷やしてから、再度、血の池に「わーい」と手を繋いで仲良く飛び込んでしまった。「大丈夫なの？」と、セロが二人を見つめていたら、

「気持ちいー！」

「いー！」

「やっぱり、あつーい！」

「いっ！」

ディンはともかく、ドゥまでもが珍しく声を張り上げている。

これは相当に気持ちが良い証拠だ。早速、セロも血の池に片手を入れてみた。なるほど。たしかにちょうどいい温かさだ。いわば、これは温泉か。見た目があれだけど、まあ赤湯だとでも思えばいいかな……

「エメスは地下にこもったままかな？」

セロがそう言って、そばにいた近衛に確認すると、人造人間（フランケンシュタイン）エメスはすぐにやって来てくれた。

そして、すぐにセロの意図を汲んだのだろう。どこからか瓶を用意して、温かくなった血反吐を入れるなり、それをごくりと舌上でテイスティングしてから、「ふむ」と肯いてみせる。

「これは……畑にある血反吐とは異なる成分になっていますね。鉄分が多いのは溶岩（マグマ）の影響でしょうか。いずれにしても、腰痛、関節痛、魔力（マナ）経路障害などに効果があって、さらに美肌にも良いようです。終了（オーバー）」

「――――っ！」

その場にいたルーシー、ディンに、さらにいつの間に現れたのか、ドルイドのヌフまでもが美肌というところで「はっ」とした。セロには何だか嫌な予感しかしなかった……

「セロよ」

「今度は何だい、ルーシー？」

「ここは魔王城のすぐ前だ。最大の防衛の要（かなめ）であるべきだ。もっと妾（わらわ）の為に血溜まりがあってもいいと思うのだ」

と、ルーシーがもっともらしいことを言ってくると、その付き人でもあるディンが即座に同意した。

「ルーシー様の仰る通りです。この魔王城を攻めてきた者たちだって、血溜まりのあまりの多さにきっと恐れ慄(おのの)くことでしょう」

「ドルイドとしても同意します。たしか、長い年月の中で埋もれてしまって誰も使わなくなった秘中の秘の術式の中に、血を大量に使うものが多分きっとおそらくあったはずです」

「…………」

どうやら女性陣に押し切られて、すでにセロには拒否権などないようだ。

こうなると、すっかり現場監督が板に付いてきた近衛長エークの出番だろうか。セロがそばにいたエークに視線をやると、

「なるほど、畏まりました。ここを露天風呂にするということで、最低限の柵や衝立に加えて、着替える為の建物も建設したいと……ところで、セロ様。疑問なのですが……ここは一応、魔王城の真ん前ですよね？」

「うん。そうだね」

「溶岩(マグマ)の坂があるとはいえ、敵襲があった場合、真っ先に攻めてこられる場所ですよね？」

「うん。たしかにね」

「そのような場所に、露天風呂を造ってしまってもよろしいのでしょうか？」

「じゃあ、そこにいるルーシー、ディン、ヌフと、ついでにエメスも説得してくれるかな？」

「…………」

エークは天を仰ぎつつも、セロにこそっと耳打ちした。

「最初のお三方はまあ分かりますが……なぜにエメス様が？」

「そりゃあ、エメスだって女性だからね。美肌には気を遣っているんじゃないかな」

「美肌も何も……肌が所々縫ってあるじゃないですか。頭に釘が刺さっているじゃないですか。髪なんてぼさぼさですよ。今さら、本当に美肌なんて気にするんですか？」

「知らないよ。というか、僕に聞かないでよ」

ちなみに、セロたちの会話はヌフの間諜の魔術によってエメスにも筒抜けになっていたようで、当然のことながらエークは実験と称して半殺しにされて、そこにも血の池が出来てしまった。もっとも、こちらはあまり特殊な効能などがないらしく、女性陣からはひどく不評だ……

そんなエメスが急にセロへとまともな意見を言ってくる。

「たしかに防衛の観点から考えれば、女湯をここに建てるのは問題がありますね」

「だよね。何か解決策はないかな？」

「あります。溶岩（マグマ）坂の下にも造ればいいのです。男湯などどうでしょうか？」

セロはいかにも理解が覚束ないといったふうに、「ん？」と首を傾げた。

「男湯が攻められている間に女性陣は着替えて立て直すことが出来ます。そもそも男湯に最大戦力たるセロ様が入ってくださっていれば敵も殲滅可能ですし、女性陣はその勇姿を上からリラックスして見ていればいいだけです。一挙両得とはまさにこのことです。終了（オーバー）」

「…………」

とりあえず、セロの『救い手（オーリオール）』と、ヌフによる回復の法術で何とか蘇ったエークと一緒になって、セロはエメスの作ったリュック型のロケットを背負って坂下に着地した。

セロは初めての空中飛行を楽しんだが、リュックに内蔵可能な魔力量の問題で、今はまださほど遠くには飛行出来ないらしい。せいぜい上下に浮遊する程度なので、まだまだ改良の余地があるのだとエメスも嘆いていた。

それはさておき、溶岩坂下の立地を確認していると、エークがふいにこぼした。

「最近は同族が総出でトマト畑の手伝いをさせてもらっているわけですが、もしここに温泉が出来れば、仕事終わりにちょうど休むことが出来ます。防衛拠点云々ということを脇に置いたとしても、施設を新たに造るというのは意外と良い考えかもしれないですね」

「たしかにね。それはそうと……いつの間にこんなにトマト畑が広がっていたのかな?」

セロは岩山のふもとから溶岩坂下まで延びている畑を眺めた。もとのトマト畑の倍以上の広さになっている。

すると、畝間の塹壕を伝って、ヤモリたちが集まってきた。

「そうか。お城の上下水道と同様に、こっちも頑張ってくれていたんだ」

「キュイ!」

空にはコウモリたちもいるし、血溜まりにはイモリたちもいた。何なら、坂下の温泉についてはイモリたちに防衛をお願いしようかなとセロは思いついた。

ともあれ、そんな温泉や拠点はまだアイデアの段階に過ぎず、それよりもセロは施設を新たに造る為に必要なとあるモノについて、「うーん」と、しばらく頭を悩ますしかなかったのだった。

温泉の話が出た後で、セロはまたもや困っていた。

魔王城の坂下から城門まで戻ってくる間、ずっと腕組みをしてうんうんと呻(うな)っていたほどだ。

「いったい、どこに保管されているのかなあ」

というのも、この魔王城にはろくにお金がないのだ……

普通、魔王城といったら金銀財宝を山のように貯め込んでいそうなものなのだが、なぜかびた一文たりとも見当たらなかった。

もちろん、セロにはアイテムボックスがあるので、そこに勇者パーティー時代の給金がそこそこ残ってはいるが、そうはいっても今後の収入がなければ使いづらい。そもそも、そんな微々たる給金程度で一国の財政を支えられるとも思えない。

これにはさすがにセロも困り果てて、坂上に戻るや否や、ルーシーに相談を持ちかけたのだが、

「そもそも魔族はいちいちお金など持たないぞ。妾も生涯、使ったことすらない」

「じゃあ、普段、お金が必要なときはどうしていたのさ？」

「略奪するに決まっている」

「…………」

さすがは魔族。分かってはいたが、王国の荒くれ者よりもよほど質(たち)が悪い……

「じゃあ、この魔王城はいったいどうやって造ったのさ?」

「ふむん。セロはいつから呆けたのだ?」

「え?」

「今回だって、配下が勝手に直してくれただろう?」

「……………」

セロはまた無言になった。

勝手かどうかは価値観の違いだと信じたいが、たしかに皆が汗水流して積極的に改修してくれた。

ともあれ、事ここに至ってセロはさすがに天を仰いだ。何となくボランティアに甘えてしまっていたが、よくよく考えてみたら、真祖トマトなどの現物支給だけで皆が嫌な顔一つせずにやってくれたわけだから、ブラック魔王国ここに極まれりといったところだ……

とはいえ、力のある者が欲しいと願えば、配下が我先にと差し出すのが魔族の慣習らしいので、ルーシー曰く、お金の心配をした魔王なぞセロが初めてだとのこと。

「じゃあ金は? 無駄にピラミッド風衣装に消費されていたみたいだったけど?」

「知らん。あれはこの城のどこかに置いてあったものではないか?」

ルーシーも眉をひそめたので、近くに控えていた人狼の執事アジーンに尋ねることにした。少なくとも財産の管理に関してルーシーはあまり当てにならなそうだ。ここは家宰に頼るしかない。

「はい。金は長らく城内にて保管されていたものです。トリーが手前にセロ様の衣装用に使いたいと相談してきたので、取り出した次第です」

「保管って……いったい、どこにあったのさ?」

「もちろん、宝物庫でございます」

「宝物庫！」

セロはついその甘美な響きに声を上げた。

早速、アジーンに頼んで行ってみる。魔王城の正門をくぐって入口広間から大階段を上がってすぐのところに玉座の間があって、そこに通じる回廊の脇の隠し扉を開けると、たしかに宝物庫に繋がっていた。

だが、肝心の宝物が一切なかった。見事にすっからかんだ……

「ダ、ダメじゃん……」

セロは四つん這いになってがっくりとした。

すると、ルーシーが例によって首を九十度ほど傾げる。

「こんなに何もなかったのか？」

「いえ。おそらく、妹君が家出なさった際に持ち出されたのかと」

アジーンがそう答えると、セロはぴくんと反応した。

「へえ、ルーシーに妹がいたんだ。そういや、名乗るときも長女って言っていたものね」

「うむ。三姉妹だ。多分どこぞで生きているだろう」

「何で妹さんたちは家出なんてしたのさ？」

「分からん。反抗期だったのではないか」

「ふうん」

あまり仲良くなかったのかなと思いつつ、セロはそれ以上の詮索をしなかった。どのみちこの魔王城にいれば、いずれ会うことになるかもしれない……

　何はともあれ、セロは腕組みをしながら、魔族になってからの喫緊の課題、いや宿願と言ってもいい「食材……料理……お金――」と、ぼそぼそ呟いていたら、ダークエルフの近衛長エークが声を上げた。

「セロ様。さほどに食料や金銀などをお求めなのでしたら、やはり王国か砦に行くしかありません」

「王国は分かるけど……砦？」

「はい。西の魔族領である湿地帯と、我々の住処である迷いの森との緩衝地帯に、呪人などが住んでいる砦がございます」

　そういえば、ルーシーから以前聞いたことがあったなと、セロは思い出した。

　何でも、呪いつきになった人族がセロと同様に岩山のふもとに転送されてきて、迷いの森に彷徨い込むことが多かったから、ダークエルフが親切心で砦に案内してくれているんだっけ――

「いえ。親切というよりも、二つの明確な理由があります」

「二つ？」

「はい。一つ目の理由は、呪人が『迷いの森』に入って、植物系の魔物（モンスター）の餌食となって味を覚えられてしまうと、我々ダークエルフにも害が及びます」

「なるほどね。植物系の魔物（モンスター）が活発化しない為に保護するわけだ」

「その通りです。また、二つ目の理由として、保護してもさすがに森での共存は難しいので、湿地帯で無限湧きして溢れてくる亡者対策として、緩衝地帯に砦を造らせて、呪人たちに対応してもらっているといったところです」

「へえ。一応は共生出来ているってところなのかな?」

「そうですね。もしそれ以上に詳しいことをお知りになりたいのでしたら、ドルイドのヌフにでもお尋ねください」

「なぜヌフに?」

「もともと百年ほど前にヌフが始めた事業なのです」

そう言われて、セロがドルイドのヌフに視線をやると、

「別に大したことはしていませんよ。偶然の産物みたいなものです」

ヌフは何事もなかったように応じた。セロはすかさず質問する。

「ちなみに、その砦なら物々交換でも大丈夫かな?」

「それは……さすがに難しいでしょうね。砦内は元人族が中心におりますので、王国の通貨が流通しています。やはりお金は必要となりますよ」

「そっかー」

セロはガックリトホホと項垂れた。

そして、玉座に座って、そのまま緊急集会が開かれた。第六魔王国初の財政会議だ。さっきまで温泉につかっていたダークエルフの双子のドゥやディンもきちんと参加している。

そんな皆に対して、セロが重々しい口ぶりで問いかける。

「この場にいる全員に知恵を借りたい。お金を得るには、いったいどうすればいいだろうか?」

すると、アジーンが自信満々に答えた。

「奪いましょう!」

またもやルーシーと同じことを言っている……

このままでは埒が明かないと、セロは黙殺して、常識人のヌフに「助けて」といった視線をやった。

「それでは偽造でもいたしますか。認識阻害で幾らでも可能ですよ」

「………」

セロはこれまた無言になりつつも、それはそれで一応、最終手段に取っておこうかなと考えた。別に魔王国なのだから悪逆非道の限りを尽くしても文句は出ないはずだ。少なくとも、略奪よりはマシな気もする。というか、こんなふうに考えるようになってしまったのだから、元聖職者のセロもずいぶんと魔族に染まってしまったともいえる……

何にしても、セロが「はあ、やれやれ」と肩をすくめると、意外なところから答えが上がってきた。略奪推進派のルーシーからだ――

「王国からまだ賠償をもらっていないだろう？　勇者パーティーなどの迷惑料だ。それほどにお金が必要だというならば脅しつけてみたらどうだ？」

結局脅すのかとセロはげんなりしたが、人造人間（フランケンシュタイン）エメスがいかにも魔族らしい一言を付け加えた。

「ついでにいっそ王国も支配してみては如何でしょうか？　造幣局と商業ギルドでも占拠しておけば、お金に困ることはなくなるでしょう。終了（オーバー）」

ついでにドゥがこくこくと肯いて、セロをじっと見つめてくる。

誰よりも真実を見抜くというからまさかこれが正解なんだろうかと、セロはつい魔族としての本性を抑えきれずに、じゃあ王国でも支配しちゃおうか、なんていう闇深い考えに傾きそうになった。

が。

そんなときにディンが、「はい！」と勢いよく手を挙げた。

「温泉はどうでしょうか？」

セロが首を傾げたので、ディンは説明を続ける。

「溶岩(マグマ)坂下に男湯だけではなく、しっかりとした温泉宿泊施設を造って一般にも開放するのです。畑仕事をしているダークエルフはともかく、領内の吸血鬼などの魔族、あるいはいっそ人族の冒険者まで呼び込んで、お金を取ってみては如何でしょうか？」

果たして人族が温泉の為に魔王城付近までやって来るだろうかとセロは疑問に思ったが、よくよく考えてみれば、王国から北の街道では吸血鬼たちは木陰などで寝ているので意外と安全だし、魔王城そのものを封印で見えなくしたら、かなり辺境にある秘湯スポットとしてやっていける可能性だってある。

何なら、この際、魔王城だということも隠し通して古城ツアーをしたっていい……

「じゃあ、やってみようか。魔王城前温泉宿、日帰りもしくは宿泊ツアー！」

こうして卵が先か鶏が先かではないが、施設を造る為にお金が必要という話は――お金を稼ぐ為の施設を造ることが必要といった事態に転がって、温泉宿泊施設の本格的な着工へと繋がった。

もちろん、このときセロはまだ知らなかった……この何気ない癒しのはずの温泉宿がいわゆる第六魔王国最大の防衛拠点たる温泉要塞となって、王国の猛者たちをあっけなく陥落させていくことになるなど……

もっとも、このときセロにはちょうど別の脅威が迫って来ていた。

実際に、セロが「現地調査を本格的に始めようか」と声を上げようとしたタイミングだ――

「ん？　……この気配は？」

セロはすぐに眉をひそめた。

玉座の間には窓がないので外の様子は分からないが、どこかから物々しい魔力（マナ）反応があったのだ。

セロには『斥候（スカウト）』などの索敵スキルはないが、それでもはっきりと分かるほどの敵意がありありと感じられた。まるで軍勢でも攻め込んできたかのような迫力だ。もちろん、この魔王城周辺にはまだ正式な防衛拠点などないからセロが率先して立ち上がると、そこに物見をやっていたダークエルフの近衛が一人、さらに人狼メイドのドバーも伴って入室してくるなり声を荒らげた。

「ご報告です！　魔王城前に百人以上の吸血鬼がおります！」

その言葉でセロとルーシーは顔を見合わせた。いつぞやのブラン公爵の急襲を思い出したからだ。

すると、近衛長としてエークが叱責する。

「城のすぐそばに攻めて来られるまで気づかなかったとは何事だ！」

「申し訳ありません！　敵は全員、巧妙な認識阻害をかけていた上に、空から突如、現れ出てきたものですから――」

「言い訳はいい。それで吸血鬼を率いている者は？」

注進してきた近衛はそこでいったんごくりと唾を飲み込むと、

「先頭にいる者は――吸血鬼の第二真祖モルモ！　血で作られた巨大な新月刀に乗って、セロ様を出せと要求しております！」

セロは再度、ルーシーと目を合わせた。

そして、こくりと首肯すると、「僕が行こう」と言って進み始めたのだった。

「いかにもおかしいな」

セロが玉座の間を歩み始めると、すぐ隣にルーシーが並んでそう呟いた。

「おかしいって?」

「そもそも、モルモは自身の眷属をほとんど持たない」

「ルーシーみたいに?」

セロがつい言ってしまうと、ルーシーは「むすー」と両頬を膨らませた。

そういえば、ぼっち吸血鬼であることを指摘すると不機嫌になるんだったっけと、セロは慌てて話の角度を変えた。

「それでも、さっきの近衛の報告によると、多くの吸血鬼を従えて攻めてきたそうだよ。事実、たくさんの魔力(マナ)反応がこれでもかと感じられるしさ」

「そこなのだ。本当に妾の知るモルモなのだろうか?」

「つまり、別の誰かが認識阻害などで姿形を変えているってこと?」

「うむ。それにたしかにモルモはかつて母とも刃を交えるほどに好戦的な魔族だったそうだが、今となっては――」

ルーシーがそこで言い淀んだので、セロが「今となっては？」と復唱して先を促すと、

「今では何と言うか……そう、ただの親戚のおばちゃんだ」

「…………」

セロはつい無言になった。

そういえば、第一真祖や第二真祖と言うぐらいだから血の繋がりはあるんだろうか？

先日もセロの実家の話が出たばかりだが、ルーシーにとってモルモが親戚に当たるのならば、あまり積極的には戦いたくないないなとセロは思った。セロのせいで母親を失くしているわけだから、血縁のある者にこれ以上は手をかけたくない……

そんなことをつらつらと考えながらセロは大階段を下りて入口広間を過ぎた。

外からはひしひしと強者の貫禄が伝わってくる。しかも、一人だけではない。無数にある。セロはつい武者震いした。ブラン公爵のときとは桁違いだ。これはかなり気を引き締めていかないといけないなと、セロは下唇をギュッと噛みしめて正門から出た。

すると、そこには――

なぜか一方的な蹂躙(じゅうりん)……いや、吸血鬼たちの阿鼻叫喚しかなかった。

「た、助けて……」

「俺様の体が……ゲル状に溶けていくううう！」

「もう石をぶつけないで！　トマトを盗(と)ったのは本当に悪かったから！」

「あち！　あちちち！　魔核が燃える！　でも、ここから出たら魔物(モンスター)が襲ってくるし……あちち、あーっ！」

セロの目は点になった……

　というのも、百人以上いたはずの吸血鬼たちはコウモリたちの糞で溶かされ、あるいはトマト畑に入った者はヤモリたちに邪魔だとばかりに『土礫（ストーンショット）』で追い出され、さらには魔王城前の坂に逃げ込んだ者たちは『溶岩（マグマ）』で炎上して、すでに散々な状況に追い込まれていたからだ。

　セロからすれば正式な防衛拠点がないことに頭を悩ませていたわけだが、トマト畑及びその上空ではセロでも身震いするほどの禍々（まがまが）しい魔力（マナ）を放ちながら、大切な家族（モンスター）たちが怒気を発して、攻め込んできた吸血鬼たちを凹々（ぼこぼこ）にしていた。

　実際に、第二真祖の吸血鬼モルモも血の多形術で巨大な新月刀を作っていたことが仇となったのか、イモリたちに逆に利用される格好で、血で作った檻の中に閉じ込められている始末だ……

「こ、これ……どういうことなの？　あ、ルーシーちゃん！　そこにいたのね！　いったい何なの、このおっかない魔物（モンスター）たちは？」

　モルモは目敏（めざと）く、坂上のルーシーを見つけると、「助けてー」と懇願してきた。

　セロはルーシーと目を合わせた。ぱたぱたと飛んできたコウモリから事情を聞くに、モルモを錦の御旗（みはた）のように掲げて、数を頼みにやって来た吸血鬼たちだったが、トマト畑に踏み入って勝手にもぎ取ってしまったことで魔物（モンスター）たちの逆鱗に触れて、あっという間にこうなったらしい……

「なるほどね。というか、この吸血鬼たち……どこかで見かけたような？」

　セロが首を傾げていると、ルーシーが「はあ」とため息をついた。

「先日、ブランと共に来た不届き者たちだ。どうせ懲りもせずにモルモを頼ったのだろうな」

「じゃあ、せっかく逃がしてあげたのに、わざわざまた攻め込んできたってこと？」

セロがそう言うと、坂下にいたモルモが声を張り上げた。

「違うわ！　私は謝罪させに来たのよ！」

その言葉でセロは初めてモルモを直視した。

たしかに第二真祖と謳われるだけあってとても美しい女性だ。

ただ、ルーシーにはあまり似ていない——かといってカミラのようないかにも儚げな夜の女王といったふうでもなく、どちらかと言うと明るくておおらかな人物に見える。

いわば、ルーシーが月下美人にたとえられるとしたら、モルモはむしろ月下氷人に当たるだろうか。なるほど、眷族をほとんど持たないと言われているはずなのに、これだけの吸血鬼たちが頼りにしたのも肯ける。それだけ愛嬌があって、能動的で、しかも面倒見の良さそうな人物だった。

かつてルーシーがモルモを評して、「どこぞの聖女よりもよほど聖母らしく後光が差している」と言っていたことがあったが、元聖職者のセロからしても肯ける容姿だ。

そのせいだろうか。イモリたちも他の吸血鬼たちには容赦なかったが、モルモだけは血の檻に閉じ込めて、それ以上の危害を与えていない。

と、セロがとりとめもなく考えていたら、ルーシーがため息混じりにモルモを責めた。

「謝罪をさせに来たとはいっても、血の多形術で巨大な新月刀を作っていたそうではないか？」

「ただの乗り物よ。あんな大きなもの……私のか細い腕で振り回せるはずないじゃない」

「それにこれだけの人数で突然やって来るのも非常識だ。普通は先触れぐらい出すだろう？」

「だって、ルーシーちゃんに良い人が出来たって聞いたから……居ても立ってもいられなくなっちゃって、これは盛大にお祝いしに行かなくちゃいけないわって思ったのよ。ほら、ちょっとしたサプライズっていうのかしら？」

「お祝い？　さっきは謝罪しに来たと言っていたが？」

「どっちも似たようなものじゃない。それより、隣にいるのがセロ——いえ、カミラに代わって新しく第六魔王に立った愚者のセロ様なのね。つまり、ルーシーちゃんの良い人なのよね？」

そう言って、モルモはセロをじろじろと見てきた。

なるほど。親戚のおばちゃんだ。あのルーシーを相手に引くことなく、むしろ自分のペースに持ち込んでいる。実際に、ルーシーは額に片手をやって、また「はあ」と息をついたほどだ。

「はじめまして、セロ様。私は吸血鬼のモルモ。ルーシーちゃんが小さかった頃からよく知っているから、何でも聞いてくださいね。何なら、前王カミラが悪行非道の限りを尽くした話とか——」

が。

そのとき、セロは今度こそ怖気が走った。

苛烈な視線を感じたのだ。しかも、セロの背後からだった。

セロはすぐに振り向いた。だが、魔王城の上階あたりに目をやってくまなく探したが、殺気にも似た視線の主はもうどこかに消えていた。

もっとも、その凶悪な殺気はどうやらセロに対して向けられたものではなかったらしい。というのも、どさり、と。モルモが血の檻の中で倒れ込んでしまったからだ。どうやら先ほどの視線には精神異常攻撃でも含まれていたのか、モルモは気を失ってしまったようだ……

「ルーシー……これはいったい？」

「年甲斐もなく、はしゃぎすぎたのではないか？」

「え？　いや……だって、さっきの視線――」

「視線？　いったい何を言っているのだ、セロは？」

「いやいや、ルーシーは感じなかったの？　今さっき放たれた、強烈な殺気みたいな視線を？」

ルーシーは例によって首を九十度ほども傾けた。

どうやら本当に何も感じていなかったようだ。だから、セロは咄嗟にそばにいたイモリやコウモリたちを見た。

「キュ？」

「キイキイ？」

だが、魔物（モンスター）たちも同様だった。

「あれ……おかしいなあ」

これにはセロも首を傾げるしかなかった。

何にしても、このまま地べたにモルモを放っていくわけにも、あるいは連れてきた吸血鬼たちをそのままにしておくわけにもいかないので、セロは「やれやれ」と肩をすくめながらも撤収の指示を出したのだった。

「行きます！」

「……す」

そう言って、ダークエルフの双子のディンとドゥが左右からそれぞれ跳びながらやって来た。どうやらその歩数で距離を測っているらしい。さっきからディンとドゥがしゃがみ込んで、歩数をエルフウッドの長さに換算して石灰で地面に書き込んでいる。

測量を終えた箇所はすでにヤモリたちが土魔術で地面を掘って、砕いた石を被せて平らに転圧している。木材もすでにセロの『救い手（オーリオール）』によって強化されたダークエルフたちが『迷いの森』から伐採して持って来ていて、近衛長エークが中心となって色々と指示を出している。今週は魔王城の改修工事を半休にしていたこともあって、かえって皆は暇を持て余していたようで、新たな建築工事にやけに乗り気だ――

第二真祖モルモの急襲、もとい迷惑な訪問から一転。

ついに魔王城正面の坂下で温泉宿泊施設建設が本格的に着工したのだ。

とはいえ、今のところはまさにダークエルフにおんぶにだっこで、しかも畑で取れるトマトや野菜の現物支給だけで済ませているものだから、いつかはきちんと恩返ししないと駄目だなと、セロは改めて考え直した次第だ。

「さて、次の場所はと――」

「……はと」

どうやらディンとドゥの測量も終わりかけのようだ。

だから、セロはそばにいた近衛のダークエルフに声をかけた。

「モルモの容体はどうかな?」

「いったん目を覚ましましたが……すぐにまた寝込んでしまいました。落ち着いて話せるようになるにはもう少し時間が必要かと思われます」

「やはり精神異常にかかっていたってこと?」

「申し訳ありません。そこまでは分かっておりません。ただ、何かを怖がっているようには見えました」

「ふうん……そうか。分かったよ」

セロは「はあ」と息をついた。

モルモに話を聞くことが出来ない現状、このまま順調にいけば、ドゥとディンによって、セロはまた現場監督という名の仰け反り座り係をやらされそうな予感がした。だから、セロは遠くの平原へと移動したルーシーのところまで逃げることにした。

すると、そこではルーシーがなぜか軍服を纏って檄を飛ばしていた。

「いいか。貴様らは蛆虫だ! 最低最弱の鬼どもだ! 棺桶で寝ることしか能がない劣等種だ!」

ルーシーの前にきれいに整列していたのは、モルモと一緒に攻め込んできた吸血鬼たちだった。

モルモはまだ回復していないが、こちらはダークエルフたちの持ち込んだポーションやドルイドのヌフの法術などもあって、何とかもとの状態には戻れたらしい。しかも、どうやら仕える先をルーシーへと鞍替えしたようだ。

「だが喜べ! そんな貴様らに仕事をくれてやる! 死ぬ気で働け! 無様な姿を見せた者はその胸の中心に杭が打たれるものと知れ!」

とはいえ、あまりにもどこかの軍曹ばりに鬼教官的なことを言ってのけていたので、セロはつい遠い目になった。

「ルーシー……何だかすごい気の入れようだね」

「うむ。セロか。ちょうどよかった。今のうちにこれらをきちんと紹介しておこう」

ルーシーはまるで虫けらにでも向けるような冷たい眼差しで吸血鬼たちを一瞥してから、くるりと振り返ると、セロにだけ可愛らしい笑みを浮かべてみせて、

「全員、体のいい奴隷どもだ。是非とも死ぬまでこき使ってやってほしい」

そう言い切った。セロには、その笑顔があまりにも眩かった……

そういえば、吸血鬼って真祖とか公爵とかの階級があるから、結構がちがちなヒエラルキー種族なんだっけと、セロはふと思い出した。

もっとも、ルーシーは「む？」と真顔に戻って、吸血鬼たちをまた叱責する。

「おい、貴様ら！　雇い主に対する挨拶はどうした？　ここで殺されたいのか？」

「サー！　イエッサー！」

「殺されたいのかと聞いているのだが？」

「サー！　イエッサー！」

「よかろう。では、死ね！　いや、死ぬほどに働け！　というか、働いて死ね！　それが貴様ら下等吸血鬼に唯一出来ることだ！」

「サー！　イエッサー！」

セロはその鬼気迫る様子に押されて、ついつい「こ、これからも……よろしくね」と言ってしまっ

た。そのとたん、吸血鬼たち全員が『救い手（オーリオール）』によるオーラに包まれた――

「おお！　力がみなぎってきたぞ！」

「眠気が吹き飛んでデスマーチだってできるぜ！」

「ルーシー様に踏まれたい……なじられたい……いっそセロ様にまた殴られたい……」

「ガンホー！　ガンホー！　ガンホー！」

そんな感じで百人以上の爵位持ちの吸血鬼たちが勝手に配下になってしまった。

これで温泉宿泊施設の建築どころか、魔王城の地下施設の増築などにも困らないはずだ。

とりあえず、セロはドルイドのヌフに頼んで、迷いの森の入口あたりで日当たりの悪い場所に棺を置かせてもらうことにした。しばらくはそこが吸血鬼たちのベースキャンプになりそうだ。

ちなみに不思議なことに、植物系の魔物（モンスター）と吸血鬼は共存共栄出来るようで、襲われることはあまりないらしい。少なくとも吸血鬼が群れていれば、まず手を出してこないとのこと。さすがにルーシーは魔王城で暮らしていたのでそんな生態に詳しくないようだったが、長い歴史の中で花と虫のような関係になっていたのかもしれない……

何にしても、吸血鬼たちの回復だけでなく、そんなベースキャンプ設立にまで協力してくれたヌフと一緒に、セロはまた溶岩（マグマ）坂下に戻ってきた。今日は行ったり来たりと、本当に忙しない。

ともあれ、そのヌフがセロに尋ねた。

「ところで、セロ様は封印についてどれほどご存じですか？」

「実は、よく分かっていません。おそらく高度な闇魔術なんだろうなとは思うのですが……そもそも僕は元聖職者で法術を中心に学んできたこともあって、魔術は素人同然なんです」

「承知いたしました。それでは、封印と認識阻害の違いからまず説明を始めましょうか」

そう言って、ヌフは魔王城にかける予定の封印について話をしてくれた――

「まず、セロ様。手を真っ直ぐに伸ばしてみてください」

直後、セロの眼前からヌフが消えた。

セロは「あれ？」と思ったが、とりあえず言われたとおりに片手を差し出した。

すぐさま、むにゅん、というとてもやわらかい感触が指先に伝わる。「へ？」とセロは驚き、まさかと思いつつも、つん、つん、としていたら、「ああん」という嬌声がこぼれた。

「ごめんなさい！」

セロは手を引いて謝罪した。

すると、ヌフの姿がはっきりと見えるようになる。

「いえいえ。よろしいのですよ。なかなかに結構なお点前でした」

「…………」

セロはさらに謝るべきか、いっそ怒るべきか、眼前の痴女もといドルイドに向けてほとほと困り果てた表情を浮かべたわけだが、当のヌフはというと、全く気にもせずに、

「それでは、セロ様。また同じように手を真っ直ぐに伸ばしていただけますか？」

そこまで言って、ぷつりと姿を消した。

セロは周囲をきょろきょろと見回して、ルーシーがいないことを確認してから、恐る恐るといったふうに手を出してみると、

「ええ？」

今度は手を伸ばし切ってみても、何ら感触らしきものがなかった。

思わず、何もない空間に両手を突っ込んで、手探りしてみたほどだ。もっとも、ヌフの姿がしだいに立ち現れてくるのと同時に、むにゅむにゅと、セロは揉みしだいている格好となった。

「ああん。いやん。セロ様ったら……いけず」

「うわわ。ご、ご、ごめんなさい！　もうしません！」

セロはまたもや謝ったが……やはり何となく合点がいかなかった。

いずれにしても、ヌフは今の事例をもって封印と認識阻害についての説明を始めた。曰く、闇魔術の中でも二つの術式は似て非なるものだ、と——

まず、封印とは文字通りに物や場所にかけて、手に取れなく、またはそこに入れなくする。だから、場所のときはあるべきところに入れないので迷うことになる。一方で認識阻害とは認識を巧妙にごまかしたものに過ぎない。だから、実際には手に取ることも、入ることも可能だ。そういう意味では、封印よりも認識阻害は一段レベルの低い闇魔術に当たる。

「というわけで、魔術としては封印の方が難しいこともあって、その術式には触媒となる物が必要になるのです。先ほど当方の身に施してみせた封印は簡易的なものに過ぎないので、当方の身に着けている装飾品を触媒として使用しました」

「なるほど。触媒ですか……何か良い物があったかなあ」

「ちなみに、迷いの森ではダークエルフに伝わる秘宝が触媒とされています。その触媒が盗まれたり、失われたりすると、封印は一時的に解けてしまいます。また、その触媒を通じて、封印の入り・切りの切り替えも可能になります」

セロは「ふむん」と相槌を打って、触媒となるような宝を検討した。

そんなタイミングでちょうどルーシーが吸血鬼たちに指示を出し終えたのか、「ふう」と息をついて満足そうに戻ってきた。少しでも早かったら、セロがヌフを揉みしだいているところに出くわしたはずだから、セロも何となく気まずそうに目を逸らすしかなかった……

「ほう？　セロよ。触媒になるような宝が入用だと？」

「うん。宝物庫が空だったから、ルーシーの方で何か持っていないかなと思ってさ？」

「目の前にあるではないか」

「え？」

「真祖トマトだ」

「………………」

セロが無言になると、ヌフが「さすがに生ものはちょっと……」と否定してくれた。

すると、ダークエルフの近衛たちの衣装を作り終えたのか、セロに確認を求めてやって来た人狼メイドのトリーが話に加わった。さすがに一日仕事をこなした後だけに、目の下の隈がひどい……

「え？　触媒ですか？　それでは……セロ様のピラミッド衣装は如何でしょうか？」

「たしかに保管したままだから悪くはないんだろうけどさ。あれは万が一お金がどうしても必要になったときの換金用に取っておきたいんだよね。結構ふんだんに金を使っていたでしょ？」

セロがそう答えると、ダークエルフや吸血鬼たちに建築仕事を全て任せてきたのか、今度は近衛長のエークが割り込んできた。

「ならば、セロ様像は如何でしょう？」

「え？　作るのを止めていたんじゃなかったの？」

「はい。止めております。ただ、首から下は完成しているのです。あとは金（きん）でセロ様のご尊顔を作り上げるだけだったのですが……」

　何だ、そのアンバランスな石像は……

　と、セロはツッコミを入れたかったが、何にしても「触媒としては向いていませんね」とヌフに指摘された。

　そもそも、迷いの森では秘宝が触媒なように、なるべく目立たない物が適しているとのこと。まあ、セロ様像じゃ目立ち過ぎるから土台無理だろう。特に首から上がないのでは尚更だ……

　そのときだ。

　どこからともなく、てくてく、と足音がした。

　ダークエルフの双子のドゥが聖剣を持ってきてくれたのだ。

　もっとも、後ろから人造人間（フランケンシュタイン）エメスがお魚咥えた猫を追いかけるみたいに、「待てー」と言っていたが……

　ともかく、セロはドゥから聖剣を受け取った。たしかに二束三文の剣ならばちょうどいいのかもしれない。新しく出来る温泉宿泊施設にでも飾っておけば、早々にはバレないだろう。何なら、施設にお土産コーナーならぬ武器コーナーでも作って紛らわせておけばいい。木を隠すなら森の中になるかもしれない。

「よくやってくれた。ありがとう、ドゥ」

　セロはドゥをなでなでしてあげた。「むふー」とドゥも得意げだ。

一方で、エメスは不満顔だったが、現在改修中の地下研究所から温泉宿泊施設まで直通の通路を造ってあげるという話で了承してくれた。たしかに魔王城の地下から階段を上って、正門から出て、岩山の坂を下りてぐるっとトマト畑を回ってやって来るのは相当に面倒だ。地下通路が完成すれば、セロだってショートカット出来る。

何はともあれ、こうして第六魔王国の封印の触媒として、よりにもよって王国の至宝こと聖剣が選ばれ、新たに造られる温泉宿泊施設に飾られることになったのだった。

「それでは、ヌフ。まずはこちらに来てもらえますか」

セロはドルイドのヌフを伴って、またルーシーや人造人間(フランケンシュタイン)エメスたちも連れ立ってぞろぞろと魔王城まで戻って来ていた。

魔王城全体を本格的に封じるとなると、さすがに術式の構築だけで数日はかかる。その間、城では改修や増築工事も行われるので、それら人員を上手く除けて呪詞を展開するとなると、繊細な調整が必要で定期的な休憩も必要となってくる。

だから、今、セロたちはヌフが休む為の部屋を案内していた。

この魔王城はずいぶんと年季の入った山城で、古の時代より以前に人族の手によって造られたものとされている。

岩山の頂きを削ったところに二階の玉座の間があるので、一階はちょうどその山を取り囲んだ建築遺構となっていて、南側に入口広間、そこから反時計回りに回廊を進むとセロの寝室のある東棟、次いでルーシーの寝室のある北棟、さらに西側は崩壊が酷かったこともあって新たな広間などが増築されたばかりだ。

ちなみに、人族の王城や領主館などでは、一般的に身分の高い者ほど上階かつ奥まった部屋に住んでいるものだ。もちろん、これは襲撃者対策の為だが、魔族の場合は根本的に事情が異なってくる。

実際に、セロは入口広間からほど近く、やって来た者たちをいつでも迎え撃てる東棟の一階で寝泊まりしている。正門から堂々と攻めてくる天晴な侵入者がいた場合、魔王こそが率先して歓迎してあげる為だ。

そんな事情もあって、セロはまず東棟にある自室——その手前の小部屋を案内してあげた。

セロの寝室は百人ほどで立食パーティーを行っても余裕があるほど広いわけだが、東棟にある他の小部屋もその四分の一ほどのサイズがある。

いずれは幹部たちが住まう居室として予定されていたが、ダークエルフの近衛長エークはセロの隣室に当たる近衛たちの詰め所に同居し、また人狼の執事アジーン、ダークエルフの双子のドゥやディンなどは三階の使用人室に、それにエメスは地下の研究所内に寝床を設けていて、この東棟はいまだに空室だらけだ。

配下としてはセロのそばに住める栄誉に与れるのはとてもありがたいものの、すぐ近くとはいえ別棟にて寝泊まりしているルーシーに一応は遠慮している格好だ。

だから、セロはちょうどいいやと、隣室の扉を開けてあげたのだが――

直後。

ぶん、バリバリバリ、と。

セロの右頬をなぜか『電撃（ライトニング）』が擦過した。

「………」

セロは無言のまま、白々とした視線を室内にやった。

すると、アジーンがいかにも「しまった」といったふうに説明を始める。

「申し訳ございません、セロ様。地下の研究所の改修が終わるまでの仮置きということもあって、今の今までご報告するのが遅れてしまいましたが……現在、この東棟の小部屋はいずれもエメス様の資材置き場となっております」

なるほど。資材ね。

だから、トマト畑にいるべき自動撃退装置（かかし）がセロに向けて両手をかざしているのか……

セロはそっと扉を閉じた。道理で深夜に甲高い機械音がよく漏れてきたわけだ。あと、さっきかかし以外にも、ちらっとX字形の磔（はりつけ）台のような物騒な物も見えた気がしたけど……

「まさかとは思うけど……夜な夜な聞こえてきた絶叫って……」

魔王城だからどこからか悲鳴が聞こえてきてもおかしくはないのかなと、セロもあまり深く考えないようにしてきたし、そもそも棺に入っていれば防音効果のおかげであまり問題なかったので無視してきたわけだが――

「はい。もちろん、手前（てまえ）やこちらにいるエーク殿の絶叫です」

アジーンも、エークも、「えへへ」と、ちょっとだけ両頬を紅くしている。

セロはここにきて棺に羊の悪魔（バフォメット）の召喚機能が付いていることに感謝した。羊の数の代わりにアジーンたちのあれな声を聞かされていたら、かえってセロこそが悲鳴を上げていたに違いない。

何にせよ、セロは「はあ」とため息をついてから、地下の研究所が完成するまでの辛抱だと自らに言い聞かせて、いったん東棟は諦めて、今度は回廊を渡って北棟にやって来た。

セロの寝室の隣に近衛たちの詰め所が設けられていたように、こちらには人狼のメイドたちの待機所（スタッフルーム）があって、さらに城の北にはちょうど三つの部屋が並んでいる——吸血鬼三姉妹の私室だ。

東棟の小部屋よりは広く、しかもここだけいかにも娘たちが生まれてから後付けしたといったふうに建築様式が異なっている。

その三つ並んでいる部屋のうち、左側がルーシーのものなので、とりあえずセロは右側の部屋の扉を開けてあげた。たしか、家出中の三女の私室だったはずだ。使われなくなって久しいらしいが、臨時の客室としてちょうどいいかなとセロは判断したのだが——

直後。

ぼろ、ドゴゴゴゴ、と。

セロのもとにファンシーグッズの雪崩が迫ってきた。

「…………」

セロはものの見事に埋まったまま、グッズを何とか手で掻き分けた。

するとと、ルーシーがいかにも「やれやれ」といったふうに肩をすくめてみせる。

「セロよ。以前にも言ったではないか。妹たちの部屋は、妾の物置にしたと。もう忘れたのか？」

そういえば……たしかにそうだった。

だから、以前、セロはまだ半壊していた魔王城内ではなく、前庭に設営したテント内でドゥやディンたちと一緒に寝たのだ。

あのときはドゥに蹴られて、ディンには頬ずりされて、ろくに眠れなかったなあとセロは懐かしく振り返ったわけだが、改めて室内を眺めると、ゴミ屋敷もといファンシーグッズ塗れの汚部屋にしか見えなかった。

何にしても、これは早急にきれいにする必要があるとセロは決断した。このままではルーシーの部屋まで汚くなるのも時間の問題だろう。ルーシーが幾ら美しくて聡明だとしても、これでは百年の恋も冷めるというものだ……


「ねえ、アジーン?」

「はい、何でございますか?」

「地下のエメスの研究所って、空き部屋はまだあるのかな?」

「もちろんです。地下は三階層となっていて、そのうちの上階部分はまだ何も設けずに空けておりますから」

「へえ。もったいない。なぜ、そんなふうに空きを作ったままなのさ?」

「実は、セロ様がこの大陸の覇者になられてからご相談する予定だったのですが……」

「う、うん。覇者ねえ」

「その時分には、当然のことながら、多くの下僕どもがセロ様に頭(こうべ)を垂れて跪くことでしょう」

「まあ……そうなるといいね」

「ただし、歯向かう者は蛆や蠅の如く、どうしても湧いて出てくると思われます。しかしながら、セロ様は慈愛の魔王——配下である手前どもはそのような虫けらにも慈悲の手を差し伸べなければならないと考えております」

セロは「ほう」と息をついた。

セロ自身が慈愛の魔王かどうかはさておき、とりあえず殴って従わせればいいと考えがちな魔族たる人狼のアジーンがこのような発言をするのだから、セロの影響を受けたというべきか、少しは成長したというべきか、セロはやさしい目つきでアジーンを見た。

もっとも、同時にセロは首を傾げた。果たしてその慈しみとやらと地下の空き具合がどう関係あるのか、いまいちよく分からなかったからだ。

すると、アジーンはちらりとエークに視線をやって肯き合ってから二人で言葉を合わせた。

「もちろん、与えるべき慈しみの名は——拷問です」

「……は？」

「いずれ、地下一階はあらゆる種類の拷問が受けられるテーマパークにする予定です。反逆者どもは口を揃えて言うことでしょう——殺さずにいたぶるとは、セロ様は何と慈悲深い王か、と」

「当然、却下ね」

セロは即答した。

そんなものが出来上がって、夜な夜などころか日がな一日絶叫が響くような魔王城にしたくない。いや、たしかに魔王城らしい演出と言えばそうなのかもしれないが、少なくともセロとしてはもうちょっとまともな慈しみを与えたい。というか、そもそも拷問のテーマパークって……単にアジーンとエークの趣味全開なだけなんじゃないかな。

とは、セロは言い出さずに無言のまま、人造人間(フランケンシュタイン)エメスにちらりと視線を投げかけた。

もちろん、そんなテーマパーク構想に一切かかわっていないエメスはというと、「やれやれ」と小さく息をついてからエークに淡々と告げた。

「この部屋に詰まっている荷物を全て地下一階に持っていきなさい。早くするのです。一時間以内に整理しきれない場合は……もちろん分かっていますよね？　終了(オーバー)」

「はっ！　ありがたき幸せ！」

エークは最敬礼してから作業を始めた。

セロとしてはもちろん分かりたくなどなかったが、何にせよそうやってご褒美を与えるから増長する一方なんじゃないかなとはさすがに言わなかった。

ともあれ、アジーンはどこか羨ましそうに指を咥えて、一時間では決して終わらない作業を見つめていたわけだが、そこで「はっ」として執事の本分を思い出したのか、セロのそばに控えて魔王城を案内する役割に戻った。

「さて、セロ様。次にご案内する部屋は――」

しかも、アジーンはそこで言葉を切ると、どこか恭しい口ぶりで告げたのだ。

「前代の第六魔王こと真祖カミラ様の寝室になります」

魔王城の北棟から回廊に出たところで、セロたちは足を止めた。

その回廊は西棟だけでなく、途中で外にある古塔にも繋がっていた。もちろん、その塔は城と接地していて、実際に塔の外縁にある螺旋階段を上って二階に行くと、そこは食堂広間に隣接したバルコニーになっている。

何にしても、塔の一階は真祖カミラの私室だったようで、さすがにセロもドルイドのヌフに対して、「ここを使ってください」とは言い出さなかったし、率先して扉を開けもしなかった。そもそもヌフからしても、故人の部屋を割り当てられても困るだけだろう……

もっとも、実娘のルーシーはさして気にしなかったらしく、

「どうしたのだ、セロよ？　ここならばちょうど空いているぞ。それなりに使い勝手も良いはずだ」

そう言って、塔の扉を開けた。

部屋の中は半地下になっていて、意外に広く感じられた。

それに不思議なことに、ついさっきまで誰かが過ごしていたような生活の名残みたいなものがあったのだが——

「さすがに……気のせいだよね？」

セロは小首を傾げるだけで、部屋内をじっくりと見回してみた。

真祖カミラが生前に使っていた家具などは全て残っていて、さらに特徴的なのはその内壁全面が本棚となって、古(いにしえ)の時代の書籍が並んで丁寧に保存されていたことだ。ちょっとした図書室といっても

いいだろうか。どうやらカミラには本を蒐集する癖があったようだ。

これにはヌフも「ほほう」と食指が動いたようだが、それでもやはり前代の魔王の部屋で寝泊まりすることに抵抗があったのか、「いえ。やはり当方は客室で構いません。むしろ、狭い方が好ましいですね」と要望を出したことで、結局、魔王城の案内はさらに続くことになった——

回廊に戻って、今度は西棟に入る。

ここは崩壊がひどくて、結果的に新しく増築した広間が三つあった。

そのうちの一つが『騎士の間』だ。セロたちが覗くと、

「せいや！」

「甘い！　その突きでは悶えないぞ！」

「ああん！　いやん！　そこはさすがに……痛いけど気持ちいいっ！」

「ふふ。そうだろう？　エーク様に教えてもらったばかりの秘孔だ。さあ、もんどりうちたまえ！」

ダークエルフの近衛たちが剣や槍などの稽古をしていた。

もっとも、セロにはそれが何の稽古なのかよく分からなかった。あえて攻撃を受けて、痛みに堪える体作りでもしているのだろうか……

何にしても、セロは今度、じっくりと近衛長たるエークと話し合って、稽古の内容を検討し直す必要があるなと切実に感じた。このままでは近衛が全員、あれなる世界にどっぷり浸かってしまいかねない……

ちなみに、ダークエルフは基本的に狩人の職業に就く者ばかりなので、弓矢や短剣の扱いには慣れているものの、その一方で片手剣や槍などはまだどこかぎこちない。セロの自動スキル『救い手』に

よって身体能力(ステータス)が各段に底上げされているとはいっても、やはりこうして戦闘経験値を積むに越したことはない。

いずれはルーシーが指導していた吸血鬼たちも交じって、さらに本格的な訓練が施されることになることを考慮すると、早々に指導教官を改める必要があるかもしれない。

はてさて、誰が適任だろうかと、セロが考えに耽(ふけ)っていたら、

「……おや?」

セロはふと目を細めた。

というのも、騎士の間の隅でメイド服の裾がはらりと翻ったからだ。

そこにいたのは人狼メイドのドバーだった。相対しているのは、ダークエルフの双子ことドゥだ。

今日から温泉宿泊施設の建築も始まって、それぞれに忙しくしていたはずだが、ドゥはちょうど測量が終わって、しばしの休憩時間となったのか、それを利用してこうしてドバーの稽古を受けているようだ。

もっとも、セロは「うーん」と呻った。ドゥはまだ子供なのだから、そんなに急ぐことなくおおらかに育ってほしい。だから、ついさっきもディンと一緒になって、前庭の赤湯に仲良く飛び込んでいた様子を微笑ましく思ったわけだが――

「まだ甘い」

「くっ……もう一本です」

「背後に気をつけろ」

「むう……もう一本です」

と、ドゥはこてんぱんにやられながらもドバーに向かい続けた。

気がつけば、セロは手に汗握りながら扉の陰からこっそりとドゥを応援していた。

よくよく冷静に観察してみると、ドバーはただ叩きのめしているわけではなく、悉(ことごと)くドゥの弱点を上手く突いていた。まるでドゥを教導しているかのようだ。

それに考えてみれば意外な組み合わせだ。どちらも口数が少ないという共通点はあるが、普段、あまり親しげにしている印象はない。まあ、ドゥはセロの付き人なので、人狼メイドたち全員と接する機会はあるはずだが……何にしてもセロは途中で退室した。

セロがいることを知れば、ドゥは何をおいてもそばにやって来るはずで、セロとしては邪魔をしたくなかった。それに存外、ドバーは教師として適任のように思えた。人狼は爪があるので他の武器に長けているかは分からないが、もしかしたら指導教官としては適任かもしれない。

「立派な騎士になるんだよ」

セロはドゥの成長を願ってから、次いで騎士の間の隣室を覗き込んだ。

「こちらは武器庫となります」

人狼の執事アジーンがそう説明をするも、セロは「ん？」と首を傾げた。

武器庫というわりには、肝心の武器が木剣や木槍ぐらいしかなかったからだ。

とはいえ、セロもすぐに合点がいった。そもそも、魔族は自前の武器をそれぞれ持っている。ルーシーは血の多形術で双剣を作れるし、人造人間(フランケンシュタイン)エメスも一点物の長柄武器(ハルバード)を所持している。また人狼たちには爪やメイドらしい仕込み武器があって、そういう意味では武器が必要なのはダークエルフぐらいか……

ただ、武器庫の奥には木箱が幾つも積み上げられていた。

しかも、そこには髑髏(どくろ)マークに骨で罰点が記されていて、否が応でもセロの目を引いた。

「あ、あれは……いったい何なのかな？」

すると、アジーンではなく、今度はエメスが説明してくれた。

「古の時代より遥か以前に使われていた兵器――いわゆる悪魔の魔核(デーモン・コア)を再現してみたものです」

「え？　悪魔の……魔核？」

「もちろん、魔核の実物ではありません。かつてそう呼称されていたというだけです」

「ふ、ふうん……ちなみに、その兵器ってどんなものなの？」

「爆弾です。火系、風系と土系を複合した、いわゆる広範囲の爆発魔術のようなもので、そうはいってもセロ様の放つ魔術と比したら、さして大したものではありません。ご安心ください。終了(オーバー)」

「へ、へえ」

セロはとりあえず目を逸らした。

何となく嫌な予感はしたが……まあ、きちんと管理されているのならば問題ないのだろう。

そういえば、以前も花火に似た白リン弾なるモノをアジーンに向けて放っていたわけだし、似たようなものなのかもしれない……とりあえず、アジーンやエークに撃ち込んで喜ぶようなモノならまあいいかと、セロは無関心を貫くことにした。

「さて、次の部屋で一階は最後だね」

セロはそう言って、西棟の奥に進んだ。

もっとも、奥とはいっても、魔王城正門から見た場合は向かってすぐ左に新たに設けられた施設であって、実のところ、セロにとってはこの広間こそ、最も関心の高い場所だった。

というのも、ここは――

「おお。凄い！　思っていた以上に、きちんとしているじゃないか」

セロは感嘆の声を上げた。

そう。ここは修道院。以前、エークと相談して建築することを決めた施設だ。

ぱっと見た感じは、人族の修道院をよく模していた。もちろん、果たして誰が修道生活を送るのかという疑問は残っているが、元聖職者のセロとしては心が落ち着く場所だし、いずれ第六魔王国が発展して子供たちが生まれたらここで学んでほしいなと、セロはついつい感慨深くなった。

「あれ？」

ただ、セロはすぐに気づいた。

前の座席で熱心に祈りを捧げる少女がいたのだ――ダークエルフの双子ことディンだ。

どうやら修道院に設置してある天使像に祈って……いや、違う。あれは天使などではない。というか、そもそも首から上がない。ということは、あれは間違いない。

「未完成だった……セロ様像？」

ついつい動揺して自分に様付けしてしまったが、セロはじろりとアジーンを見つめた。

もちろん、修道院の建立についてはエークが音頭を取ったはずで、アジーンには何ら非がないのだが、それでもアジーンは臆することなく答えた。

「はい。未完成ではありますが……たしかにセロ様像でございます。実は当初、土竜ゴライアス様の像を作って安置するという案も出たのですが、どうしてもサイズの問題がございまして、実物大にすることには収まり切らないことから、こうしてセロ様像を置かせていただきました。手前どもからしてみれば、セロ様も神様のようなものですから」

そんなことをにこにこ顔で言ってくるものだから、セロは「あちゃー」と額に片手をやるしかなかった。せっかく入口広間から撤去したはずの像がこんなところでリサイクルされてしまうとは……

しかも、どういう訳か、頭部の欠けたセロ様像がやけに光り輝いている。

「こ、これは……いったいどういうことかな？」

セロが周囲に尋ねると、ドルイドのヌフが答えてくれた。

「どうやらディンの祈りに反応しているようですね。無意識のうちに祝詞を垂れ流していることに本人が気づいていないのでしょう。聖なる法術が作用しています」

「へえ。ディンって法術が使えたんだ？」

「もちろんですよ。あの娘はなかなかに優秀です。一般的にエルフは法術、そしてダークエルフは魔術に長けていると言われるので誤解されがちですが、エルフも魔術、またダークエルフも法術を扱えます。実際に、当方も魔導具ありきですが、法術の最高位術式である『蘇生（リザレクション）』を使用出来ます」

「それは……凄いことですね」

セロは素直に驚いた。

王国の聖職者でも、『蘇生（リザレクション）』が出来るのは教皇か、聖女ぐらいしかいない。

もちろん、長く生きれば生きるほど経験値は溜まっていくわけで、人族よりも長寿の亜人族が高位の法術や魔術を使えることに違和感はないが……それでもやはり両方の術式を使いこなせるのは珍しい。さすがはドルイドといったところか。

そんな実力者のヌフに迫ろうと、今、ディンはこの修道院で人知れず努力していた。

「神様……いえ、セロ様。どうか私に力をお与えください」

とはいえ、セロはさすがにこそばゆくなった。

土竜ゴライアス様と違って、称えられるほどの力も実績もセロにはまだない。だから、こんなふうに頼られても、どうすればいいか分からない……

「私はどうしても欲しいのです」

セロはやや首を傾げた。

ドゥ同様にそんなに無理して背伸びする必要はないのにと、「ふう」と小さく息をついた。

さっきもヌフが言っていたように、ディンは才能のある娘だ。セロに頼らずとも、いずれ唯一無二の力を手に入れられることだろう。だから、セロがそんなディンの後ろ姿に「がんばってね」と呟いて、こっそりと修道院から出ようとしたときだ——

「いったい……どうすればセロお兄様の子種を手に入れられるのでしょうか？　どうかお教えください、神様！」

直後、セロ様像がぴかーんと煌めいた。

同時に、セロはつい、「ぶほっ！」とこぼした。

すると、セロたちの存在に気づいたのか、ディンが即座に振り返った。

「ああ、神様……祈りに反応して、ご降臨くださったのですね？」

「い、いや、そういうわけじゃないし……そもそも僕は神様でも何でもないけど……」

「ですが、私の祈りが届いたということでよろしいのですよね？　つまり、ここでお兄様の子種がいただけると？」

　セロは助けを求めてルーシーたちに目をやった。

　だが、ルーシーだけでなく、人造人間エメスに続いてヌフも、さらには不可解なことにアジーンまでもが光り輝くセロ様像の前で祈り始めた。

「妾も早く結ばれたいものだな」

「感情を得る為には子種が必要と判断されました。小生にも同じ物が求められます。終了」

「当方もそろそろいい年なので、結婚を考えたい頃合いなんですよね。どこかに良い男――いえ、良い第六魔王がいらっしゃらないものでしょうか？　神様、お教えくださいませ」

「人狼復興の為にもどうかセロ様、ご協力いただけませんでしょうか！」

　しだいに皆がセロ様像ではなく、ちらちらとセロに曰くありげな視線を寄越してきたので、セロはそっと後退りしてばたんと扉を閉じた。

　子供たちの教育の為に良かれと思った修道院だったが、これから毎日、こんな邪な祈りがセロ様像に捧げられるのかと思うと、ちょっとだけ憂鬱になってきた。少なくともセロ様像だけは完全撤去しなくてはと固く誓うしかなかった。

　何はともあれ、セロはとぼとぼと入口広間に戻って、「はあぁ」と深いため息をついてから大階段に腰を下ろして皆を待ったのだった。

セロたち一行はぞろぞろと大階段を上った。

残念ながら魔王城一階にはヌフにゆっくりと休んでもらえる空室がろくになかった……

ただ、どちらかと言うと二階は『玉座の間』を中心にして実用的な部屋ばかりが並んでいる。それでも、ここにも一応ゲスト向けの客室はある――『賓客の間』だ。

まず、大階段を上ってすぐ正面に玉座の間へと通じる大回廊があって、そちらには向かわずに廊下を右手に曲がると、そこには外交や通商などの際、賓客に一時的に待機してもらう為の広い客間が二つ設けてある。

魔王に謁見する前に客をわざわざ待たせる場所なので、第六魔王国の国威を示す目的もあって、一階のどの私室と比しても、内装も、家具や小物も、豪華にこしらえてあるわけだが……今、この一室のソファにはちょうど一人だけ客が横たわっていた。

「うーん……もう魔物(モンスター)たちは本当に嫌……ぐすん」

本日午後に急襲、もとい勝手にやって来た吸血鬼の第二真祖モルモだ。

セロはその容体の確認もあって、立哨していた近衛に目配せしてから賓客の間に入ったわけだが、当のモルモはというと、いまだにぶるぶると震えながら、

「た、た、助けて……」

と、怯えて寝込んでいる始末だった。

セロは小さく息をついて、先ほどの不可解な精神異常攻撃がまだ解けず、ろくに起き上がれもしな

いのかなとみなしたのも束の間――

「…………」

　セロは白々と広い客間を見回した。

　というのも、そこにはなぜか大量の拷問器具が並べられていたからだ。

「ええと……これはいったい、どういうことなのかな？」

　セロは当然、モルモを拷問して何か情報を引き出せなどと命じていなかったものだから、そばにいた人狼の執事アジーンに尋ねたわけだが、

「申し訳ございません、セロ様。これまた地下の研究所の改修が終わるまでの仮置きということで、この賓客の間も現在はエメス様の物置となっております」

　な、なるほど……物置ね……

　磔台とか、三角木馬とか、その他諸々のちょっとあれな拷問器具ばかり置かれていたけど……

　セロはそっと扉を閉じた。というか、モルモがさっきから呻って一向に容体が回復しないのって、あんなものが周囲にドドンと置かれているせいなんじゃなかろうか。セロだって目が覚めて、周りが拷問器具で埋め尽くされていたら気が遠くなるに違いない……

「まさかとは思うけど……もう一つの客間も？」

「はい。そちらには断頭台とか、火あぶりの為の磔台とか、そういった大物が置かれています。動かすのも手間なので、いっそ第六魔王国の国威発揚の為に賓客の間に展示しようかとも考えているのですが如何でしょうか？」

「当然、それも却下ね」

セロは即答した。

そんなものを客間に置いて怯えさせていったいどうするつもりなのか……

ただでさえ魔王城というだけで怖がられているはずなのに……そもそもセロだって勇者パーティーの一員として魔王討伐の義務を負っていなければ、ここに来ようとは一生思わなかっただろう。それだけ魔王とは恐怖と畏敬の対象なのだ。

そういう意味では、せめて外交や通商などでわざわざ足を運んでくれたお客さんには、せいぜい魔王謁見に向けてリラックスして挑めるようにしてほしい。

「だからこそ、温泉宿泊施設の建設は急務なのかもしれないなあ」

セロは決意を新たにして、近衛長のエークになるべく急ピッチでやってもらうように指示を出そうと考えた。

そのことをそばにいた近衛に伝えて、セロはまたヌフを連れて二階を反時計回りに進むことにした。もっとも、ここでセロはわずかに首を傾げた。この先は客に見せるようなものがない。実際に、賓客の間から少し離れて、三階に上がる為の小階段があって、さらに廊下の先には幾つかの執務室が並んでいる程度だ。

まず、アジーンの執務室。次に、エークのものがあるのだが、魔王城改修中は二人とも外に出ずっぱりだったこともあって、ほとんど利用されてこなかった。

「セロ様……何でしたら、手前(てまえ)の仕事部屋を空けましょうか？」

だからだろうか、アジーンが小声でそう提案してきた。

たしかにアジーンは三階の使用人部屋で寝泊まりしているし、またエークにしても一階の近衛の詰め所で休みを取っている。だから、その考えに甘えてしまうのもありだったが——

「………」

セロは急に無言になって、アジーンの執務室のドアノブから手を離した。

何となく嫌な予感がしたせいだ。さすがにもう自動撃退装置はないだろう。それに拷問器具もそろそろ打ち止めのはずだ。そうはいっても、セロは魔族の底知れなさを舐めてはいなかった……

しかも、こういうときに限って感覚は研ぎ澄まされるもので、セロはふいに「くん、くん」と嗅ぎだした。どこからか匂いがしたからだ。嫌な香りではなかったものの、それでもこれまでの経緯を考えると、不用意にドアを開ける気にはならなかった。

「いや……執務室はやっぱり止めよう。そもそも、仕事場にお客さんを泊めるのは非常識だものね」

セロがそう結論付けると、アジーンはどこか「ほっ」とした表情を浮かべた。

同様に、エークの執務室も素通りして、全員でぞろぞろと二階の北側にやって来ると、そこには見慣れた部屋が二つ並んでいた。セロの執務室とルーシーのものだ。

もっとも、魔王城改修中はセロもやはり見回りばかりしていたので、この部屋をさほど使っていない。それでもやはり仕事場ということで、セロはこの二つの部屋の前も素通りした。

すると、眼前にちょうど夕日が差し込んできた。

城外を一望出来るバルコニーへと出られる回廊に着いたのだ。

ここだけは全面ガラス張りになっていて、バルコニーに出ずとも眼下のトマト畑がよく見える。

そんなバルコニーには広間が隣接していて、そこはいつも皆と食事を取っている食堂だ。その隣の小部屋が調理場になっていて、今は人狼メイドたちがどこからか調達してきたばかりの食材をせっせと運んでいた。

その様子を見て、セロは「ほう」と息をついた。食材の種類が珍しく豊富だったからだ。

すると、指示を出していた人狼のメイド長チェトリエがセロに気づいて立礼して、それからアジーンにちらりと視線をやった。だが、アジーンが何も反応しなかったことを訝しんだのか、チェトリエはつかつかとアジーンに近寄って何事か耳打ちした。不思議なことに、アジーンはすぐにギョッとした表情を浮かべてみせる――

「聞いていないぞ」

「では、ドバーはどちらに？」

「つい先ほどは騎士の間でドゥ殿に稽古をつけていたな」

「もう、あの娘ったら……肝心なことをすぐに伝え忘れるんだから。しようがない娘ね」

「ただ、今は責めている暇はなかろう？」

「その通りですね。どうしましょうか？」

そんな二人のひそひそ声にセロも眉をひそめるしかなかったわけだが、何にしてもアジーンがそばにやって来て頭を下げると、

「セロ様。大変申し訳ありません。どうやらこの時間になって、予定外のお客様がいらしているようです」

「え？　お客様？　ええと……モルモたちのことじゃなくて？」

アジーンは「はい」と答えて、セロだけでなく、ルーシーにも視線をやると――

「真祖カミラ様の頃より昵懇にしてきた、ハーフリングの商隊が到着している模様です。現在は魔王城正門前にて待たせているわけですが……すぐにお会いになりますか？　それとも、明日の午前中に謁見を予定して、城外にキャンプでも張ってもらいますか？」

元勇者バーバルは再生する

王城から離れた塔上の一室で、バーバルは悪夢にうなされていた。

夢の中でバーバルの両腕はもがれ、頭部もまるでトマトでも握るかのように潰された。そして、地に崩れていくバーバルの死体のそばにはあまりにも邪悪な存在がいた――魔王セロだ。

その目つきは舞台にそぐわない端役を蔑むかのように淀んでいた。

「頼む！　もう勘弁してくれ、セロよ！」

そう叫ぶと同時に、バーバルは、「はっ」と目を覚ました。

すぐさま上体を起こすと、両手で頭を抱えて、それがまだ付いていることを確認した。それから、

「はあ、はあ、はあ――」と、荒い呼吸を繰り返しながら、

「また……俺は同じ夢を見たのか……」

と、下唇をギュッと噛みしめた。

さすがのバーバルとて自らの過ちを認めないほど狭量ではなかった。

それに駆け出し冒険者時代からバーバルが強くなってこられたのも、今となってはセロが導いてくれたおかげなのだと理解していた。

「俺は所詮……ただの脇役に過ぎんのだからな」

それなのになぜセロを押しのけて、主役になれたと思い込んでしまったのか？

バーバルはぶんぶんと頭を横に振った。セロの語った通りならば、大神殿で聖剣を抜いたときからおかしくなってしまったのだろう。

たしかに、あのときバーバルは『勇者』の称号を得るのと同時に、何かが体中の魔力経路を一気に駆け巡っていったように感じた。当時は、それこそが熱き血潮だと考えて疑わなかった。その熱血こそがバーバルの人生を狂わせていくとも知らずに——

「いっそ……この血が憎いほどだよ」

百年前にノーブルに『高潔』の二つ名が与えられたように、バーバルも『熱血』に相応しいようにと、勇者として努めて振る舞ってきたつもりだ。

その一方で、努力すればするほど、熱き血潮がバーバルをしだいに蝕んでもいった。バーバルの熱量はいつしか膨張して、結局のところ、自己肥大化へと繋がった。しかも、勇者とは魔王を討って、多くの人々を守るべき存在だというのに、最も近くにいる者をよりにもよって遠ざけてしまった。

「もう改めて謝罪することも……ろくに言葉を交わすこともないのだろうな」

今、バーバルは塔上の一室で項垂れるしかなかった。

セロに敗北を喫した日から、バーバルはこの部屋の中で孤独に苛まされ続けた——

当然のことながら、勇者パーティーの仲間たちは一人としてバーバルを訪ねに来てはくれなかった。口づけを交わした聖女クリーンに手紙を出してみたが無視された。もちろん、婚約者の王女プリムとて言伝一つ寄越してこなかった。

離れの古塔に蟄居とは言うが、これでは無期の禁固刑に相違ない。

このまま老いるまで誰とも接触することなく、窓も付いていない、また隙間風さえ入ってこない、ベッドと便器しか置かれていない小部屋に閉じ込められ続けるのかと思うと、さすがのバーバルも気が滅入った。

バーバルの力をもってすれば、塔の壁をぶち破って下りることも可能だったが、今は手枷と足枷をされていた。しかも、ご丁寧に身体能力（ステータス）の低下（デバフ）付きだ。

おかげで、状態異常の『衰弱』でもかけられたかのようにバーバルは何かも億劫になっていた。

「身から出た錆とは言うが……せめて死ぬまでに……セロやモタに一度だけでも会いたいものだよ」

バーバルは自嘲気味に片頬を引きつらせながら小さく笑った。

そのときだ。

階段を上ってくる複数の足音に、バーバルは「はっ」とした。

もしや仲間たちだろうか？　あるいは聖女クリーンや王女プリムだろうか？　ついにバーバルのことを気にかけて、やって来てくれたのだろうか？

すると、その者たちは扉をノックするよりも先に、扉越しに淡々と声をかけてきた。

「今、お時間をよろしいでしょうか、バーバル様？」

バーバルは落胆した。

その声音に聞き覚えがあったせいだ。

「返答ならば……以前と全く変わらん」

だが、入室の許可もなく勝手にドアが開かれると、数日前と同じく黒服の神官たちが無遠慮にぞろぞろと入ってきた。

相変わらずフードを目深に被っていて、正体がよくつかめない連中だ。何だかこの部屋で怪しい儀式でもしようかといった雰囲気さえある。さすがに人恋しいバーバルでも、そんな胡乱な様子には虫酸が走ったくらいだ……

「どうしてもお答えは変わりませんか？」

その黒服たちの内の一人がゆっくりと進み出てくる。

青年のような声音だったが、よく聞くと認識阻害がかかっていて、所々が濁って、いかにも耳障りでしかなかった。もしかしたら、意外とバーバルの見知っている人物なのかもしれない……

とはいえ、バーバルはそんな不審さに対して、「ふん」と鼻で笑ってみせると、

「当然だ。結局のところ、俺は三流の役者でしかない。これが演劇ならば、舞台から退場するのが筋というものだ」

「残念ながら、ここは舞台などではありませんよ。現実なのです。しかしながら、貴方の仰る通りに演劇だとしたら……かえって興味が湧きませんか？」

「何にだ？」

「運命にですよ。勇者と魔王――それは人々が求めてやまない物語です」

「ふん。どうせ聞こえの良い言葉を連ねて、俺をセロの当て馬にでもするつもりなのだろう？　何度も言うが、俺は化け物になるつもりは毛頭ないぞ」

「ですが、今のまま蟄居して世捨て人になるのと、その当て馬になってみるのと、どちらの方がマシな生き方だとお思いですか？」

「…………」

バーバルは無言のまま黒服の神官を睨みつけた。

だが、その神官は気にする素振りも見せずに冷めた口調で言葉を続ける。

「光の司祭セロは魔王になりました。これから多くの人族を殺めて、長年に渡って王国を苦しめることになるでしょう」

「ふん。だから、かつての仲間として、あるいは同郷の幼馴染として、俺にセロを止めてみせろとでも言いたいのか？　さながら悲劇のような英雄譚、ここに極まれりといったところだな。はん！　それこそ勘弁してくれ。前にも言ったが、俺ではセロに敵わんし、そもそも魔王と貴様らを比べて、はてさてどちらが怪しいかと聞かれたなら――まだ魔王を信じてやってもいいくらいだ。それほどに貴様らは胡散臭すぎる」

「やれやれ。我々の崇高な使命や研究が理解されないとは哀しいものですね」

もっとも、全く哀しそうな口ぶりでもなかったが、黒服の神官は一つだけ、「ふう」と息をつくと、さながら蛇が絡みつくようにバーバルに寄り添って囁いた。

「それでは最後にせめて、一つだけでもお願いを聞いていただけませんか？」

まるで精神異常の『魅了』でもかけてきたみたいで、バーバルは思わず身を震わせた。それを払拭するかのように手枷を振って、黒服の神官を遠ざける。

「くどい！　魔王セロを倒せというのなら――」

「違いますよ。第七魔王こと不死王リッチを討ってほしいのです」

その言葉にバーバルは眉をひそめた。

同時に、胸のあたりが急に疼きだした。そもそもバーバルはかつて、不死王リッチはおろか、その配下の不死将デュラハンにすら勝てなかったのだ。思えば、あのときの敗北からバーバルの凋落は始まった……

「これはむしろ、バーバル様が勇者としてやり残した仕事のはずなんですけどね」

　再度、ねっとりと絡んでくる声音を、それでもバーバルは何とか振り払った。

「聖剣は……セロのもとに置いてきてしまった」

「たしかに人族のままでは、聖剣に備わりし加護（バフ）もなく、魔王を討伐するのはさぞかし難しいことでしょう」

「結局は化け物になれという話か?」

「どう捉えるかは自由です。ただ、いかにバーバル様とて、そう簡単にはリッチに勝てますまい?」

　黒服の神官はそう挑発して、一気に距離を縮めると、冷たい両手でバーバルの顔を掴んでから真っ直ぐ自身に視線を向けさせた。

「化け物になるのが嫌だというのならば、リッチを討った後にでも自害なさればいい。何でしたら我々の敵になるのでも、魔王セロのもとに駆けつけるでもいい。それは自由です。一度、力を得てみてから、この世界の運命（さだめ）をバーバル様の好きなように描いてみてはいかがですか?」

　バーバルはギョッとした。

　その黒服の神官はどういう訳か——王女プリムによく似ていたのだ。

　だが、プリム本人でないのはたしかだった。その者からはどこか魔族にも似た禍々（まがまが）しい魔力（マナ）を感じられたからだ。そもそも、プリムにはない、人としての凄みまであった。

　この者に比べれば、王女プリムは所詮、人形でしかなく、どこか超然として、いつまで経っても世間擦れせずに、今となっては不思議とバーバルは——なぜかその笑みも、可愛らしさも、ちょっとした仕草さえも、そう、何もかも……思い出せなくなっていた。

……

…………

………………

いったい、自分は何と婚約していたのか？

誰と幾度も寝物語を語ったのか？　そもそも、王女プリムとは何者なのか？

バーバルはどこか呆然としたまま、その黒服の神官の両目をぼんやりと見つめることしか出来なかった。

すると、黒服の神官はバーバルの耳もとでやさしく囁いた。

「今、バーバル様の前に新たな舞台への片道切符がございます」

つい先ほどまでは青年のような声音が濁って聞こえてきたはずだったが、今となっては、はっきりと——それが女性の声音だと理解出来た。もっとも、王女プリムではない……別の誰かだ。

「つまり、俺に役者を辞めて、脚本でも書けと言いたいのか？」

「何でしたら、今度こそ自らが主役の物語に書き換えればよろしいのです」

「…………」

「その力を最弱の魔王リッチでまず試してみては如何(いかが)ですか？　決して悪いようにはしませんよ」

バーバルは「ごくり」と唾を飲み込んでから、これまでの過去と悪夢を振り払うかのように、その女性と貪るような熱い口付けを交わした。バーバルはすでに気づいていた——この唇の感触も、息遣いも、はたまた口内の味までも、王女プリムのものによく似ていた。つまり、これまでバーバルが王女プリムだと信じて抱いてきた女性は、この黒服を纏(まと)った得体の知れない者だったわけだ。

バーバルはつい、「は、はは……ふ、はははは」と笑った。

滑稽にもほどがあった。道化とはまさにこのことかと、いっそ痛快な気分でもあった。

そして、このときバーバルの肉体には、身を焦がすほどの血潮がまた滾(たぎ)っていた。結局のところ、バーバルは応じてしまったのだ。

「いいだろう。好きにせよ。この体なぞ――貴様にくれてやる！」


「ぎい、あああああああああああああああああ――っ！」

と、大神殿の地下の手術室では、数日ほど、ずっと情けない悲鳴が上がっていた。

バーバルに人工人間(ホムンクルス)になる為の手術が施されているのだ――たとえ四肢を切断しても法術で治せるとはいえ、バーバルの口に猿轡(さるぐつわ)をかませて寝かせ、その手足を寝台に固定して、大脳などの中枢神経、心臓や魔力(マナ)経路以外は全て、竜、獣人や魔物(モンスター)の肉体や、それらを加工した物などに置き換えていくといった凶悪極まりない施術だ。

せっかくの猿轡もたびたび歯で千切られ、傍(はた)からすると、最早狂気の沙汰にしか見えない……

もちろん、法術によって、『止血』、『麻酔』や『睡眠』、もしくは精神を落ち着かせる効果が定期的に与えられてはいるものの、それでも眼前で己の肉体が変わり果てていく様をまざまざと見せつけられるのは、悪趣味な拷問以外の何物でもないだろう。

これまで幾人もの人族や亜人族に施されて、ほとんど失敗してきた非道な改造手術ではあったのだが、勇者適合者は初めてということもあって、黒服の神官たちも嬉々として、より一層の気合いが入っていた……

「被験体666号への魔核の移植が成功しました」

「竜鱗の再生も順調です」

「ジョーズグリズリーの腕が適合しません！」

「ならば切り刻め。どのみち幾らでも回復出来る。この人族の被験体はなかなかに優秀だぞ。いっそどこで壊れるか試したいぐらいだよ」

と、バーバルが泣こうが、喚こうが、叫ぼうが、嘆こうが、一切の容赦も躊躇(ちゅうちょ)もなく、その肉体を無造作に切断かつ縫合しては着実に化け物(キメラ)へと変えていく。

それでも、高い耐性のせいで最も効きづらかった『睡眠』によって、バーバルもやっと、うつら、うつらと、現実と夢との境、あるいは現在と過去との狭間を彷徨(さまよ)い始めることが出来た——

「俺は高潔の勇者ノーブルを目指す！」

野外でのキャンプ中に焚火を囲んで、バーバルがそう語ると、セロが続いた。

「じゃあ、僕は賢者になってみようかな」

「ふーん。じゃ、わたしは王国随一の魔女だねー。いつか王都を爆破しちゃうぜい」

「勘弁してくれ、モタよ。お前は魔王にでもなるつもりか？」

「でも、バーバルが勇者、僕が賢者になるよりも、モタが王都を爆破する方がよっぽどしっくりとくるんだけどね。本当にやっちゃいそうでさ」

「にしし。というわけで、王都爆破の礎として、早速二人にはおけつ爆破の実験体になってもらいましょー……って、あれ？　バーバルどこ？　いなくね？　本当、こういうときだけ逃げるの早いんだよねえ」

思い返せば……散々な駆け出し冒険者時代だった。

モタはハーフリングのくせに、当代随一の魔術師になり得る才能を持っていた。

セロにしても法術がろくに使えないくせして、一緒にいると不思議と力がみなぎって、難易度の高い依頼でも必ず成功に導いてくれた。

また、たまにゲスト参加するモンクのパーンチも、集団戦闘にはあまり向かない性格ではあったが、もとからかなり強くて、個人で幾度か手合わせして完敗を喫することもあった。

バーバルが立ち上げたパーティーのはずなのに、結局のところ、バーバル自身は仲間たちの引き立て役でしかなかった。だから、セロやモタからたまに魔物の止めを譲られると、ズキンと胸が痛んだものだ……

ただ……

それでいいと思っていた……

セロやモタを背にして戦えることが誇らしかった……

それに仲間の為に尽くすことこそがパーティーのリーダーの役割なのだと、冒険者時代のバーバルはずっと自身に言い聞かせ続けてきた……

何より、バーバルは所詮、自分が三流の冒険者でしかないことをうっすらと自覚していたし、一流もしくは本物というのは、英雄ヘーロスや高潔の勇者ノーブルのように決して手の届かない頂きにいるのだと認めていた。

そういう意味では、もしかしたらセロやモタはその域に手をかける可能性があるかもしれない。だが、バーバル自身は無理なのではないかと、セロやモタの活躍を見るたびに痛感して、夢を追いかけることを半ば諦めかけてしまっていた。

それが悔しくて、虚しくて、哀しくて、幾度もキャンプで寝付けずに泣いた。

自分だけが独り取り残されていく焦燥に駆られてどうしようもなかった。

そんなときだった。

眠れなかったのでキャンプの火の番を買って出て、モンクのパーンチと代わろうとすると、心中でも見透かされたのか、こう言われたことがあったのだ——

「なあ、バーバル。凡人が百回努力してやっと出来ることを、天才はたった一回でやり遂げてしまう。同様に、凡人が努力しても出来ないことを、天才は軽々とこなす——才能ってやつは無慈悲だよ。残念だが、オレも、テメエも、凡人に過ぎん。だから、覚悟だけは決めておけよ」

「いったい……何の覚悟だ？」

「大切な仲間からあえて離れていく覚悟さ。天才の足を引っ張って、その将来を邪魔したくはないだろう？」

「………」

そのとき、バーバルは何も答えられなかったが……

何にしても、そんな考えを胸に秘めつつもセロたちと共に王都にやって来た。

もっとも、どうやら神はバーバルを見放さなかったらしい。セロが賢者になるよりも、モタが魔女になるよりも先に――バーバルこそが勇者として聖剣に選ばれたのだ。

その瞬間、バーバルは名実ともにパーティーの主役となった。はっきりと夢を掴んでみせたのだ。

それが全ての過ちだったとも知らずに。

結局のところ、物語はそんな凡人（バーバル）が天才（セロ）を見放したところから始まって――


「ぐ、げえええええええええええええええええ――っ！」


と、上体の半分をまた切断された痛みで、バーバルは目を覚ました。

皮肉なことに、勇者という称号によって得られた様々な耐性のせいで、『麻酔』などろくに効いてはいなかった。

こうして大神殿直下の暗がりでは、いつまでも悲痛な叫びが轟いていた。もう一度セロやモタに近づく為に。また今度こそ、頂きに手をかける為にも――バーバルは人であることを捨てて、獣のような咆哮を上げ続けた。儚い夢など捨て去って、己の運命に抗ってみせると決めたのだ。

「目覚めの気分は如何ですか？」

「……最悪だよ」

バーバルは薄暗い一室で意識を取り戻した。

見慣れない天井だったので、どうやら手術室でも、蟄居先の塔上でもなさそうだ。おそらく大神殿の研究棟の一室に寝かされているのだろう。

とはいえ、塔上で謹慎していなくても大丈夫なのかと、バーバルは眉をひそめた。

そのことを横にいた黒服の神官に尋ねようとして……バーバルはすぐに「ふん」と短く息をついて止めた。こんな頭のおかしな改造手術をやる連中のことだ。どうせ身代わりを用意しているに違いないと考え直したわけだ。

ということは、今、この時点で、バーバルは禁固刑から解放されたとも言える。

そう……

久しぶりの自由だ……

いっそ、どこかに逃げてしまおうか？　こんなところで素直に寝ていていいものか？

と、バーバルはふいに思いついて、手術後に果たして体がどれだけ自由に動かせるものか――ためしに上体に力を入れてみた。

が。

「う、ぐえええええっ！」

直後、全身を針で刺したかのような痛みが走った。

さらに、バーバルは自らの両手が視界に入ったとたん、急に吐き気まで覚えた。

そこに付いていたのが、明らかにまともな手ではなかったせいだ——右手は義手で、特殊な金属で加工されていた。また、左手は……いまいちよく分からなかった。これまでの左腕よりも長くなっていた気がする。しかも、長い爪まで付いていた。おそらく何か凶悪な魔獣の腕がそのまま移植されたのだ。

すると、すぐ横にいた黒服の神官がまた声をかけてきた。

「大丈夫ですか？」

認識阻害がかかっていて、その声音にはノイズが入っていた。

やけに耳障りでバーバルは気分が悪くなったが、

「……構うな」

「何でしたら、落ち着くまで目隠しをするなり、『平静（カーム）』の法術をかけるなりいたしますが？」

「言っただろ！　俺に構うな！」

そう怒鳴ってからバーバルは「ううっ」と、喉奥から込み上げてくるものを何とか飲み込んだ。

酸っぱさが口内に広がり、鼻をつんとつく臭いで気分が悪い……

何にしても、バーバルはベッド上でじっとして、天井の染みをしばらく数え続けた。

黒服の神官が言った通り、たしかに少しは落ち着く必要があったし、自らの体を視界に入れる気にもさらさらなれなかった。幻肢痛というわけではないが、もともとあったものがそこにないというだけで、さっきから無性に体がむず痒かった。

それに失われたのはどうやら両腕だけではなかったようだ……

ちらりと視界に入ってしまった胸には竜鱗らしきものが張り巡らされていた。

また、剝き出しの筋肉に継ぎ接ぎだらけの皮膚、それに足が三本になったのかと思ったら臀部には太くて長い尾が生えていて、さらには足指の間にえらまであった——まさに醜い化け物というに相応しい姿だ。

「今しばらくは横になってお休みください。体調が落ち着きましたら、最後の施術を行います」

その声音には、やはり認識阻害がかかっていて、ノイズが入っていた。

バーバルはちらりと横を見た。寝ているベッドのすぐそばで、黒服の神官が一人だけ椅子に座っていた。古書か何かを読んでいたようだ。今はそれが両膝の上に置かれている。それに一応、看病のつもりなのだろう。良い香りのする花がポーションの瓶に挿して床にあった。

「ん？」

ただ、バーバルはすぐにまた眉をひそめた。

どうやら以前にバーバルを誘惑してきた者ではないようだ。バーバルは看破系のスキルに長けているわけではないが、それぐらいは見破ることが出来た。今さら人恋しい気分になどなれなかったが……せめて術後くらいはそばにいてほしかった。

「ところで、さっき最後の施術と言ったな？」

「はい」

「まだ残っているのか？」

　バーバルは苦々しい口ぶりで尋ねた。

　だが、黒服の神官はいかにも他愛のないことだと小さく笑ってみせる。

「ただの仕上げです。とはいっても、バーバル様には馴染みのあるもののはずですよ」

「どういう意味だ？」

「単刀直入に言えば、呪いを最終段階まで受けて頂きます」

　それを聞いて、バーバルの片頬は引きつった。

「おや、お嫌でしたか？」

「ふん……最早、こんなふうに成り果てた身だ。今さら後には戻れん」

「良い心がけです。もっとも、先ほども言った通り、バーバル様の体は呪いによく馴染んでいるはずなので、それほど苦労はしないでしょう」

　黒服の神官がそう繰り返すと、バーバルは「ん？」と、いかにも不可解そうな表情を作った。

「待ってくれ。馴染んでいるとは……いったい、どういうことだ？」

「気づきませんでしたか？　バーバル様はすでに呪いにかかっているのですよ」

　その言葉を聞いて、バーバルはごくりと唾を飲み込んだ。改造手術と同時に呪いも受けたということだろうか？

　たしかにさっきから胃がむかむかして気分が悪かったが、それはこんな変な体に改造されたからだと思っていた。そもそも、自身の状態（ステータス）に呪いがかけられたような感覚もなかった――と、そんなふうにいかにも飲み込めない顔つきをバーバルがしていたせいだろうか、黒服の神官はやれやれと肩をすくめてから言った。

「まさかお気づきにならなかったのですか？　呪いを受けたのは、今回の改造手術を受けるよりもずっと前のことです」

「ずっと前だと？　ふざけるな。俺はこれまで呪いなぞ、受けたことすらなかったはずだ」

バーバルは呪いによって追放してしまった幼馴染のことを思い出しつつも、それを唾棄するかのように頭をぶんぶんと横に振った。

だが、黒服の神官は含み笑いを浮かべてみせた。


「はは。ご冗談を。受けていたではないですか――聖剣に選ばれたときから、この日までずっと」


バーバルは黒服の神官をまじまじと見つめた。

それから、急にすとん、と。腑に落ちるものがあった。聖剣を手にしたとき、たしかに体内を巡る熱き血潮があった。

勇者になった喜び――

セロやモタを追い抜けるという高揚感――

あるいは、高潔の勇者ノーブルと同じ頂きに手をかける奇跡にまさしく滾ったのかと思い込んでいたが……まさか、あの熱血こそもしや――

「ええ。ほんの微量の呪いですよ。それこそ祝いに似て願掛け程度のものですが」

「ということは……俺はあのときから……呪人になっていたということか？」

「その通りです。身体の状況（ステータス）を分析（アナライズ）しても、『聖剣の加護』としか出ないように工夫させていただきました」

「だが、ちょっと待て。魔族や魔物（モンスター）の攻撃を受けて、状態異常や精神異常にかかったとき、その都度回復してきたはずだ。微かな呪い程度ならば、その際に一緒に治っていたのではないか？」

「いえ。聖剣を持つたびにかかり直すように仕掛けてありました」

「はあ？　狂っている！　呪いだぞ！」

「そうです。たかだか呪いですよ。おかげで、多少は強くなれたでしょう？」

「な、な、なぜ……そのような馬鹿げたことを？」

「勇者として持つべき魔力（マナ）経路に当代の若者の中で最も近似していたのがバーバル様でした。だからこそ、聖剣は貴方を選んだ。ただし、似ているとはいえ、さすがに完全に一致はしていません。そんなバーバル様の魔力（マナ）経路を勇者のものと同一にする為に、微量の呪いをかけることで貴方の体に密かに魔核を生じさせたわけです」

「意味が分からん。それでは聖剣などではなく、まさに呪いの剣ではないか」

「なるほど、言い得て妙ですね。いずれにしましても、バーバル様はそのときからずっと呪われていたわけです」

　黒服の神官はそう言って、にやにやと嫌らしい笑みを浮かべ続けた。

　バーバルは「ちい」と舌打ちした。

　聖剣を抜いたときからバーバルの内に巣食ってじわじわと蝕む、この闘争本能——

　大切な仲間をかばいもせず、自らが主役で勝者だと思い込み、頂きを目指して幼馴染すら振り落とす。この醜いまでに驕った熱き血潮が、まさか呪いによるものだったとは……バーバルは聖剣の加護によって、いや、勇者の呪縛によって、己の意思まで見失っていたのだ。

直後、バーバルは息を吐いた。

道理でバーバルの手の甲に聖痕が生じなかったわけだ。

憧れていた高潔の勇者ノーブルにあったと伝えられてきたものが、バーバルには出なかったことで違和感を持ち続けてきたわけだが、その理由が今になってやっと理解出来た。バーバルは勇者などではなかった。勇者に似せた紛い物に過ぎなかったのだ。

「それでは、俺はいったい……何者なのだ」

だから、バーバルがそう自問すると、黒服の神官はそっと耳もとで囁いた。

「そういう問いかけは、むしろ何者かになってからするべきです」

「どういう意味だ？」

「早く力を得るべきです。そして、舞台に上がって、バーバル様の力を解き放つのです。そのとき、貴方は初めて何者（主役）かになれることでしょう」

バーバルは呆然とせざるを得なかった。

なぜ、黒服の連中はこれほどまでに偽物の勇者にこだわるのか。バーバルには全く理解が出来なかった……

いや、この頭のおかしい黒服たちだけではないのだろう。聖剣による勇者選定に関わっている大神殿という組織とて同じ穴の貉（むじな）だ。それに、そもそも勇者パーティーは現王に所属する部隊だ。となると、大神殿だけでもないはずだ。現王も——そう、王国そのものが偽りの上に成立している。

となると、いったい、勇者とは本当に何者なのだ？

「さて、バーバル様。それでは数日ほど、ゆっくりとお休みくださいませ。体調が戻り次第、最後の手術を実施いたします」

そこまで言って、黒服の神官は立ち上がって薄暗い部屋から出て行こうとした。

「待て」

「はて……如何しましたか？」

「もういい。本格的に呪いを……いや、最後の手術をしろ」

「よろしいのですか？　魔族となるのですよ。人族として、少しぐらいは最期の時間を楽し——」

「いらん！」

バーバルは「ふう」と息をついた。

「もういい！　俺が俺でなくなるとしたらむしろ本望だ！　こうなったら力を得てやろうではないか。いっそ何もかもを破壊する純粋な力そのものになってやるさ！」

バーバルは右拳を固く握った。

義手が馴染んでいないせいで、ろくに力を入れることさえ出来なかった。

こんな醜い体になってしまっては、セロやモタに会うことは望めないだろう。そもそも、セロやモタが今のバーバルの姿を見て、バーバルだと認めてくれるかどうか。とはいえ、どのみち狂った連中の口車にまんまと乗ってしまったのだ。引き返すことなど、もう許されまい……

こうして熱血の勇者と呼ばれた男は——いっそ世界を破壊し尽くす悪魔にでもなってやると、自らその運命（シナリオ）を歩み出したのだった。

「さて、目覚めの気分は如何ですか?」

「最悪だ、と言いたいところだが……以前よりはマシかな」

「なるほど。おそらく魔核が安定し始めたのでしょう。いやはや、良かったですよ」

「呪いで魔族になって……嬉しいものかよ」

バーバルは「ふん」と鼻を鳴らした。

最後の手術前よりは格段に体調が良くなっていた。痛みも、吐き気も、ほとんど感じない。

それどころか、今ならば魔王となったセロとも対等に渡り合えるのではないかといった高揚感まであった。もっとも、体のサイズも部位も変わってしまったのだ。それに慣れるのにまだ時間は必要だろう。

そんなバーバルはというと、やはり薄暗い一室で寝かされていた。

一応、大神殿の研究棟にまだいるはずだ。本当に蟄居先に戻らずとも大丈夫なのかと気にはなったが、最早このような合成獣(キメラ)になり果てた身では戻ることも出来まい……

バーバルの身代わりになった者は果たして、永遠に閉じ込められることを望んだのだろうかと、珍しく感傷的になったわけだが……その一方でバーバルは底深い眼差しで天井の染みをじっと見つめた

――どうせ常識などろくに持ち合わせていない黒服連中のことだ。おそらく、折を見て身代わりの者を始末するに違いない、と。

「まあ、俺にはもう関係のないことだ。王国民を守る勇者など、とうに辞めたのだからな」

バーバルがそう呟くと、椅子に座っていた黒服の神官が「ん？」と首を傾げた。どうやら前回と同じ者のようだ。認識阻害で声音にノイズが入ってはいるが、その者がやさしく問いかけてくる。

「どうかなさいましたか？」

「いや、何でもない。気にするな」

「では、体調は如何ですか？　何でしたら、これからすぐに調整や精度実験を行いますが？」

まるでバーバルのことを物扱いするような言い草が気に障ったが、ここでじっと横になって、染みを数え続けているよりかはマシかなと思い直し、

「分かった。付き合おう」

バーバルはそう答えて、上体をゆっくりと起こした。

前回のように無数の針で貫かれたような痛みはやって来なかった。

今なら眼前にいる黒服を縊（くび）り殺して逃げられるのではないかとも思ったが、ふと首に何かがぶら下がっていることに気づいた――金属製の首輪だ。しかも、何か呪詞のようなものが纏わりついている。

「……これは？」

「アクセサリーはお嫌いですか？」

「ふん。言葉通りのアクセサリーではあるまい？　俺を飼うつもりか？　なかなかに良い趣味だな」

バーバルが皮肉まじりにそう言うと、黒服の神官はやれやれと頭を横に振った。

「そんなつもりは毛頭ございませんよ。あくまでもそれは安全装置に過ぎません」

「安全装置だと？」

「はい。バーバル様の魔核は現在、鎖骨のあたりに形成されています。その為、もしバーバル様が叛意(はんい)などをお持ちになった場合、その呪詞が反応して首輪が爆発します」

「貴様っ！」

「お待ちください、バーバル様。我々はあくまでただの研究者に過ぎません。バーバル様のような力など持ち合わせていないのです。それとも、バーバル様は素直に非力な我々の指示に従ってくださいますか？」

　黒服の神官はすぐに両手を上げて降参のポーズを作ってみせた。

　いかにも自身の非力さをアピールしているように見えたが、フードを目深に被っているせいでその表情はよく読み取れなかった。ただ、その口ぶりがやけに落ち着いているのがバーバルには気に喰わなかった。

　だから、かまをかけるつもりでバーバルは神官衣の胸もとを片手で掴んで脅しつけてみた。

「今、ここで貴様を縊(くび)り殺したらどうなる？」

　だが、黒服の神官はというと、身震いもせずに淡々と答えた。

「もちろん、その首輪が爆発することでしょう」

「ふん。爆発だと？　笑わせてくれる」

　バーバルは強がって見せた。

「たとえ魔核が近いとはいえ、こんなふうに化け物(キメラ)にされてまで肉体強化を施された俺を爆死させるほどのものならば、爆発させたとたんに貴様も巻き込まれて死ぬはずだ。それなのに、やけに冷静でいられるものだな?」

　このとき、一瞬、バーバルはもしや爆発はブラフなのではないかと疑った。

　そもそも、バーバルはこの連中にとって最高の被験体だったはずだ。元勇者など、そう簡単に手に入れられるものでもない。そんな被験体に考えられる限りの手術を重ねて出来た、一種の最高傑作こそが今のバーバルだ。

　それを果たして簡単に爆死させることなどあり得るのだろうかと、バーバルは推測したわけだが。

「長く生きていると、自然と落ち着くものなのですよ」

　黒服の神官はそう言って、バーバルの片手をぽんぽんとタップして椅子から立ち上がると、ゆっくりと黒い神官衣を脱いでみせた。

「……ま、まさか!」

　眼前にいたのは――バーバルと同様、人工人間(ホムンクルス)だった。

　しかも、バーバルよりもよほど醜い体だ。おそらく生ける屍(リビングデッド)を幾つか組み合わせているのだろう。腐乱していて、その臭いを抑える為なのか、食人植物の花が胸のあたりに咲いていた。

　そこでバーバルは「はっ」とした。もしかしたら、黒服の神官が椅子のそばに置いていた花瓶はさらなる臭い消しも兼ねていたのかもしれない……

「貴様らは……気でも……狂っているのか?」

「それは科学者にとって最高の誉め言葉です」

「何……だと？」

「かつて大陸そのものを消滅させるほどの爆弾が出来たとき、政治家はこう語ったそうです――今や科学は罪を知った、と。それに対する科学者の言葉は――罪とは何だ？　だったそうですよ。科学的に定義出来ない曖昧な概念に興味など持ち得なかったのです」

「ならば、あえて問おう……貴様ら腐れ神官どもにとって、罪とはいったい何なのだ？」

バーバルが絞り出すような口調で問い詰めると、黒服の神官は天を指差してからいっそ清々しく言ってのけた。

「罪とは、神の座に挑まないことでしょうかね」

「はあ？　何を言っているのだ？」

「我々は皆、神の子だという話ですよ」

「…………」

「その意味を知る為にも、貴方は力を得るべきなのです。何者かになって、初めて見える地平もあります。我々とは違って、貴方にはまだその可能性があるのですから」

黒服の神官はまたフードを目深に被り直して、ゆっくりと歩み始めた。

バーバルはしばらくその背中をじっと見つめた。今のバーバルにとって世界の地平とは、薄暗い一室の闇に紛れて、何一つとして見出すことが出来ないものだった。

「それでは参りましょうか、バーバル様。これから精度実験にちょうど良い場所にご案内いたします。王国からはしばし離れますので、そのつもりでいてくださいませ」

その日の夕方、バーバルがいた一室とはさほど離れていない大神殿の地下――

巨大転送陣たる大きな門がある広間に、宰相ゴーガンは黒服を纏ってやって来た。

そこには華美なマントを身に着けてフードを目深に被った者と、主教のフェンスシターがすでにいた。フードを被った者は興味深そうに転送門を調べていたが、フェンスシターはどこか挙動不審でそわそわとするばかりだ。いかにも一刻も早くこの広間から出て行きたいといったふうだ。

するとフードを被った者が振り向きもせずにゴーガンへと声をかけた。

「おや？　もう少し待たされるかと思っていましたよ」

「そう皮肉を仰らないでください。わざわざお客様に先に来ていただいたというのに、そこまで失礼なことは致しませんよ」

宰相ゴーガンが軽やかに会釈をすると、先客は被っていたフードを脱いだ――第七魔王こと不死王リッチだ。

それほどの大物が簡単に入って来られるほどに、王都の警備は作為的に緩くなってしまっていた。しかも、ゴーガンによる手引きがあったとはいえ、リッチと一緒にいるのはよりにもよって主教のフェンスシターだ。聖職者にとって亡者はその存在すら許せない不倶戴天の天敵のはずだ。

何にせよ、第二聖女クリーンが抱いていた疑念はこれにて晴らされたわけだ。なぜいちいち各教会の転送陣をはしごして第六魔王国に向かわせられたのか？　要は、大神殿の巨大転送陣は先に使われていたのだ。まず、リッチをこの大神殿の地下広間に迎え入れる為に。次いで、何よりもう一つの目的の為に――

そんなリッチはというと、微笑しながらもゴーガンを咎めた。

「一応、遅れた理由をお聞きしてもよろしいですかな？」

「武門貴族たちが騒ぎ立てましてね。現王の許しもなく、軍を勝手に動かすとは何事かと。しかも、

『魅了』まで使うとはどういう了見かと。そんなわけで、下らぬ対応に追われていました」

「おやおや……貴方らしくもない。何でしたら、それら貴族どもを処分するのに我が手を貸して差し
上げますぞ」

「それは勘弁してください。これ以上、お客様の手を煩わせるわけにはいきませんよ。それに今と
なっては些事でしかありません」

宰相ゴーガンはそう言ってから、またつまらない口癖が出てしまったといったふうに、「やれやれ」

と口もとに片手をやった。

「さて、フェンスシター卿。座標はもとに戻していただけましたかな？」

「は、はい！　もちろんでございますとも！」

主教フェンスシターは恭しく揉手をしてみせた。

もちろん、フェンスシター程度の聖職者ではこの巨大転送陣は扱えない。出来るとしたら、教皇
か、聖女か――もしくはそれ以上の存在か。

何にしても、以前、エルフの狙撃手トゥレスによって尾行された者が座標を再設定して、不死王

リッチをこの広間に迎え入れられるように仕向けた。リッチが到着して以降は、黒服の神官たちが協力して、百年間ずっと指定され続けた場所へと戻した。結局のところ、フェンスシターはその作業を日がな一日、ぼけっと眺めていたに過ぎない……

　すると、宰相ゴーガンはそんな無能を見下しつつも、アイテムボックスから金銀財宝をどさりと落とした。

「それでは大変お待たせいたしました。第七魔王の不死王リッチ様。いざ始めると致しましょうか――戦争の開始です」

　直後、不死王リッチは粛々と肯いた。

　そして、大神殿の地下広間に特殊スキルの『等価交換』で金銀財宝をもとに生ける屍（リビングデッド）を召喚し始めた。その亡者たちが次々と巨大転送陣たる大きな門をくぐっていく。当然のことながら行きつく先は、かの岩山のふもと――第六魔王国だ。

　主教フェンスシターは「ひいい」と、いかにも小物らしい情けない悲鳴を上げた。大量の亡者を間近で見て失禁しかけている始末だ。もっとも、宰相ゴーガンはいかにも涼しげな顔だ。亡者がすぐそばを過ぎても、顔色一つ変えていない。そもそも、ゴーガンは考えごとに耽（ふけ）っていた。

　まずは第六魔王こと愚者セロのお手並みを拝見するとしましょう。大いなる目的の為に手を組むべき相手か。それともすぐにでも潰すべきか。どちらにしても――第六と第七の魔王のいずれかにはここで退場してもらいたいものですね、と。

そんなふうに考えながら、ゴーガンは自らの魔眼を煌めかせながら、リッチをじっと見つめて含み笑いを浮かべるのだった。

05 魔王スローライフを開始する（後半）

第七魔王の不死王リッチによる侵略以前に、時間は少しだけ遡る――

「皆様。お手数をおかけしますが、こちらで少々お待ちいただけますでしょうか？」

北の街道上で人狼のメイド長チェトリエはハーフリングの商隊にそう伝えると、狼の忍び足で魔王城に侵攻を開始した者たちの後を追った。

第二真祖モルモを錦の御旗（みはた）にした吸血鬼たちは自らに認識阻害をかけて、夜間ではなく、わざわざ昼間のうちにやって来た。しかも、『浮遊』の風系魔術まで使って、足音で気取られないようにこっそりと魔王城に迫っている。

もっとも、人狼であるチェトリエの鋭敏な鼻には認識阻害など通用しなかった。

おそらく先行した人狼メイドのドバーも違和感に気づいて、門衛をしているダークエルフの精鋭たちに伝達してくれたはずだ。それにここ数日は魔王城改修が一段落ついたこともあって、セロが皆に半休を取らせていたから、畑仕事などを手伝いに来ているダークエルフたちに被害が出ることもないだろう……

それでも、チェトリエは空に浮遊している吸血鬼たちに気づかれないように尾行を続けた。

セロに直接喧嘩を売るようないかにも魔族らしい者たちならばかえっていいのだが、城外のトマト畑などに被害をもたらすような不届き者たちがいたら困るからだ。そもそも、徒党を組んでやって来るような連中なので、まともな者たちではないはずだ。

　一方で、困り果てたのは——ハーフリングたちだった。

　チェトリエほどではないが、ハーフリングたちも鼻が利く上に、商人の三人は鑑定及び看破系のスキルをしっかりと有していることもあってすぐに事態を把握した。

「何だか……王国と戦争する前に、内戦が始まりそうな感じっスね」

　馬車の御者台にいたリスみたいな娘がそう言うと、隣に座っていた白ウサギに似た母親が片頬に手を当て、

「どうしようかしら？　いっそ、このまま北上して『火の国』に先に寄っちゃいましょうか？」

「いや、ここで待つべきだろうて。すでにメイド長のチェトリエ様に出くわしてしまったのだ。たとえ内戦が続くとしても、わしらが勝手にいなくなって後から因縁をふっかけられたら困る」

　タヌキにそっくりな父親がそうこぼすと、母親は「そんな嫌がらせをしてくるかしら？」と首を傾げた。もっとも、父親は断固として考えを変えようとはしなかった。

「セロ様が新たな第六魔王として立たれたのだ。その人物像が見えてこないうちは、あちらさんに素直に従っておいた方がいい」

「でも、セロ様っていったら、『光の司祭』でしょ？　大神殿の要職に就いて偉ぶるでもなく、民草の為に勇者パーティーに所属していた方でしょう？　そんな無粋なことを言ってくるかしら？」

「セロ様はすでに魔王になられたのだ。しかも、ダークエルフに超越種の魔物（モンスター）まで従えている。わしらの常識でその人となりを判断すべきではない」

「まあ、たしかに……そうかもしれないけど」

「それに真祖カミラ様は長らくわしらに真祖トマトの販売を独占させてくださったが、愚者セロ様が同じようにしてくださるとは限らん」

父親がそうこぼすと、娘は「んー」と唇をツンと突き出した。

「前々から聞こうと思っていたんスけど……なぜカミラ様はうちらに真祖トマトの販売を任せてくださったんスか？」

その問いかけに父親と母親は顔を見合わせて、「そういえば、お前には言ったことがなかったか」と父親が応じた。

「もとはと言えば、わしの祖父の代まで遡る話だ。カミラ様は無類の本好きらしくてな。特に古(いにしえ)の時代以前の書籍をよく蒐集(しゅうしゅう)されていたそうだ。で、祖父がたまたまそうした古書を大量に仕入れたらしく、それがきっかけでカミラ様との縁が出来た」

「でも……よくもまあ、カミラ様が手掛けたトマトが王国内で売れたもんスよね？」

「それも不思議な縁でな。当時の王族にこれまた無類のトマト好きな御方がいらっしゃったそうだ。その方は食べ物に罪はないと仰(おっしゃ)って、真祖トマトを毎年楽しみにしてくださった。そんなわけで真祖トマトはまず王族に伝わったというわけだ」

「なるほどっス。それが時代を経て、王侯貴族や一流料理店にも伝播していって、どこが産地なのか分からないけど、謎の高級トマトといったふうに変遷していったわけっスね」

「そういうことだ。多分に産地を隠したのは、当時の祖父と王族だろうな。風評被害を恐れた以上に、よほど真祖トマトを独占したかったのだろうて」

「希少な上に、何しろ頬が落ちそうなくらいに美味しいっスもんね」

父親は「うむ」と答えて、さらに真祖トマトについて考えを巡らせた。

たしかに真祖トマトは美味しい。王国で採れるどのトマトよりも遥かに味が洗練されている。おそらく古の時代から生きてきたカミラが失われた技術（オーパーツ）によって品質改良された種（たね）をたまたま持っていたのか、はたまた土竜ゴライアス様が近くの洞窟に棲んでいることからここ一帯の土質がよほどいいのか――何にしても、真祖トマトはそれ一玉で館が建つとまで謳われる高級品になった。

それに真祖トマトはかなり貴重でもある。そもそも、カミラには農作業にまつわるスキルがなかったから、家庭菜園程度の量しか出荷出来なかった。ルーシーが育ってからは畑を少しずつ広げて量も増やしてくれたが、第三魔王の邪竜ファフニールが遊びに来るようになって、がつがつと山盛り食べていくせいで、結局のところ、あまり残らなかった……

「そいや、父さんはカミラ様と会ったことがあるんスか？」

「いや、実は……一度もない。わしの父も会えなかったそうだ。取引や交渉などは人狼のメイドたちと魔王城正門前で行って、こちらの卸した荷物を運搬するときのみ城内に入れさせてもらっていた」

「へえ。じゃあ、やっぱルーシー様とも、直に会ったことがないっスか？」

「うむ。王国で出回っている姿絵以上のことは知らん」

「こうやってここまで来ちゃったスけど……本当に大丈夫っスか？」

「ふん。そこを何とかするのが商人というものだ。とはいっても、はたして代替わりしたセロ様が真祖トマトを売ることを許してくれるかどうかは、はなはだ不明だがな」

父親はやれやれと肩をすくめてみせた。

祖父から綿々と引き継がれてきた真祖トマトの販売については、今となっては食材担当となった娘の手に渡っている。まさかカミラが討伐されるとは思っていなかっただけに、これには父親も頭を悩ませるしかなかったわけだが――

「おやあ、何だかすごい声がたくさん聞こえてきたっスよ」

当の娘はというと、父親の心配など素知らぬ顔で、リスみたいにぴんと両耳を立ててみせた。

同時に、父親は母親とまた顔を見合わせた。どうやら内戦が始まったようだ。さすがに魔族は喧嘩っ早い。となると、いつまでもこんなだだっ広い街道上にいては目立つばかりだ。攻め入ってきた吸血鬼たちがハーフリングの商隊にまで手を出してくるとは思えないが、それでも流れ矢などに晒されるのは御免だ。

そんなわけで商隊は護衛たちを伴って、道から外れて奥に湖のある林のそばに身を潜めながら、望遠鏡を片手に魔王城での攻防戦を遠巻きに観察していたのだが……

「見事に一方的っスね」

「ありゃあ戦いにもなっておらんな」

「というか、愚者のセロ様がどこにも見当たらないのだけど?」

最初のうちはトマト畑が荒らされないかと心配していた三人だったものの、魔王城へと上がる坂の手前で勝手に瓦解していく吸血鬼たちを見て、すぐに三人共、言葉を失ってしまった……

そもそも、日のあるうちに行動出来るということは、吸血鬼たちは全員純血種で爵位持ちということになる。それが百人以上も群がって攻め込めば、王国の王都とて火の海にすることが可能だろう。だが、ハーフリングたちが見たものは――それこそ一方的な虐殺だった。

しかも、セロに恭順したはずのダークエルフも、カミラの代から従っている人狼も、はたまたその娘のルーシーも、何より肝心の第六魔王セロすらも、まだ一人として表に出てきていなかった。

それにもかかわらず、凶悪なはずの吸血鬼たちはトマト畑に潜む魔物たちによって、さながら赤子の手をひねるかのようにやられていったのだ。これでは内戦どころではない。というか、喧嘩にすらないっていない……


……

…………

………………


「ヤバいっスね」

「あれは……本当にわしらの知っているトマト畑なんだろうか？」

「もしかして、あそこに広がっているトマト畑って……『竜の巣』、『砂漠』や『迷いの森』よりもよほど危険な場所じゃないかしら？」

三人だけでなく、護衛をしていたハーフリングたちまで顔面蒼白になってしまった。

当初はセロに会うべきだと主張していた父親も、今となってはどうにも及び腰だ。当然、母親はさりげなく火の国に出発する支度を始めていたし、食材担当の娘はというと項垂れつつも、

「うちの代で……大口の取引先を失うのは哀しいっス」

そう嘆いていた。

が。

次の瞬間だった。

娘のすぐそばの木陰から人影がいきなり伸びてきたのだ。

「ひょえっス！」

と、娘が飛び上がって驚くと、

「お待たせして、大変申し訳ございませんでした。それでは、皆様を魔王城へとご案内いたします」

現れ出てきたのは——先ほどのチェトリエだった。

どうやら吸血鬼たちの後をつけてはみたものの、さして問題なしとみなして戻ってきたらしい。

「そうそう、皆様。何か美味しい食材をお持ちでしたらいただきたいのですが？」

「え、ええと……もちろん、いいっスよ。ここで買っていきまスか？」

「残念ながら今は手持ちがございません。よろしければ、例年通り、真祖トマトなどと物々交換していただけると助かります」

「………………」

ここにきて三人家族は全員、顔を見合わせた。

最早、こうなったら乗りかかった船だ。それに商売人が肝心の商売もせずに逃げ帰ったなど、ハーフリングの名折れでもある。

「わ、わ、分かったっス。では……ま、まま、魔王城まで、案内してくださいっス！」

こうしてハーフリングの商隊は戦々恐々としながらも魔王城に向かったのだった。

「……………」

ハーフリングでリスに似た娘は無言を貫いていた。

はたしてきちんと馬車のロバを御せているのか、そんな心配をしたくなるくらいに、ドクン、ドクン、とさっきから心音が怒号のように高鳴って、その体もひどく震えていた。

それでも、唇を真一文字に引き結んで、じぃーっと真っ直ぐ前だけ見るように努めた。

というのも、すぐそばにはゲル状に溶けていたり、『土礫（ストーンショット）』などをぶつけられて穴だらけになっていたり、あるいは全身に火傷を負って見るも無残な吸血鬼たちばかりがいたからだ。それに望遠鏡で見たときにもおかしく感じたものだが……なぜか魔王城正面の坂は轟々と沸き立つ溶岩（マグマ）によって塞がれていたし、もう一方の坂も永久凍土でカチカチな断崖絶壁に変じていた。少なくとも、こんな凶悪な設置罠は真祖カミラ時代にはなかったはずだ……

この一点をとってみても、新しく立った愚者セロなる第六魔王はよほど苛烈な人物のようだ。

はたしてハーフリングの商隊は五体満足で次の目的地である『火の国』までたどり着けるのだろうかと、娘はただ、ただ、一心に、ここの土地神たる土竜ゴライアス様に祈るしかなかった——最悪の場合、ゴライアス様が棲むと謳われている竜の口を象（かたど）った洞穴に逃げ込むしかないんじゃないか。さすがに好戦的な魔王でも土竜と事を構えはしないだろう、と。

そう結論付けて、娘は「ふう」と息をついた。

悲惨な姿になり果てた吸血鬼たちが横たわっていた場所を通り過ぎると、やっとお目当てのトマト畑が広がってきた。そのおかげで娘も少しは気持ちを落ち着けることが出来た……

が。

「あれれ？」

娘はすぐに首を傾げた。

トマト畑がやけに広くなっていたからだ。

しかも、トマトばかりではない。以前よりも様々な野菜や果物などが栽培されているようだ……

「これは……いったい、どういうことっスかね？」

当然のことだが、魔族は農業に興味がない。そもそも食事をしないのだから、農作物を生産する必要がない。その結果、農業にまつわる生活魔術や農具などを持たない。

真祖トマトがこれまでずっと希少とされてきたのも、真祖カミラが家庭菜園の規模でしか育ててこなかったからということもあるが、さらに素人同然で虫食いや実割れなどで育てきれなかったという事情もあった。

それなのに眼前に広がるトマト畑はというと、人族が育てた田畑と比しても遜色ないどころか、よほどしっかりと管理されているように思えた。しかも、例年以上の豊作だ。

「もしかして……あの畝にいるのって……」

娘はそう呟いて、畝間にある細い溝をてくてくと進んでいる魔物(モンスター)を見つけた。

そう。ヤモリだ。先ほどの内戦でも吸血鬼たちを石礫だけで簡単に凹々(ぼこぼこ)にしていた最凶最悪の魔物……もとい土竜ゴライアス様の眷属たる神獣だ。一匹だけでも入り込めば王国最北の要塞などすぐに崩壊しかねない超越種――それらが幾匹も集まって、

「キュイ？」

「キュキュイ？」

「キュー、キュイキュイ？」

「キュウーン」

　などと、意味不明な会話をしていた。

「あ、あれは……な、なな、何の話をしているんっスかね？」

　まさかとは思うが、見慣れないハーフリングたちも凹（ぼこ）ろうかという相談じゃないっスよねと、娘は青ざめながらも馬車の横を早歩きしてくれていた人狼のメイド長チェトリエに尋ねた。

「実は、私も詳しくは分からないのですが……セロ様が仰るには、ヤモリたちはよく畑の土壌改善の話し合いをしているのだとか。ここ第六魔王国は緑豊かな土地柄ではありますが、時季によっては高温多湿ということもあって、本来は真祖トマトの栽培に向いていないらしいのです」

「へ、へえ……でも、真祖トマトっていったら、トマトの王様っスよね？　めちゃくちゃ美味しいっスよね？　土地に合わないはずはないと思うっスけど？」

「あら、まあ、そこまで高く評価していただいていたのですか？　それはとてもうれしい話ではありますが……何にしましても、ヤモリたちはまだまだ全然満足していないようで……ほら、たとえば、あちらをご覧くださいませ」

　そう言われて、娘はチェトリエが指差した先へと視線をやった。

　そこにはかかしというにはやけにけったいな機械的かつ物騒な自動撃退装置（ラバーデセプション）があった。

「あのかかしは足を畑に刺して土壌分析をしたり……カメラ？　とかいう眼でもって植物分析をしたりと、その結果をもとに人造人間（フランケンシュタイン）エメス様がレポートを作って、ヤモリたちに知らせてあげているのですよ」

　すると、御者台で娘のすぐ隣にいた白ウサギに似た母親があんぐりと口を開けた。

「ちょ、ちょ、ちょっと……お待ちください。今……さりげなく、人造人間(フランケンシュタイン)エメス様なる御方の名前が耳に入ってきたような……こなかったような……というかこなかったと信じたいような……」

「はい。前々代の第六魔王のエメス様も、現在はセロ様の麾下(きか)に入って、当国の顧問を務めていらっしゃいますよ」

「…………」

　その瞬間、母親は座ったまま、きれいに娘の肩にもたれかかった。

　娘が揺すって起こそうとするも、母親は「世界は終わったわ」とだけ言い残して気を失った……

「母さん！　母さあああーん！」

「そ、そのエメス様って……誰なんスか？」

　娘は馬車を引くロバを何とか御しつつも、荷台にいたタヌキそっくりの父親に小声で尋ねた。

「若いお前が知らんのも無理はないが……伝承では有史上、最も好戦的な魔王にして、古(いにしえ)の大戦時に人族を鏖殺(おうさつ)して、さらには破壊し尽くされた王城に足をかけて高笑いをし続けていたとか。ま、まさか……そんな恐ろしい御方がまだ生存していたとはな」

　今度は娘が卒倒しかけた。

　そんな喧嘩っ早い、いかにも危険な魔族の大物がなぜ新たに立ったばかりの魔王セロに大人しく従っているのか――もちろん考えるまでもない。それほどのエメスであっても恐れるほどに、セロは苛烈かつ凶悪な魔族ということだ。

しかも、よりによってその魔王を相手にこれから食材担当として商談しなくてはいけないのだ。娘が卒倒しかけたのも仕方のないことだろう。それでもギリギリで意識を保てたのは、倒れた瞬間に横にいたチェトリエが手綱を手繰り寄せて、ロバを上手く御してくれたからだ。

「大丈夫ですか？」

「あ、ありがとう……ございますっス」

「いえ。長旅でしたでしょうから、集中力が切れるのは仕方のないことです。それに慣れない土地でもありますしね」

そうっスね。一生、慣れたくもない土地っスね。

とは、さすがに娘も口には出さなかった。ただ、どのタイミングでいかに逃げ出そうか——そのことばかり考えるようになったせいか、ロバの御し方がどんどんと乱雑になってきた。

直後、娘は「むっ」と眉をひそめた。

上空からぱたぱたと音が聞こえてきたからだ。

「キュ？」

「え？　きゅ……っスか？」

娘は首を傾げつつも、コウモリと目を合わせた。

気がつけば、さっき吸血鬼たちを糞によってゲル状にしたコウモリの群れが上空にいた。

「…………」

悲鳴を上げなかったのはただの偶然に過ぎなかった。

というのも数瞬、息が止まってしまったのだ。いや、むしろ心臓が止まりかけたといってもいい。

そんな臨死体験をして、すぐに現世に戻って来られたおかげで、娘は再度、「ふう」と息をついてから今度こそ現実を受け入れる覚悟をした――つまり、逃走経路の確保に努めようとしたわけだ。

はてさて、いったいどこに土地神たる土竜ゴライアス様が棲む洞穴があるのか？

そんなふうに娘がきょろきょろと周囲に視線をやったおかげで、トマト畑に沿うようにして幾つか肥溜めがあることに気がついた。もっとも、それは一般的な肥溜めとはかけ離れていた。

実際に、赤いのだ。

肥溜めというよりも、トマトを潰して発酵させているようにも見えた。

もしかしたら、例年以上の豊作とあって、トマト酒の酒造にでも着手したのかもしれない。

「キューイ？」

すると、そんな小さな赤池からイモリがちょこんと可愛らしい顔を出した。

もちろん、娘は咄嗟に顔を背けた。そうはいっても、どのようなお酒を造っているのかと、商人らしい興味には勝てずについついチェトリエに尋ねてしまった。

「あの赤いものは……いったい、何なんスか？」

横を歩いていたチェトリエはいかにも「よくぞ聞いてくれた」と言わんばかりに、にっこりとしてから答えてくれた。

「あれは――土竜ゴライアス様の血反吐です」

「へ？　血？　……反吐？」

「はい。セロ様がゴライアス様と戦った際に吐き出させたものが、地下水脈を通じて今もこちらに流れ込んでくるのですよ。エメス様が成分分析をした結果、肥料として最適なのだそうです。よろしかったら当国訪問の記念にご購入なさいますか?」

「…………」

娘はいっそ泣きたくなった。

そんなものを記念に持ち帰るはずもなかった。そして、逃走経路がすでに断たれていたことについて絶望するしかなかった。

ついでにここはもしや地獄の一丁目なのかと、来てしまったことを後悔していた。ここにきて、娘はついに覚悟を新たにした。もう命は捨てよう。何なら来世でもハーフリングになれるように土地神様――いや、この場合はむしろ新しい神様のセロ様か――に祈ることにした。

こうしてハーフリングの商隊は全員顔面蒼白になりつつも、ロバにぱかぱかと引かれながらトマト畑をぐるりと回って、魔王城裏の岩山の斜面から上がって、ついに正門前に着いたのだ。

「気持ちいいっスねー」

「そうね。これは……意外だったわ」

ハーフリングの娘と母は魔王城正門前で待っている間、他にやることもなかったので、人狼のメイド長チェトリエに勧められるがままに、溶岩(マグマ)坂上で熱を持ってしまった血反吐溜まりにて足湯をしていた。

もちろん、血溜まりに足を浸けるなんてそんな非常識なと、最初は目が点になっていた二人だったものの、そろそろ色々と感覚がおかしくなってきたこともあって、「こうなったら女は度胸」とばかり、ものはためしと足首まで入れてみたら——あら、不思議、

「何だか、このままずっといたいっスねー」

「まあ、偏見は持ってはいけないという土竜ゴライアス様の遺言なのかもしれないわね」

と、ゴライアス様は血塗れで逝ったのだと勘違いした二人だったわけだが……

何はともあれ、そんなふうにわりとリラックスして待ち時間を潰すことが出来た。

もっとも、二人とは対照的に父親はドワーフの作った最高級の甲冑を身に纏って馬車の荷台に隠れていたし、またハーフリングの護衛たちは正門前で立哨しているダークエルフの精鋭二人の力を推し量って、彼我の実力差に暗澹たる思いに駆られていた——実のところ、素で戦えばそこまで差はないのだが、何しろダークエルフたちにはセロの自動スキル『救い手』で補正がかかっている。そのことを知らないハーフリングの護衛たちは「最早、逃げることもろくに出来ません」と父にこっそりと伝えて、さらに怯えさせたのだった……

そうこうしているうちに日はしだいに暮れてきて、

「大変長らくお待たせいたしました。それでは、どうぞ魔王城にお入りください」

今度は人狼の執事アジーンがわざわざ出迎えてくれた。

ハーフリングの護衛たちは全員、頭を横にぶんぶんと振って、「これ以上は無理」と主張してきたので、彼らには正門前で荷物番をしてもらうということで、

「行くっスか」

「ええ、覚悟を決めましょうね」

「わわわ、わし……ここで死ぬんか。もう終わりなんかあああ」

娘と母に引きずられるようにして、父も正門から入城した。

すると、大階段の前には左右に一列ずつに分かれて人狼のメイドたちが立ち並んでいた。

娘も、母も、思わず「ほう」と息を漏らした。亜人族と魔族という違いこそあれ、同じ獣人として見ても、とても美しい毛並みの人狼たちばかりだ。真祖カミラの統治時代から知っている顔も幾人かいたが、不思議なことにその美しさに磨きがかかったように思えた。

もちろん、これはセロの『救い手（オーリオール）』の効果でアジーンの隻眼が治ったように、人狼メイドたちの古傷なども一斉に癒えたからなのだが、そのことを知らない二人はというと、新たに立った魔王セロはカミラ以上に厳しい審美眼の持ち主なのかもしれないと感じとってすぐに襟を正した。

「それでは、手前（てまえ）が先導しますので、この大階段からご一緒に上ってください」

すると、アジーンはいかにも紳士然とした立礼をしてから三人の前を進んでいった。

どうやらこのまま二階に上がれということらしい。例年ならチェトリエたちとこの入口広間で立ちながら簡単な商談をまとめて、正門前に止めた馬車から荷物を運ぶだけなのだが……

今回はなぜか、かつてないほど丁寧な接客を受けていた。

商人としては長らく待たされたことで、それをもって心理的な貸しにでもして、さっさと商談を始めたかったが……こんなふうにもてなされると何だかやりづらい。

しかも、さっきから娘と母にはどうにも違和感があった――

「何か……やけに城内がきれいじゃないっスか？」

「あら、あなたも気づいた？　不思議よね。まるで新築みたい」

あまりきょろきょろしてはいけないと分かってはいたが、城内がやけに煌めいていることに二人は驚きを隠せなかった。カミラの統治時代も城内は清潔に保たれてはいたが、それでもやはりいかにも古城といった風情で、いたるところにひび割れなどの修復跡が残っていた。

だが、今、この魔王城にはそれらが一つも見当たらない。

さらに言うと、不思議なことに美術品の一つも置いていない――普通、王城といったらその権威を飾り立てる為に絵画や石像などがこれみよがしに置かれているものだが、そういった類のものが一切ないのだ。それどころか、大階段の横にあったのはなぜか空の台座だった。

これには、娘も、母も、「ごくり」と唾を飲み込んだ。

もちろん、魔王セロに何かを売りつける商機だと捉えたわけではない。むしろ、新たな魔王の苛烈な性格が垣間見られた気がしたのだ。

いわば、余計な装飾などいらない。王としてありのままの姿だけ見せつければいい――魔王セロは人狼たちに美しさを求める審美眼を有していて、なおかつ贈答品や美辞麗句などには決してなびかない、まさに商人の天敵のような人物ということだ。

だから、娘も、母も、警戒の度合いをより一層強めたわけだが、今はアジーンに導かれるままに大階段を上るしかなかった。そして、二階の回廊まで来て、三人は首を傾げた。

「ここ……玉座の間っスよね？」

「もしかして……セロ様に謁見するということかしら？」

これまではカミラに見えるどころか、客間に案内されたことすらなかった。

それなのにいきなり魔王セロと謁見ときたものだ。こんなことなら魔王就任祝いの献上品をもっと仕入れておくべきだったと三人は後悔するしかなかった。

とはいえ、魔王セロが物でなびく人物ではなさそうなことが今となっては唯一の救いか……

ちなみに、いまだに甲冑をしっかりと着込んでいる父親だったが、さすがに刀は駄目ということで玉座の間に入る前に没収されてしまった。「そんな殺生なあ」と嘆く父親だったが、二人は無視して、一歩だけ前に進んだ。

「では、そのまま回廊をゆっくりと進んでください」

アジーンにそう告げられた瞬間、不思議なことに玉座の間がはっきりと見えるようになった。

どうやらこれまでは認識阻害をかけて、ハーフリングの商人たち三人の視界を欺いていたらしい。

いわば、三人はここで初めて玉座の間全体を視認出来たわけだが、その一方で肝心の商談相手はというと、回廊に突っ立っていた三人のことを先にじっくりと観察していたようだ。

どうやら戦闘に長けただけの魔王ではないことを知って、娘も、母も、ぶるりと身を震わせた。

底知れない力だけでなく、審美眼も有して、富にも簡単になびかず、智謀まで兼ね備えた上に、さらに慎重でさえあるというのは、商人の天敵どころか、むしろ商売の神様に近い存在なのではないかと、娘と母はいっそ敬意を抱くしかなかった。

ちなみに、なぜ認識阻害がかかっていたかというと、ハーフリングたちの訪問が唐突だったせいで、ヌフが封印と共にかけていたものを切り忘れていたからに過ぎない……

もちろん、そんなことを知る由もない娘と母は玉座にちらりと視線をやった。最奥にはまだ認識阻害がかかっているようで朧（おぼろ）げにしか見えてこなかったが、そこにたどり着くまでの間にこれまた左右にダークエルフたちが立ち並んでいた。これぞまさに魔王の近衛というべきか——全員が黒い貫頭衣を纏って、さながら不気味な影のようだった。本当に存在しているのか、いないのか、はっきりとせずに、魔王という災禍を引き立てる為の闇に徹していた。

それでも娘と母は商人としての矜持を頼りに、何とか顔を伏せつつも玉座の直前にある小階段まで歩んで、そこで二人して跪いてみせた。礼儀作法などに詳しくなかったから果たしてこれでいいのかと緊張していて気づかなかったが、実のところ、父親だけはまだ後方の回廊でかちんこちんに固まって一歩も動けずにいた……

もっとも、そんな父親なぞ当然のように無視して——

「おもてを上げよ」

今度は近衛長のエークが厳かに告げたのだが、娘や母はというと、本当に顔を上げていいものかどうか、横目でちらちらと互いに確認をしていたら、

「構いませんよ。上げてください」

ふいにどこか朴訥（ぼくとつ）で素直そうな声音が響いた。

それに救われたような気がして、二人が「はっ」として顔を上げると——

玉座には、世界の全てを燃やし尽くすかのような轟々とした黒炎だけがあった。

いや、そうではない……

魔王セロが放つ魔力(マナ)があまりに禍々(まがまが)しくて、看破系の上位スキルを持っている商人二人をもってしても、セロ本人を直視することが出来なかったのだ。

しかも、玉座の左右には同じように巨大な炎が盛(さか)っていた……

最初のうちは、娘も、母も、そろそろ夕暮れだから篝火(かがりび)でも焚いているのかなと思ったものだが……しだいにその二つの炎が真祖カミラの長女ルーシーと人造人間(フランケンシュタイン)エメスが放っている魔力(マナ)だということに気づいた。


……

……………

……………………


そんな強烈な魔力(マナ)に中(あ)てられて、二人は卒倒しかけた。

何とかその場に倒れ込まずに済んだのは、すぐにまた上から声がかかったからだ。

「ずいぶんとお待たせしたようで、ご迷惑をおかけしました。ところで、本日はどのようなご用件でいらしたのですか？」

とてもやさしい声音に二人は癒された。

もっとも、その声がよりにもよって一番禍々しい黒炎を放っている玉座から発せられていたので、さすがに二人ともどう反応すべきか分からずに困惑したわけだが、

「え、ええと……まずは第六魔王ご就任おめでとうございますっス」

「はい。ありがとうございます」

「そ、それで……就任祝いにセロ様に色々とお持ちしたっス」

「これはこれは……わざわざご丁寧にどうも。お気遣い、痛みいります」

「ところで、セロ様。もしよろしければ、真祖トマトの取引についてなんスが――」

娘としては気を取り直して、強か(したた)に計算した上で例年通りの取引に止め(とど)ておきたかった。

いつも通りに少量の真祖トマトだけ仕入れられれば十分で、来年以降もよろしくといった挨拶程度で済ませようと考えたのだ。

理由は単純だ。今年は真祖トマトがろくに売れないからだ。より正確に言えば、これから第六魔王国と王国は戦争になる。その結果として国境線が塞がれる。そうなると商機を逸して、せっかくの真祖トマトが在庫になってしまう。

だから、食材担当の娘としては、今年もいつも通りに少量だけの取引で済ませたいと伝えようとした。若いのになかなか大した胆力である。

「取引についてなんスが――これまで通りでお願い出来ないっスか？」

もっとも、娘からしても、さすがに魔王セロが良い顔をしないことは分かっていた。

先ほどトマト畑の前を通ったばかりだが、今年はどうやら豊作のようだ。第六魔王国にダークエルフが恭順したことから、それだけでもかなり消費出来るはずだが、魔王セロからすれば幾らかでも売りつけて物々交換なり、王国の通貨なりにしておきたいに違いない……

が。

魔王セロはさして気にする素振りも見せずに、

「分かりました。それで構いませんよ。これからもよろしくお願いします」

温かな声音で返してきた。

これにはさすがに娘も、「え？」と、眉をひそめた。

そして、ほんのちらりとだけ商談相手の表情を覗（のぞ）いた――

もちろん、あまりに濃い魔力（マナ）に包まれていたので魔王セロの姿はろくに見出せなかったが、それでも声と同様に慈愛に満ちた笑みと、虚飾を好まない真摯（しんし）な眼差しだけは捉えることが出来た。

「……あれ？」

その直後だった。

娘はどこか不自然に感じて、すぐに背後へと視線をやった。

というのも、商談の最中だというのにセロが娘を見ていなかったからだ。セロの眼差しはなぜか、ちらちらと――玉座の間の入口あたりに注がれていた。

だから、娘も気になって、回廊の方にわずかに目をやったわけだが、

「げっ」

すぐに口を両手で塞いだが、娘の額からは汗がだらだらと滴り落ちてきた。

なぜなら、遥か後方にはよりにもよって父親が甲冑を着たままぼんやりと突っ立っていたからだ。

当然のことながら、それはあまりに礼を失した行為だった。なぜ父がそんな無礼を働いているのか、娘にしてもさっぱりと理解出来なかった。

実のところ、父は着ている甲冑があまりに重くて、一人では動けなくなっていただけだったのだが、ここまで引きずってくれていた娘と母が勝手に前に歩んでいったことで取り残されてしまった。

だから、玉座の間にいた全員の視線が注がれた瞬間、つい「助けて」と本音をぽろりとこぼした。

ここにきて、娘は茫然自失となった。

かの人造人間（フランケンシュタイン）エメスを従えるだけあって、魔王セロは苛烈な性格に違いない。

しかも、虚飾を好まない魔王でもある。このままいけば魔王セロはたしかに助けるだろう――寛容にも父の命を断つことによって。

とはいえ、娘は父を何とか助ける為にも、この場を取り繕うことにした。

「セ、セロ様！　あの甲冑は……実は、セロ様の就任祝いに持ち込んだ物っス！」

「へ、へえ。そうなんですか」

「うちらだけでは重かったので、あそこに置かせてもらったっスが……こちらにお持ちしてもよろしいっスか？」

「別に、構いませんが……」

「ありがとうございますっス！」

娘と母は大慌てで立ち上がって、父のそばに戻ってきた。

「父さん、何やってるんスか？」

娘が小声で叱責すると、

「すまん。動けんのだ……何だか胸が苦しいわい」

「あなたがそんなもの、いつまでも着込んでいるからでしょう」

「だ、だって……魔王、怖いもん」

「それより父さん。この甲冑をセロ様にプレゼントするっスよ」

「娘よ。頼む、後生だ。それだけは勘弁してくれ。こ、これは……わしのコレクションの中でも最も高価で、かつ実用的な――」

そのとき、玉座から心配そうな声がかかった。

「あのう……大丈夫ですか？」

「だ、だ、大丈夫っス」

「はい。問題はございませんわ。おほほほ」

「わし……もう帰りたい。ぐすん」

そんな父の後頭部を二人でどついて、何とか甲冑ごと引きずろうとするも、玉座の間の絨毯に傷が付きそうだったので二人がわずかに躊躇っていると、

「アジーン。運ぶのを手伝ってあげなよ」

また玉座からやさしそうな声が上がった。

二人は恐縮しきりだったが、魔王セロの好意を無下に断ることも出来ずに、アジーンや父親と共に小階段に戻ってからまた跪いてみせた。

そして、娘はとても申し訳なさそうに声を張り上げる。

「それでセロ様。折り入ってご相談があるんスが……よろしいっスか？」

「はい。何でしょうか？」

「真祖トマトの取引の件、例年通りでと先ほど話しましたっスが……やはりセロ様のお望みのままにお願いしたいっス！」

「ほう。望むまま……ですか？」

「はいっス。今年はどうやら豊作のご様子。うちには第六魔王国内にどれだけの真祖トマトがあるのか分からないので、出荷量はセロ様にお任せしたいっス」

「なるほど。分かりました」

セロはそう言って、小さく笑ってみせた。

セロからすれば、さっきから百面相しているハーフリングの娘が面白くて、つい魔女のモタのことを思い出して含み笑いを浮かべたわけだが——

当然のことながら、娘はそう捉えなかった。

首の皮一枚のところで助かったのだと理解した。もし魔王セロの視線に気づかず、父を出汁（だし）にして譲歩していなかったら、無礼を理由にここで全員処刑されていたかもしれない……

そこで娘は、はたと気づいた。

ここまでの展開は全て魔王セロの掌上で踊らされていただけなのではないか、と。

何より、父の失態を見透かして、最初から魔王セロの望む通りに取引させるつもりだったのではないか、とも。

いずれにしても、娘は方針転換を余儀なくされた。

これで真祖トマトの在庫を大量に抱えることになってしまったわけだ。何とかどこかで売り切るしかない……

まずは次の目的地である『火の国』だろうか。これまで多くの真祖トマトを仕入れることなどなかったから、その販路はないわけだが、真祖トマトそのものは間違いなく美味しいからドワーフたちも買ってくれるはずだ。問題は来年もその販路を活かせるかどうかだ。今年だけ売って、来年はありませんでしたでは信用に傷が付く……

それから戦禍を潜り抜けて、王国にも売りに行くべきだろう。むしろ、真祖トマトを多く捌（さば）くならばこちらの方が本命だ。ただ、北の魔族領から王国へと戻ってきた商隊の荷がどれだけ厳しく検問されるのか——最悪の場合、密輸するしかない。

娘はそこまで考えをまとめて、「はあ」と小さく息をついた。

もっとも、ちょうどそんなタイミングで、玉座からまた声が上がったのだ。

「甲冑を着ている人……大丈夫かな？」

娘がちらりと横を見ると、父が「はあ、はあ」と苦しそうに息をしていた。

どうやらよほど重い甲冑を纏っていたらしい。あるいはその中にも何か鉄板や帷子（かたびら）などでも余分に着込んでいたのだろうか……

「いっそバラした方がいいんじゃない？」

魔王セロはそう言って、アジーンに甲冑を脱ぐのを手伝うように指示を出してくれた。

娘は返す返す、今回は借りばかり作っているなと、母と一緒に項垂れるしかなかった。全ては父の失態に過ぎないが、経験豊富な商売人である父をここまで恐れさせた時点で魔王セロの勝ちだ。

すると、その魔王セロがふいにアジーンに声をかけた。

「ところで、アジーン。今年の真祖トマトの収穫量ってどのくらいあるのかな？」

「はい、セロ様。今年は例年と比して、十倍以上になります」

直後、娘は青ざめた。

やられた。そう悟った。到底、捌ける量ではなかった。

とはいえ、アジーンはそんな娘の表情の変化を気にも留めず、父が甲冑を脱ぐのを手伝いながら、人当たりの良い笑みを娘に対して向けてみせた。

「ですから、商隊の皆様には例年ならば木箱三つ、四つといった程度でしたが、今年は何と！　五十箱ぐらいは卸せるはずです」

ここまでくると、娘は悲嘆に暮れるしかなかった。

一方で、娘はふと何だかそれもおかしな話だなと感づいた――

そもそも、ハーフリングをこれほど見事に手玉に取ってみせる魔王セロが果たして、今後も取引するだろう相手に無理難題を課してくるものだろうか……

たしかに魔王セロは智謀に長けている。今となっては娘も認めざるを得ない。長年、商売をしてきた娘たちよりも魔王セロの方が数段、商才も交渉も上だ。そんな人物が一方的に相手に対して不利益を押し付けてくるのはどうにも腑に落ちないことだった……

まあ、たしかに魔族らしいといえばらしい言動なのかもしれないが……魔王セロは人族の出身だ。しかも、賢者になりうるとまで謳われた人物だ……

「…………」

そこで娘はつい先ほどのセロの言葉を思い出した――

「いっそバラした方がいいんじゃない？」

その瞬間、娘の表情はさらに険しくなった。

魔王セロの恐るべき深慮遠謀に気づいてしまったからだ。

本当にバラしてもいいのか？

真祖トマトが第六魔王国から出荷されたものだと？

王国とは戦争中だというのに？　いや、かえって戦争中だからこそか？

つまり、魔王セロは真祖トマトを人質もといトマト質に取るつもりなのだ。このまま王国が戦争を始めるつもりならば真祖トマトは決して届かないよ、と。あるいは、逆にこんなシナリオだって考えられる――大量に仕入れた真祖トマトを使って、戦争に反対する王侯貴族を取り込めばいい、とも。

娘は猛省するしかなかった。

真祖トマトを単なる商品としてしか見ていなかった。

だが、魔王セロはというと、その遥か先を見据えていた。いわば、真祖トマトは外交の為の手土産でもあるのだ。

すると、魔王セロがまた呟いた。

「ねえ、アジーン。真祖トマトが豊作だってのは知っていたけど……どうして今年はそんなに残っているのかな？　ダークエルフたちにもずいぶんとお裾分けしていたはずだよね？」

娘はその言葉に眉をひそめた。

魔王セロにしてはあまりに幼稚な質問だった。そんな疑問は商談の前に済ませて然るべきだ。

だからこそ、娘はかえってその問いかけに無数の意味合いが含まれていると考えた。それに娘もたしかに不可解に思っていたのだ。五十箱分はさすがに残り過ぎている。いったいなぜなのか？

「はい、セロ様。今年はまだ邪竜ファフニール様がいらしておりません」

「ああ、そっか。いつもならずいぶんと食べていくんだっけ？」

すると、人造人間エメスとは反対側に立っていた吸血鬼のルーシーが応じた。

「その通りだ、セロよ。なかなか見事な食いっぷりだぞ」

「ふうん。じゃあ、一応、少しは残しておかないといけないかもね」

セロはそう言って話を結ぶと、なぜか娘をちらりと見てからこぼした。

「いやあ……邪竜ファフニールには、早くやって来てほしいものだよね」

「――――っ！」

もちろん、セロからすれば、邪竜ファフニールが来てくれれば出荷量も明確に出来るといった程度の意味合いだった。

だが、娘はそれを聞いてぞっとするしかなかった。セロの発した何気ない言葉に再度、二つの意味(ダブルミーニング)があると悟ったからだ。要は、やって来てほしいと――殺って来てほしい。

もし、このままハーフリングの商隊が王国に真祖トマトを売り捌けばどうなるか？　邪竜ファフニールの食い扶持(ぶち)が減っていく一方だろう。その結果、今度はどのようなことが起きるか？　答えは簡単だ。邪竜ファフニールは人族など歯牙にもかけない凶暴な魔族だ。よくも真祖トマトを食ってくれたなと、怒り狂って王国で暴れまくるに違いない。こうして真祖トマト一つで王国に対する南北からの挟撃が簡単に成立する。

そこまで考えて、娘は最早、魔王セロに対して感服するしかなかった。

最初のうちは恐怖しか感じなかったが、今となっては畏怖しか感じ得ない。魔王セロはまさにこの世界を治めるべくして誕生した王だ。だてにダークエルフを恭順させ、さらには超越種たる神獣を飼いならしたわけではない。まさに世界そのものがセロこそを求めていたのだ。

「セロ様！」

だからこそ、娘は無意識のうちに声を張り上げていた。

「お願いいたしますっス！　うちをセロ様の御用商人にさせてくださいっス！」

当然のことながら、横で平伏していた母はギョッとした。また、甲冑を脱いだばかりの父も、

「お、お前……気でも狂ったか？」と駆け寄ってきた。

だが、娘は断固として言い切った。

「セロ様の先見の明――うち程度に推し量れるものではありませんでした。本当に情けないことっス。だから、うちは学びたいっス。少しでもセロ様に教えを請いたいっス。その百術千慮、どうかうちにも……いえ、このメニャンにも授けてくださいっス！」

もちろん、セロからすれば、「え？」と困惑するしかない急な話だったわけだが……

セロの配下たちはというと、ここまでの会話でセロの偉大さを理解出来るとはなかなか見どころのあるハーフリングだなと、まんざらでもない表情を浮かべながら、商人メニャンが新たな仲間になったことを祝ったのだった。


ちなみに、その晩――

ハーフリングの商隊は娘を何とか説得しようと、仕方なく魔王城に泊まることになった。

ただ、用意されたのが二階の『賓客の間』ということもあって、そこにはなぜかギロチンとか、火あぶりのための磔(はりつけ)台とか、いわゆる大物が展示されたままになっていた上に、直下の一階から絶叫が途切れることなく聞こえてきたこともあって、説得どころか、ろくに話をすることすら出来なかったらしい……

「出来るのが早すぎるんじゃないかな……」

ハーフリングたちとの謁見から数日後、セロは目が点になっていた。

何しろ、着工したばかりと思っていた温泉宿泊施設がもう完成していたのだ。

いや、たしかに魔王城をわずか数日で改修した皆の力を考えれば、温泉宿泊施設ぐらいそこまで労せずに出来るかもしれないなあなどと、セロも気軽に思ってはいた。

だが、あまりに早い……

人族ならば優に数か月はかかってもおかしくはない建築工事のはずだ……

もっとも、これには一応の理由があった――今回も無数のコウモリ、ヤモリやイモリたちが加わってくれたし、今週は半休ばかりで休養十分だったダークエルフも総出で手伝ってくれた。

さらにはルーシーの熱い薫陶を受けた吸血鬼たちが決死の覚悟でもって働いてくれた。もちろん、全員にセロの『救い手（オーリオール）』の効果が無駄にかかっている。だから、たとえ疲れようが、眠かろうが、怪我しようが、あるいは死にかけようが、ぽわんと勝手に治っていく上に、身体能力（ステータス）も数倍というドーピング状態だったので、意気揚々と「ヒャッハー」しながら作業に集中することが出来た。

結果、今は新たに仲間となったハーフリングの商人メニャンが細かい指示を出しながら外装や内装などの仕上げをしている状況だ。

「ここの入口は『火の国』の建物の玄関っぽくするっス。王国の冒険者からすればエキゾチックに見えて、ついつい中に入ってみたくなるはずっスよ」

さすがに大陸を股にかけて長らく旅商人をしてきただけあって、その指示も的確だ。

「冒険者たちは何せ荷物が多いっスからね。玄関にはその荷を一時的に置く場所、それを部屋へと運ぶスタッフ、それからすぐに温泉に入りたいはずっスから入口から温泉への導線はなるべくシンプルにするっスよー」

元聖職者で商売や接客の経験がないセロとしては感心しきりだった。

同じハーフリングの魔女モタとは違って、髪をぼさぼさの伸びっぱなしにしておらず、前髪長めの丸みを帯びた、サイドだけ長い髪型(ボブ)にきちんと整えていて、身だしなみにも隙がない。

近衛長のエークや人狼メイドのトリーもそんなメニャンに一任して、すでにそれぞれの別の現場に入っている。

最初のうちは第六魔王国に娘のメニャンだけが残るということで、果たしてどうなることやらとセロたちも心配したものだが、今となっては本当に心強い限りだ。

ちなみに、ハーフリングの商隊はセロとの謁見の翌日に『火の国』へと出発している。セロと昵懇(じっこん)になるよりも、当初の旅程を消化することを優先したわけだが……実のところ、ここで大量に仕入れてしまった真祖トマトを売り払う為でもあって、すぐに戻って来て今度は『迷いの森』の先の砦に立ち寄ってから王国に入るらしい……

何にしても、こうして温泉宿泊施設がある程度出来上がったことで、現在は人造人間(フランケンシュタイン)エメスに約束した、魔王城地下の研究所からふもとに繋がるトンネル工事へと移行している最中だ――

「そこはパカッと、魔王城前の岩肌が割れてセロ様を発射するカタパルトが出てくるようにしたいですね。終了（オーバー）」

トンネル工事なのに、何だかおかしなことをエメスが言っていたのでセロは首を傾げた……

「そこの畑になっていない更地は射出口にする予定です。地下の格納庫からセロ様をリフトアップ出来るようにしましょう。終了（オーバー）」

トンネル工事のはずなのに、さらにおかしなことをエメスが言っていたのでセロはしだいに不安になってきた……

「最終的には魔王城が浮かぶ仕様にしたいわけです。上空からセロ様が投下されるイメージを皆で共有してください。いいですか。これで勝利出来るのです。終了（オーバー）」

何に勝つのかなという以前に、トンネル工事だったはずなのに、魔王城が浮かぶとか言い始めていたのでセロはもういっそ理解することを止めることにした……

まあ、一応は近衛長もとい現場監督のエークやその右腕ことトリーがすでにこちらの工事に加わっているから、そこまでおかしなことにはならないと信じたいのだが……いや、無理かな。むしろ、悪乗りしそうな気がする。

と、セロが「ふう」と小さく息をついていたら、

「それより、セロよ。封印が先ではないのか？」

ルーシーにそう指摘されて、セロはやっと現実に引き戻された。

エメスについつい振り回されそうになったが、実のところ、今はちょうどドルイドのヌフと封印に

ついて最終的な打ち合わせの最中だったのだ。聖剣を触媒にすることが決まって、すでに魔王城自体には術式を書き込み、あとはトマト畑などを含めた城外のどの箇所に、どれだけの規模の封印をかけるかという話になっている。

もとはといえば、王国が北の魔族領に侵攻してくる際に、北の街道上に防衛拠点がないことをセロが心配して、封印を施そうとなったわけだ。ということは、新たに出来た温泉宿泊施設の手前まで封印をかけて、迷いの森同様に惑わすことが出来るのならばそれが最善か……

もっとも、これには問題が一つだけあった――

森や暗い洞窟などとは違って、街道なので視界が完全に開けている。これでは幾ら封印を施しても、せいぜい蜃気楼が生じる程度で大した効果が発揮されないらしい。

「それでは迷いの森と同じく、ここにも人面樹など植物系の魔物(モンスター)を植えてみますか?」

ヌフがそう提案してくれたが、セロは頭を横に振った。

そもそも、北の街道にいつの間にか怪しげな森が出来ていたら、やって来る者は警戒するし、当然迂回もしていくだろう。そうなると結局、さらに人面樹などを増やして迂回ルートを潰すしかなくなる。これではいたちごっこだ。

しかも、最悪の場合、冒険者に討伐依頼が入ってかえって悪目立ちするかもしれない。それはセロの求めるところではない。

「森が駄目なら、山か湖にでもするか?」

ルーシーがそう言ってくれたが、やはり同じことだった。

ヤモリやイモリたちがいるので、それほど苦労せずに地形は変えられそうではあるが……結局のところ、これまた迂回ルートに進まれるだけだろう。時間稼ぎにしかならない。

「要は、侵攻してくる人たちがあまり警戒心を抱かずに進んでくれるような場所で、しかも森のように見通しがきかなければベストなんだけど……」

セロが首をひねりながら言うと、ルーシーも、ヌフも、いかにも「それなら簡単な話だ」といった表情を浮かべてみせた。

だから、セロが「ん？」と眉をひそめると、セロの付き人ことダークエルフの双子ドゥがセロの神官服の袖をちょいちょいと引いて、遠くの方に指を差した――

そこには広がっていたのは、赤々としたトマト畑だ。

「そうか！　トマト畑があったか！」

もっとも、本格的に真祖トマトを栽培する必要はないだろう。

畝を作って、そこに挿し木をして、蔦なり草葉なりで視界を遮ってしまえばいいのだ。

何なら、真っ直ぐに延びる北の街道に幾つものカーブや分かれ道を設けて、その周辺を畑にしてしまえばいい。いわゆる長閑(のどか)な田園風景というやつだ。

そうと決まると、これまた着工は早かった――

地下通路の掘進と地盤工事もすでに終えて一息ついていたヤモリたちが一斉に動き出してくれたからだ。

そして、ドゥやディンがいつも通りに測量を行って、ヤモリを中心にして新しく道路を作り直して、吸血鬼たちも迷いの森から怪しげな蔦などを持ってきてくれた。その報酬として新しい畑の一部を吸血鬼たち用のトマト畑にしてあげたら、とても喜んで開墾まで手伝ってくれた。

最後に、ヌフが聖剣を触媒にして封印を施すと、あっという間に『迷いのトマト畑』といった開放型ダンジョンが完成した。

「さすがはドルイドだな」

今度はルーシーが「ほう」と感心しきりだった。認識阻害など闇系の魔術を得意とする者にとっては、ヌフの技量がどれだけのものなのか一目瞭然らしい。

まだ魔術に不慣れなセロではあったが、それでも眼前にあった開墾したばかりの畑、魔王城やその直下の岩山までごっそりと消えるわけだから凄いことだけはよく伝わった。

こうして、魔王城周辺は着々と新しい姿に変わっていったのだった。もっとも、セロたちは知る由もなかった。この日の夕方のうちに、北の街道からではなく、岩山のふもとから招かざる客が大量にやって来ることなど——


夕暮れ。岩山のふもとに生ける屍（リビングデッド）が転送されてきた。

まず、一匹。次に一匹と——しだいにその数は増えていく。とはいえ、たかが数匹では戦力にはならないので、亡者たちはふもとに着くと、そこでいったん地に還った。第七魔王こと不死王リッチによる全員突撃の号令が出るまで、地中に潜伏することにしたわけだ。

ただし、ここでセロとリッチ双方にとって不幸な事態が起こった。

「キイ？（あれは何だ？）」

「キイキイ？（亡者じゃない？）」

「キキ！（倒そー！）」

と、夜行性のコウモリたちが亡者の群れを襲ってしまったのだ。

当然のことながら、このコウモリたちも土竜ゴライアス様の眷属なのでやたらと強い。一匹が発した超音波だけで亡者たちはほぼ一掃されてしまった……

「キイイ？（雑魚じゃね？）」

「キー（あんなもんでしょ）」

そんなこんなでコウモリに雑魚認定された亡者たちは、蟻や羽虫程度の存在として特に警戒もされず、またセロに報告されることさえなかった。

また、リッチにしても、まさか送った先からほぼ瞬殺されていたとは夢にも思っていなかったことだろう。こうして、王国と第七魔王国によって、第六魔王国にこっそりと仕掛けられたはずの戦争は
——初手から無邪気な殲滅という結果で何と言うこともなく片付けられてしまっていたのだった。

翌日、セロたちは朝から完成したばかりの三階建ての温泉宿泊施設を堪能していた。

温泉は全て露天で六つもあって、田畑などで仕事をしてくれたダークエルフたちを含めた第六魔王国の関係者専用（スタッフオンリー）にこしらえた赤湯、それに加えて来客用のものが男女別にあって、さらにそれぞれに血反吐こってりとあっさりの二パターンまで用意されている。

建物の外装も内装もハーフリングの商人メニャンの提案通りに『火の国』っぽくなっていて、いわゆる和風建築という様式に当たるらしい。人狼メイドのトリーが真祖カミラの私室から引っ張ってきた資料の中に、『和モダン』なる特集をした建築雑誌があって、そこに載っていた三階建ての温泉宿を模したようだ――

まず、一階は入ってすぐ三階まで吹き抜けの広間になっている。

開放感があるばかりでなく、遠路遥々来た冒険者たちの荷物を置けるスペースが十分にある上に、吹き抜けの四方から日がうっすらとこぼれてくる構造にもなっていて、まるで朝ぼらけの雲上でも歩いているかのような感覚になる。

その広間の右手には接客カウンターがあって、そこでチェックインなどのサービスを受けられる。また、中央奥は階段になっていて、二階、三階へと上がることが出来る。

次に、階段を上がらずに広間左手の廊下を進むと、そこには大きな宴会場が連なっていて、さらに屋外にある赤湯に通じる渡り廊下になっている。逆に、カウンター脇にはトマト畑で採れる野菜などの物品コーナー、また武器など工芸品を飾る予定の空室、それに加えて事務室（スタッフルーム）が設けられている。

さらに、建物の二階から上は宿泊部屋となっていて、基本的な客層は冒険者のパーティーを想定しているので、個室を少なめにして、五、六人ほどが泊まれる広めの部屋を中心に、三階には団体用の大部屋も幾つか用意してある。

　とりあえず、オープニングスタッフとして人狼の執事アジーンをいったん派遣して、吸血鬼の中から人当たりの良い者を選抜して目下職業訓練中だ。もしかしたら、この宿泊施設でキャリアを積んで、いずれは魔王城の執事やメイドへとステップアップする者も出てくるかもしれない……

　そんなこんなで、昨日の夕方のうちにドルイドのヌフが封印の仕事も無事に全て終えたということで、『迷いの森』に帰ろうとしたわけだが、セロがいったん呼び止めた――

「ヌフに何も報酬を差し上げられないのが少しばかり心苦しいです」

「報酬だなんてとんでもないです。当方にとっては、第六魔王の愚者セロ様と繋がりが出来たことだけで何よりの褒美となります」

「そんなあ……結局、魔王城でも地下にしか休憩室を用意出来ませんでしたし……」

　たしかにセロが言葉を濁した通り、第二真祖モルモやハーフリングの商隊の唐突な来訪もあって、二階の『賓客の間』は空けられずに、ヌフには地下研究所の空室で休んでもらった。

　もっとも、ヌフはというと、もともと迷いの森にある洞窟の一番奥に引きこもってきたので、かえって地下の狭い一室の方が落ち着けたわけだが……何にしてもヌフの殊勝な返答に、セロもさすがに申し訳なく思ったのか、昨晩――

「せっかく温泉宿泊施設が完成したので泊まっていっていただけませんか？」

　と、わざわざ申し出た。

　あわよくば感想を聞いて、それをもとに改善しようといった思惑もあったのだろう。

「セロ様。それは大変ありがたい話ではありますが――」

「何でしたら、永久パスポートも差し上げますよ。ヌフが存命の間はずっと使えて、宿泊費などもいただきません」

「……………」

ヌフはつい黙り込んでしまった。

魅力的な提案だと感じたからではない。このことだけでも、魔王セロの人となりがよく分かったし、ダークエルフに仇なす人物ではないと理解出来た。つまるところ、それだけでもう十分だった。

それに、一見すると痴女みたいな大胆な格好をしているものの、そもそもヌフは社交的な性格ではない。服装が開放的なのは、ダークエルフが長寿で、皆がほとんど親戚のような付き合いをしていて、集落内ではひらひらの貫頭衣一枚で済ませているという事情があったからだ。しかも、ヌフは最も年齢を重ねているので、恥も外聞もへったくれもとうに失くしてしまっていた……

そのおかげで、自分が下着みたいな格好で過ごしてきたのだと、今回初めて知らされたほどだ。だから、ヌフとしてはなるべく早く洞窟の奥に引きこもりたかった。何なら、報酬というならば、人狼メイドのトリーに頼んで淑女としてまともな服を作ってもらいたいぐらいだった。

「どうですか、ヌフ?」

「はあ……永久パスポートですか」

ヌフは返答に困った……

たしかに、土竜ゴライアス様の血反吐もとい赤湯の美容効果は非常に高いようで、ヌフもそれなりに気にはなっていた。

幾らヌフが最長老とはいっても、魔族のように不死性を有しているわけではない。いつかは老衰するし、もしかしたらそれはもう始まっているのかもしれない。それが赤湯に入ることで、ゴライアス様のご利益(りやく)でもって長らえることが出来るのならば……

「今晩だけでなく、ヌフにはいつでも遊びに来てほしいんです」

セロはそう言って、真摯な眼差しで見つめてきた。

ヌフは頭を小さく横に振った。いやはや、この魔王は本人が思っている以上に人たらしだ。

それに、魔王直々の申し出を無下に断るのはいかにも印象が悪い。たとえセロが気にしなかったとしても、その配下であるルーシーや人造人間(フランケンシュタイン)エメスもそうであるとは限らない……

「畏まりました。それではお言葉に甘えさせていただきましょう」

「ありがとうございます。それでは、こちらにどうぞ」

こうしてセロは昨晩、ヌフをきっちりと接待して、いつの間にか皆で宴会場にて盛り上がって、さらにこの温泉宿の一室で起きてからは贅沢に朝風呂まで満喫してから、宴会場で真祖トマトをもぐもぐと丸かじりしていたわけだ。

「うん。やっぱり……まあ、朝から食べる真祖トマトは本当に美味しいよね」

セロからすれば、味には満足したものの料理が恋しかった。

すると、そんな席上でダークエルフの近衛長エークがセロとヌフに話しかけてきた――

「これでヌフが封印を施した場所は三か所目になりましたね」

エークがそう言ったとたん、ヌフはじろりと睨みつけた。

その様子にセロは眉をひそめた。もしかしたら秘密にしたかったことなのだろうか。とはいえ、つい興味が勝(まさ)ってしまったので、セロはエークに尋ねてみた。

「三か所？　迷いの森と、ここと、あとは？」

「はい。ええと、その……第五魔王こと奈落王アバドンの封印です」

エークはちらちらとヌフを気にしながら答えたわけだが、セロは「ん？」と首を傾げた。

たしか奈落王アバドンは高潔の勇者ノーブルの手によって百年前に封印されたはずだ。だから、セロはヌフに対してちらりと訝しげな視線をやると、

「その通りです。奈落王アバドンの封印は当方で施しました」

「え？　じゃあ、ヌフは当時の勇者パーティーに、『古の盟約』でもって参加していたということですか？」

「いえ。その盟約とやらを人族と交わしているのはあくまでエルフのみであって、当方らダークエルフは全く関係ありません。そもそも、魔王アバドンの封印については、当時、勇者ノーブルが迷いの森にやって来て、当方に依頼したものになります」

へえ、とセロは息をついた。

そうなると最も大きな歴史上の謎を聞きたくなってくるものだ……

「ずっと疑問に思っていたんですが……なぜ勇者ノーブルは魔王アバドンを討伐せずに封印したのですか？　やはり魔王アバドンはそれほど強かったのでしょうか？」

「申し訳ありませんが、この魔王城の封印について他者に多くを語れないのと同様に、魔王アバドンの件についても当方からは何も申し上げられません。いわゆる守秘義務というやつです。ただ、そうですね……勇者ノーブルは真祖カミラと邪竜ファフニールから依頼を受けて、当方のもとにやって来たとだけお伝えしておきましょうか」

その言葉に、一緒にトマトをかじっていたルーシーが「ほう」と興味を持った。

母親であるカミラが絡んでいたことだったので、もしかしたらヌフもそれを暗に知らせたかったのかもしれない。何にせよ、そこらへんの詳しいことは、いつか邪竜ファフニールが真祖トマトを食べに来たときにでも聞けばいいかなとセロは考えた。

すると、ヌフはついに立ち上がって支度を始めた。

「さて、当方はこれにて迷いの森に帰らせていただくことにいたします。永久パスポートも頂きましたし、たまにこちらにも寄らせていただきますよ」

「報酬がこの温泉宿のパスポートですいません。何か金品でもあればよかったんですが……」

「構いません。そういったものは、ぜひ奥方様に差し上げてください」

ヌフがそう言うと、宴会場が急にしんとなった。

というのも、セロが首を傾げて、「奥方様？」と呟いたからだ。

そんな静寂に堪えきれずに、ヌフも「あれ？」と小首を傾げた。すると、ルーシーが淡々と応じた。

「セロは妾の大切な同伴者（パートナー）ではあるが、まだ婚約もしていないぞ」

「うん……まあ、そうだね」

そのとたん、ヌフの目が女豹のようにキラリと煌めいた。

というのも、実はヌフには悩みがあったのだ――ドルイドとして迷いの森に長らく引きこもってきて、ずっと封印の管理などに専念してきたせいで、人並みの恋愛をこれまでしたことがなかった。

同朋たるダークエルフからは、親や祖父よりもよほど長く生きているとみなされて、ここ数百年は恋愛対象として見られたことすらない。かといって、迷いの森から出て探しに行くのは筋金入りの引きこもりとしてはとても怖い……

そういう意味では、今回はダークエルフの最長老としての使命感から何とか外の世界に出てきたわけだが——高潔の勇者ノーブル以来、百年ぶりに異種族の異性と接して、しかも魔王セロという超優良物件に出会えた。

てっきり真祖カミラの長女と番になっているのかと思っていたらまだだという。よくよく観察してみたら、このルーシーも何を考えているのかいまいち分からない娘だ。もしかして、ヌフよりもよほど恋愛に奥手な性格なのかもしれない……

何にしても、これは——紛う方なく好機だ。

「んん、ごほん。そういえば、封印について、多分、きっと、おそらく……メンテナンスが必要になるやもしれません。当方も帰るのはもう少しだけ先延ばしにして、永久パスポートもあることですし、見守ろうかななあなんて……」

「メンテぐらいなら、妾や、エメス、ドゥやディンでも出来るぞ」

ルーシーがそっけなく答えると、察しの良いディンはすぐに付け加えた。

「はい。そうですね。微力ながらお手伝いさせていただきます」

「むしろ外野は邪魔です。終了」

「いえいえ、皆様。お気になさらずに。やはりここは当方のような専門職がいないと、おほほ」

その瞬間、四人の間で火花が散った。

気づかずに悠長にトマトをもぐもぐしているのはセロぐらいのものである。

実のところ、人狼メイドたちも参戦したかったのだが、あくまで人狼はルーシーに仕える立場だ。

ここはルーシーを応援せざるを得ない。

一方で、エークたちダークエルフも、表向きはルーシー支持を標榜しつつも、その実態はというとヌフ派とディン派に速攻で分かれた。もしどちらかがセロとくっついてくれたなら、第六魔王国でダークエルフはこれまで以上に確固たる地位を築くことが出来るというものだ。

そんな中で唯一孤軍奮闘となったのはエメスだったわけだが、意外なことにこちらにはドゥがついてくれた。こないだ聖剣を勝手に持ち出したので、ちょっとだけ悪いことしたなと感じていたのかもしれない……

「つまり、誰がセロに第一妃と言わせるか」

「はい。申し訳ありませんが、たとえルーシー様でも負けません！」

「ご存じないかもしれないのでお教えしますが、恋愛には三つの種類があります。それは――嘘、憎悪、そして支配です。終了（オーバー）」

「当方だって……これが最後かもしれないのです。もう逃げません！」

ちなみに、もしここでヌフが素直に迷いの森に帰っていたなら、魔王城裏の岩山のふもとに生ける屍（リビングデッド）が召喚されて、コウモリに見つかる前にこそこそと地中にいったん還っていた事実にすぐ気づいただろうことを考えると――

運命の歯車というのは、つくづくおかしな方向に噛み合うものである。

セロは温泉宿泊施設のオープニングスタッフである人狼の執事アジーンや吸血鬼たちを宿の一階広間に集めてから、今後の運営方針について打ち合わせを始めた。

施設の上っ面はすでに完成した。また、土竜ゴライアス様が垂れ流す血反吐もとい赤湯は見た目こそまあれだが、入ってみると王国のどの温泉よりも素晴らしい。それに部屋なども問題ない。

王国からやって来る冒険者からすれば、やけに辺鄙な場所に出来た木賃宿と蔑む向きもあるかもしれないが……その実態は王都にある三ツ星級と比しても遜色がないくらいだ。これについては元勇者パーティーの一員としてバーバルの贅沢に付き合わされてきたセロも太鼓判を捺せる。

だからこそ、残る問題は食事。あと、何より接客だ――

人狼のアジーンはまだいい。魔族の中でもとても希少な種族だし、亜人族の犬人とみなす冒険者の方が多いだろう。満月の夜にさえ注意すれば、巨狼になることもないし、おぞましい魔力を抑えることも出来る。

そもそも、アジーンは執事として真祖カミラのもとで長らく仕えてきた。その経験値の高さを考慮すれば、向こう側からふっかけてこなければ問題ないはずだ。

一方で、吸血鬼たちの方はやや不安が残る。認識阻害などが得意な種族なので、それらを自身にかけていればごまかせるだろうが……バレたときに困るかもしれない。それに皆が何気に爵位持ちだから、相応にプライドも高い……

実際に、冒険者たちに因縁をつけられた場合にどう対応するかと聞いてみたら、

「殺っちゃいましょう」

「そこらへんの木陰に埋めておけば問題ありませんよ」

「何なら呪いをかけて魔族にしてしまえばいいのではないですか？」

「要はバレなければいいのですよ。先に目を抉るとか、耳や舌を切るとか、四肢を断つとか――」

人当たりの良いはずの吸血鬼を選んできてもこの始末だ……

普段は棺の中で眠っているから大人しいのであって、敵対してしまえばそこは南の魔族領の毒竜や大蜥蜴たちに肩を並べる戦闘種族――結局のところ、セロは「はあ」とため息をつきながら、ルーシーにもう一度だけ懲らしめてもらうことにした。

何はともあれ、やってみないことには始まらない。

今のところはクレームが出るたびにそれを直していくことでサービスの質を向上させて、あとはきちんとした実績を作って、口コミで評判を築いていくしかない。それでも駄目なら改めてもとの方針から考え直すべきだろう。

というわけで、セロは再度、スタッフの皆に向き合って、開口一番、

「今日から早速、温泉宿泊施設の営業を開始します」

そう宣言した。

直後、アジーンを中心にして吸血鬼たちから盛大な拍手と喝采が上がった。

もっとも、目の上にたんこぶとか、顔が半分変形している吸血鬼たちもいるにはいるのだが……

ちょっとばかしルーシーはやり過ぎではなかろうか……

「ええと……初日から早々に冒険者たちがやって来るとは思えないけど、各自でしっかりと準備し

て、いつでも最高のおもてなしを実践出来るようにしてください。僕は元冒険者だったので、接客について詳しく語ることは出来ませんが……とりあえず今の時点で何か質問はありますか？」

するとアジーンが周囲を見回して、皆を代表して手を挙げた。

「セロ様、幾つかよろしいでしょうか？」

「はい。どうぞ」

「値段はお幾らほどに設定するのですか？」

「まだろくに料理が出せないし、今は何もかも試行錯誤のオープン価格ということで、王国の安宿と同じくらいにしておきたいなと思っています」

「では、もし不心得な冒険者が来た場合は如何いたしましょうか？」

「摘まみ出してください。お金は稼ぎたいけど、スタッフが傷つくとか、嫌な思いをするとか、そういったものは僕としては望んでいません。特に冒険者は柄の悪い人たちも多いので、容赦なくやっちゃっていいです。そうやって力関係をはっきりさせると、大人しくなるタイプの冒険者もたくさんいます」

「畏まりました。その点については善処いたします。手前からは以上です」

「他にはありますか？」

「――――」

「ふむん。それでは皆さん、今日からどうかよろしくお願いします」

その言葉で温泉宿泊施設のスタッフたちが会釈して散っていくと、セロはすぐさまダークエルフの双子ことドゥを呼んで、封印の触媒となる聖剣を手渡した。

「今は封印を切ってあるから、これをドゥの気に入った場所に隠しておいてくれるかな？」

「分かりました」

ドゥはこくこくと肯いて、どこかにてくてくと走っていった。

セロはその後ろ姿を見送りながら、「うーん」と一回だけ伸びをした。

どのみち当分お客は来ないだろう。そもそも、王国最北の要塞は魔族や魔物(モンスター)の被害にあまり悩まされていないはずだから、冒険者もそれほどこちらには寄りつかない。だから、その間に料理とか、接客とか、色々と質を高めていければいいかなとセロは呑気に考えていた。

すると、そんなタイミングで事務室(スタッフルーム)からダークエルフの近衛長エークがセロを手招きした。

「セロ様、少しだけよろしいでしょうか？」

セロは「いいよ」と答えて入室した。

事務室(スタッフルーム)とはいっても、まだ机が数台置いてあるだけの簡素なものに過ぎない。内装については客室を優先して仕上げたので、こればかりは仕方のないことだ。

「実は、セロ様にご相談がございまして……」

「珍しいね。エークが相談なんてさ」

セロがそうこぼすように、エークはもともとダークエルフのリーダーをやっていただけあって、問題事があったら自己解決するし、むしろこれまでは逆にセロの相談によく乗ってくれた。

「はい。その……とても言いにくい話なのですが……恋愛のご相談をさせていただきたいのです」

セロは思わず、「ほう」と呻(うめ)いた。

当然のことながら、相談に乗れるほどセロは恋愛経験が豊富ではない。いや、むしろ皆無だと言ってもいい……

勇者パーティー時代に聖女クリーンという婚約者がいるにはいたが、それも名ばかりで、そもそも手を握ったことも、デートしたことすらなかった。挙句の果てには婚約破棄ときたものだ。

異性でよく知っているのは、せいぜい魔女のモタぐらいだが……どちらかと言うとモタとは付き合いが長い分、兄妹みたいな関係に近い。それにモタは標準的な女性というにはあまりに色々なところが尖り過ぎている気もする。

だから、セロは「大丈夫かな」とこぼしながらも、いったん椅子に座った。

ちなみに、このとき隣の展示室には、ルーシー、ダークエルフの双子ディン、人造人間（フランケンシュタイン）エメスにドルイドのヌフが認識阻害をかけて潜んでいた。掃除をしていたスタッフの吸血鬼が訝しんだほどである。もちろん、ヌフの間諜（スパイ）の魔術によって隣室の話は筒抜けになっている。つまり、エークは見事に買収されていたわけだ。

「ええと、僕が恋愛相談に上手く答えられるかどうか自信はないけど……まあ、頑張ってみるよ。少しでも参考になってくれればいいけどな」

「ありがとうございます。それでは、まずお聞きしたいのですが――」

「うん」

「セロ様の好みの女性のタイプはどういった方でしょうか？」

セロはつい、「ん？」と首を傾げた。

これは相談というよりも質問じゃないかなと思ったのだが、もしかしたら相談の為の前振りかもしれないので素直に答えてあげた。

「一緒に法術……いや今は魔術か。その勉強をしたり、学術書の話題で盛り上がったりしてくれる人かな。共通の趣味があるとやっぱり良いよね」

隣の展示室では、「ちっ」という舌打ちがたくさん漏れた。

言うまでもないが、全員、魔術が得意なタイプばかりだ。これでは全く差が付かない……

「それでは、セロ様は年上、年下、どちらが好みですか？」

エークがやけに棒読みになっているのが気にはなったが、これにもセロは答えてあげた。

「うーん……同い年ぐらいが一番かな」

隣室では、ディンが「よっしゃー！」とガッツポーズをした。

とはいえ、ディンはわずか十歳だから結婚というにはさすがにまだ早い。だが、今いる面子の中ではセロに一番近い。ちなみにルーシーはまだしも、古（いにしえ）の時代から生きているとされるエメスとヌフのどちらが年上なのかは第六魔王国では禁忌（タブー）とされている……

「それでは、セロ様は恋人に何をしてほしいですか？」

さっきから質問ばかりだなとセロは思いつつも、「うーん、何だろうなあ」とこぼしてから続けた。

「やっぱり、料理を作ってほしいかな」

これはむしろ恋人にしてほしいことというよりも、今のセロが魔王国に求めていることだったのだが、何にしても隣室ではルーシーが「ふふん」と胸を叩いた。血反吐スープの実績があるからだ。

「逆に、セロ様は恋人に何をされたくないですか？」

「距離を置かれたくないかなあ。喧嘩するほど仲がいいとは言うけどさ……無理解や無関心がやっぱり一番嫌だよね」

これも多分にバーバルとの一件でパーティーから追放されたことが影響していたが、隣室ではこれまたルーシーに一日の長があった。セロのすぐ隣に立てるのは間違いなくルーシーだ。

ともあれ、今のところ、ルーシーがややリードだ。

この途中結果には、エメスも、ヌフも、暗澹たる顔つきになっていた。

「ところで、セロ様の性癖は何ですか？」

突然、ストレートな質問が来たことにセロも驚いた。

というか、そろそろ相談はどこにいったのかと問いかけたかったが……もしかしたらエークは自身のあれなる性癖について思い悩んでいるのかもしれないと考え直した。

ちなみに、実はこのエークも齢三百にしてまだ独身だ。

恋愛が奥手というよりも、ダークエルフのリーダーになるだけあって生真面目で、一分一秒も無駄にせずに生活する――そういう意味では、とても禁欲的なタイプだ。

そんな厳格さのおかげで、せっかく見目も良く、能力も高く、地位もあるのに、異性がなかなか寄り付いてくれない。というか、異性に求める基準が高すぎて、かえって敬遠されてしまっている。

また、あれなる性癖だって、若い頃に人面樹や食人花など、いわゆる触手系の魔物と散々戦ったことで身に付いたらしい。つまり、あくまでもエークの名誉の為に言うと、後天的なものなのだ。

それはさておき、最近セロはルーシーが真祖トマトに牙を立ててちゅうちゅうと吸っているところが可愛らしいなと思っていたので、

「性癖かどうかは分からないけど、犬歯がいいよね」

と、ちょっとばかしのろけてみせた。

直後だ。隣室からはなぜか複数の壁ドンがあった。

セロは「ギョッ」としたが、誰かが展示物でも落としたのかなと気にしないことにした。

「では、セロ様。ここからは単刀直入に伺います」

セロは、「よし」と身構えた。

ついに相談が来るのかと、エークに真っ直ぐ向き合ったわけだ。

特に性癖についてはナーバスな問題だから、上手く相談に乗ってあげられるかどうか難しいかもしれないが……何にしてもエークとは真摯に付き合ってあげたいなと考えていた。

が。

「奥方様は何人欲しいですか？」

ズコッ、と。

セロは椅子から滑り落ちそうになった……

いや、待て。まだ慌ててはいけない。たしか、エークはあくまでも相談と言っていた。もしかしたら、近衛長として第六魔王国の将来についての真剣な相談なのかもしれない……

だとしたら、これもやはり真面目に答えてあげないといけないなと、セロは「うーん」と顎に手をやった。

もっとも、セロは元人族で平民だった。魔族の慣習はいまだろくに身についていないし、人族の王侯貴族のように複数の夫人を娶る感覚も持ち合わせていない。

だから、現在のセロの基準で言うならば、結婚するとしたら当然——

「一人かな」

その瞬間、隣室から凄まじいほどの禍々しい魔力（プレッシャー）が放たれた。

セロもついびくりと身を震わせたほどだ。もしかしたら、展示室に呪いのアイテムでも飾っているのかなと、セロはやや不安になった。

「さて、それでは最後の質問です――」

エークがそう切り出すと、セロもさすがに相談とは何だったのかと顔をしかめた。

「トマト好き。まだ十歳。頭に釘。それと、千年以上の引きこもり――このうちどれがよろしいでしょうか？」

セロは白々とした視線をエークに投げかけた。

いっそ固有名詞を言ってくれた方がまだマシだったが、いずれにしてもセロからすれば、同伴者（パートナー）はとっくに決まっていた。そもそも、セロに新しい人生を示してくれた人物だ。将来結婚するかどうかはさておき、一番信頼している異性でもある。

だから、セロがその人の名前をはっきりと告げようとしたときだ――

てくてく、と。

廊下から足音が聞こえて、次いで、とん、とん、と事務室（スタッフルーム）のドアが叩かれた。

セロが「どうぞ」と声をかけると、ドゥが急いで入ってきた。

「セロ様、大変です」

「急にどうしたのさ？」

「お客様なのです」

「……え？　お客？　もうここに……来たってこと？」

「はい。それもいーーーっぱいなのです」

ドゥが両手を広げてジェスチャーした。これはよほどのことだ。

セロはエークとつい目を合わせた。どうやら今日は久しぶりに大変な夕方になりそうだった。


うつら、うつらと、とても長い夢を見ていた気がする。

あまりに長く眠り過ぎたせいで、どこからが現実で、はたまた夢だったのか――その境界がひどく曖昧になってしまったようだ。

実際に、その者は今、ふら、ふらと、森と畑の間をぶらついていた。

ここはいったい、どこなのか……

そしてなぜ、こんなところを彷徨(さまよ)っているのか……

全く理解が追いつかなかったわけだが――もっとも、後者の疑問については何となく知っている気がした。身の内に宿る破壊衝動が燻(くすぶ)っていたからだ。

「壊せ……殺せ……」

と、その者は無意識に呟いた。

周囲を見回すと、生ける屍(リビングデッド)が大量に湧いていた。

そのわりには恐怖も、亡者と戦わなくてはいけないという気概も、不思議と起こらなかった。もしや、いまだに寝呆けているのだろうかと気が気ではなかったが、「そういえば――」と、ふいにその者は思い出した。

あのときもたしか、こんなふうに多くの亡者に囲まれていたのだ。

「若様の秘湯好きも困ったものだな」

「さりとて、伯爵家に代々伝わる家訓(ポリシー)なのだから仕方あるまい」

「そのうちお湯をテイスティングして、どこぞの秘湯か当てられるようになられるのでは？」

「いやいや、温泉でスープを作れと仰るかもしれないぞ。今から心の準備ぐらいした方がいいのではないか？　なあ――料理長(シェフ)よ？」

そんなふうに問われたので、その者は「はい！」と声を張り上げた。

若くして、かつ女性にして、その者は王国の旧門貴族を代表する名家で料理長の栄誉を賜った。

だから、温泉でスープどころかメインディッシュでも作れなければ、若様を満足させることなど出来やしないと、その者はかえって両頬をパンッと叩いて気持ちを新たにした。

そもそも、その者は創作料理を得意として、宮廷料理人に選ばれるほどの実力を持っていた。

ただ、貴族家などで腕を磨いて順調に出世してきたわけではなく、王都の飯屋で腕を振るっていたら評判になって、当時の王城の副料理長(スーシェフ)に見出された。

とはいえ、宮廷料理の世界はとても狭く、どちらかと言うと現王の味覚に合わせて保守的で、さらに料理人（コック）のほとんどが下級貴族の出身ということもあって、その者にとってはとても息苦しい場所でもあった。

嫌がらせも受けた……

謂れのない噂まで流された……

しかも、その者を庇ってくれた副料理長（スーシェフ）まで非難される羽目になった……

そして、現王好みの定番料理に風穴を開けたいと息巻いていた副料理長（スーシェフ）がどこかに左遷させられたことで、その者も王城勤めを辞めて、地方の領都で小さな店でも持とうかなと考え始めた。

そんなときだった――

「ほう。其方（そち）が、前代の副料理長（スーシェフ）が言っておった女子（おなご）でおじゃるな？　どうだ。麻呂の家で料理長をやらぬか？」

いきなり、麻呂眉で語尾が『おじゃる』の変質者、もとい一風変わった若者が訪ねてきたのだ。

「ええと……急にやらぬかと言われましても……」

その者はさすがに顔をしかめた。

だが、若者が身に纏っている物から察するに、相当な名家の若様だとすぐに気づいた――実際に、その袴には王国の旧門七大貴族のうちの一つ、ヒトウスキー伯爵家の家紋が入っていた。

武門貴族ですら顎で使い、現王でさえも敵対を避ける旧門きっての名家からすれば、宮廷料理人としてろくに地位も固めていない女の見習いなど、得やすい奴隷のようなものに過ぎない。おかげで、その者はまた堅苦しい貴族社会で、ありがちな料理を作らされることになるのかと、暗澹たる思いに駆られたわけだが……

「ところで、其方は秘湯好きであるか？」

「え？　ひ、秘湯ですか？　ほとんど入ったことはありませんが……お風呂自体は好きです。料理人は清潔に保たないといけませんから」

「ふむん。では、秘湯に合う食べ物とはいったい何でおじゃるか？」

そんな料理など、当然考えたこともなかったので、とりあえず「ええと……やはり温泉卵では？」と無難に答えそうになって、その者はふと口を噤んだ――

定番料理を口に出すのは何だか誇りが許さなかったし……

逆に、ここは滑稽な創作料理でも提案して、この若様を呆れ返らせた方がいいのではないか……

そうすれば、雇用を諦めてくれるだろうし、これにて晴れて野に下って自由にもなれる。というわけで、その者はにこやかに答えてみせた。

「まず南の魔族領に生息する大蜥蜴（バジリスク）の卵を用意し、温泉内で煮立てて、とろっとろの卵のスープにします。同時にマンドレイクを輪切りにして、大蜥蜴（バジリスク）の腿肉と一緒に筋（スジ）になるぐらいに煮込みます。最後に食人植物の花びらでも香りづけにまぶしてみれば、なかなか美味しい温泉田楽（おでん）が出来上がるのではないでしょうか」

さらにその者は皮肉を込めて、恭しく頭を下げてみせた。

これだけやれば雇用されまいと思いつつも……もしや逆に怒らせてしまったかなと心配になって、恐る恐ると若様に視線をやると、

「ほほう！　素晴らしいでおじゃる！　麻呂は早くそれを食べたいぞ！」

なぜか感動されてしまった……

しかも、有無を言わさず、即日で名家の料理長に任じられていた……

まさしく大出世である。土城の料理人たちの嫉妬の視線を一身に受けて、その者は最早、「あ、はは……」と苦笑するしかなかった。

ちなみに後々に知ったことだが、そもそも若様ことヒトウスキー伯爵は王国随一の奇人変人として有名だった。領地経営は家宰に任せきりで、日々、秘湯を巡って、しかもエクストリーム入浴なるものを楽しんでは、旅先で独創的な料理を求めてきた。

王国と国交断絶しているはずの『火の国』まで赴いて、そこの気難しいドワーフたちとなぜか仲良くなって、聞いたことも、飲んだこともないお酒で味付けしろと言われたときには目を剥いたものだったが……何にしても、ヒトウスキー伯爵家に入ってからその者の人生は一変した。

どうやら他の家人とて、一癖も、二癖もあって、このおかしな若様に惚れ込んでいる者たちばかりで、貴族の名家にしてはずいぶんと風通しがよかった。

気がつけば、その者も若様の放蕩ぶりに惹かれて、最高の温泉料理の研究に没頭していた。

そんなある日のことだった――

「料理長。泥料理は完成しただろうか？」

家人の一人にそう尋ねられて、その者は「もう少しだけ、お待ちください」と伝えた。

今日は西の魔族領こと湿地帯にある秘湯の『泥湯』にやって来ていた。

その者は現地の泥が安全な土であることを確認してから、何度も裏ごしして砂を除いて、どろどろのソースをついに完成させた。これで一段と奇抜な泥のフルコースで若様を楽しませることが出来るなと、その者は「よし！」と額を片手で拭った。

直後だ。

遠くから悲鳴が上がった。さらに怒声や罵声も続いた。

伯爵家の騎士たちが亡者たちに応戦しているようだ。幾重にも認識阻害をかけてここまでたどり着いたのに、第七魔王の不死王リッチに感づかれたらしい。

不死王リッチは墳丘墓の防衛と、金目の物を持つ商隊を襲えと生ける屍（リビングデッド）たちに命じていることもあって、後者だとみなされてしまったのだろう。

何にせよ、騎士たちはよく奮戦したが、どうにも多勢に無勢だった。

そもそも、このじめじめとした湿地帯は亡者の王国なのだ。しかも、肝心の若様が入浴中だったこともあって、逃がすのに手間取ってしまった。結局、家人たちも若様を守る為にと、それぞれ武器を手に取った。

「若様！　どうかお逃げください！」

「嫌じゃ、嫌じゃ！　麻呂だけ逃げてたまるものか！　其方（そち）らの命はどんな金銀財宝よりも重いものと知れ！」

家人たちにとっては、その言葉だけで十分だった。

もともと若様に似て、他家を追い出された変わり者ばかりなのだ。だからこそ、騎士たちが全滅すると、家人たちは全員腹を括った――

暴れる若様に『睡眠』をかけて馬車に強引に乗せると、王国へと一気に走らせたのだ。

「よし。若様は行ったな。はてさて、ヒトウスキー家の家人は変人の集まりだとよく笑われたものだが……なあ、皆よ！　主(あるじ)に対する忠義だけはここにいる全員とも、変わらないはずだよな？」

「おおう！」

こうして、その者も含めた家人たちの奮闘も虚しく、全員が湿地帯の泥湯で命を落としたのだ。


意識を失い……

泥湯に浸かりながらも……

やはり心残りがどこかにあったのだろうか。

非業の死を遂げた者は亡者になると言われているが、その者は屍喰鬼(グール)となって泥湯付近に自然発生(ポップ)した。もっとも、明確な自我は持たなかった。ただ、不死王リッチの命があるまで、その場で彷徨うだけだった。

そんなある日、ついに指示を受けた――

「転送先で破壊工作をせよ」

と。

大きな門をくぐってやって来た先は、どこかの岩山のふもとだった。

周囲の亡者たちは命令通りに破壊活動に従事しているようだ。だから、その者も漠然と、身の内に燻る衝動のままに「続かなければ」——というところで、ふいに不思議な匂いに釣られた。

抗うことの出来ない不思議な香りだった。

硫黄と、鉄と……それにどこかまろやかな出汁のような芳醇さ……

くん、くんと。とうに腐った鼻で嗅ぎ分けて、その匂いのもとに、ふらり、ふらりと歩んでいった。

その頃には不思議と不死王リッチの命令などもう忘れていた。それよりもよほど大事なことがあった。その者の心が——いや、魂が——その匂いのもとに残っている気がしたのだ。それに、コウモリたちもトマト畑に入ろうとしない亡者には構うつもりがなかったのか、気がつけばその者は温泉宿泊施設までやって来ていた。

「これは……まさか秘湯？」

その者はそうこぼして、いったん土中に還って、その施設の土壌を移動して赤湯へとたどり着いたわけだが……

そんなふうに亡者になっても変わらぬ奇抜な歩みこそが、その者こと屍喰鬼（グール）のフィーアの人生、もとい亡生を一変させることになるとは、このとき彼女はまだ知る由もなかった。

再度、集結

第六魔王国は種族の坩堝(るつぼ)である——

とは、遥か未来に記された史書の言葉だが、実際にこのとき、第六魔王国には様々な思惑を持った者たちが集結しようとしていた。

魔女モタの一行に、第二聖女クリーンを中心にしたパーティーだ。

二人ともセロに会いたいという気持ちは同じだったが、その目的は全く異なっていた。

しかも、二人の仲間たちの中には、百年前の因果を何としても断ち切りたいと望む元勇者ノーブルと巴術士(はじゅつし)ジージまでいて、そんな彼らを第六魔王こと愚者セロはちょうど迎え入れようとしていた。

そう。勇者バーバルが司祭セロを追放したことによって始まった物語は——

今、まさにこの世界の理(ことわり)、いや長きにわたって隠蔽され続けてきた運命(シナリオ)に向けて一歩ずつ、着実に向かっていったのだった。

北の街道の先にある温泉宿泊施設の門前では――

人狼の執事アジーンが「いらっしゃいませ！　ようこそお越しくださいました！」と、にこやかな笑みを浮かべて、聖女パーティーや神殿の騎士たちを出迎えていた。

さらに、アジーンは門前に水をぱしゃりと撒いてから、揉手で歓迎してみせた。

そんなアジーンに対する聖女パーティーの面々の反応は様々だった――

モンクのパーンチは即座に「ちいっ」と舌打ちした。

かつてアジーンにやられた古傷でも痛んだのか、北の街道のトマト畑を通ってきたときよりも震えている。神殿の騎士たちがやはり病気にかかっているのではないかと心配したほどだ。

また、女聖騎士キャトルは彼我の実力差に絶望していたし、エルフの狙撃手トゥレスはどう逃げ出すべきかと算段を立てる始末だ。

一方で、英雄ヘーロスは挑発的な笑みを浮かべた。眼前のアジーンが相当な猛者（もさ）だとすぐに察したからだ。おそらく単独（ソロ）での撃破は難しいだろう。巴術士ジージの支援があって、何とか倒せるといったところか……

その巴術士ジージはというと、「ほほう」と長い顎髭に片手をやっていた。近接戦闘で敵わないかもしれないと思わせてくれる相手に会うのは久しぶりだった。もちろん、ジージの本領は召喚術、魔術や法術といった遠距離戦にあるわけだが……それでも先ほどのトマト畑にいた魔物（モンスター）といい、この人狼といい、第六魔王国が手に負えない相手だというのは十分に理解出来た。

ちなみに神殿の騎士たちはすでに考えることを止めていた。数を頼りにしても敵う相手ではないと瞬時に悟ったわけだ。

しかも、アジーンの笑みは、さながら今日の晩飯を物色する喜びに満ちているかのように見えた。
以前にアジーンに敗れた経験を持つパーンチほどではなかったが、騎士たちも怖気を感じてしまって、つい剣に手を伸ばす者もいたほどだったが――

「駄目です！　決して手を出してはいけません！」

第二聖女クリーンはそう声を張り上げて、騎士たちの前に堂々と立ってみせた。

騎士たちは一斉に、「おお、クリーン様……いや、俺たちの女神様！」と頼ったわけだが、そのクリーンにしても、実のところ、よっぽど現実逃避したかった。だが、ここで死ぬのも、何も得られずに王国に戻るのも、結局のところ似たようなものだ……

「だったら、決死の覚悟で挑むのみです」

クリーンはそう自らに言い聞かせた。

もっとも、そんな半ば自棄糞（やけくそ）な思考に至ったおかげか、不思議と頭痛や胃痛も治まって、クリーンはというと、かえって女は度胸とばかりに肝が据わった。

一方で、

「ふむふむ。なるほど」

アジーンはそんな聖女パーティーと騎士たちを見渡してから考えた――

まず、ヤバい爺さんがいることにすぐに気がついた。セロの自動スキル（パッシブ）『救い手（オーリオール）』があっても、勝てるかどうかはやってみないと分からないほどの強者だ。

次に、その『救い手』なしで手合わせしてみたい剣士もいた。どうやら前回の貧弱なパーティーよりはよほど優秀な面子を集めて、再度、第六魔王国にやって来たようだ。

ただ、アジーンは眉をひそめた。というのも、パーティーの面子が充実しているわりに、騎士団は中隊規模しか連れて来ていなかったからだ。以前、あれだけの実力差を見せつけたはずなのに、この程度の数の騎士しか集めてこなかったということは——

もしや、本気で戦いに来たわけではないのか？

と、アジーンは冷静に判断した。

何にしても、アジーンはにこやかに揉手を続けた。この再会が紛う方なく第六魔王国にとっての商機になり得ると、人狼の嗅覚でもって感じ取ったのだ。

すると、クリーンがアジーンを真っ直ぐに見据えて言ってきた。

「再戦するつもりは毛頭ございません。私（わたくし）は、王国の第二聖女として、第六魔王の愚者セロ様との面談を正式に希望いたします」

「畏まりました。それではその旨、セロ様にお伝えいたしましょう」

アジーンはそこでいったん言葉を切って、「ふう」と短い息をついてから続けた。

「ところで、そろそろ夕刻になります。急なご訪問なので、城では皆様の受け入れ準備が出来ておりません。よろしければ、セロ様との謁見までこちらで休まれてはいかがですか？」

アジーンは温泉宿を指差して、さらに口の端を緩めてみせた。

それは多分に心の底からおもてなしの精神による満面の笑みだったわけだが——

その場にいた者たちは有無をも言わさぬプレッシャーを感じて、ただ、ただ、こくりと小さく肯くことしか出来なかった……

なぜなら、アジーンの喜色満面の笑みがまるで人族の肉でも求めて、口の端から涎（よだれ）が垂れるのを何とか堪（こら）えているかのような表情に見えたせいだ。

おかげで騎士たちはさらなる恐怖に打ちひしがれた……

「もちろん、当宿には温泉もございます。旅の疲れでも流してみては如何（いかが）でしょうか？」

それを聞いて、クリーンは一瞬だけ、温泉とは釜茹での刑の隠語だったかしらと白目になりかけた。すでに怯えきっていた騎士たちも、「ああ……俺たちは今晩、煮て食われるんだな」と、悲壮な覚悟を決めるしかなかった。

そのときだ。

「あれ？」

と、ダークエルフの双子ことドゥが門からちらっと顔をのぞかせた。

そして、モンクのパーンチがいることに気づくと、てくてくと転ばずに走り寄って、「ありがとう」と、ぺこりと頭を下げてきた。

以前、トマト畑の畝で転んで、膝を擦り剥いたときに『内気功』で治してもらったことに対して、お礼をきちんと言えていなかったことをドゥはずっと気にかけていたのだ。

そんなドゥに対してモンクのパーンチはというと、膝を地に突いて、「おうよ。元気だったか？」と、ドゥの頭をわしゃわしゃと撫でてあげた。子供（チビ）たちとの触れ合いは孤児院育ちなので慣れたものだ。こうした二人の様子に、騎士たちもやっとほっこりした。

一方でドゥはというと、これだけのお客が初日から来ればセロもきっと喜ぶだろうなと考えて、精一杯、ぎこちない笑みを浮かべてから言った。

「どうか……泊まって……いって、くださいい、ませっ」

そんな一生懸命さが皆にもすぐ伝わった。

巴術士ジージが「たしかにそろそろ暗くなるし、何より長旅は年寄りには応えるわい」と言うと、英雄ヘーロスやモンクのパーンチも続いた。

「そうですね。せっかくの厚意だ。甘えさせていただきますか」

「ああ！　坊主がこんだけ頑張って誘ってくれたんだ。泊まっていこうぜ」

結果、神殿の騎士たちは温泉宿の大部屋がある三階に、また聖女パーティーは男女に分かれて二階の部屋に泊まることになった。

果たしてどんな監獄が待ち受けているのかと、皆が内心びくびくしていたものだが、実際に入ってみると王国の三ツ星級よりもよほどきれいで、『火の国』の建築様式を模した内装なども凝っていて、部屋や寝具も『和モダン』なる未知のコンセプトをしっかりと感じさせるほどによく洗練されたものだったこともあって、皆もそこでやっと初めて落ち着くことが出来た。

そんな温泉宿にクリーンもさすがに驚きを隠せなかったのか、相部屋となった女聖騎士キャトルに感慨をこぼした。

「まさか……魔族領にこんな立派な宿があるなんてね」

「はい。そうですね、聖女様。ただ、警戒は必要です。私が注意を払っておきますので、聖女様はどうかゆっくりとお寛ぎくださいませ」

「ありがとう、キャトル」

クリーンは素直に礼を告げた。

すると、こん、こん、とドアがノックされたので、「どうぞ」と答えると、女性の給仕係が入ってきた。

「温泉の準備が出来ておりますので、いつでもお入りください。また、急なお越しということで、夕食は簡素なものしか出せませんが、お風呂の後に一階の宴会場にて用意しております。セロ様との面会もそのときに可能かと思われますので、それまではごゆっくりなさってください」

その給仕係は丁寧な言葉遣いで二人に伝えた。

もっとも、認識阻害をかけていたが、どこからどう見ても吸血鬼以外の何者でもなかった。しかも、クリーンやキャトルよりも強い……明らかに純血種で爵位持ちのヤバいやつだ……

ともあれ、クリーンは人生で初めて魔族に接客されるという貴重な体験を味わいつつも、もうなるようになれといったふうに、さらにやけっぱちになった。

「では、キャトル……ご厚意に甘えて、温泉にでも入りましょうか」

「はっ！」

ここまできたらいっそ釜茹での刑でも楽しもうかと、クリーンは死地に赴くことにした。

こうして一階の入口広間に下りると、巴術士ジージが温泉宿からちょうど出て行くところに出くわした。

そのジージによると、狙撃手トゥレスは毛布を頭から被って部屋に引きこもっているようだが、英雄ヘーロスとモンクのパーンチはいかにも冒険者らしく、果敢にもすでに温泉へと挑戦しに行ったらしい……

「ジージ様は温泉には入られないのですか？」

「うむ。少し散歩に出かけてくる」

「お一人で大丈夫ですか？　何なら、このキャトルを連れていって――」

「不要じゃ。窮鳥懐に入れば猟師も殺さず、というからの。とりあえず、この目で見て色々と確かめておきたいのじゃ」

「さすがです。どうかお気を付けくださいませ」

クリーンは巴術士ジージと別れて、女湯へと向かった。

万が一を考えて、女聖騎士キャトルは入口で警備をしてくれるそうだ。

「中も安全なようでしたら、キャトルも呼びますから、一緒に入りましょうね」

「畏まりました。ありがとうございます、聖女様」

何はともあれ、クリーンが脱衣室で裸になって、用意されていたタオルだけを巻いて温泉の方に行くと、湯煙がもくもくと上がっていた。

それでも温泉の赤々とした色は隠しきれるはずもなく、クリーンは即座に、

「血だ」

と呟いて、その場で卒倒しかけた。

よく見ると、衝立のそばには土竜ゴライアス様の頭像が設置されていて、そこからごぼごぼと源泉たる血反吐が垂れ流しになっている。

「やはり……この血の中に入れということなのよね……」

さすがにクリーンでもしばし躊躇ったわけだが――

遠くで鹿威しのカポーンという音が聞こえてきたタイミングで、「ええい、もうどうにでもなれ」と、ついにこってり湯に身を投じた。

……

…………

………………


「あら？」

意外と心地好かった……

むしろ、死を覚悟した分だけ生き返ったような気持ちになれた……

身も心も芯からまっさらに洗われたような感じだ。もしかしたら、セロと婚約破棄してからというもの、初めてリラックス出来たかもしれない。

実際に、クリーンは人目も憚（はばか）らずに、無意識のうちに、

「あああああ」

と、聖女にはあるまじき濁った声を上げていた。

天にも昇るとはまさにこのことかと思った。そして、クリーンは温泉の岩肌にあったオブジェにふと気づいて、

「これは……いったい、何なのかしら？」

と、やや首を傾げた。

というのも、そのオブジェは温泉にはそぐわないものだったからだ。

実際に、クリーンの表情もせっかく穏やかなものだったのに、しだいに苦渋に満ちたものへと変じていった。事実、そこには——

聖剣が見事に突き刺さっていたのだ。

ドゥはセロに頼まれて、こんなところについつい、「えいや」と刺してしまったのだ。

「…………」

クリーンは黙り込んでしまった。もっとも、すぐに「おや？」と口もとに片手をやった。

湯煙のせいで気がつかなかったが、クリーン以外にも入浴を楽しんでいた者がいたからだ。クリーンはまじまじと見てしまった無礼をまず詫びようとした。

だが、クリーンはすぐに青ざめて、「ぎょあああああああああ！」と絶叫した。

なぜならそこには――聖職者の天敵たる生ける屍（リビングデッド）が一体だけ、まったりとしていたのだ。

『迷いの森』から抜ける直前、魔女のモタはずっとそわそわしっぱなしで、こんな独り言まで呟いていた――

「セロと会ったらどうしよ？」

「とりあえず、ごめんなさいするのは確定で……」

「でもでもー、何だか恥ずかしいから、先におけつでも破壊しとこうかなあ」

「そいでセロが悶えて苦しんで泣いて弱ってるとこにごめんなさいすれば、簡単に許してくれるかも……にしし」

と、そんな不審なことを言い出して、笑みまで浮かべていたものだから、夢魔(サキュバス)のリリンと高潔の元勇者ノーブルは同時にツッコミを入れた。

「いやいや、待て！」

仮にも魔王におけつ破壊の闇魔術など放とうものなら、その場で三人とも問答無用で殺されても文句は言えまい……

だから、リリンが「はあ」とため息をつきつつも、当然の疑問を呈した。

「モタ。何でそうなるのさ？」

「何でもなにも、セロならおけつぐらい壊しても許してくれるよー」

「あのさあ、モタ。百歩譲って、勇者パーティー時代はそうだったのかもしれないけど……魔王となった今でも同じとは限らないだろう？」

「うーん……そんなもんかなあ？」

モタは下唇をツンと突き立てて、ノーブルにちらちらと視線をやった。人族から魔族に転身した者としてアドバイスを求めたわけだ。

「まあ、さすがに人によるとしか言いようがないな。少なくとも、今のところ魔王セロに関する悪評はほとんど聞いたことがない」

ノーブルがそう答えると、モタは胸を張って、「ほら？　やっぱ、いけるんじゃね？」と改めて主張した。

もっとも、ここにきてさすがにノーブルも不穏な空気を感じ取ったのか、ためしにモタに質問することにした。

「そもそも、私は魔王セロを詳しく知らないのだ。今回、君たちに同行しているのも、それこそ魔王セロの知己を得る為だと言ってもいい。だから、モタに逆に聞きたいのだが――まず、魔王セロはどんな外見をしているのだ？」

その問いかけに対して、モタはどこからともなく神官の青年の手を引っ張ってきた。

「ええとねえ。こんな感じの神官服をいつも着ていて、何だか優柔不断そうに見えるけど、やるときはきちんとやってくれて、ほいでもって――」

というところで、リリンがあんぐりと口を大きく開けていたので、モタはきょとんと首を傾げた。

「いったいどったのさ、リリン？」

「い、いや、その……モタの隣にいる元神官の青年は、いったいどこから連れてきたんだ？」

「え？　そこらへん？　そこらへんにいたけど？」

「そこらへん？　そういえば……たしかモタの師匠って、召喚士だったよな？」

「そだよー。巴術師(はじゅつし)っていうんだけどね」

「じゃあ、その亡者も今、召喚してみたわけか？」

直後、モタは「ほへ？」と隣の青年を仰ぎ見た。

そして、ギョッとせざるを得なかった。というのも、今、まさに生ける屍(リビングデッド)がモタに噛みつこうとしていたからだ。

「ぎょえええええええええええええ！」

「キャアアアアア！」

「うわあああああ！」

いつものことながら、リリンも、ノーブルも、むしろモタの絶叫に驚かされた。

　夕日が落ちて暗がりだったこともあって、気がつくのが遅れたが、迷いの森の入口付近には無数の亡者が徘徊していた。どういう訳か、西の魔族領である湿地帯よりも遥かに多い……

　これにはさすがのモタも仰天して腰を抜かしかけたが、元神官の喰屍鬼（グール）の青年はというと、ノーブルによってすぐに一刀両断にされた。一方で、モタは尻餅をついたまま、器用に後退ってリリンに抗議を始める。

「ななな何で北の魔族領に！　こんなに生ける屍（リビングデッド）さんたちがいるのさー？」

「いないよ。さすがにこの状況はおかしい」

　リリンは憮然とした表情で答えた。

　また、ノーブルはそんな二人を尻目に、さらに襲いかかってくる生ける屍（リビングデッド）たちを横薙ぎで一閃してから冷静に周囲を見回した。

「どうやらこれは自然発生（ポップ）したものではないな。そもそも、この生ける屍（リビングデッド）には魔核がない。つまり、召喚されて現れ出た亡者たちだ」

「では、召喚士がどこかにいるということか？」

　リリンがノーブルにそう尋ねると、今度はモタが頭を横にぶんぶんと振ってみせた。

「召喚されたにしては何だかおかしいよ。てか、魔力（マナ）の波長が変なんだ。何だろう、この感じ……この場所で召喚されたんじゃなくて……ええと、そうだ！　どこか遠くから転送されてきたような魔力の流れがある……んー、だけどー、よく分かんないなあ」

　モタの言葉によって、ノーブルはふと思い出した――

実際に、ノーブルはおよそ百年前にちょうどこの場所に流刑されたのだ。

その出来事がまるで昨日のことのようにまざまざと脳裏を過っていった。しかも、ノーブル以降、なぜか王国の流刑者は呪人となってここに飛ばされてきた。ダークエルフたちが呪人を砦に連れてくるたびにそんな報告をしてきたわけだが、ここでノーブルもやっと合点がいった。

「モタ！　それにリリンよ！　これは高位法術による『転移』だ！　おそらく王国からやって来ているのだ！」

「王国から？」

二人は声を合わせて驚いた。

なぜ王国から亡者がこんなに大量に転送されて来るのか？　そんな馬鹿なとは思ったが、さりとてノーブルが根も葉もない話をいきなり切り出すとも思えなかった。

「今は転送先となっている場所を探すことが先決だ！　元を断たないと、延々と出てくるぞ！」

ノーブルの提案に、モタは「らじゃ！」と応えて、不可解な魔力（マナ）が流れてくる方向を見定めた。

どうやら岩山のふもとあたりが怪しそうだ。だから、そこにたどり着く為にモタが炎の範囲魔術で亡者たちを焼き払おうとすると、急にノーブルによって片手で制された。

「まだ魔術は使うな」

「どしてさ？」

「敵を見極める必要がある」

「んー……どゆこと？」

「宙にコウモリ、それに加えて地にもヤモリやイモリの魔物（モンスター）たちがいるのが見えるだろう？」

「えっと……いるね。そこら中に何匹も」

「あの三種族がさっきから共闘して、亡者どもを追い払っているようなのだ」

たしかにノーブルの指摘した通りだった。

亡者たちよりも圧倒的に強者の魔物であるコウモリ、ヤモリやイモリたちがいて、トマト畑に入れまいと一生懸命追い払っている。

すると、リリンが説明を加えた。

「あれらは本来……岩山の洞窟に生息しているはずの魔物たちだよ。土竜ゴライアス様の眷属で、超越種に違いない。下手に手を出すと、亡者よりも遥かに危険だよ」

とはいえ、何でそんな厄介な魔物たちがトマト畑を守っているのかが理解出来なかった。だから、モタは首を傾げてリリンに尋ねる。

「あのトマト畑は魔物の巣なの？」

「違う。母上様や姉上が育てていたトマト畑だ」

「じゃあ、なぜ魔物たちが守っているんだろ？」

「それこそぼくに聞くな。こっちだって知りたいぐらいだよ」

もっとも、モタにはもう一つだけ理解出来ないことがあった――

モタでも相手をするのに相当苦労しそうなほどに強いコウモリ、ヤモリやイモリたちなのに、なぜか亡者たちを倒さずに追い払っているのだ。まるで縛りプレイでもしているかのようだった。これにはさすがのモタも眉をひそめるしかなかった。

だが、ノーブルが「もしかしたら――」と一応の答えを出してくれた。

「あのトマト畑を守っているのだとしたら……土壌汚染を嫌っているのやもしれないな」

「土壌汚染？　あー。ふむふむ。なるほどねー。つまり、亡者を倒して土に戻られると、その場の土が腐っちゃうってこと？」

「そういうことだ。さらに汚れた土壌からは亡者がまた湧き出す可能性も高い。清める為には光系の魔術か、聖なる法術などが必要になるが……ここは魔族領だ。それらを得意とする者など、そうはいないはずだ」

　これにはモタも、リリンも、納得がいった。

　となると、モタの出番だ。亡者は清めるか、焼くかのどちらかと相場が決まっている。浄化するなら清めるしかないが、焼くことでも一定の効果はある。

「コウモリさんに、ヤモリさん、イモリさん、お願い！　下がっていてー！」

　モタはそれぞれに視線をやった。

　そのとき、モタは不思議と懐かしさを覚えた。

　魔物（モンスター）たちが纏（まと）っている魔力（マナ）——それがモタの知っているものによく似ていたのだ。

　もちろん、忘れるはずもなかった。これは間違いなく、セロの自動スキル（パッシブ）『導き手（コーチング）』だ。いや、もっとやさしく、深く、何より落ち着いたものになったようにも感じる。ということは、この子たちは単なる魔物（モンスター）じゃない。もしかしたら、セロの友達なのかもしれない……

　そんなふうに感じ取って、モタと魔物（モンスター）たちはなぜか一瞬で通じ合った。

　魔物（モンスター）たちは一斉に引いていった。しかも、畑に被害が出ないようにと、ヤモリは得意の土魔法で高い壁を作り上げた。

「キイ」

「キュキュイ」

「らじゃ！　じゃあ、行くよー！」

もっとも、その光景にリリンは首を傾げるしかなかった……

なぜモタは魔物（モンスター）たちとすぐに理解し合えたのだろうか？　まあ、モタはちょっとばかしパーなところがあるからそんなことも出来るのかなと、リリンは勝手に納得するしかなかった。

「ほいじゃ、いくよー！　不浄なる者たちよ、焼き払われよ——『火炎暴風（ファイアストーム）』！」

モタは無詠唱の範囲魔術で一気に亡者たちを焼き払っていった。

コウモリ、ヤモリやイモリたちはそれを見て、「キイー！」、「キュイ！」、「キュッキュ！」と声を合わせて喜んだ。

「えへへー。もっとほめてほめてー」

と、モタがデレていると、今度は岩山のふもとに不死将デュラハンと妖精バンシーまで転送されてきた。

これにはさすがにモタも「げえ」と、げんなりした顔つきになる。

が。

デュラハンはノーブルの一太刀であっけなく消えて、バンシーもコウモリたちの超音波でこれまた跡形もなく失せた。

それでも、亡者たちの転送は止まらなかった。むしろ、さっきよりも増え始めている。ここが勝負どころとリッチが一気呵成に寄越してきたのだ。これにはさすがにモタも、リリンも、「切りがないよ」と音を上げたくなってきた。

するど、ノーブルがまた提案してくれた。

「岩山のふもとあたりに転移の出口があるはずだ。あのあたりに『炎獄(インフェルノ)』などの火炎系の設置罠を敷いてみたらどうだ？　そうすればずいぶんと楽になると思うのだが？」

さすがはノーブルだと、モタも感心した。

そして、どうせならふもと一帯を溶岩(マグマ)にでもして、亡者が湧いた先から全て焼き尽くされるようにでもしちゃおうかなと、モタは腕まくりして、杖を高々と上げてから呪詞を謡い始めた。

無数の魔法陣が岩山のふもとに展開して、それが術式を発動しようとするも——

「あ、やば……」

モタはそう呟いた。

幾つかの魔法陣がガタガタと怪しく揺れていたのだ。

その様子を見て、リリンが「あちゃー」と額に片手をやった。ノーブルも冷静に、「これは暴発したな」と遠い目をした……

「そんなこと言ってないで、助けてー」

モタは涙目になった。

調子に乗ってごめんなさいと素直に謝りたかったが、今は魔力の制御をわずかにでも崩すととんでもないことになる。どれだけマズいかというと、下手をしたらトマト畑も、迷いの森も、一緒に大火事になりかねないくらいだ……

これにはコウモリやヤモリも大慌てで、イモリたちはすでに血反吐のプールにスタンバイして、水魔術で何とか消火する手筈を整えている。

「も、も、も――もうダメー！」

モタの悲鳴が上がった。

当然、「ああー」と、その場にいた全員が頭を抱えた。

その直後だった。

「やれやれ、おぬしは相変わらずじゃのう。手が焼けるわい」

モタとノーブルはその声で振り向いた。

なぜなら、そこにはなぜか――巴術士ジージが呑気に杖を突きつつ散歩していたからだ。


来客用の女湯から、「ぎょあああああ！」と凶悪な魔獣が如き咆哮が上がった。

これには温泉宿泊施設の事務室にいたセロも驚いて、「何事かな？」と呟いた。ダークエルフの双子のドゥが廊下をちらりと見るも、頭を横に振るだけだ……

セロはすぐさま立ち上がって、恋愛相談という名の一方的な質問攻勢を仕掛けてきたダークエルフの近衛長エークに、「何だか嫌な予感がするから行ってくるよ」と告げた。そして、事務室（スタッフルーム）から出たとたん、隣室から顔をのぞかせたルーシーたちと鉢合わせした。

ルーシーたちは皆、「ヤバッ」といった表情になった。

何だかいかにも女性陣だけで悪巧みでもしていそうな雰囲気ではあったが、今のセロにとっては魔獣の咆哮の方がよほど気になったので足を止めはしなかった。

すると、先ほどドゥが報告してくれた団体客と思（おぼ）しき者たちが三階から一階の入口広間へと雪崩れ込んで来た――

「何だ？」

「あの声はいったい？」

「もしや、手遅れだったのか？」

「女性の悲鳴も混じっていたな。まさか……聖女様が？」

あまりに凶暴に過ぎる猛（たけ）き遠吠えが聞こえてきた上に、二階の客室には第二聖女クリーンも、その護衛たる女聖騎士キャトルも不在だったので、もしや先に人狼の餌にでもされてしまったのかもしれないと心配になって、神殿の騎士たちが総出で駆けつけてきたわけだ。

そんな騎士たちはセロを見かけて、軽く会釈をした。大神殿に所属しているだけあって、さすがにセロのことをよく覚えていたらしく――

「あれは光の司祭ではないか？」

「なぜセロ殿がこんなところにいるのだ？」

「もしかしたら……ここは冒険者たちの間で有名な秘湯なのでは？」

「いやいや汗臭い俺たちの肉の代わりに、清らかな神官の肉も一つまみということだろうよ。実際に、ほら、セロ殿はこんがりと程よく肌も黒く焼けているではないか」

と、そんな物騒な会話をこそこそと交わし始める。

というか、セロが魔族になっていることに気づかないくらいだから、騎士たちがどれほど慌てていたかよく分かるというものだ。

ちなみに、新しく第六魔王が立ったことは王国では周知の事実だが、その魔王がセロであることは秘匿されている。そのことを知っているのは一部の王侯貴族、あるいは大神殿の上層部と聖女パーティーだけだ。特にここにいる神殿の騎士たちは取るものも取り敢えず、強行軍でクリーンを北の端まで追いかけてきた経緯もあって、新しい第六魔王がセロだとは知る由もなかった……

何にしても、セロが渡り廊下を過ぎて、来客用の温泉の入口まで着くと、男湯の方から英雄ヘーロスとモンクのパーンチが飛び出してきた。

腰に手拭いを巻いただけのほぼ真っ裸の姿だったが、セロは勇者パーティーから追放されて以来、パーンチと初めて対面した――

「セロじゃねえか……」

「パーンチ……」

「そ、その、何だ……久しぶりだな」

「うん」

「…………」

互いに無言になるも、パーンチは目を逸らしながら言った。

「悪かったな……バーバルを止めずに」

「構わないよ。パーンチがどうこう言っても、結果は変わらなかったと思う」

「……そうかな」

「そんなものだよ。それより今は魔獣の絶叫の方が気になる」

「おうよ」

セロはモンクのパーンチと肩を並べて歩いた。

英雄ヘーロスは冷静にその様子を見つめていた。周囲を見回してみると、ルーシーも、人造人間（フランケンシュタイン）エメスも、ダークエルフの近衛長エークも、人狼の執事アジーンも、さらにはドルイドのヌフまで付いてきている。

とんでもない化け物揃いだ——間違いなく、全員が魔王級と言ってもいい。しかも、中には古（いにしえ）の魔王と謳われる存在と比肩し得る者さえいる。なるほど。第二聖女クリーンが第六魔王国とは戦うべきではないと主張するわけだと、ヘーロスもそこで納得出来た。

また、そんなヘーロス以上に騎士たちも全員がドン引きして、顔面蒼白になっていたわけだが……

彼らのすぐそばには双子のドゥとディンがいてくれたので、何とかほっこりすることが出来た。

もっとも、そのディンとてセロの『救い手（オーリオール）』の効果もあって、一人で騎士たちを殲滅可能なだけの力を有しているのだが……

それよりも騎士たちは第二聖女クリーンの熱烈な追っかけなので、自分たちの身よりも、謎の雄叫びの方がよほど心配だった。

とはいえ、現場は女湯なのでさすがにセロも入ることを躊躇ったのか、

「ルーシー!」

と、声をかけた。

そのルーシーは「うむ」と言って、一人で女湯に入って行った。

湯煙で状況が把握しづらかったが……もやの奥に三人の人物の影がうっすらと見えてきた。

どうやら凶悪な魔獣はもういないようだ。そもそも、温泉内にはイモリが幾匹か、気持ちよくぷくぷくと泳いでいるので、どこぞの野良の魔獣に襲われるという心配はなさそうだ。それに三人で争っている様子もない。むしろ、そのうちの二人は隣同士で温泉に浸って、リラックスして会話しているようにも見受けられる。

だから、ルーシーは「これはどういうことだ?」と、首を九十度ほど傾げながら近づいた。

すると、湯煙の中でも鎧を着込んでいた女聖騎士キャトルがルーシーの前に進み出て誰何(すいか)した。

「失礼ですが、どなたですか?」

「ふむ。妾(わらわ)は真相カミラが長女ルーシーだ。この施設の主人セロの同伴者(パートナー)でもある」

「……え? セロ様の——」

「先ほど、魔獣が如き凶暴な雄叫びが館内に轟いたので確認しに来たのだが?」

「…………」

上げた悲鳴が獣の咆哮に間違えられて、さすがに第二聖女クリーンも恥ずかしくなったのか、さらにキャトルもついつい同情したのか、二人ともしばし無言を貫いてしまったわけだが……

何にせよ、赤湯こってりから上体を起こして、クリーンが声をかけた。

「ああ、ルーシー様でしたか。キャトル、構いません。通してください。それとくれぐれも無礼のないようにお願いします」

「……はっ」

「いや、気遣いはいい。妾としては状況を知りたいだけなのだ」

「はい。お恥ずかしい悲鳴を上げて本当に申し訳ありません。もう何ら問題はございません」

クリーンがそう言って深々と頭を下げたので、ルーシーは「ふむん」と赤湯全体を見渡してみた。

聖剣のオブジェのそばにはクリーンと共に、なぜか生ける屍（リビングデッド）こと女性の屍喰鬼（グール）がいて、一緒に温泉を楽しんでいるように見えた……

そんなあまりにも不可解な状況に、ついにはルーシーも体全体を右に傾げた。

「ところで、聖女殿に一つ聞きたいのだが？」

「はい、何でしょうか」

「隣の屍喰鬼（グール）は誰だ？　聖職者が亡者と肩を並べるなど、古今東西聞いたことがないのだが……」

「え？　ええと……こちらの屍喰鬼（グール）様は第六魔王国に所属している魔族の方ではないのですか？」

「違う」

「…………」

そのとたん、第二聖女クリーンはまた無言になった。

実のところ、クリーンは隣にいる女性の屍喰鬼（グール）と出会って悲鳴を上げたものの、すぐに第六魔王国で仕えている者なのではないかと考え直して、慌てて駆けつけた女聖騎士キャトルを下がらせ、いったん屍喰鬼（グール）に陳謝して、今はこうして二人で仲良くお湯をいただいていたのだ。

ところが、ルーシーによると、この屍喰鬼(グール)は魔王国の仲間ではないらしい……

では、果たして、いったい……

「きゃあああああ！」

第二聖女クリーンは再度、悲鳴を上げた。

さすがに今度ばかりはセロたち男性陣も急いで入ってきた。

おかげでまたまたクリーンは「ギャー！」と裸を隠して悲鳴を上げざるを得なかった。

ちなみに、ルーシーがその屍喰鬼(グール)を退治しようとすると、やけに肌の色艶が良くなって、不思議と生き生きした屍喰鬼(グール)がその場で平身低頭、見事に土下座してみせた。

「勝手に入って申し訳ありません！　ついつい秘湯の匂いに誘われてしまいました！」

こうして、人族も魔族も関係なく、とにもかくにも男性陣は全員、施設一階の宴会場で正座させられて、第二聖女クリーンの裸を見てしまったことについてルーシーからお説教を食らったわけなのだが……

その間に女性の屍喰鬼(グール)は自己紹介をしてくれた――

「私はフィーアと申します。生前は王国のヒトウスキー伯爵家で料理長を務めてまいりました。実はなぜ死んだのか……記憶があまりはっきりとしないのですが、気づけばどこかで召喚されて、この魔王国に飛ばされて、ふらふらと温泉に惹かれてこのように入っていました」

物事には大抵予測出来ないことが起こるというが、こうして第七魔王こと不死王リッチの召喚術でもって第六魔王国に飛ばされた元料理人の屍喰鬼(グール)は、赤湯によって奇跡的に生き生きとした魔核を持ってしまったのだった。

もちろん、この瞬間、良い研究材料を手に入れたと人造人間エメスの目が怪しくキラリと光ったのは言うまでもない……


「やれやれ、おぬしは相変わらずじゃのう。手が焼けるわい」

魔女のモタと高潔の元勇者ノーブルはその声で振り向いた。

そこには巴術士ジージが呑気に杖を突きつつ散歩をしていた。どこかでヤモリやイモリとすでに面識を得たのか、真祖トマトを一つもらって丸かじりまでしている。

「魔法陣がぶれるのは心の乱れ——大切なのは構え。しかと術式を定める気概じゃ。何度もそう教えてきたじゃろう？　そもそも、術式をきちんと構築していないとは何事じゃ。おぬしは詠唱破棄を好むわりに、いつも術式の導き方が適当なのじゃ」

「ジジイ！　いいからさ。手伝ってよー！」

モタが泣き声を上げると、巴術士ジージは杖でこつんとモタの頭を叩いた。

「これ！　ジジイではない。ちゃんと名前を呼びなさい」

「ジージ師匠！」

「よろしい」

巴術士ジージはそう応じて、杖を掲げて魔法陣の上書きを行った。

まるで黒板に模範解答でも書いているかのような鮮やかさだ。しかも、さすがに魔術師協会の重鎮だけあって迅速かつ正確だった。夢魔（サキュバス）のリリンもその手際の良さに驚いて、「このお爺さん……ヤバくない？」と、呆気に取られたほどだ。

何にしても、ジージの助力もあって、これで問題なく岩山のふもとには『炎獄（インフェルノ）』が敷かれることになった。無限湧きしてくる生ける屍（リビングデッド）は転送と同時に焼かれるはずだから、この一帯もしばらくすれば落ち着くはずだ。

「ありがと、ジジイ！」

モタが喜んで飛びつこうとすると、巴術士ジージはモタの額に手刀を入れた。

「だから、ジジイではない。それに大魔術を暴発させるとは何事じゃ。勇者パーティーに入ったと聞いて、やっと一人前の魔術師になれたのかと思っていたものじゃが……はあ、やれやれじゃ。わしはおぬしをそんなふうに育てた覚えはないぞ」

「だってえ……」

「だってもへちまもないわ。まあ、いい。今はそれどころではない」

普段なら正座させられて、巴術士ジージの説教がみっちりと半日は続くところだったのだが……

ジージ自らが珍しく話を途中で打ち切ってくれたので、モタはついつい、「ほへー？」と首を傾げて様子を見守った。

「さて――」

巴術士ジージは短く息をつき、高潔の元勇者ノーブルと向き合った。

しばらくの間、無言のままで二人はじっと見つめ合った。久しぶりの再会を喜んでいるというよりも、ジージはどこかノーブルを非難しているようにも見受けられた。何だか一触即発といった、剣呑とした雰囲気だ。

「まさか……おぬしが生きていたとはのう」

「それはこっちの台詞だよ」

「しかも、魔族になり果てておってからに……」

「ふん。そっちは人族のままでよくもまあ長生きしたものだな。呆れ果ててしまうな」

「おぬしには聞きたいことが山ほどあるのじゃが……とりあえず先に一つだけよろしいか？」

「何だね？」

「まさかとは思うが、おぬしほどの者までもが第六魔王こと愚者セロのもとに付いているなんてことはないじゃろうな？」

巴術士ジージが鋭い日つきで問うと、高潔の元勇者ノーブルはにやりと笑った。

「それをこれから確かめに行くところだ」

「そうか。それほどの人物か」

「ああ。少なくとも、伝わってくる噂ではな」

「ふむん。ほんにまいったものじゃ。元勇者がよりにもよって魔王と結託するかもしれんとはな」

「ところでジージよ。こちらも一つだけ先に聞きたいのだが？」

「何じゃ？」

「なぜ、貴方(あなた)がここにいる？　こんな北の魔族領の魔王城付近にまで、弟子のモタをわざわざ捜しに来たというわけでもあるまい？」

「ここには聖女パーティーのお供で来ただけじゃ。それ以上の理由はない」

「ふうん」

今度は高潔の元勇者ノーブルが探るような眼差しを向けた。

当然のことながら、若い頃から偏屈で有名だった巴術士ジージがそんな単純な理由でここまでやって来るはずがないと、ノーブルとてとっくに見抜いていた。

もっとも、そのノーブルにしても、果たしてジージが何を探りたいのか、ある程度は分かっていた。百年前にはたとえ仲間といえども話せなかったことであっても、長い時が過ぎて、逆に今だからこそ語れることもある。どのみち魔王セロの人物を見定めて、全てを託すつもりでここまで出張って来たのだ。

そういう意味では、ジージも当事者だったのだからちょうどいい。ノーブルはそう考えて、小さく息をついて肩をすくめてみせた。

そんな二人を傍目から見て、リリンはモタに話しかけた。

「ねえ。何だか……仇敵にでも会ったみたいな感じだね？」

「百年近く音信不通だったせいじゃねー」

と、モタが気のない返事をしたときだ——

遠くから魔獣が如き咆哮が上がった。

巴術士ジージが咄嗟に「まさか！」と言って血相を変える。

「つい信用してしまったが……魔獣を放つなど、結局は魔族ということか……」

ジージはそう呟いて、リリンにちらりと視線をやってから、モタとノーブルに向き直った。

「わしは戻る。この先に今晩泊まる予定だった温泉宿泊施設がある」

その話を聞いて、ノーブルは首をひねった。魔王城があると言うなら分かるが、よりによって魔族領に温泉宿泊施設とは……さすがのジージも年をとって耄碌（もうろく）したのかと哀しい目つきになった。

ジージもそんなノーブルの痛々しい視線に気づいたのか、

「本当じゃ！　あー、信じとらんなあ！　百聞は一見に如かずという。何なら見に来ればいいのじゃ！」

そう怒って、ジージはぷんすかと足早に戻っていった。

モタはその後ろ姿を目で追ってから、「はー」とため息をつきながらリリンに尋ねた。

「そんな施設あんのー？」

「ない」

「そかー。ジジイもついにボケたかー」

「それよりも……これからモタはどうしたいんだ？」

リリンからすると、師匠のジージを追いかけるのか、それともセロがいるかもしれない魔王城に行くのか、どちらにするのかと問いかけたわけだ。

というよりも、その肝心の魔王城が山頂からごっそりと消えていた……

じっと目を凝らしてみると、かなり強力な封印がかかっていることに気づいたが、リリンはそんな実家の変化について調べるよりもモタの希望を優先してあげた。

そもそも、今回の旅はモタの目的を果たす為にあったのだ。

そんなモタはというと、「んー」と岩山をじっと見つめた。

山峰が途中から不自然にぶつ切れになっている。どうやら認識阻害で断崖絶壁に見せているようだ。おそらく、ここにはもともと坂道でもあって、頂きへと繋がっているのだろう。

モタはそう看破してから、リリンに尋ねた。

「ねえ。ここの坂道から魔王城に行けるのかな？」

「うむ。その通りだ。姉上の認識阻害がかかっているはずだが……さすがにモタは気づいたか？」

「もちのろんですよ。でもでも、たしかー、正面にも坂があったはずだよね？」

そのタイミングで先ほどの魔獣に襲われたと思しき女性の悲鳴が立て続けに聞こえてきた。

モタ、リリンとノーブルは白々とした目になった。もしかしなくとも、この第六魔王国はやはりヤバい場所なのではないかと、三人とも来たことをちょっぴりだけ後悔した……

そんな思いを払拭するかのように、リリンが「んんっ」っと咳払いすると、

「もちろん、正面の坂からも上れるぞ。何なら、先ほどのモタのお師匠さんを追って、温泉宿泊施設とやらが本当にあるのかどうか確認してから、正面から魔王城に上ることにするか？」

「そだねー」

モタは短く答えて、ヤモリ、イモリやコウモリたちに「バイバイ。迷惑かけてごめんよー」と別れを告げた。ヤモリたちも「キュイ」と惜しんでくれる。その様子にリリンは驚いた。

「よくもまあ……モタは魔物と仲良くなれるな」

「そう？　ふつーじゃない？」

「断じて普通じゃない」

「えへへ」

「だから褒めてないってば」

「そいやさ。リリンってば、わたしの弟子になったんだよね？」

「ふむ。何なら……モタお師匠様。早速、この真祖トマトを使って、一品教えてくださいませ？」

「それはもちろん構わないんだけどさ。まずはジジイに紹介しないとね。孫弟子を喜んでくれるはずだよー」

「さっきのヤバいじいさんかあ。紹介してくれたとたんに魔核ごと消失させられそうな雰囲気があったけどな……とはいっても、ぼくは別に召喚術も、魔術も、教えてもらう必要はないんだけどね」

「何を言うのやら。料理で大切なのは構え。しかと包丁を定める気概じゃよ……にしし」

「やれやれ。モタはろくな師匠にならない気がするよ」

そんな会話を仲良くしつつも、トマト畑をぐるりと回ってみたが、リリンは驚きっぱなしだった。

というのも、リリンが知っていたトマト畑より数倍も広くなっていたからだ。しかも、魔王城正面の坂は溶岩（マグマ）地帯になって塞がれていたし、もう一方の坂など永久凍土の崖だ……

さらには、たしかに立派な温泉宿泊施設まで出来ている。

「何だか……実家じゃないみたいだ」

リリンは遠い目になるしかなかった。

家を出て久しぶりに帰ってくると疎外感を覚えるとはよく言うが、リリンは今まさにそんな感傷的な気分に浸っていた。

何はともあれ、モタはその温泉宿泊施設の暖簾（のれん）をくぐった。

「ごめんくさいー」

するると、吸血鬼の女性の給仕係が対応してくれた。

認識阻害をかけてはいるが、当然モタたちにはバレバレだ。

「いらっしゃいませ。おや……もしかして、そちらは……真祖カミラ様の次女リリン様ではありませんか？」

さすがにリリンは吸血鬼の中でも有名らしく、その給仕係は「ルーシー様でしたらこちらにいらっしゃいますよ」と宴会場にすぐ案内してくれた。

廊下には巴術士ジージが立っていて、憮然とした顔つきで腕を組んでいた。どうやらさっきの魔獣の咆哮と、続いた女性の悲鳴は大したことではなかったようだ。

モタが宴会場の後ろの扉から入ると、上段ではルーシーらしき美しい吸血鬼が男性陣に滔々と説教をかましていた。真祖カミラに生き写しの美貌だったので、モタはカミラがまさか生きていたのかと一瞬だけギョッとしたわけだが……

そのすぐ横には、ぽつんと第二聖女クリーンが泣き晴らした顔つきで正座している。

普段の聖衣と違って、浴衣を着崩していたので、意外と着痩せするナイスバディだったのだなと、モタは変なところで感心した。

「あっ」

そして、モタはついに一人の背中を見つけた――

絶対に見間違えるはずもない。駆け出し冒険者の頃から勇者パーティー時代も含めて追いかけ続けた後ろ姿だ。

ちょっと細身で……

どことなく頼りなくて……

でも、いつもモタたちをしっかりと守ってくれて……

駆け出し冒険者となって村を出てから、ずっと一緒に成長してきた――

「セロ」

モタはそう呟くと、小さい歩幅がしだいに大きくなった。

とた、とた、と。

駆け出して、ついには堪えきれずに、

「セロ！」


と大声を上げていた。

もちろん、その声音だけでセロも誰だかすぐ気づいたようだ。

「もしかして……モタ？」

セロが振り向いたときには、モタはもう飛びついていた。

しっかりと抱きしめて、二人してごろりんとその場で寝転がった。

モタは「しくしく」と涙目になって、セロをろくに直視することが出来なかった。だから、セロの表情も、魔族となってからどんなふうに変わってしまったのかも、よくは分からなかった。

だが、セロの感触だけはよく伝わった。

優しい温もりも。馴染みのある匂いも。聖職者のくせに意外とごつごつとした体つきも――

「ごめん、セロ」

モタはそれだけを繰り返した。

涙声になっていたので、何を言っているのか、モタ自身もよく分からなかった。

ただ、セロはすぐに悟った。かつて王城の客間で耳にした言葉はモタの本意では決してなかったことを――

「本当にごめんね……セロ」

「構わないよ、モタ。こうして会えたんだ。本当に良かった」

モタはぎゅーと抱きしめた。

セロも強く応じてくれた。それだけで二人は十分に分かり合えた。

もちろん、その場にいた皆はぽかんとするしかなかった。ダークエルフの双子のディン、人造人間（フランケンシュタイン）エメスとドルイドのヌフは強烈な好敵手（ライバル）が現れたことに戦々恐々とした。

一方で、ルーシーはというと、むしろ優しい笑みを浮かべていた。

「わだかまりがなくなったのだな、セロよ」

そう呟いてさえいた。

というのも、以前にセロから聞いていたからだ。セロには兄妹とも、姉弟とも言えるような関係の大切な存在がいると。

それよりもルーシーは宴会場の後ろにいた妹のリリンの存在に気がついた。

そのリリンはというと、セロとモタとの再会をまるで我がことのように感じ入って涙を流していた。だが、ルーシーの視線を受けて、いかにも申し訳なさそうに会釈をしてから顔を背けた……

また、リリンの隣には、セロの『救い手（オーリオール）』があっても、ルーシーですら勝てるかどうか難しいほどの実力者――高潔の元勇者ノーブルが控えていた。だから、ルーシーは「これはとんでもない一日になりそうだな」と考えつつも、この場をいったん締めることにした。

「さて、長話はここまでだ。今日は色々と積もる話もあるだろう。このまま宴会にでもするか」

その瞬間、宴会場では「おおおっ！」と歓声が上がったのだった。

後にこの日は、『邂逅祭（かいこう）』として王国の祝日として定められることになる。

王国の史書には人族と魔族が初めて宴（うたげ）で席を並べる転機となった出来事として、セロとモタ、あるいは高潔の元勇者ノーブルと巴（は）術士ジージの再会のエピソードを紹介しているほどだ。

とはいえ、その実態はというと、お世辞にも褒められたものではなかった――

「…………」

実際に、宴が始まってしばらくして人族側の皆が押し黙ってしまったのだ。

というのも、最初に出された食べ物が真祖トマトだけだったせいだ。たしかに真祖トマトそのものはとても美味しかった。何せ王国では超高級品だ。当然、神殿の騎士たちは一度も食べたことがなく、それでも高位の司祭たちの会合で供された、あまりに赤々としたトマトを見かけたことだけはあったので、

「これが……真祖トマトか」

「真祖？　もしかして……真祖カミラ……？」

「そんなこたあ、どうでもいい！　俺は猛烈に腹が減っている！　食うぞ！」

「何だ、これ！　めっちゃ美味しい！　こんな美味しいもの食べたことない！　トマトっていうか……これぞ、神の果実だ！」

と、賛美ばかりだったし、そもそもお腹が減っていた聖女パーティーや騎士たちにとって、甘くよく熟したトマトはそれだけで体の疲れを癒してくれた。

だが、続いて出てきたのは山菜などの盛り合わせだった。

サラダを二皿も提供するとは、魔族とは存外に健康志向(ヘルシー)なんだなと、皆はとりあえず「ふむん」と首肯した。そうしてメインディッシュとして満を持して出されたのは――塩の小山だった。

さすがに人族の皆は黙って天を仰いだ。

王国にはキヨートという古都があって、そこではお茶漬け(ぶぶづけ)を出すことが「さっさと帰ってくれ」の含意であるとされているのだが、もしやこれは「望まぬ客を早く帰らせて、玄関に塩でも撒きたい」という意思表示なのではないかと、余計な詮索をする者まで出始めた……

もっとも、その塩はルビーのように紅く輝く岩塩で、『火の国』で取れる貴重品なのだと、騎士たちの中でも身分の高い者はすぐに気づいた。どうやら山菜などにまぶして食べてほしいという趣向ら

しい。それを知って、幾人かは「ほっ」と胸を撫で下ろした。

そして、ここにきて人族側の皆も、「ん？」と首を傾げ始めた。

もしかして……魔族は菜食主義で、ほとんど調理をしないのだろうか……

そんなふうに一斉に眉をひそめたわけだ。

人狼のアジーンがあれだけ舌舐めずりして笑みを浮かべていたぐらいだから、てっきり極上の燻製肉ぐらいは食べられるのだろうと期待していた分――かえって人族側は精進料理みたいなものばかり並ぶ食卓に戸惑うしかなかった。

……

……………

……………………

おかげで宴会場ではしばらく沈黙だけが続いた……

宴会というより、最早、お通夜のような場になり果てていた……

そんな惑いは、もちろんセロも痛感していた。せっかく温泉宿泊施設にこれだけお客さんが来てくれたのに、このままでは温泉と寝床だけの宿などと、微妙な口コミが王国に広まってしまうかもしれない……

さて、どうしようかとセロは頭を抱えたくなった。

第二聖女クリーンが完璧超人だったことを思い出して、ここはいっそ恥を忍んでゲストに料理をお願いしようかとも考えた。

が。

そのときだった。

「はい！」

と、屍喰鬼（グール）のフィーアが手を挙げたのだ。

「もしよろしければ、私に調理をお任せいただけないでしょうか？」

これには夢魔（サキュバス）のリリンも、人狼のメイド長のチェトリエも色めきだった。そんなフィーアの提案を後押ししたのは、意外にも第二聖女クリーンだった。

「そうね。ヒトウスキー伯爵の下（もと）で料理長をしていたなら、腕は間違いないんじゃないかしら」

その発言に、セロは「そんなに有名な伯爵なの？」と返すと、隣に座っていたモタが応じた。

「駆け出し冒険者のとき、猪退治とか、コカトリス退治とか、あと氷狼の肝の調達とか色々やらされたじゃん？　忘れちゃったの？」

「まあ、たしかにお金の払いがやけに良かったのは記憶にあるんだけど……」

セロがそうこぼすと、はす向かいに座っていた女聖騎士キャトルがフォローした。

「ヒトウスキー伯爵家は王国の旧門七大貴族の一つで、またヒトウスキー卿は放蕩貴族としても有名なので、その専属料理人ということならば腕は確かですよ」

ヴァンディス侯爵家令嬢がそこまで太鼓判を捺（お）すのならば――ということで、セロは屍喰鬼のフィーアに料理をお願いした。幸いなことに、ハーフリングの商隊から仕入れた食材なら魔王城の二階にたくさん貯蔵していた。

ちなみに、今セロは人族側のテーブルに着いている。さすがにいきなりルーシーや人造人間（フランケンシュタイン）エメスがそばにいると緊張するだろうということで、元人族のセロが聖女パーティーの輪に入る格好になったわけだ。セロなりのおもてなしである。

もちろん、セロにしても、わだかまりがすぐに解消したわけではないが、モタ、第二聖女クリーンや女聖騎士キャトルなどに囲まれて存外楽しくやっている。

そんな様子をルーシーは少し離れた場所から横目でちらちらと見ながら、「ふふ」と微笑を浮かべた。逆に、リリンはそんな姉の一途さに驚きつつもおずおずと尋ねる。

「せっかくの宴なのに……セロ様が人族に取られた格好になっていますがいいのですか?」

「構わん。もともと人族として長く生きてきたのだ。しかし、不死者となった以上、今度は命の短い人族を見送る立場になる。今のうちに好きなだけ交流した方がかえっていい」

ルーシーの寛容さにリリンは目を見張ったものだが、ここで挑発的なことを言ってみた。

「ところで、ぼくとしては……姉上ではなくモタを推しますよ」

「ほう。推すとは?」

「あの娘。パーで残念なところも多々あるんですが、わりと一途で健気なので、セロ様とくっつくなら応援したいんです」

「ふふ。妹ながらに言いおるわ」

すると、そんなタイミングで料理が運ばれてきた。

本格的な宴会料理だ。肉料理もきちんとある。セロも驚いて、「これだけのお肉……いったいどこにあったの?」と問うと、人狼のメイド長チェトリエが「アジーンの秘蔵肉コレクションから厳選いたしました」と答えた。

そのとたん、アジーンがいかにも聞いてないよといった驚愕の表情を浮かべた……

どうやらほとんど使用されてこなかった魔王城二階のアジーンの執務室は燻製部屋になっていたらしい。どうりで独特の匂いが漂ってきたはずだとセロも納得した。

それはさておき、

「どうぞ召し上がってください」

給仕したチェトリエがそう言ったので、セロは改めて「いただきます」と食べてみた。

屍喰鬼（グール）の作った料理だから中身が腐っていやしないよなと、若干偏見もあったわけだが、「もぐもぐ」と噛みしめてみると――頬が落ちるとはこのことかと実感した。

これまでずっとトマト丸かじりだったものだから、味に飢えていたということもあるのだろう。

だが、王侯貴族の晩餐会で振る舞われたどんな料理よりも遥かに美味しく感じられた。魔族としての身贔屓（みびいき）だろうか。それとも、フィーアの腕が本物ということか。

「さすがはヒトウスキー家の元料理長ですね」

「はい。聖女様。これほどの腕なら宮廷料理人も余裕で務められたことでしょう」

第二聖女クリーンと女聖騎士キャトルも、うんうんと互いに肯き合っている。

そんなタイミングで屍喰鬼（グール）のフィーアが皆の前に出てきた。クリーンたちの会話も耳には入っていたが、かつて宮廷料理人だったことなどおくびにも出さずに、

「皆様、お口に合いましたでしょうか？」

そう挨拶してきたものだから、全員が舌鼓を打ちながらセロを見つめた。

こういうときに料理長に労いの言葉を伝えるのは主人の務めだ。だから、セロは興奮気味に、

「すごいよ。フィーア。これだけの料理を作れるなんて、この国で料理長をやってほしいぐらいだ」

そう伝えたとたん、フィーアがぽわんと光で包まれた。

「え？　何だか……力が湧いてきます」

赤湯のおかげで生き生きとなった屍喰鬼（グール）のフィーアではあったが――

さらにセロの『救い手（オーリオール）』の効果で、認識阻害もかけていないのに、ほとんど人族と見目が変わらないほどに変化していた――

炎のように煌めく瞳に長い赤髪。コック帽とコックコートを纏って、一見すると丁寧な物腰のお姉さんといった印象だ。唯一、ギザ歯なのが凶暴な屍喰鬼（グール）の名残りだろうか。

これには第二聖女クリーンも、英雄ヘーロスや巴術士ジージまでもが辟易するしかなかった。セロの自動スキル（パッシブ）については事前に耳にしていたが、こんなふうにして仲間を増やして強化されていったら堪（たま）ったものじゃない……

ちなみに神殿の騎士たちには、セロが第六魔王となっていたこと、さらにはルーシーやエメスといった魔王級がこの国にはごろごろといることも宴会前に伝えられていて、くれぐれも粗相のないようにというクリーンの厳命で、その一挙手一投足が緊張のせいで小刻みに震えていたものだが……温泉と料理が功を奏したのか、騎士たちはまたもや考えることを都合よく止めていた。

「いやあ、食われなくてよかった」

「煮て食われ、蒸して食われ、焼いて食われるものとばかり思っていたからなあ」

「むしろ、この料理マジで美味いですよ。人生で一番っす。何なら俺、この旅館に就職しようかな」

「てか、俺の中で今、第二聖女クリーン様への信仰が失われつつあります……夢魔（サキュバス）のリリンさん、ふつくしい」

と、まあ、給仕係の吸血鬼の中にはリリンと同様に夢魔（サキュバス）の種族も幾人かいたようで、騎士の中にはそんな女吸血鬼たちに鼻の下を長くして、いっそ大神殿から宗旨替えでもして、この宿で働こうかと検討している者もちらほらといた。

何にしても、こうして宴会場の皆は——とりわけ、モタ、リリンとノーブルは、無限湧きの生ける屍（リビングデッド）のことなどすっかりと忘れてしまって——とても楽しい一時を過ごしたのだった。

その晩の宴会を最も堪能したのは、セロではなく——

むしろ聖女パーティーの英雄ヘーロスとモンクのパーンチだったのかもしれない。

二人とも温泉宿泊施設二階の部屋に着くと、そのあまりの優雅さに驚き、つい童心にでも帰ったのか、ベッド上で跳びはねた。

次いで、「俺が先だ！」、「いーや、旦那には負けんぜ！」と、我先にと赤湯に入って、こってりとあっさりを比べ、これまた子供みたいにばしゃばしゃと泳ぎだした。

さらには、衝立の向こうから魔獣が如き咆哮を聞きつけて、第二聖女クリーンの意外に着痩せするナイスバディをちゃっかり目撃したせいか、「むはー」と、かえって逆上（のぼ）せてしまった。

もちろん、皆と一緒にしばらく宴会場で正座させられたものの、今は屍喰鬼（グール）のフィーアの料理を

「美味い！」、「こりゃやべえええ！」と貪るように口に放り入れている。聖剣を取り戻すことも、魔王討伐すらも忘れて、いかにもその日暮らしの駆け出し冒険者に戻ったかのように精一杯楽しんでいるものだから、傍目から見ていても二人の様子は存外と気持ちよく映った。

そんな二人に比べると、エルフの狙撃手トゥレスはダークエルフの近衛長エークにずっと睨まれているせいか、さっきから、

「私は木、私は葉、私は土……」

と、呟きながら宴会場の端に移動して縮こまっていた。

『迷いの森』の触媒の欠片（ペンダント）を首からかけているのに、ドルイドのヌフがちょっかいをかけてこないのがやや意外なところか……

また、第二聖女クリーンと女聖騎士キャトルは浴衣に着替えて、食事を楽しみながらも、セロの様子をちらちらと逐一確認しているようだ。

クリーンは肝心の聖剣についてどう切り出そうかと悩んでいるようだったし、キャトルはモタやパーンチと同様にセロに謝罪の言葉を口にしたいのに、生来の口下手のせいでそのタイミングを計れずにいた。

一方で当のセロはというと、そんな聖女パーティーを見渡してから、一人だけ、やけに真剣な顔つきをしている人物にちらりと視線をやった——巴術士（はじゅつし）ジージだ。

そのジージはいったん席を立って、魔族側のテーブルに「よいしょ。勝手に失礼するぞ」と腰を下ろした。高潔の元勇者ノーブルのちょうど正面だ。その隣にはドルイドのヌフも座っていた。

直後、当然のことながら、

「――っ！」

人族側の誰もが固唾を呑んだ。

というのも、第二聖女クリーンが散々、「今晩だけは魔族に決して粗相のないようにしてください」と、事前に注意を促していたからだ。

それをまさか巴術士ジージが率先して破るとは、さすがに誰も想像していなかった……

「さてと、宴も酣じゃが、そろそろ語ってもらうぞ」

すると、話を振られたノーブルは「ふう」と短く息をついて、ジージを真っ直ぐに見据えた。

「いったい、何を聞きたいのだね？」

「なぜ、百年前におぬしは第五魔王の奈落王アバドンを封印したのじゃ？　当時のおぬしの実力があれば、勝てぬ相手ではなかったはずじゃろうて？」

「あのとき、貴方はたしか――」

「神殿群の外でアバドンの配下ことピュトンなる化け物の相手をさせられておった」

「そうだったな。あの泥の竜もかなり厄介な敵だった。結局のところ、当時の勇者パーティーの七人のうち、アバドンのもとにたどり着いたのは、私と、当時の聖女と――」

そこまで言って、ノーブルは隣にいたドルイドのヌフにちらりと視線をやった。

「はい。たしかに当方がおりました。他のパーティーメンバーは、それぞれの役割をしっかりと果たしていたと記憶しています」

すると、ノーブルは懐かしそうに昔を偲んだ。

「仲間のうち、重戦士アタックは虫系の魔族の幹部、それから暗黒騎士キャスタが迫りくる敵の集団を一人で抑えてくれて、さらに遊び人のアプラン・ア・ト・レジュイール十三世は……多分どこかで遊んでいたのかな」

「ふむ。じゃからアバドンと直接対峙して今も生きているのは、おぬしら二人だけになる」

巴術士ジージがそう言って二人を睨みつけると、ノーブルはどこか遠い目をした。

「他の皆は……悔いなく生きたのだろうか？」

ノーブルがそうこぼすと、ジージは意外にも素直に答えた。

「安心せい。全員、大往生じゃったよ。取り残されたのは、結局……わしらだけじゃ」

ただ、その言葉はあまりにも感傷的に過ぎた……

宴会場が静まりかえっていたせいか、その寂しげな声音はさながら水面に落ちた一滴のように皆のもとに広がっていった。

「そうか……皆、無事に逝けたのか」

ノーブルはわずかに天を仰いだ。

その様子はさながら、かつての仲間に別れでも告げているようだった。

魔族になったことで、人族との繋がりはとうに絶たれてしまったわけだが、長らく苦楽を共にした仲間たちが天寿を全う出来たと聞いて、胸のつかえが取れたかのようにノーブルは微笑を浮かべてみせる。

もっとも、そんなノーブルに対して、ジージはここぞとばかりに容赦なく切り込んだ——

「当時のわしには分からなかったが、奈落王アバドンのもとにドルイドを優先的に連れて行ったということは、もともと討伐ではなく、封印することを主目的にしていたわけだったのじゃな？」

「ああ、その通りだよ」

今度はノーブルの方が素直に答えた。

さりげない会話だったが、それは驚天動地の事実だった。

高潔と謳われて王国民に支持された勇者があえて魔王を討伐せずに、封印することを選んだ。しかも、仲間にもその事実を伏せていた。これは二重の裏切りだ――ただし、当のジージはさして驚いてもいなかった。

「ふん。やはりか。おそらく、それ以前におぬしが仲裁役を務めた、真祖カミラと邪竜ファフニールあたりの入れ知恵なのじゃろう？　その二人にいったいどんなふうに唆されたのじゃ？　さあ、今こそ全てを語ってもらうぞ」

宴会場は今や水を打ったかのような静けさになっていた。誰も彼もが、ノーブルとジージの話に耳をそばだてていたのだ。

「たしかにそうだな。今だからこそ、語るべきなのだろうな」

ノーブルはそう言うと、急に席を立った。

そして、なぜかセロのもとへと、ゆっくりとやって来る。

「その前に、私はどうしても確かめなくてはいけないことが一つだけあるのだ。こうして第六魔王国に来たのも――」

が。

そのとき、バタン、と。

宴会場の後ろの扉が開いて、ダークエルフの近衛が一人だけ急いで入ってきた。

「セロ様、大変です！　岩山のふもとがなぜか『炎獄』と化しています！　またその付近で生ける屍が大量に湧いているとの報告もあります！」

それを聞いて、ノーブルはもちろんのこと――

モタも、リリンも、「あちゃー」という顔つきになって額に片手をやった。セロは何か事情を知っていそうだなと感づいて、隣にいたモタに尋ねる。

「ねえ、モタ？　何か知っているのかな？」

「え、えーと、そのう……何というか、本日はお日柄もよくと言いますか……」

「モタ？」

「なあーに、セロ？」

「また何か**やらかした**かな？」

再度、セロはにこやかに尋ねた。

ただし、その表情は笑っているはずなのに、隣にいたモタはというと、汗だくになっていた。

セロはもちろん気づいていた――さすがに付き合いが長いだけあって、こんなふうにモタが言葉を濁すときは、大抵何か大変なことをやらかした後なのだ。

「ごめんよー、セロ。迷いの森から出てきたときに、生ける屍さんたちを大量に見かけたんだった。美味しい料理のせいで言い忘れちった」

モタは「てへ」と舌を出した。

するとノーブルとリリンも説明を加えた。

「セロ殿よ。私からもフォローさせてもらいたい。無限に転送されてくる亡者を焼く為に、モタは炎系の設置罠を仕掛けただけなのだ。第六魔王国に対する害意は一切ない」

「私もフォローするよ。モタは調子に乗って大魔術を暴発させてトマト畑まで焼くところだったけど、ジージさんが助けてくれたんだよ」

最後のは何のフォローにもなっていなかったが……

セロはとりあえず巴術士ジージに「ありがとうございます」とお礼を言った。

もっとも、ジージとしても不肖の弟子がやらかすところだっただけにかえってこそばゆい。

何はともあれ、セロはしゅんとなっているモタにさらに尋ねる。

「無限に転送されてくるってどういうこと？」

「どうやら王国から生ける屍（リビングデッド）さんたちが転送されてこっちに来ているみたいなのさ」

その一言に、第二聖女クリーンは「そんな馬鹿な！」と声を荒らげた。

だが、巴術士ジージが「ふむん」と落ち着いた口ぶりで会話に割って入ってくる。

「そういえば、たしかに岩山のふもとでおかしな魔力（マナ）の残滓（ざんし）が流れていたな。なるほど。あれは法術による『転移』じゃったのか。その転送陣から亡者どもが出てくるから、『炎獄（インフェルノ）』なんぞをあそこに設置していたわけなのじゃな」

セロはそこでふと気づいた。

岩山のふもとに転送させられるといえば――

「もしかして、そこはクリーンが僕を転送した場所に当たるんじゃないか？」

「まさか！」

そう言って、第二聖女クリーンは絶句した。

可能性があるとしたら、第一聖女アネストが亡者を一体ずつ高位法術で送ってきているか、もしくは以前クリーンが座標を定めた、大神殿の地下にある巨大な門を通ってきているか——その二択だ。

大量に転送されているということなら、後者でほぼ間違いないはずだが……

そもそも、大神殿の地下に亡者がいる時点でおかしな話だ。聖職者にとって、亡者は不倶戴天の敵なのだから……

とはいえ、その経緯はともかくとして、王国から亡者が送られてくるなど、これは戦争行為以外の何物でもなかった。各騎士団の急な出兵といい、この亡者の件といい、いったい王国は——いや宰相ゴーガンは何を考えているのか？

クリーンもさすがに頭を抱えたくなったが、何にしてもこの場ではセロに対して平身低頭謝るしかないと考えた。

だが、そのタイミングで高潔の元勇者ノーブルが提案してくれた。

「当代の聖女殿よ。まずは現場をきちんと確かめてみては如何か？」

その話に乗って、聖女パーティーはいったん宴会を打ち切り、岩山のふもとに向かうことにした。

宴会場にいた全員で赴くとあまりに大所帯になってしまうので、パーティー全員と神殿の騎士たち数人、さらにセロ、ルーシー、人造人間（フランケンシュタイン）エメス、ドルイドのヌフと、さらにモタ、リリン、ノーブルといった構成だ。

実際に現場に行ってみると、たしかに生ける屍（リビングデッド）が何もない空間から扉を開くように現れ出て、その都度『炎獄（インフェルノ）』で即座に焼かれていた。

今はとりたてて何も問題ないようだ。

コウモリたちも、「キイ」と、セロにじゃれてきたので、セロも「うん、分かった。大変だったんだね」と撫でてあげた。汚れた土壌については後でクリーンにでも浄化してもらえばいい。

ただ、亡者が転送されてくる様子を目の当たりにして、さすがに聖女パーティー全員は眉間に皺を寄せざるを得なかった。特に、モンクのパーンチや狙撃手のトゥレスは以前にバーバルと共に転送されてやって来ていただけに、

「これは間違(まちげ)えねえよ、聖女様」

「ああ。大神殿の研究棟地下にある巨大転送陣から送られてきているのだろうな」

と、苦虫を噛み潰したような顔つきになっていた。

その一方で、ドルイドのヌフと人造人間(フランケンシュタイン)エメスはセロにそれぞれ提案した――

「どうやら、一方通行の転送陣のようですね。もちろん、閉じることは可能ですよ」

「逆に、こちら側から開くことも可能です。何なら、この無礼の代価として、このまま王国に攻め込みますか？　終了(オーバー)」

その話を受けて、ルーシーも肯いてみせた。

「そうだな。ちょうど良い機会だ。懲らしめて金でもせびるか。どうだ、セロよ？」

「まあ、たしかに……こんなふうにいつまでも湧いて出てこられると面倒臭いよね。じゃあ、ちょっと行って来ようか」

このとき、セロとしては無限湧きの根元を断つ程度の感覚であって、別に王国をどうこうしようとは微塵も考えていなかった。

そもそも、第六魔王国ですらまだ統治し始めたばかりなのだ。さらに王国の面倒まで見切れない。

だが、第二聖女クリーンはというと、もちろんそうは捉えなかった――

このままでは王国が滅ぼされる。

とはいえ、ここで抵抗して、魔王セロを討つなど土台無理な話だ。

となると、クリーン自らがこの不可解な現象を調査して、後始末をつけて、至急報告した上に、迷惑をかけたことを平謝りするしかない……

「お、お待ちください、セロ様！　どうか、平に！　このクリーンめにご命令くださいませ！」

最早、土下座でもする勢いである。

クリーンは頭痛と、急にやってきたキリキリと軋む胃痛を何とか抑えつつもセロに懇願した。

「この騒動の禍根を断てと！　そして、第六魔王国に安寧をもたらせとも！」

王国の聖女としてはあるまじき発言だったが……

クリーンがいかに必死なのか、その形相だけでもセロにはよく伝わった。

というか、セロとしてはむしろドン引きしていた。それほどにクリーンの顔つきには鬼気迫るものがあったからだ。

微笑みの聖女と謳われた元婚約者がこんな表情になること自体、到底信じられなかった。どうやらセロの知らない間にクリーンも相当に苦労してきたようだ。

「わ、分かりました……では、クリーンよ。調査と報告をお願いします」

「はっ！　このクリーン、全力をもって亡者どもと、第六魔王国に歯向かう愚か者どもを鏖殺してまいります！」

「い、いや、そこまでしなくとも……」

「では！　行ってまいります！」

　クリーンは「ふんす」と鼻息荒く、支度を始めた。

　こうしてヌフが転送陣をこちらからも開いて双方通行にすると、聖女パーティーは慌てて王国に戻っていった。

　一応、見届け人として人造人間（フランケンシュタイン）エメスが付いていったが、きっと王国にある巨大転送陣の門に興味を持っただけだろうなとセロは思った。

　何にしても、こうしてセロたちは岩山のふもとに取り残されたわけだが、そこでようやく宴会場での続きとばかりにノーブルがセロにまた向き合ってきた。

「つい横槍が入ってしまったが……私としては改めて確かめなくてはいけないことがある」

　そして、セロに向けて片手剣を抜くと、その剣先を突き付けたのだ――

「元勇者として第六魔王に正式に申し込む。私は剣で語ることでしか相手の本性を知ることが出来ない。だから、セロ殿を見定める為にもこの決闘を受けてほしい。対価は――砦に溜まった百年分の金銀財宝と、何より情報。そう。奈落王とこの世界にまつわる真実だ」

王国の大神殿、その研究棟の敷地内にある古びた塔の地下広間にて――

第七魔王の不死王リッチは「ん？」と首を傾げた。巨大な門に仕込まれている転送陣が向こう側から描き換えられ始めたからだ。

リッチに法術は使えないし、宰相ゴーガンもすでに席を外していた。この場に残っているのは、まだ転送されていない生ける屍(リビングデッド)たちと、あとはいかにも無能そうな主教フェンスシスターだけだ。

「やれやれ……この展開はさすがに予想していませんでしたね」

リッチが忌々しく呟くと、門を通ってまず英雄ヘーロスが出てきた。

それから順に、モンクのパーンチ、巴(は)術士ジージ、女聖騎士キャトル、エルフの狙撃手トゥレスと来て、最後に第二聖女クリーンが姿を現した。

さらには見届け役として、人造人間(フランケンシュタイン)エメスまで付いてくる。

直後、さすがにリッチも、これは王国側に嵌められたなと理解した。ただ、主教フェンスシスターがすぐに保身に走って、

「た、助けてくれ！　わ、私は、何も関係ない……被害者なのだ！」

と、聖女パーティーに対してみっともなく喚いたこともあって、

「五月蠅(うるさ)いですよ」

リッチは手近にいた屍鬼(ゾンビ)にフェンスシスターを襲わせた。

英雄ヘーロスが即座に動いて、フェンスシスターを助けるというよりも、今回の事態の容疑者として確保しようとしたが、無数に湧いてきた亡者たちに物量で阻まれてしまった。

「ちぃ！」

「ひぃいいいいい！　助け――」

ヘーロスの舌打ちと、フェンスシスターの最期の悲鳴は同時だった。

フェンスシスターの身は見るも無惨に、亡者たちにたかられて貪られていったのだ。これでは『蘇生』を施しても助かるまい……

王国の暗部を暴く為の有力な容疑者を失ったことに、第二聖女クリーンも「くうっ」と下唇を噛みしめて悔やみつつも、真正面から不死王リッチに向き合った――

まさか大神殿の敷地内に魔族どころか、亡者の親玉たる魔王がいるとはクリーンも想定すらしていなかった。それは他のパーティーメンバーも同じだったようで、比較的落ち着いているのは巴術士ジージくらいだろうか。さすがに場数を踏んできただけのことはある。

クリーンからすれば、戦う前から『混乱』に『絶望』、さらに『思考停止』といった様々な精神異常にかけられたようなものだったので、さすがに平静ではいられなかったが、それでも聖女パーティーのリーダーとしてリッチの前へと進み出た。

「知っていることを洗いざらい全て話せば、貴方の処遇も多少は変わるかもしれませんよ」

「はは。ご冗談でしょう。亡者と取引する聖職者がどこに――」

というところで、リッチはクリーンの姿をまじまじと見た。

いかにも聖女然としていたが……その格好は温泉宿泊施設からそのままやって来ていたので、着崩した浴衣姿だった……

ちらりと胸もとが開けていて、リッチからすればただの痴女にしか見えない格好だ……

そんなリッチの視線に——とはいってもリッチはやけに華美な格好をした骸骨なので、窪んだ眼窩しかないのだが——気づいたのか、クリーンは「きゃ！」と慌てて浴衣の衿を引き締めた。

ちなみに、ヘーロスも、パーンチも、ほぼ半裸で、それぞれ片手剣と、拳装備のナックルを付けているだけに過ぎない。

リッチは台詞を途中で切ったまま、しばらくの間、こいつらは物見遊山にでも来たのかなと呆れていたが、何にしても話を続ける。

「ええと……亡者と取引する聖職者も、半裸の痴女みたいな聖女も、腰巻だけ巻いた聖女パーティーなぞもいるはずがないし……そもそもからして人族が魔族を許すはずもないでしょう？」

と言い切ったところで、またもやリッチは「そういえば？」と首を傾げた。

というのも、聖女パーティーの中によりにもよって人造人間エメスがいたからだ。どう見ても、リッチよりも遥かに格上の魔族だ。

しかも、この地下広間に来て早々、巨大な転送陣となっている門を巴術士ジージと一緒になって調べ始めている。両者ともリッチには一瞥もくれない……

これにはさすがにリッチもかちんときたが、何はともあれ同じ魔族として手を組もうと考え直した。

「そこの魔族よ。我と共にこのふざけた人族どもを滅ぼしませんか？」

すると、エメスはやっとリッチに気づいたといったふうにちらりと視線を寄越してから、

「今はそれどころではありません。次に話しかけてきたら殺しますよ、終了」

と、凶悪な魔力を放ってきた。

リッチもさすがにたじろいだ。魔族は力量差による上下関係がはっきりとしているので、すぐにこ

のエメスは第四魔王の死神レトゥスと同じくらいに関わってはダメなタイプだと認識したわけだ。

　そのときだった――

　エメスの放った殺気と同時に、巴術士ジージが不意をついて『光の雨（ホーリーレイン）』を唱えたのだ。

　それによって、リッチだけをきれいに残す形で、地下広場にいた亡者たちはあっけなく消え失せていった。

「クリーンよ。わしはエメス殿と一緒にこの門を調べるので忙しい。わしを頼らずにその骨鬼（スケルトン）を倒しなさい」

「は、はあ……」

「それとヘーロスよ」

「はい、何でしょうか？」

「おぬしは支援に徹しなさい。そういう戦い方もそろそろ覚えるべきじゃ」

「……分かりました」

　リッチはたかが骨鬼（スケルトン）と舐められたことに対して怒りはしなかった。

　そもそも、巴術士ジージは人族のくせにリッチよりも明らかに格上の実力者に見えたし、また英雄ヘーロスにしても、大量の亡者を消された今、近接戦で迫られては勝てそうにない。

　逆に言えば、リッチとしては、与（くみ）しやすい相手を捕らえて、盾代わりにでもして、ここからさっさと逃れる算段を早急に立てる必要があった。そういう意味では、先ほどの無能な主教をつい癇癪（かんしゃく）で殺してしまったことを悔やむしかなかった。

「仕方がありませんね――『亡者召喚（ネクロマンシー）』！」

リッチは前衛として不死将デュラハンを二体、中衛に妖精バンシーを二体、さらにサポートとして生ける屍（リビングデッド）を複数体、即座に召喚してからリッチ自身は後衛に退いた。

対するのは、前衛に女聖騎士キャトル、モンクのパーンチ、中衛にあえて英雄へーロス、後衛には狙撃手トゥレスと第二聖女クリーンだ。

もっとも、リッチのパーティーの要となるべき前衛のデュラハンだったが――

「せいやあああ！」

モンクのパーンチのたった一撃であっけなく砕かれた。

というのも、先に巴術士ジージが『光の雨（ホーリーレイン）』を降らしてフィールドに聖なる効果をもたらしていたので、その場で召喚された亡者たちは弱体化したのだ。

だから、リッチも「ちい。面倒ですね」と唾棄してから、現在のフィールドに変化をつけようと呪詞を謡おうとするも、

「やらせるか！　――『光の矢（ホーリーアロー）』！」

と、第二聖女クリーンの法術付与を受けた狙撃手トゥレスがピンポイントで狙ってきたので、リッチはろくに行動することも出来なかった。

「ええい、バンシーは何をやっているのだ！」

リッチはすぐさま戦況を確認した。

相手パーティーを攪乱（かくらん）する為に召喚したバンシーは女聖騎士キャトルに阻まれて、その横合いから英雄へーロスによって一刀両断にされていた。しかも、そのタイミングでもう一体のデュラハンもパーンチによって撃退される。

「くそがっ！」

リッチは激昂したが、すぐにモンクのパーンチと女聖騎士キャトルに詰め寄られた。

意外なことに、あまりにも一方的な戦いだった。まさに最弱の魔王と謳われるに相応しい情けない戦いぶりだ。

そもそもからしてリッチは相手を見下していた――先の湿地帯での戦いで、勇者パーティーと神殿の騎士団をデュラハンと生ける屍（リビングデッド）たちだけで追い払ったことで図に乗ってしまったわけだ。人族で組むパーティーなど、所詮敵ではない、と。

だが、リッチは最初に巴術士ジージと人造人間（フランケンシュタイン）エメスを見かけたときにしっかりと考え直すべきだった――今回の相手はその比ではないのだ、と。あるいは、リッチを確実に処分する為の王国側の奸計も働いていたのだ、とも。

そもそも王国側からすれば、愚者セロと不死王リッチが共倒れになってくれるのがベストだった。もっとも、宰相ゴーガンとて、さすがに聖女パーティーが手の平を返して王国にすぐ戻ってくるとは想定していなかっただろうが……

何にしても、リッチはというと、広間の壁際に追い詰められたのをきっかけに自らの魔核を取り出した。それを手の中にしかと握り締める。

「地下世界ではレトゥスに苦しめられ……地上に出てからはアバドンの手下どもに都合良く使われて……不死王などと呼ばれつつも、ついぞ王にはなれなかった」

リッチはそう言って、魔核を持つ手に力を込めた。

「その恨みを今こそ受けるがいい！」

「自爆じゃ！」

巴術士ジージが叫ぶと、第二聖女クリーンは咄嗟に『聖防御陣』を張った。

直後だ。

ジージの言った通りにリッチは爆発した。

無数の呪詞が飛び散っていく。モンクのパーンチたちはかつて似たようなものを見たことがあった
――真祖カミラが最期に放った『断末魔の叫び』だ。

もっとも、詠唱破棄による即席の『聖防御陣』ではさすがに耐え切れないのか、ぴしぴしと亀裂が入った。これにはパーティーの全員が「マズい」と、ひしひしと感じた。

が。

「ふむ。まだまだ若いのう」

巴術士ジージがやれやれと頭を横に振って、法術でその防御陣を強化すると、結局のところ、何事もなくリッチのあがきも終息した。

前衛にいた女聖騎士キャトルやモンクのパーンチが「ほっ」と嘆息する。

「第七魔王に勝てたのですか……」

「雑魚過ぎやしねえか。あまり手応えがなかったな」

一方、狙撃手トゥレスは無言だった。英雄ヘーロスも眉をひそめている。

すると、巨大な門を調べていたエメスが一顧だにせず、つまらなそうにぼそりとこぼした。

「倒せていません、終了（オーバー）」

「ふむん。そうじゃな。あのリッチ自身が、所詮はこの場で召喚されていた偽者に過ぎんかったから

のう」

「ほう。気づきましたか？」

「あの魔核も見せかけ(ダミー)じゃろうて。本体はどうせ今頃、墳丘墓でぬくぬくと寝ておるよ」

「なかなか観察眼がありますね。良い助手になれそうです、終了(オーバー)」

「やれやれ、手厳しい先生じゃな」

　こうしてエメスとジージは門の調査を再開した。

　意外と仲良くやっているものだから、第二聖女クリーンもさすがに首を傾げるしかなかった。

　とはいえ、リッチが墳丘墓にいるのだとしたらそれこそ朗報だ。今度こそ倒す前に、王国で暗躍していた者たちの情報をきっちりと吐かせたい。

　そもそも、大神殿の地下に亡者の親玉たるリッチがいたこと自体がおかしいのだ。宰相ゴーガンだけでなく、やはり主教イービルも今回の件では暗躍しているのだろうか……

　こうなると、死人に口なしというが、主教フェンスシターが殺されたのが本当に悔やみきれない。生き証人がいないとなると、今この場にいる聖女パーティーの面々しか証言者がいない。もし宰相ゴーガンや主教イービルが結託して責めてきた場合、聖女パーティーだけではさすがに政治的に太刀打ち出来まい……

　となると、早急に後ろ楯が必要になってくる。王族も、聖職者も当てにならないとしたら……武門貴族や旧門貴族の有力者を頼るしかないだろう。あるいは、最悪、毒をもって毒を制すように、第六魔王国を利用する必要も出てくるのかもしれない。

　さらに、リッチは死に際に不可解なことを言っていた――「地上に出てからはアバドンの手下どもに都合良く使われた」、と。

　第二聖女クリーンは「ふう」と一つだけ息をついた。

「何にしても、これで第六魔王国に生ける屍(リビングデッド)が送られることはなくなりました。その報告にいったん戻るとしましょうか」


　王国の地下で聖女パーティーが第七魔王の不死王リッチと戦っていた頃、第六魔王国の魔王城裏にある岩山のふもとでも、セロと高潔の元勇者ノーブルとの戦いが始まろうとしていた。

「セロ殿を見定める為にもこの決闘を受けてほしい。対価は――砦に溜まった百年分の金銀財宝と、何より情報。そう。奈落王とこの世界にまつわる真実だ」

　ノーブルは片手剣の切っ先をセロに向けて、そう宣言した。

　セロからすれば、情報にはあまり興味が持てなかったものの、金銀財宝の方には「ほう」と、つい目が眩(くら)んでしまった。

　先ほどの宴会でも、モタから「砦はすごかったぜい。そだなー。地方の領都ぐらいの規模だったよ」と聞き及んでいたので、その資産が百年分ともなると、第六魔王国の財政も一気に潤うかもしれないと皮算用したわけだ……

「いいでしょう。決闘を受けます」

セロは現金にも、躊躇わずに答えた。

そもそも、ノーブルから挑発された時点で、心のざわめきを抑えつけることが難しかった。

セロがかつて憧れていたバーバル——その幼馴染がさらに目指していた高潔の勇者と戦うことが出来るのだ。得難い機会だったし、何より魔族としての戦闘本能が刺激された。

もっとも、セロに刃が向けられたことで、コウモリ、ヤモリやイモリたちは色めきだったし、近衛長エークや執事のアジーンは率先して前に進み出ようとしたが、ルーシーがいったん片手を振って制すると、

「セロに、ノーブルだったか。双方……戦うのは一向に構わんが、場所をわきまえよ」

そう言って、ドルイドのヌフへと肯いてみせた。

ヌフもその意図をすぐに理解して、まずは『迷いの森』の方に移動してから強固な結界を張った。同様に、ルーシーもリリンを引き連れてトマト畑を守った。

また、モタは魔物（モンスター）たちに「あっちに行こっか」と伝えて、ついでに幾人かの神殿の騎士たちにも声がけして引き連れて、岩山の洞窟入口へと避難した。言うまでもないことだが、セロとノーブルが本気を出して戦えば、このあたりの地形や環境にも影響を及ぼしかねない——

何しろ、セロは生活魔術の種火代わりこと『とろ火（スロウフレイム）』程度で溶岩（マグマ）地帯を生み出してしまうわけだし、ノーブルとてそのセロに比肩しうるほどの実力者だ。それに加えて、どちらも元は人族だったが、今では魔族となっていて、本気で戦った場合の衝動を抑えるのに慣れていない。特に、セロの方がなりたてな上に、その実力もまだ底知れないのでかえって厄介だ。

だから、ルーシーからすれば、せっかく魔王城を改修して、トマト畑も拡張したばかりなのに、二人が本能のままに暴れて、この一帯にまた被害が出るのは遠慮してほしいところだった。

「改めて双方に告ぐ——周囲への影響が大きいようなら、この場にいる全員でもって止めにかかる。それだけは理解してほしい」

ルーシーがそう釘を刺すと、セロもノーブルもしっかりと肯いた。

同時に、セロはモーニングスターをアイテムボックスから取り出した。ノーブルは砦のドワーフが作ったらしき片手剣だ——

セロからすると、近接戦には持ち込みたくはなかった。

モーニングスターは本来、固い防御を打ち砕く為に使用される武器だ。手数では片手剣には勝てないので、懐に踏み込まれた時点でセロは圧倒的な不利へと陥る。

一方で、ノーブルもセロの普段の装備をよく把握していなかったのか、その武器に目を見張った。棘付き鉄球の付いたモーニングスターを片手剣で受け止めるのは愚策に過ぎる。もし剣が折れたら主武器を失うわけだし、そもそも鎖が巻き付きでもしたら相手に良いようにやられてしまう。

結局のところ、ノーブルとしては距離を少しでも縮めたいし、セロとしてはなるべく中距離を保ちたい——そういった思惑が戦う前に交錯した。

直後だ。

「それでは始めよ！」

ルーシーの掛け声と共に、まずノーブルが一気に前進した。

が。

ノーブルはふと天を仰いで足を止めた。

なぜなら、セロが初手から魔術を放ったからだ。

それは『とろ火(スロウフレイム)』のような生活魔術ではなかった。火系の初歩こと、『火球(ファイアボール)』に過ぎなかった。しかも、その魔術の発動だけでセロの残りの魔力(マナ)は半分ほどにごっそりと減ってしまったわけだが、

「……ば、馬鹿な」

ノーブルは片頬を引きつらせて呆然とした。

というのも、上空から天を覆うばかりの『隕石(メテオフレイム)』が落ちてきたせいだ。

これにはノーブルだけでなく、ルーシーも、リリンも、ヌフも、セロに対して一ダース分の悪態をついてから、張っていた結界をさらに強めた。また、呑気に観戦していたモタに至っては、あんぐりと口を開けて、「う、う、う、嘘……でしょ」と腰を抜かしていた。

何せ、隕石(メテオフレイム)とはこれまで神話にしか残っていないような超特級魔術だったからだ。神が世界を創造する際に、あえて全てを破壊する為に地上に降らせたと――古書にはそんな記述がある。

「う、おおおおおおおおおお！」

ノーブルは堪らずに絶叫した。初手からいきなり最高潮(クライマックス)だった。

だから、ノーブルも最大の秘策をここで出さざるを得なかった――『聖防御陣』だ。

本来、代々の聖女にしか伝えられてこない門外不出の法術なのだが、百年前にノーブルは親しくしていた聖女から万が一の際にと教わっていた。しかも、長い年月をかけて、オリジナルより高い強度を誇る、ノーブル独自の最強の盾と言うべき秘中の秘となっていたわけなのだが、

「ぐ、ああああああああああ！」

そんなノーブルの絶叫は轟音でしだいに掻き消されていった。

実際に、隕石(メテオフレイム)が落下してくるのと同時に、夜空は昼のように明るくなって、耳をつんざくほどの衝撃波が地上に伝わってきた。

人地がひどく揺れて、爆発で地面がめくり上がって、さらには強烈な爆風があたり一帯に吹きすさんで——結果、岩山のふもとには巨大なクレーターと、地下水脈である血反吐が噴出して、そこら中が炎に包まれて真っ赤に染まった。

ともあれ、ルーシー、リリンやヌフが張っていた結界に加えて、皮肉なことにノーブルの『聖防御陣』のおかげもあって、岩山のふもと以外には影響が出ていない上に、

「ぐ、ぬぬ……」

と、当のノーブルもギリギリで無事のようだ。

とはいえ、その身はすでに襤褸々々(ボロボロ)で、片手剣を杖代わりに何とか立っている有り様だ。

「では……こちら、から、いくぞ……再度、展開！『聖防御陣』！」

今度は、ノーブルが逆襲する番だった。

左手を高々と掲げると、その甲にあった聖痕が煌めいた。

「——この攻撃はもしや？」

セロは眉をひそめた。

直後、壁のように展開された聖防御陣が四方からセロへと押し寄せてきた。

ただ、セロはその攻撃をかつて見たことがあった。聖女クリーンがセロを王国から追放する際に放ったものだったからだ。

あのときセロは聖防御陣に囲まれて背中を焼いた。たしかにこの攻撃は魔族にとっては相性が悪すぎる。しかも、これだけの強度を持っていると、簡単には打ち破れないだろう……

しかも、セロにとっては都合の悪いことに、隕石（メテオフレイム）によって出来た溶岩（マグマ）の落下跡（クレーター）にいたせいで周囲に逃れることが上手く出来ずにいた。もちろん、ノーブルもそれを見越して、セロを追い詰める為に放ったわけだ。

「これは……まいったな」

セロは困りつつも咄嗟に思いついた。

聖防御陣は聖なる法術なので、ここは闇系の魔術で相殺するしかない――

ただ、セロには魔力（マナ）が半分ほどしか残されていなかった。ノーブルはセロのそんな特殊体質を知らないはずだから、先ほどの隕石（メテオフレイム）を見た後では魔術勝負を仕掛けてくるとは思えない。とはいえ、こうやって遠距離で魔術や法術を打ち合う展開はセロにとっては好ましくない。

何にしても、ずっと考えごとばかりしていても埒が明かないので、とりあえずセロは闇系の生活魔術を聖防御陣に向けて放つことにした――

「あー！　それ、わたしのオリジナル！」

直後、モタが声を張り上げた。

そう。セロが放ったのは、モタがよくセロやバーバルを実験体に試し撃ちをしていた『放屁（スカンク）』の闇魔術だった。

当然のことながら、ルーシー、リリンやヌフたちはまた一ダース分の悪態をついて、すぐに両手で鼻と口を塞いだ。同時に、放屁（スカンク）が聖防御陣にぶつかって、相殺されていくのと同時に、周囲には異臭と爆風が巻き起こった。

モタが思わず、「ぎょえ」と蛙みたいな鳴き声を上げたことからも、その臭さは想像出来るだろうか。放ったセロ自身でさえ、鼻がもげるかと思ったほどだ。

「ん?」

次の瞬間、セロは眉をひそめた。

いつの間にか、視界からノーブルが消えていたのだ。だが、セロもすぐに気がついた――

ノーブルは聖防御陣を放った際に宙へと飛び上がっていたのだ。片手剣を振りかざしてセロのもとへと一気に降りてくる。

もっとも、ノーブルにとって誤算だったのが、爆風によって態勢が崩されてしまったことと、

「く、臭い……」

何より、異臭が上に昇ってきたことで涙目になったことだ。

そもそも、臭いは鼻につんとくるだけではなく――もちろん、目にもくる。セロはそこまで計算して放ったわけではなかったが、結果的にモタの悪戯(いたずら)がセロを大いに救った格好になった。

「喰らえ!」

セロは即座にそんなノーブルに向けて釘付き鉄球を放った。

「ちぃ!」

ノーブルは宙でそれを片手剣で受けざるを得なかった。

とはいえ、上空に飛んだ時から覚悟はしていた。こうなったら、後は力と力の押し合いだ――

その勝負に、今度はノーブルが勝った。釘付き鉄球を上手くいなして、何とか着地すると、ノーブ

ルはついにセロの懐に入ったのだ。

「取った！」

ノーブルは片手剣で連撃を繰り出そうとした。

いまだ涙目で視界は最悪だったが、セロが主武器であるモーニングスターを手放したことは分かった。補助武器が何であれ、もう取り出す余裕はないはずだ。

が。

その直後だ。

突然、ノーブルの視界が暗闇に覆われた。

というのも、セロはアイテムボックスから煙玉を取り出して、それを地に放ってすぐに煙幕を張ったのだ――

そもそも、今回、ノーブルにとっての最大の誤算はセロの戦い方をよく知らないことにあった。勇者パーティーにいた頃、セロは法術ではなく、アイテムで仲間を支援するスタイルを取っていた。

『光の司祭』ことセロと言えば、モーニングスターを振り回す凶悪なイメージがつい先行してしまうが、本来は――アイテムボックスにある物を駆使するのがセロの戦い方だ。

「くそ……これでは見えん！」

ノーブルは片手剣を振って、煙を散らしながら焦っていた。

何もかもが後手だった……

不思議なことに全てが見透かされているようでもあった……

その一方で、セロにとっては、ノーブルの行動のほとんどが読み通りだった。

何しろ、セロはノーブルの戦い方をよく知っていたのだ。高潔の勇者の伝承については、バーバルから耳にタコが出来るぐらい聞かされてきた――それが今になって全て活きた。つまり、ノーブルはセロの手の内をよく知らなかったが、セロはほぼ全て把握していたわけだ。実力の近い者同士の戦いにおいてこの差はあまりにも大きい。

「どこに行った！」

涙目と暗闇によって対象（セロ）を見失ったノーブルに対して――

セロはアイテムボックスから補助武器であるメイスを取り出す時間を稼ぐと、横合いから接近してノーブルを突き上げた。

「――っ！」

もっとも、さすがは元勇者だけあって、ノーブルはバックステップして何とかかわすと、うっすらとした視界の中でも幾度か打ちあってみせた。

だが、そこでノーブルはふいに態勢を崩した。

ちょうど足もとに釘付き鉄球が落ちていたのだ。セロは視界を悪くして、その場所にあえて誘導したのだ。

「しまった！」

次の瞬間だ。

ノーブルの手から片手剣が弾かれた。

そして、その喉もとにはメイスの先が迫った――

「……降参だ」

ノーブルは両手を上げて、そのポーズを作った。

良い勝負が出来るかなと考えてセロに挑んでみたわけだが、結局のところ、終始押されっぱなしだった。ノーブルにとってはまさに完敗だ。

ただ、ノーブルは不思議なことに晴れやかな表情を浮かべていた。

一方で、余裕に見えたセロだったが、実のところ、これが唯一の勝ち筋だった。まさに薄氷を踏むかのような戦いだ。そもそも、魔術や法術の勝負では特殊体質のせいで何発も撃てないから、最初に違いを見せつけるしかなかった。また、近接戦でもまともにやって勝てるはずなどないから、中距離を保っている間に相手に何らかの異常を付与するなどして優位に持ち込むしかなかった。

さらに、最後の打ち合いはノーブルの剣術に憧れたバーバルのものを何度も見てきたからこそ対応出来たわけで、結局は出たとこ勝負だった。

「ふう」

セロはやっと息をついた。

もっとも、隕石（メテオフレイム）や放屁（スカンク）のせいで、ルーシー、リリンやヌフたちが珍しく睨んできたから、セロにとっての本当の戦いはこれからと言ってもよかったわけだが……

「さて、これでセロ殿に全てを話す時が来たようだな」

ノーブルはそう言って、セロを真っ直ぐに見つめてきた。

こうして第六魔王の愚者セロは高潔の元勇者ことノーブルから百年前の真実と、この世界の成り立ち、さらにはセロたちにとっての本当の敵を知らされることになる。

後世の史書にはこう残されている――

混迷を極めた時代に初めて奈落を覗(のぞ)いた者こそ、勇者ではなく、実は愚者であった、と。もちろん、このときセロはまだ、そんな奈落の底に蠢(うごめ)く者たちがいるなど知る由もなかったわけだが……

* * *

ここは西の魔族領こと第七魔王国――

じめじめとした湿地帯の果てには巨大要塞のような墳丘墓があるわけだが、その石室内に安置されている柩の中で、不死王リッチは目を覚ました。

石室とはいっても城の広間ほどの大きさがあって、様々な金銀財宝で彩られている。

もっとも、棺のすぐそばには、そんな無数の宝玉にはそぐわない、ただの頭蓋骨の形をした石が置かれていた。

リッチは「はっ」として起きて早々、片手でそれをギュッと握り締めると、粉々に破砕した。

「ええい、忌々しい！」

リッチの『等価交換』で亡者を召喚するには金貨や宝物などが必要で、それは宰相ゴーガンが持ち寄った分で何とかしたが、リッチの偽者(ダミー)を送り込むに当たって、リッチはとても貴重な髑髏(どくろ)水晶を一個潰していたのだ――

「さて、どうしてやりましょうかね。第六魔王国はともかくとして、聖女パーティーと王国にはその代価を払っていただかないと気が済みませんよ。まったく」

リッチがそうこぼすと、柱の陰から声がした。

「それはさすがに勘弁してくれ。これだけ溜め込んだのだ。貴様にはもう代価なぞ必要なかろう?」

「誰です?」

リッチが視線をやると、そこには意外な人物がいた。

「貴方はたしか――」

そう。石室内の柱に背をもたれさせて、元勇者のバーバルが突っ立っていたのだ。

もちろん、予期せぬ来客だ。リッチもいったいどうやってここまで入り込んだのかと、不思議に思ったものだが……

同時に、リッチは首をやや傾げた。

どこかおかしかったのだ。暗がりにいてもなお、継ぎ接ぎだらけの醜い体は隠しようがなかったし、リッチの知っている勇者バーバルの雰囲気ともずいぶん違った。弱さの裏返しだった傲岸さが鳴りを潜めて、どこか余裕を感じさせる強者の貫禄が身に付いている。

そんなバーバルがリッチのもとに来るべく、石室内の階段をゆっくりと上ってきた。

「たしかも何も、貴様とは初対面だったはずだが?」

「以前、我が領土に来られた際に、生ける屍(リビングデッド)の目を通してお顔は拝見しましたからね」

「ふん。そうだったのか。まあ、あのときは……世話になったな」

バーバルは自嘲気味に小さく笑った。

たかだか不死将デュラハン如きに撤退させられた。そんな敗北が今となってはずいぶんと昔の出来事のように感じられた。

一方で、リッチは「ん？」と、今度は首を逆へと傾げた。

柱の間の暗がりから出てきたバーバルをまじまじと見て、さらなる変化に気づいたからだ――

「ほう。第六魔王の愚者セロと同様に、貴方も呪いを受けて魔族に転身していたのですか？」

「まあな」

「では、ご友人のように魔王になりたいと？」

「さてな。王になるのか、奴隷のままか。はたまた、主役に躍り出るのか、黒子に徹するか。いずれにしても、一つだけはっきりとしていることがある」

「ほう、何でしょうか？」

リッチが問いかけると、バーバルはにやりと笑みを浮かべてみせた。

「貴様程度に勝てないようなら、俺は所詮、しがない端役(はやく)だったということだ」

そう言って、バーバルは右手の義手を剣身(ブレード)に変形させた。

直後、リッチは「ふん」と鼻を鳴らした。つい先ほど大神殿の地下で出くわした人造人間(フランケンシュタイン)エメスや巴(は)術士ジージならともかく、たかだかバーバル如きに見下される理由など何もなかった。

リッチはやっと棺から立ち上がった。

即座に不死将デュラハンと妖精バンシーを一体ずつ召喚する。

さすがに日がな一日、大神殿の地下で偽者(ダミー)を演じつつ亡者を召喚し続けたのでかなり消耗していたが、バーバル程度の相手ならこの二体で十分だろうと想定したわけだ。

が。

バーバルは歩みを止めることもせず、

「やれやれ。リッチよ。さすがに勘弁してくれ。俺を舐めすぎだ」

たった一閃――

それだけでデュラハンとバンシーは瞬殺されていた。

「ば、馬鹿な……」

リッチはさすがに呻(うめ)いた。

ここは先ほどの『光の雨(ホーリーレイン)』で聖なる属性の地形効果を持ったフィールドではない。むしろ、墳丘墓の石室といったリッチにとってホームと言ってもいい場所だ。

そういう意味では、今召喚した亡者たちは先ほどの倍以上の強さを誇っていた。少なくとも、以前の勇者バーバルなら、逆立ちしても敵わなかった相手だ。ということは、バーバルはまだ魔族になって間もない不安定な状態にもかかわらず、その力量は以前と比べ物にならないほど強くなっているということだ。

「いったい……どうやってそれほどの力を手に入れ――」

と、リッチが問いかけるよりも先に、その頭蓋骨は飛んでいた。

さらに連撃によって、リッチは王冠や華美なマント諸共に、有無を言わさず一瞬で全て砕かれてし

まった。文字通りに瞬殺だ。最弱の魔王と謳われるリッチ如きでは全く相手にならなかった。

もっとも、バーバルはまた「やれやれ」と肩をすくめてみせる。そして、柱の陰からスッと現れ出てきた黒服の神官に声をかけた。

「どうやら、このリッチには――魔核がなかったようだが？」

「問題ありません。それよりも現在の状態（ステータス）はどうですか？」

「気分が悪い。まだ魔力（マナ）経路が落ち着かないせいで、さっきから体がじわじわと呪いに蝕（むしば）まれていくような感覚が残っている。吐き気がするよ」

「それならば、逆に順調ということですよ。じきに馴染むはずです」

バーバルは「ふん」と気のない返事をした。

不死王リッチを討伐したというのに、喜びはさして湧いてこなかった。むしろ、その弱さにがっかりしたくらいだ。

そもそも、この石室にいたリッチもまた本物のようではなかった……

それに本物ではないと言うならば――

バーバルは薄暗い石室の中で自らの左腕を見つめた。

それは継ぎ接ぎの跡だらけで、長い爪だけでなく、手の平には牙までついている。また、胸や肩のあたりは竜鱗で覆われていて、さながら鎧のようだ。もちろん、胸もとにはまだ呪詞付きの首輪もある――奴隷の証だ。そう。バーバルこそ、本当の姿を失った合成獣（キメラ）に過ぎなかった。

「外に出るぞ」

バーバルはそう言って、黒服の神官を引き連れて墳丘墓から出た。

何者かになれば見える地平もあると、黒服は言っていたはずだが——少なくとも今のバーバルに見えたのは、どこまでも続く、薄暗くて殺風景な湿地だけだった。

「まあ、俺には……お似合いの光景だな」

こうして人工人間(ホムンクルス)になり果てたバーバルは精度実験を終えたのだった。

西の魔族領の最果て——いや、むしろ南西の島嶼国(とうしょこく)にほど近い海岸線にぽつんと建っている掘っ立て小屋で、

「はあ、はあ、はあ……」

と、不死王リッチは息も絶え絶えに目を覚ました。

ここはリッチが人族の研究者だった頃に過ごしていた実家だ。

当時はまだ古(いにしえ)の大戦も起きておらず、湿地帯は広大な牧草地だったので、家畜の放牧によってこの地にいた人々は牧歌的に暮らしていた。

だが、古の大戦時に邪竜ファフニールが暴れまわって、ここが血だらけの古戦場となって、その血によって湿地が出来たことで、亡者が大量に湧き上がるような環境になり果ててしまった。あれだけ日が燦々(さんさん)と降り注ぐ、緑豊かな土地だったはずなのに、今となってはどんよりとした分厚い雲に覆わ

れて、太陽にすら嫌われてしまった不浄の大地だ。

とはいえ、古の大戦を何とか生き延びたリッチはそんな変化をかえって喜んだ——

そもそも、長閑(のどか)で開放的な人々に囲まれていながら、不死性の研究などをしていた根暗な死霊専門の巫術士(ネクロマンサー)だ。

明らかに周囲から浮いていたし、煙たがられてもいた。だからこそ、人の住まない亡者の土地になって、リッチは大いに研究に勤(いそ)しんだ。それこそ研究材料は腐るほど転がっていた。

そんな変わり者だったせいだろうか。死んだ後に第四魔王こと死神レトゥスに見出されて、リッチ自身が不死者になったのは皮肉以外の何物でもなかった。

もっとも、不死性を得た喜びは長く続かなかった。レトゥスが治める『霊界』があまりにも過酷だったせいだ。リッチは研究もろくに出来やしない地下世界に辟易して、しばらくしてレトゥスから離反すると、地上に逃れてきた際にこの湿地帯を自らが治める魔族領として定めた。

不死王を名乗りながらも、リッチは小心者だったので、いつ他の魔族に襲われるか、びくびくしながら過ごした。

だが、いつまで経っても、誰も攻めては来なかった……

離反した主のレトゥスすらリッチにちょっかいをかけてくることはなかった……

大地のほとんどが湿地で、亡者しか湧かない土地なので、そもそもこの領地を治めたいと望む者はいなかったし、さらにはこんな薄暗い場所こそが最弱の魔王リッチに相応しい領土とまで蔑(さげす)まれたわけだが——

結局、何てことはない。

もともと、この不毛の大地はリッチにとって大切な故郷だったのだ。

しかも、魔導具によって封印を幾重も施した生家の地下に、リッチの本体はずっと眠り続けてきた。

「ちい。どこかに早く逃げた方がいいようだな。どうやら奴らは本気のようだ。どちらが仕掛けてきたのかは知らんが、しばらくは身を潜めて様子を見るべきか」

リッチは起き上がると、「ふむん」と顎に手をやった。

今、リッチを攻めてくるとしたら三つの勢力があった。あれだけ不毛だ、最弱だと言われて、無視され続けてきたことから考えると、リッチとしては本来歓迎すべき状況ではあったが——

「いっそ第六魔王国にでも逃げ込もうか」

リッチはそう呟いて、その可能性を検討し始めた。

今回、第六魔王国が元勇者バーバルをけしかけてきたとは考えづらかった。先般、バーバルは第六魔王国を攻め立てたばかりだ。這々（ほうほう）の体（てい）で王国に戻ったと耳にしていたから、バーバルが第六魔王国の尖兵になるはずがない。

となると、考えられるのは王国——宰相ゴーガンか、あとはもう一人のどちらかの勢力だ。

「アバドンの手下どもが我（われ）を処分しようとしたか。それとも、やはり亡者を決して赦（ゆる）さない天——」

そのときだ。

小屋の扉を勝手に開けて、地下にやって来る者がいた。宰相ゴーガンだ。

リッチは頭を横に振った。敵にしてはまさに天晴（あっぱれ）だ。常に先手を打ってきて、拍手喝采したいほどだった。

その宰相ゴーガンはというと、高慢そうな顔立ちにいかにも不遜な笑みを張り付けていた。ここでリッチを処分する気満々といったふうだ。

もちろん、リッチは知っていた。王国の内政と外交を一手に担うこの青年は――陰から現王を操って人形のように支配する、第五魔王こと奈落王アバドンの配下、泥竜ピュトンが認識阻害で化けた姿だということを。

「なぜ、この家が分かったのですか?」

リッチがため息混じりに尋ねると、宰相ゴーガンは以前のように女性の声音で答えた。

「百年もの間ずっと、アバドン様にかけられた封印について調べてきたのよ。この程度のお粗末な術式なんてとっくに見抜いていたわ」

「ということは、バーバルを仕向けたのも、やはり貴女(あなた)でしょうか?」

「そうよ。駄犬からちょっとした猟犬程度にはなっていたかしら?」

「ええ。見事でしたよ。我は亡者の専門家ですが、生者をあそこまで短期間で強化する技術には目を見張ったほどです」

「まあ、その古の技術については……実のところ、私は門外漢なのよ」

「つまり、あくまでも貴女の役割は――封印について調べることだと?」

「その通りよ。おかげで、こうして貴方に引導を渡すことも出来るわけだし。意外なところで役立つものよね」

リッチは「ふむん」と肯いた。少しは時間稼ぎがしたかった。

だから、薄氷を踏む感覚ではあったが、宰相ゴーガンにとって最も核心的な質問を繰り出した――

「全ては、奈落にいるアバドンにかけられた封印を解く為でしょうか?」

その瞬間だ。

手刀によって、リッチはまたもや首を飛ばされた。

しかも、今度は本物の魔核を宰相ゴーガンにしっかりと握られていた。

「アバドン様よ。たかだかリッチ如きが敬称を欠くだなんて勘弁してほしいわ」

宰相ゴーガンの目つきは狂信者のようだった。

そして、泥のように爛れた左手で容赦なく魔核を握り潰した。こうして第七魔王こと不死王リッチは世界から退場したのだ。

「さて、第六魔王の愚者セロという劇薬も見つかったことだし……高潔の勇者ノーブルとドルイドのヌフとの間に亀裂を入れて、今度こそアバドン様の御身をお助けしなくてはね」

宰相ゴーガンはそう言って、みすぼらしい小屋を燃やしてから立ち去ったのだった。


「お義父様。今日こそ動いてもらいますよ」

海竜ラハブは邪竜ファフニールの尻尾を揺すっていた。

ここは南の魔族領こと第三魔王国だ。王国南のディスヌフ辺境伯領から南に下って、さらに『竜の巣』と呼ばれる岩山を登って、そんな険しい山々を越えた先に『天峰』がある。

もっとも、そこに玉座はない。天まで届きそうな傾いた塔と、山の如く巨大な竜が一体——それに加えて涼しげなハーレムパンツを穿いて、清らかなベールをなびかせた金髪の美しい女性がいるだけだ。要は、その女性ことラハブがまるで駄々っ子のように、自身の体の何十倍もあるファフニールの尾を手で引っ張っていたわけだ。

だが、ファフニールは微動だにしなかった。

「とうに真祖トマトの解禁日は過ぎているのです。お義父様を招きもしないとは、第六魔王国は無礼千万。余と共にこてんぱんに叩きのめしてやりましょうよ」

海竜ラハブは「ふんす」と鼻息荒く、そう強固に主張するのだが……やはり邪竜ファフニールはぴくりともしなかった。

「真祖トマト？　そうか。もうそんな時季だったか」

「余がなぜ人族の姿になっているのか。お義父様ならよくよくご存じのはずでしょう？」

「ん？　ああ……なぜだ？」

「もう！　美味しいものをたらふく、たくさん、もりもりと食べる為です！」

海竜ラハブはそう言い切った。

実際に、数代前の辺境伯が産卵期の大蜥蜴に人を食べるのを止めさせるようにと、料理人をわざわざ差し出してきたときも、ラハブだけが庇護して美食に舌鼓をうった。

もっとも、その料理人も今はいない。竜たちに丸かじりされたわけではなく、天寿を全うしたのだ。最終的にはラハブを「竜姫様」と慕って、付き人のように振る舞っていたくらいだ。ラハブも「爺や」と呼んで、最期まで可愛がってあげた。

「ふふ。そうか！　食べる為か。いかにも義娘らしいなあ！」

「でしょう！　さあ、お義父様！　一緒に第六魔王国まで攻めに行きますよ！」

海竜ラハブは勢いよく言うも、いつの間にか、その周囲に幾人かの人族が集まっていた。

料理人の子孫たちだ。ラハブが外遊すると聞いて、その者たちがドレスを合わせ始めたのだ。

同時に、ラハブの兄竜たちもわらわらと集まってきて、いつの間にかお人形遊びみたいになって、ラハブを猫可愛がりしだしたものだから、結局のところ、またもや出はなをくじかれる格好となってしまった……

こうして第三魔王国はいまだ大きく動くことなく、沈黙を貫いたのだった。


現王の側近こと宰相ゴーガンが公爵家の家督を継いでいることは以前にも語った通りだ――まだ二十代前半と若く、実務能力に長け、一種の人たらしとでも言うべき愛嬌を持ち合わせているので、王国内でゴーガンを悪しざまに言う者はほとんどいない。

そもそも、公爵家ということから分かる通り、ゴーガンの実家であるフェイクスター家は現王家の分家であって、またゴーガン本人はというと、現王から見て従妹(いとこ)の息子である従甥(じゅうせい)に当たる。

旧門貴族としては最も家格が高いことも合わさって、口さがない貴族たちでも非難しようがない大人物なのだ。

もっとも、現王の父の代――父王の時代では、王家とフェイクスター家とはかなり疎遠な間柄だった。むしろ血を分けた政敵だったと言い換えてもいい。

それなのに、なぜ現王が従甥であるゴーガンを可愛がっているのかというと、十年ほど前に王子たちが全員、魔族や魔物（モンスター）に殺されてしまったからという声もあるが、その一方で現王と父王との仲がとても悪かったせいだという噂もある。

いわゆる敵の敵は味方というわけだ――それだけフェイクスター家は先代の王たる父王に対して政敵として散々に嫌がらせをしてきたわけだが、それほどの悪評をたった一代で忘れさせてしまうぐらいに、ゴーガンは社交界でも上手く立ち回っている。

勇者バーバルに似て傲岸不遜な顔立ちのわりに、その高慢さは宰相としての厳格さの表れとみなされ、また一国の重鎮としてはまだ若いにもかかわらず、その初々しさを助けようと多くの人々が集まってきてくれる。

いわば、宰相ゴーガンとは、薄氷の舞台の上を堂々と渡り歩く、当代随一の役者でもあった。

そう。ゴーガンは、バーバルよりもずっと上手の役者だったのだ。

そういう意味では、これまで記してきたフェイクスター家にまつわることは全て忘れ去ってもらっても構わない。いや、いっそなかったことにしてもいい。

というのも、これまでの身の上話は百年の虚構（フィクション）に過ぎないからだ――

「わざわざ足を運んでもらって悪かったわね」

宰相ゴーガンは女性の声音で話しかけた。

第七魔王の不死王リッチを始末した後、泥竜の姿になって飛行して、たった一日ほどで王国に戻って来ていた。今回の会合に出席する為だ――

相手は王国最東に領地を持つハックド辺境伯だった。すぐ隣が東の魔族領で、砂漠が広がっていることもあって、ハックド辺境伯は涼しげな独特の衣装（トーブ）を身に纏っている。褐色の肌で、いかにも武辺者といった渋い男性だ。

王国の東領を守護する武門貴族として名高いので、最近、北の魔族領へと軍隊を派遣させる為に『魅了』を使ったのではないかと疑われているゴーガンとは相容れないはずなのだが……

「別に構わないさ。それで私に何か用だろうか？」

特に労いを求めることもなく、ハックド辺境伯は王城の客間で席に着いた。

「もちろん、用があるからわざわざ呼んだわけだけど……ところで、そこにいる人はなぜここに来たのかしら？」

宰相ゴーガンが指差すと、ハックド辺境伯の隣に座った者は悪戯小僧っぽい笑みを浮かべた。

「いやはや、まさかこんなに王都がすっからかんになっているとはね。潜入し放題じゃないか。これなら白昼堂々と、この姿で城内を闊歩しても問題ないんじゃないかな」

そう言って、その者は自らの体を誇示した――

虫人だ。いや、正確には虫系の魔族だ。頭部だけが緑色の飛蝗(ばった)で、体は人族に近い。

もっとも、赤いマントを纏い、薄くて透明な羽は四枚とも背にしまわれているので目立たない。何にせよ、王国最東の守護を任されたハックド辺境伯がよりにもよって魔族と共に入室してきたのだ。

そんな虫人をまじまじと見つめて、宰相ゴーガンは「はあ」と短く息をつくと、

「問題あるに決まっているじゃない。まさかとは思うけど、一緒に並んでここまでやって来たわけじゃないわよね？」

「いやいやいや、さすがにそれはしないよ。ちゃんと潜んできたさ」

「本当に？」

「元帝国軍直掩部隊長、現第五魔王国情報官様を信用出来ないと言うのかい？」

「ええ。全く出来ないわ」

宰相ゴーガンはにべもなく言った。

その虫人は椅子から転げ落ちそうになるも、宰相ゴーガンがハックド辺境伯に疑いの視線を投げかけたので、辺境伯も「はあ」と小さく息を吐いてから、「特に問題はなかった」と、渋々肯いてみせた。そんな返事に気をよくしたのか、虫人はドンと胸を叩いた。

「ほら、どうだい」

「最近、私の中で貴方の株が暴落気味なのよね」

「ひ、ひどい言い様だな……」

「だって、肝心の第六魔王国の報告がさっぱりじゃない」

「まあ、それについては申し訳なく思うよ。真祖カミラの治世とは違って、愚者セロの配下は増える一方で、もともと吸血鬼の国家だったものだから認識阻害などが得意でね。いや、本当に……手こずらされているんだよ」

その話を受けて、宰相ゴーガンは苦虫を嚙み潰したかのような顔つきになった。

大いなる野望の為に第六魔王国は手を組むに値する国家なのか――それを知る為にも早々に王国というカードを切る羽目になった。この王国が攻められようが、滅びようが、宰相ゴーガンにとっては実のところどちらでもいいのだが、それでも百年ほども、暗躍してきた身としてはそれなりに思い入れがあるのはたしかだ。

「それで、私はいったい何をすればいいのかね？」

すると、痺れを切らしたのか、ハックド辺境伯が声を上げた。

「ああ、ごめんなさいね。ハックド辺境伯――いえ、自己像幻視（ドッペルゲンガー）のアシエル」

宰相ゴーガンがそう言うと、ハックドもといアシエルは肩をすくめてみせた。

そう。王国最東の守護家は王家を裏切ったわけではない。とうに魔族に乗っ取られてしまっていたのだ。

ちなみに、アシエルは自己像幻視（ドッペルゲンガー）の名の通り、実体を持たない影に過ぎない――影として取り憑いた者を殺して、自らの中に飲み込んでしまえば、その者を完全に複製出来るという種族特性を持っていて、また認識阻害も吸血鬼並みに得意なので、たとえ殺していない者でも化けることは容易だ。

だから、宰相ゴーガンはアシエルに話を持ちかけた。

「貴方には、認識阻害でもって勇者バーバルに成り代わってもらいたいのよ」

アシエルは眉をひそめた。武門貴族の誰かに化けろというならまだ分かる。実際に、宰相ゴーガンに対する弾劾の声は日に日に大きくなってきている。だから、アシエルもてっきりその件で手助けしてほしいと相談されるものとばかり思っていた……

「バーバルか。たしか……蟄居（ちっきょ）させられていたのではないかね？」

「そうよ。でも、すでに大神殿の研究棟にその身を移して、人工人間（ホムンクルス）にする手術を成功させたばかりなの。それなりの猟犬に成長してくれたわ」

それを聞いて、アシエルは「ほう」と肩をすくめた。

「なるほど。人工人間（ホムンクルス）にしてしまった以上、蟄居元には戻せないから、私にバーバルの身代わりになれということか。ところで、私はいつまで大人しくしていればいいのだ？」

「それについては考えてあるわ。いずれ諸事情でバーバルこと貴方には脱獄してもらう予定よ」

「ふむ。つまり、その日まで化けていろと」

「お願い出来るかしら？」

宰相ゴーガンが男の身でしなを作ってみせると、アシエルはやれやれとまた肩をすくめてみせた。

「元帝国神殿群付き巫女で、現第五魔王国の魔王代理にお願いされて、果たして断れるものなのかね？」

「ふふ。よろしい。じゃあ、しばらくお願いするわね」

すると、今度は飛蝗の虫人が身を乗り出して、いかにも興味津々といったふうに声を上げた。

「ねえねえ、僕は？　何をすればいい？」

ただ、宰相ゴーガンはつんと下唇を突き出すと、

「そうねえ。貴方は今から第六魔王国にでも行ってみたらどうかしら？　正直なところ、配下(虫たち)に任せっきりで、現地に行こうともしない情報官なんてどうかと思うわ。貴方の双子の弟、サールアームに言いつけてあげてもいいのよ」

そんなふうに非難されたこともあって、その虫人は「げっ」とこぼすと、みるみるしゅんとなっていった。器用に両手の指先をつんつんとさせて、上目遣いで宰相ゴーガンに懇願する。

「それだけは止めてほしいな。あいつ、生真面目だから冗談が通じないんだよ」

「じゃあ、早く成果をあげることね。そうでしょ、アルベ？」

それだけ伝えて、宰相ゴーガンは立ち上がった。

情報官アルベも、自己像幻視(ドッペルゲンガー)アシエルも、同時に席を立って陰の中に歩み始める。

全ては百年も前に始まっていた舞台なのだ。第五魔王国の手慣れた役者たちは互いににこりと笑みを浮かべて寄越すと、舞台袖の暗幕に隠れていった。


大陸南東にある大森林――

そこはエルフの管轄する森林群としてよく知られている。

亜人族のエルフは皆、見目がとても美しく、また気位も高いことから、他種族との交流をほとんど持たなかった。

もっとも、かつては人族やドワーフなどと協調していたこともあって、他者を全く寄せ付けないというわけでもない。ただ、エルフにはこの大陸で最も優れた種族だという自負があった――いわゆる『エルフ至上主義』である。

だから、たとえ人族の王侯貴族でも、また大切な客人であったとしても、この神聖なる森ではエルフは誰に対しても敬する態度さえ示さないはずなのだが――

「ようこそお越しくださいました、王女プリム様」

森の入口付近で二人のエルフの姉妹が王女プリムに跪いた。

「本日、お側に控えさせていただきます、ミルと申します。こちらはシエンです」

「よろしくお願い申し上げます、プリム様」

「ええ、よろしくね」

「では、こちらにお越しくださいませ」

ミルとシエンという銀髪のエルフの姉妹の案内で王女プリムは森に入った。

この森林群も迷いの森ほどではないが、各所に認識阻害や封印がかけられていて、分け入る者を拒むようになっている。

とはいえ、『転移』の法術でも施されていたのか、王女プリムたちは数分もせずに森の奥にたどり着いた。そこは小高い丘になっていて、森の中だというのに天から程よく光が零れて落ちてくる――この森林群で最も神聖と謳われる『エルフの丘』だ。

しかも、その最奥には霊験あらたかな巨竜の骨が鎮座ましましていた……

「これにて我々は失礼いたします」

それほどに神聖な場所だからなのか、エルフの姉妹はすぐに退いていった。

その代わりに、小高い丘上の質素な木造りの椅子に一人の男性が座っていた。現在のエルフ族長ことドスだ。

この大陸で最も美しい男性に違いない。元勇者バーバルや宰相ゴーガンと同じく、いかにも傲岸不遜な顔立ちなのだが、エルフの生来の美しさによってそれが上手く気品さへと変じている。

そんなドスが椅子から立ち上がると、意外なことに――王女プリムに席を譲った。さらには着座したプリムに対して叩頭までしてみせる。

いかにも慇懃無礼な仕草ではあったが、プリムを敬う姿勢は本物のようだ。

「遠路はるばるお越しいただきありがとうございました。王国の人形姫ことプリム様の気高さには、我々エルフ一同も――」

「世辞はいいわ、ドス。ところで、貴方だけなのかしら？」

そう告げた王女プリムの声音は、可愛らしい王女のものとは思えなかった。

さながら天から降臨したかのような気高さがあった。それほどに威圧的で、誇り高いはずのエルフの族長ドスも一層、地に額を擦り付けてみせた。

が。

「あらあら、気づかれないなんて悲しいわ。私なら、ちゃんとここにいるわよ」

どこからともなく、別の女性の声がした。

その声音にドスはついびくりと震えた。エルフの族長たるドスでも気配すら察することが出来なかったせいだ。

しかも、その女性はというと、いつの間にか王女プリムの真横に現れて、いかにも余裕綽々といったふうに、木造りの椅子の背に片手を突いて立っていた――

ドスと比しても、美しさでは引けを取らない。

いや、むしろ勝っているかもしれない。というよりも、大袈裟でも何でもなく、美しいという言葉はまさにこの女性が存在したから生じたのではないかといっても過言ではないほどに――ただ、ただ、美しい。まさにこのように木漏れ日の中で最も煌めく、儚げな夜の女王と言ってもいい。

そんな女性が手袋をいったん外して、片手をひらひらとさせた。手の甲には聖痕らしきものがある。それは高潔の元勇者ノーブルのものとよく似ていた……

「古い友人に会ってきたから、第三魔王国側からこの森に勝手に入らせてもらったわ」

女性はそう言って、どこか申し訳なさそうにエルフの族長ドスへと微笑を寄越した。

それだけで、ドスは危うく『魅了』にかかりかけた。精神異常を免れたのは、王女プリムがこう声をかけて阻んだからだ——

「さて、それでは始めるわ。各々（おのおの）、古の盟約に基づいて、奈落に関する報告をしてちょうだい」

こうして世界は一時、奈落を中心に回っていくことになる。このとき、奈落の王（アバドン）は封じられつつも、その力を溜め込んで解放されるのをじっと待っていたのだった。

（第二部　了）

追補01　高弟たち

「お師匠様はいらっしゃるだろうか？」

王都の貧民街(スラム)の外れにある古塔を訪ねる女性がいた。

王国でも高名な魔導騎士ことマジックだ。今はその実力を買われて、王国東の武門貴族に雇われていることもあって、その領地からわざわざ出て来るのはとても珍しいことだ。

魔導騎士らしく黒で統一された鎧とマントを身に纏(まと)って、メイスを腰に帯びている——

よく焼けた褐色の肌、長くて癖のある黒髪に、肉感的な唇が魅力的な女性だ。年齢は三十代半ばで、雇用先の貴族家で同僚となった騎士爵の男性と結ばれて、五人の子供をもうけているのだが、子沢山の母親には見えないほどに艶(あで)やかだ。

「あら、やだ。マジックじゃないの。久しぶりねえ。でも、ジージ様はいらっしゃらないわ」

対応したのは、モタにお手伝いのおばちゃんと認識されている一番弟子のサモーンだった。

こちらはそろそろ五十代に手がかかる年齢なのだが、見目はいまだに女学生のように若々しい。百二十歳を超える巴(は)術士ジージのそばにいつも控えている印象があるので、王都にいる魔術師たちからは不老不死なのではないかと噂されているほどだ。

もっとも、モタからおばちゃん呼ばわりされているように、その性格も、仕草も、会話の内容まで含めて、たしかにおばちゃんっぽさが抜けない……

「うむ。久しぶりだな、姉弟子よ。ところで、お師匠様はすぐに戻って来られるのだろうか?」

「一週間ほどは戻らないはずよ」

「そんなにか?　いったい、どちらかに赴かれたのだ?」

「王国南西の辺境伯邸で行われる園遊会へと出て行かれたわ」

「は?　お師匠様が……園遊会だと!」

マジックは驚きで目を大きく見開いた。

世捨て人同然でこの古塔にこもって、最近は弟子すらもろくに取らなくなっていたジージがよりによって社交界に出るとは……もしかしたらサモーンに担がれているのではないかと、マジックは「それは本当なのか?」と両手を腰にやってまで疑問を呈した。

そんなマジックに対して、「あらあら、うふふ」とサモーンは口もとに手をやる。

「それが本当なのよ。王国のお偉いさんたちに散々泣きつかれて、そのまま拉致されるようにして連れて行かれたわ」

「よくもまあ、あのお師匠様が同意したものだな。まさかとは思うが、お師匠様も加齢で断ることも出来ないほどに耄碌(もうろく)されてしまったか?」

「マジックがそう言っていたと、お師匠様に伝えてもいいのかしら?」

「よせ。冗談だよ。というか、そんなつまらない冗談を言いたくなるくらいにはまだ信じられない」

マジックはそう言って肩をすくめてみせると、古塔一階の中央にあるテーブルまで進んで、ゆっくりと椅子の背にもたれた。サモーンは手早く紅茶を用意して、マジックの前に静かに置く。

「ありがとう。ふむ。やはり姉弟子の淹(い)れてくれる茶は美味しいな。私もこの味を目指しているのだが、なかなか難しくてね」

「ふふ。そう言ってくれるとうれしいけど……それよりも貴女がわざわざ王都に来るなんてどういう風の吹きまわしなのよ？　子育てが大変で、当分は領地から出られないんじゃなかったかしら？」

「子供たちは義母に預けてきたんだ。ここには遠方に行くついでに立ち寄っただけさ。明日にはすぐ出立する」

「遠方って……いったいどこに向かう予定なの？」

サモーンも椅子に座って、マジックを真っ直ぐに見据えると、マジックは「ふむん」と短く息をついて本来ならば機密にしておかなくてはいけない話を持ちだした。

「実は、私もその園遊会に出席するのだ。まあ、ご当主様の付き添いだな」

「貴女が子供たちを預けてまでわざわざ？」

「まあ、色々とあるんだよ。最近は何かと物騒でね。備えあれば憂いなしというやつさ」

「じゃあ、もしかしたら……武門貴族たちが悪巧みしているという噂はやっぱり本当だったのね」

サモーンがそう言うと、マジックは「悪巧みだと？」と目を鋭くした。

「まあ、悪巧みというのはちょっとした言葉の綾なのだけど……ジージ様が連れていかれたものだから、私も色々と調べてみたのよ」

「何か分かったか？」

「ええ。もともとは第七魔王の不死王リッチに敗れた上に、神殿騎士団とも仲違いした勇者パーティーの支持を改めて打ち出す為に、王族と武門貴族たちが結束を強めようという趣旨で、園遊会を辺境伯邸で開催するつもりだったみたいなの」

マジックはそれを聞いて、「ほう」と、いったん紅茶にゆっくりと口をつけてから、

「今、姉弟子は開催するつもりだった、と言ったな？」

と、耳聡く尋ねた。

その質問に対して、サモーンはウィンクで応じて、さらに指をパチンと鳴らしてみせる。

「ご明察。相変わらず頭が回るのね。その通りよ。開催はするけど、どうやら風向きがずいぶんと変わったらしいわ」

「どういうことだ？」

「勇者パーティーが二度目の敗北を喫したそうなのよ」

「二度目だと？　相手は誰だ？　また不死王リッチにやられたのか？　それとも、地上最強と名高い邪竜ファフニールにでも無謀な戦いを挑んだか？」

マジックが身を乗り出すと、サモーンは「ふふん」と意味深な笑みを浮かべてしばらく紅茶を楽しんだ。じらされた格好となったマジックはというと、椅子に深くもたれて、サモーンの言葉をじっと待った。

「相手は……第六魔王だったんだってさ」

二人以外に誰もいないのに、サモーンはわざわざ片手を口に当てて、ひそひそ声で伝えた。

「はあ？　第六魔王？　いやいや、ちょっと待ってほしい……そもそも、真祖カミラは倒したはずだろう？　先日も討伐記念のパーティーを王城でやったばかりだと聞いたぞ」

「それがどうやら新しい第六魔王が立ったそうなのよ」

「こんなにも早く？　新しい魔王が立っただと？　まさか長女のルーシーか？　あるいは、たしかカ

ミラには三人の娘がいたはずだよな。ええと……夢魔の次女リリンに、あとは……妖魔の……誰だったか？」

　マジックが思い出そうと、こめかみのあたりに片手をやると、サモーンは別の人物の名前をふいに出してきた。

「セロ……というらしいの」

　直後、古塔の中はしーんとなった。

　マジックは再度、椅子に深く身をもたれさせると、「はあ」と長いため息をついた。

「姉弟子よ。さすがに私を担ぎ過ぎだ。冗談にしてもつまらん。セロとは――勇者パーティーに所属する光の司祭のことではなかったか？」

「そうよ。間違いないわ。そのセロなのよ。不思議なことに、セロは前回の不死王リッチ討伐には参加していなかった。聖職者にとって亡者は宿敵のようなものなのにね」

「ふうん。しかし、たまたまだろう？　代わりに聖女クリーンが同行していたと聞いているぞ」

「じゃあ、さらにもう一つだけ耳よりの情報よ。新たに立った第六魔王の討伐に参加していなかった人物がもう一人いたの」

「もう一人？　そういえば……女聖騎士キャトルの名が園遊会の出席者リストにあったな」

「それもそうなのだけど、肝心な人物が外されていたのよ」

「おいおい、もったいぶるな。いったい誰だ？」

「モタちゃんよ」

「…………」

急に身近な人物の名前が出てきたので、さすがにマジックも眉間に皺を寄せた。

「姉弟子よ。いったい、モタに何かあったのか？」

「大丈夫。モタちゃんは無事よ。ついこないだ訪ねてきたばかりで、ぴんぴんしていたわ。まあ、お尋ね者にはなってしまっていたけれど」

サモーンはそう言うと、くすりと笑ってみせた。

マジックはまたもや「はああ」と長いため息をつく。

「お尋ね者だと？　いったい今度は何をやらかしたのだ。ついに十八番の魔術の暴走でもって、王城でも爆破したのか？」

「いいえ。どうやら無断で勇者パーティーを抜けてきたようなのよ。冒険者ギルドから通達がここまで来ていたわ」

「馬鹿な！　軍法会議ものだぞ！　大逆罪で死刑にされても文句は言えん」

「あの娘はジージ様に似てしまったのか、もともと似た者同士なのか、そういうところに無頓着だからねえ。何食わぬ顔してここで食事をして、どこかに行ってしまったわ」

「当然、冒険者ギルドには報告したんだろうな？」

「するわけないじゃない。お尋ね者になろうと、私はモタちゃんの味方よ」

「モタもモタなら、姉弟子も姉弟子だ」

マジックは今日何度目だろうか、またまた長いため息をつくしかなかった。

「そのモタちゃん本人が言っていたのよ。セロにごめんなさいする為に、北の魔族領に行かなくてはいけないって」

「はあ？　いや、待て……つまり、光の司祭セロは何かしらの事情で魔族に転身して、しかも北方の第六魔王国の魔王になったとでも言いたいのか？」

「またご明察！　やっぱり貴女は頭がいいわね。王族も大神殿も緘口令(かんこうれい)を敷いているみたいだけど、第六魔王が元人族――しかも、光の司祭の二つ名を持った勇者パーティーの一員だなんて大醜聞(スキャンダル)以外の何物でもないものね」

「やれやれ。それが本当だとしたら、現王と教皇の首が飛んでもおかしくない事態だぞ」

　マジックは片手を額に当てて、「どうしたものか」と宙を仰いだ。

　勇者パーティーの任命権は現王にあり、一方で聖職者は全員が大神殿に所属する。パーティーの一員だった光の司祭セロが魔王になったというなら、王族と大神殿の間で責任のなすり合いが始まるに違いない……

「ということは、今回の園遊会はもしや――」

「これもまたご明察。新しい魔王が立ったというのに喧嘩ばかりしていられないから、王族と大神殿が武門貴族を介して手を組もうという構図になるはずよ」

「さながら伏魔殿にでもなりそうだな……急に行きたくなくなってきたぞ」

「せっかく領地から出てきたのに、ジージ様に挨拶せずに帰るつもり？」

「うっ……はあ、仕方ないな」

　マジックはそう言って、やれやれと席を立った。それから、ふいに嫌な予感がしてサモーンに牽制もこめて尋ねてみる。

「まさかとは思うが、緘口令が敷かれた本件をぺらぺらと私以外の誰かに喋ってはいないよな？」

「喋らずに情報なんて集まると思う？」

サモーンのドヤ顔にマジックはため息を超えて、呆れるしかなかった。

これこそがサモーンのおばちゃんたる所以だし、おばちゃんの井戸端会議の恐ろしさとも言えるわけだが……

「そうそう、マジック。お土産をよろしく頼むわね」

「お師匠様と同じところに行くのだから、似通ったものになるぞ？」

「貰える物は何でももらっておく主義なのよ」

「そういう姉弟子の健気さについては、私も見習いたいものだよ」

そう言って、マジックはサモーンと別れたわけだが、その後の園遊会にて巴術士ジージが聖女パーティーの一員となったと知らされて、度肝を抜かれたことでお土産の件をすっかり忘れてしまったことは言うまでもない。

もっとも、その後すぐにマジックは北の魔族領への出兵準備に追われて、王都に立ち寄ることも出来なくなったわけだが……

追補02　妹たちの家出

　吸血鬼の夢魔（サキュバス）ことリリンは焦っていた。

　何をやっても長女のルーシーには敵わなかったからだ。武術も、魔術も、血による多形術も、さらには勉学も、礼儀作法までも、ルーシーは完璧に過ぎて、次女リリンのつけ入る隙がなかった……

　これでルーシーが冷酷非情で、血も涙もない吸血鬼だったならば、リリンも「性格ぐらいはマシかな」と溜飲を下げられたはずだが、そもそもルーシーはポーカーフェイスで感情をあまり表に出さなかった。それは多分に母たる真祖カミラによる帝王学の影響だったわけだが、その教えを平素もきっちりとこなしてみせるあたり、リリンも「これはもう完敗だよ」と白旗を上げざるを得なかった。

　もっとも、リリンは次の第六魔王の座を狙っていたわけでも、それに姉にどうしても勝ちたいわけでもなかった。真祖直系の血を色濃く受け継いだ吸血鬼として、いつも姉と比べられてきたこともあって、せめて一つぐらいは何か誇るものを持ちたかっただけだ。

「とりあえず……ぼくが苦手な武術で比べられないように、剣を主武器にするのは止めようかな」

　ルーシーは片手剣と双剣を得物（えもの）としていたので、同じ武器ではいつまで経っても敵わないと考えて、ためしにリリンは槍を手に取ってみたわけだが、

「リリンの姉貴。申し訳ないのだが、槍だけは止めてくれませんか」

　末妹の妖魔ラナンシーが血相を変えてやって来た。

「ん？　どうしてだ？」

「あたしとキャラが被るんだよ」

「………………」

リリンは「はあ」と思わず片手を額にやった。

実のところ、戦闘に関してリリンは末妹にも劣っていた。というか、末妹は武術がよほど気に入ったのか、日々、人狼の執事アジーンなどに稽古をつけてもらっている。

ルーシーよりもよほど時間を割いて、徹底的に鍛え上げているはずなのに、それでもまだまだ姉には届かない。そういう意味では、リリンと同様に剣から槍へと得物を変えたのは、おそらく末妹にとっても大きな挫折だったはずだ。剣では姉に敵いませんと言っているようなものだからだ。

そんなわけでリリンは仕方なく弓を手に取ってみたわけだが、ある日、ルーシーが流鏑馬で涼しい顔をしながら的に百発百中しているところを見てすぐに諦めた。

また、リリンの美的センスにはいまいち合わなかったのだが、不格好な斧を手にして、上手く振り回せるようにと筋トレをこなしていたら、魔王城のそばに出てきたジョーズグリズリーという巨大な魔物を相手にルーシーが手近にあった斧を「ふん」と投げつけて、簡単に一刀両断しているところを目撃してしまってこれまた止めた。

というか、リリンが手に取る武器にルーシーもいちいち、「ほう」と興味を持つらしく、

「今度は鉄扇か。これはなかなかに難しいものだな」

そんなふうに言いながら、リリンが扱いに困っているそばで執事のアジーンの急所を的確に叩いて悶絶させているものだから、いい加減にリリンも嫌になってきた。

その後も、鞭、三節棍（さんせつこん）、七支刀やチャクラムなども一通り試してみたのだが、悉く（ことごと）ルーシーは執事のアジーンをこてんぱんに叩きのめして、「やはり剣が一番だな」と嫌みを言ってくる。いや、ルーシーからすれば素直な感想に過ぎないのだろうが、リリンからすれば皮肉以外の何物でもなかったのだから最早どうしようもなかった……

ちなみに、ルーシーに叩きのめされるたびに執事のアジーンはというと、

「とっても……ご褒美です」

などと意味不明な供述をしていたわけだが、そんなある日、執事のアジーンが「はあ、はあ……」と魔王城の入口広間で悶えている間に、ついに末妹が出奔した。

どうやら槍でも末妹はルーシーに全く敵わなかったらしく、アジーンの見事な凹（ぼこ）られ具合と絶頂顔（アヘ）をまざまざと見せつけられて、あまりにも衝撃（ショック）を受けてしまったのか、

「姉御のバカあああ！」

と、泣きながら家出してしまったらしい。

これにはさすがにルーシーも珍しくしゅんとなって、リリンが大鎌（サイス）を得物に選んでもちょっかいをかけてはこなかった。

ともあれ、その後に人狼や同族の吸血鬼を使ったり、ルーシー自身が第六魔王国の各地を回ったりしてまで、しばらくの間、末妹の大々的な捜索を行ったわけだが、

「どうやら……男漁りをしているそうです」

そんな驚愕の報告がもたらされて、妹捜しはいったん打ち切りになった。

母たる真祖カミラは何かしら事情を知っているようだったが、娘たちにそれを話すことはついぞな

かった。だから、ルーシーも「馬鹿はお前の方だ」とこぼして、末妹を心配することもなくなった。

一方でリリンはというと、時折、月夜に魔王城から王国の方をぼんやりと見つめながら、「そうか。ラナンシーよ……お前は恋に生きることにしたのか」と呟いた。もっとも、そんなリリンの顔には、羨望とも、嫉妬とも、もしくは悲哀とも取れない複雑な感情が滲み出ていた。

何にしても、そろそろリリンも決断すべきときがきていた。

そんなタイミングで第六魔王国をちょうど訪ねる者たちがいた――

第三魔王こと邪竜ファフニールとその義娘の海竜ラハブだ。真祖トマトの解禁日ということで竜人化して遊びに来たわけだが、このとき二人は珍しい者を連れてきた。

その者は王国の料理人だった。どうやら『竜の巣』が繁殖期で、大蜥蜴（バジリスク）たちが餌を求めて活動的になったので、それらを宥（なだ）める為に近郊に所領を持つ王国の貴族が第三魔王国に食料と共に遣わしてきたそうだが……当然、邪竜ファフニールは爪先でその者をつまんで丸呑みしようとした。

だが、その料理人は必死になって邪竜ファフニールの口もとで説得を試みた。曰く、「人族や亜人族を丸呑みするよりも、よほど美味しいものがある」、と。

そして、邪竜ファフニールはともかく、義娘の海竜ラハブになぜか気に入られて、こうしてルーシーに自慢する為に第六魔王国に連れてこられたという経緯のようだった。

「それでは皆様。どうぞ、お召し上がりくださいませ」

その料理人は文字通りに命を賭けた、生涯最高のフルコースを全員に提供した。

「…………」

もっとも、真祖カミラも、ルーシーも、その料理に対して眉一つ動かさなかった。

邪竜ファフニールも生肉や真祖トマトを丸かじりする方が、よほど手間がかからなくてよいらしく、結局のところ、海竜ラハブだけが「なかなか美味いのになあ」と舌鼓を打っていたわけだが――

実はこのとき、リリンの人生が一変した。

「こ、これは……」

まさに天の啓示を受けたと言っていい。

とはいえ、リリンはこれら料理を称賛する言葉を持たなかった。どう評すればいいのか、初めての口内での味の競演をしっかりと言語化して伝えることさえ覚束なかったわけだ。

「…………」

だから、真祖カミラやルーシーと同様に、リリンも何もコメント出来なかったのだが、その一方でリリンはこの奥深い世界に飛び込みたいと感じていた。

この味を自ら再現してみたかった。他にも料理があるというのなら挑んでみたかった。何より、ぴくりとも表情を動かさなかった母や姉を自分の料理で動じさせてみたかった。

末妹が誰かに恋をしたというなら、リリンは料理に焦がれてしまったのだ。

これまで魔王城とその周辺ぐらいしかろくに知らなかったリリンの世界はこのときに一気に広がっていった。

「外に出たい……王国に行ってみたい」

こうして邪竜ファフニールたちが帰った後に、リリンはついに決断した――

魔族は基本的に食事をしないので、料理を学ぶとしたら人族か亜人族を頼らなくてはいけない。王国の領地に潜んで暮らす場合、お金を持っていかないと生活もろくに出来ないだろう。

だから、行き掛けの駄賃というわけではなかったが、その晩、リリンは人狼メイドたちの目を盗んで、魔王城の宝物庫にこっそりと忍び込んだ。

が。

真祖カミラにあっけなく見つかってしまった。

「ねえ、リリン。貴女（あなた）……なぜこんなところで、金銀財宝に手を付けようとしているのかしら？」

「こ、これから……王国に行きます」

「どうして？」

リリンは振り向いて、真祖カミラを真っ直ぐに見据えた。

「料理を学びたいのです」

「そんなものを学んで、いったいどうしたいのよ？」

「当然、料理を作るのです。これはぼくにとっての闘いです」

「じゃあ、もう一つの大事な戦いからは逃げるつもりということかしら？」

長女のルーシーと戦うことから逃げるのかと、真祖カミラは鋭い視線でリリンを貫いてきた。

リリンはそれをあえて真正面で受け止めた。もしかしたらルーシーの方がリリンより料理に関しても才能があるかもしれない。だが、それでもいい。たとえルーシーに負けたとしても、リリンにとって納得出来るものを作りたい。ただ、がむしゃらに美味しいものを目指したい。そして、いつかは頂上にだって手をかけてみたい。

その結果として、母カミラや長女ルーシー、あるいは出奔した末妹や執事のアジーンが少しでも笑みを浮かべてくれるのならば——それこそリリンにとっては誉（ほま）れになるに違いない。

「そうです。今、ぼくはここで逃げ出します。しかしながら、これは戦略的な撤退です。必ず反撃を仕掛けるつもりです。ただし、ぼくの戦場で、ぼくの戦い方で、ぼくなりにベストを尽くす形で——いつか母上様と姉上に向き合います」

リリンがそう言い切ると、真祖カミラは意外にも微笑を浮かべてくれた。

「それならば、今こそ第一真祖として命じます。悔いのない闘いをしなさい。それと……いってらっしゃい。体だけは大事にしなさいね」

「はい！　行ってきます、母上様！」

こうしてリリンもついに家出をした。

紆余曲折を経て、王国の貧民街(スラム)で魔女のモタと巡り合うのは、それからずいぶんと先のことになる。

追補03　健康診断

「セロ様？」

「どうしたんだい、ドゥ？」

「けんこうしんだんって……何ですか？」

ダークエルフの双子の付き人ドゥに聞かれて、セロは顎に片手をやった。

昨晩、唐突に人造人間（フランケンシュタイン）エメスから、「明日の午前中に健康診断を行います、終了（オーバー）」と告げられたのだ。どうやら今日の午前のうちに魔王城地下一階の空いた場所（スペース）で男性だけ、次いで午後にどこかの部屋を閉め切って女性のみで行う予定らしい。

セロはかつて王都で神学校に通っていた際に健康診断を受けていたから、それがどういうものなのかは理解していた。だが、当然のことながら、『迷いの森』で過ごしてきたダークエルフたちや、魔族であるルーシーたちは首を傾げるばかりだった。

それでも、エメスはそんな者たちに対してはっきりと言い切った——

「先日、セロ様は第六魔王国に防衛拠点が必要だと仰（おっしゃ）いました。防衛の為に重要なのは、当国の戦力をしっかりと把握することです。その為にも、健康診断が必要だと愚考いたします。終了（オーバー）」

セロとしては、本当に必要かなあと眉をひそめたわけだが……

何にしても、皆の健康状態を管理しておくことはたしかに魔王としても重要かもしれないと考え直した。

魔族は不死性を有しているとはいえ、それに胡坐をかいてどこかで精神異常などをもらったままにしていて、ろくに治療していない可能性だってある。同様に、長寿のダークエルフとはいっても、迷いの森は状態異常攻撃をしてくる植物系の魔物の巣窟だ。そこで受けた異常が何かをきっかけにして、他の者たちにも感染してパンデミックにでもなったら困る。

それにもしかしたら――人狼の執事アジーンや近衛長エークのあれな性癖だって、そんな異常の一種かもしれない。だから、今回の健康診断をきっかけにして直ってくれるならば……

と、セロはそんな微かな希望を託して、エメスによる健康診断を了承した。

というわけで、今はドゥと一緒に魔王城の地下へと下りようとしていたところで、ドゥから先ほどの質問を受けたわけだったが、

「そうだね。健康診断というのは、皆の健康状態を調べるものだよ」

「けんこうじょうたい?」

「うん。幾つか項目があってね。たとえば身長や体重、それから魔力経路の状態や、病気の有無なんかを確認するんだ」

「ほむほむ」

セロの簡単な説明で、どうやらドゥも納得してくれたようだ。

ちなみにドゥは女の子なので、本来ならば午後の健康診断を受ける身なのだが、セロが受けている間は暇になってしまうということで、今回はエメスの一時的な助手に任命された。

「だから、ドゥはその確認のお手伝いをすればいいだけだと思うよ」

「わかりましたです」

ドゥは「むふー」と鼻息を荒くした。どうやらやる気が出てきたらしい。

そういえば――と、セロはふいに思い出した。王国の大神殿で行われた健康診断で、セロは魔力（マナ）経路に障害があると判断された。そのおかげで法術がろくに使えないとみなされたわけだが、ルーシーの魔眼によってそれが見当違いだったことが分かった。

つまり、神学校時代の健康診断はかなり杜撰（ずさん）なものだったわけだ。今回の担当はエメスだから、さすがにいい加減なことはしないと思うが……はてさてどうなることやらとセロは短く息をついた。

そんなこんなで、セロとドゥは地下一階までやって来た。

すでにアジーンやエークを筆頭にして、近衛たち、あるいは建築や畑作業の手伝いをしてくれているダークエルフや吸血鬼たちも集まっている。

「ようこそお越しくださいました、セロ様。まずはこちらにどうぞ。終了（オーバー）」

まず、エメスは恭しくセロに着座を促した。どうやらセロの健診は最後のようだ。それまでは皆の測定を座って眺めていないといけないらしい……

これはしばらく退屈になりそうだなと、セロはまた息をついた。せいぜいドゥが頑張っている姿を応援しようかと、地下一階を見渡してみると、

「………」

セロはつい無言になった。

というのも、身長計で頭上に乗せるはずの横規がギロチンになっていたからだ。

より正確に言えば、その横規には無数の針が付いていた。しかも、普通の横規ではなく重りまで付

いている。要は、かなり高い地下一階の天井から重り付きの横規が自由落下してきて頭上に突き刺さる仕様になっているのだ。

それにもかかわらず、先頭のアジーンは起立板に乗って、背筋をピンと張ってから、

「ふんぬ！」

と、横規の針に耐えてみせた。

「身長は百九十二センチ、頭部の強度は良好。終了（オーバー）」

「…………」

セロはさらにあんぐりと口を開けた。

これは明らかにセロの知っている健康診断ではなかった。というか、むしろ健康を害する診断なのでは……？

「エメス……これはいったい、何をやっているのかな？」

「身長測定ですが？」

「いやいや、その針とか重りとかおかしいでしょ？」

だが、エメスは逆に何がおかしいのかと言わんばかりに首を傾げてみせた。

「時間には限りがありますので、頭部の強度もついでに測定しているのです。頭上は肉体の中でも鍛えにくい箇所ですから、セロ様の配下としては、この部位の鍛錬を疎（おろそ）かにしてはいけません。終了（オーバー）」

そんなエメスの言葉に皆がなぜか「うんうん」と肯いてみせる。

しかも、危険な身長測定は意外にも被害者を出すことなく、ダークエルフの近衛まで終えて、ついに一般のダークエルフたちの番になった。これはさすがにセロも止めさせようとした。

が。

「あれぐらい受け止められなければ——」

「そうだ。ここで働けないってことに違いない」

「よし！　やるぜ！　全て受け止めてみせるぜ！　近衛たちに負けてられるか！」

「今こそ、エーク様よりも、俺たちの方がずっとあれなんだってところを見せつけるときだ！」

そんなふうに「そうだそうだ」と意気揚々と起立板に乗っていくものだから、セロもついつい止める機会を逸してしまった。とはいえ、今度ばかりは早々に被害者が出た。頭部に針が突き刺さって、もんどりうったのだ。ただ、すぐにドゥが「えいや」とポーションを振りかけて、何とか事なきを得た。というか、ドゥの手伝いってこれなのか……

何にしても、この事態をもって、セロはやはり中止しようとしたわけだが……

「いやあ、頭にあるツボが刺激されて、良い感じで目が覚めたぜ！」

ダークエルフって……あれな人たちばかりなのかな？

と、セロは白々となりつつも、身長計被害者の会の面々をぼんやりと眺めることしか出来なかった。

もちろん、そんな危険な健診は身長計だけではなかった——体重計の天板もなぜか溶岩(マグマ)になっていたのだ。しかも、他にも乗ったら凍傷間違いなしの永久凍土になっていたり、天板の上だけ暴風が吹き晒していたり、あるいは硬そうな土の棘(とげ)が生えたりと、明らかにおかしなものばかりだった。

もっとも、先頭のアジーンは全く気にすることもなく、

「ふんぬ！」

と、全てに耐えてみせた。

「体重は八十八キロ。四属性耐性は良好。終了（オーバー）」

「……………」

セロはそろそろ文句を言うことを止めた。

というか、ここにきてセロもやっと気づいた――これは健康診断ではない。単なる拷問だ。

そりゃあアジーンやエークが喜々として先頭に並ぶわけだ。セロはやれやれと肩をすくめて、それ以降も続く、暗黒耐性視力試験とか、沈黙耐性聴覚試験とか、猛毒耐性血液検査とか、その他諸々のよく分からない実験とか、午前中一杯、そんなエメスの加虐趣味を散々見せつけられた。

「さて、これにて健康診断は以上です。残るはセロ様だけですが？」

「本当に……やるの？」

「もちろんです。ここにいる皆もセロ様がいかに強固な肉体と精神をお持ちなのか。その雄姿を拝見することを心待ちにしております。終了（オーバー）」

「……………」

セロは本日幾度目かの無言になった。

もっとも、地下一階に集まった皆だけでなく、エメスの助手を手伝ってきたドゥまでもがきらきらとした眼差しでもって見つめてくる。

「はいはい、分かったよ。やりますよ。でも、午後の健康診断はなしだからね」

当然だ。こんな拷問みたいな健康診断をドゥやディンに受けさせるわけにはいかない。

こうしてセロは自らを犠牲にしつつも、女性たちの身を守ったわけだが……さすがは第六魔王こと愚者セロ――全ての耐性において最高値を叩き出したのだった。

追補04　魔王城食堂

その日、セロは朝から「るんるん♪」と、珍しくスキップしていた。

付き人のダークエルフの双子ことドゥが驚いて、思わず一緒にスキップしてしまったくらいにセロは明らかに浮かれていた。理由は単純だ。ついに第六魔王国での料理が充実し始めたからだ。

魔族になってからというもの、食事はずっと真祖トマト丸かじりか、あとはせいぜい山菜や森の恵みなどを生でいただくしかなかった。人狼のメイドたちの調理といったら、『火の国』の岩塩をまぶすか、もしくは焼くか、煮るかといった程度で、人族出身のセロからすればおおよそ堪えられるものではなかった。

たしかに、魔族は大気中の魔力(マナ)を魔核に取り込むことによって、人族や亜人族のように食事をする必要がないとはいえ、長らく習慣としてきたものは早々には変えられない……

「これは……王国北の領都にでもお忍びで行くしかないかな」

セロもそんな悲愴な嘆きを幾度かこぼすほどだったが――

「あ、セロ様。おはようございます！」

魔王城一階の入口広間に来たところで、セロは屍喰鬼(グール)のフィーアから声をかけられた。どうやら魔王城二階の空室に溜め込んである食材を取りに来たらしい。

セロから直々に第六魔王国の料理長に任命されたフィーアだったが、現在は温泉宿泊施設でその腕を振るっている。というのも、真祖カミラ統治時代から人狼のメイド長チェトリエがずっと調理担当を務めてきたこともあって、容易に異動させるわけにはいかなかった上に、今もまだ温泉宿には宿泊客が残っているので、セロとしては自分よりも他者へのおもてなしを優先した格好だ。

そうはいっても、さすがにチェトリエはしっかり者で、夢魔(サキュバス)のリリンと一緒になってフィーアに弟子入りして料理修業に励んでくれている。だから、セロも朝食は魔王城で取って、昼夜はその日の気分で決めている——

「おはよう、フィーア……そうそう、今日もランチは温泉宿で取るからよろしくね」

「はい。畏まりました。それでは、腕によりをかけてお作りいたしますね」

「ありがとう。ところで、今日のランチメニューは何なのかな?」

「そうですね。ハンバ——」

と言いかけたところで、フィーアはわざと「うふふ」と笑ってごまかした。

セロの好きな料理がハンバーグだと、魔女のモタから聞いていたので、それを早速作る予定だったのだが、ここはサプライズした方がいいだろうと判断したのだ。

もっとも、セロはすぐに感づいた。

そして、涎(よだれ)がじゅるりと垂れそうになったので、片手で顎のあたりをごしごしと拭ってから、

「何にしても、楽しみにしているよ」

そう伝えて、またスキップしながら器用に大階段を上っていったのだった。

さて、そんな様子を魔王城一階の東棟に繋がる回廊からこっそりと目撃した者たちがいた。
ルーシーと、その付き人たるダークエルフの双子ディンだ。二人とも、セロが楽しそうにしているのを目の当たりにして、さぞかし喜んでいるのかと思いきや……

「ぐぬぬ……」

意外なことに、二人は下唇を噛んで悔しがっていた。

そう。ルーシーも、ディンも、屍喰鬼（グール）のフィーアに嫉妬していたのだ。というのも、最近、真祖カミラの私室に置いてあった雑誌にこんなことが書いてあったせいだ——夫婦円満の秘訣は旦那の胃袋を掴むことにあり、と。

もちろん、ルーシーはまだセロと正式には結ばれていないが、それでも良き同伴者（パートナー）を自称している。また、ディンもセロから「お兄さんと思ってくれていいよ」と認められていたが、当然のことながらその程度で満足したわけではない。

結果、ここで二人は結託することになった。

フィーアよりも美味しいものを作って、セロに食べてもらおうと考えたわけだ。

残念ながら、現在、第六魔王国で一番料理が上手いのはフィーアだから、さすがに彼女（ライバル）に教えを乞うわけにはいかない。それでも、カミラの私室には料理雑誌も置いてあって、なおかつルーシーも、ディンも、いわゆる天才肌だ。実際に、先日もルーシーはその雑誌だけを頼りに真祖トマトのスープを作ってセロに絶賛されている。

だから、このときルーシーは「ふむん」と小さく息をついた。

「ところでディンよ。先ほどフィーアがちらりと言いかけていたが、ハンバ——なる料理を貴女は知っているか？」

「いえ、ルーシー様。申し訳ありませんが、心当たりがありません」

ディンはそう言って、頭を横に振ってみせた。

幾ら博識なディンでも、それは仕方のないことだろう。そもそも、『迷いの森』での生活は過酷だ。だから、山菜や木の実が食べられれば良い方で、実際には食事を抜くことの方が多かった……

だから、ディンは知識を提供できない代わりに、ルーシーにアイデアを差し出した。

「もしかしたら……モタ様なら何か知っているかもしれませんよ」

こうして二人は温泉宿泊施設で客として、「ぐーすかぴー」と、見事な鼾をかいていたモタを叩き起こして、セロがかつて食べていたものを尋ねたわけだ。

「えー。セロの食べてたものー？」

「そうだ。駆け出し冒険者時代からの付き合いなのであろう？　何か知らないか？」

「んー。セロは好き嫌いなく何でも食べるよー」

「何でもでは困るのだ。何かないか？　よく食べていたものだ。思い出してほしい。たしか、ハンバ——なる食べ物だったはずだ」

ここでもし、ルーシーがモタに「好んで食べていたものだ」と聞いていたなら、モタもフィーアに教えたように「そりゃあ、ハンバーグだよー」と答えたことだろう。

だが、ルーシーは「よく食べていたものだ」と言ってしまった。ここでちょっとした言葉の掛け違いが起こった。というのも、駆け出し冒険者時代からセロは燻製肉を山菜と一緒に硬いパンに挟んでキャンプ時によく食べていたのだ——そう、いわゆるハンバーガーだ。

そんなわけで、モタも眠気眼をごしごしと擦りつつも、

「あー。そうだった。そいや、セロは野営のキャンプとかでね——」

と、ちょっとばかし違うものを教えてしまったわけだ。


「それでは、ディンよ。ハンバーガーを作るぞ」

「はい、ルーシー様……ところで、このハンバーガーなる食べ物なのですが……」

「うむ。そうだな。何というか……あまりに手軽に過ぎるな」

それも当然だろう。

燻製肉はアジーンの執務室にある秘蔵肉コレクションから有無を言わさずにアジーンを二人で凹ってかっぱらってきたし、山菜は朝食に出されたもので、またパンとてハーフリングの商隊から仕入れたばかりだ。あとはそれらをただ挟むだけ——料理というのにはあまりにお粗末すぎて、先日作ったトマトスープの方がよほど凝っていたように思える。

だから、ルーシーは恐る恐るといったふうに、

「ふむ。とりあえず味見をしてみるか……おや、レシピ通りに作ってみたがやはりインパクトが足りないな。手料理となると、もう一捻り欲しいところか」

何だか以前もどこかで聞いたようなメシマズ嫁のセリフではあったが、そこはさすがに天才肌——

そう言ってルーシーとディンは、調理場に戻っていく。

そして、わずか数分後。

「そうだ。あれをかけてみよう」

ルーシーは、ぽんと手を叩いて、例によってとある赤いものを調理場に持ち込んできた。

そんなこんなで昼食時はすぐにやって来て、ハンバーガーは運ぶのも簡単ということで、ルーシーとディンは温泉宿泊施設の一階宴会場を訪れていた。

そして、セロがハンバーグに舌鼓を打っているのを見て、すぐに自分たちの過ちに気づいた。

何せ、ステーキとサンドウィッチほどに違うのだ。これはしくじったかなと、ルーシーも珍しく涙目になったわけだが、それでもせっかく作ったのだし、携帯食としてどこかで間食してもらうのも悪くはないかなと、ルーシーはとりあえずセロに渡すだけ渡してみた。

「お腹の空いたときで構わない。がんばって作ってみた。どうか食べてみてくれ」

そんなルーシーの健気さこそが最良のスパイスになったのか――

セロはハンバーグを食べるのをいったん中断してまで、手渡されたハンバーガーにかぶりついた。

「美味しい！　やっぱりルーシーは料理が上手いね。フィーアにも劣らないよ！　……え？　ディンも手伝ってくれたの？　いやあ……第六魔王国の未来は明るいなあ」

主食も肉、主菜も肉ときて、まさに肉尽くしだったわけだが、セロはがつがつと食べた。

そう。ここにきてゴライアス様の血反吐という名のケチャップの真価が発揮されたわけだ。フィーアの作ったハンバーグはたしかに美味だったが、それはあくまでもプロの料理らしく完成度の高さが売りだった。

一方で、ルーシーとディンが作ったハンバーガーは軽食にしてはかなりインパクトがあった。何せ新鮮な血反吐が生でかかっているのだ。駆け出し冒険者時代によくハンバーガーを食べていたセロからしても、まさに未知の美味しさだったのだ。

「これからもよろしく頼むよ」

セロはルーシーとディンを労(ねぎら)った。

報われたルーシーとディンがその後も料理に力を入れたことは言うまでもない。

ちなみに後々、第六魔王国には二つのグルメがあると評判になった。一つは温泉宿で出される食事、もう一つは魔王城食堂なるところで提供される隠しメニューである。もっとも、その食堂の調理場にはなぜか人狼のメイドたちでなく、吸血鬼とダークエルフが立っていたことはあまり知られていない。

追補05　土竜ゴライアス様の憂鬱

　最近、セロがスキップしなくなったなと、付き人でダークエルフの双子のドゥは首を傾げた。

　毎日のように料理に舌鼓を打っていることから、料理が原因ではないはずだ。とはいえ、ここのところセロはなぜか食事中に顔を曇らせることが多い……

　特に、温泉宿泊施設の宴会場で屍喰鬼（グール）のフィーアが作ったものを食べるときではなく、魔王城二階の食堂でそういう表情を見せるものだから、皆も困り果てるしかなかった。実際に、食堂の料理が不味いのかといえば、決してそんなことはない。たしかにフィーアほどとは言えないが、最近の食堂のレベルは格段に上がってきているのだ。

　はてさて、これはいったいどういうことなのか？

　と、ドゥまで「むう」と困り顔をしていると、食事を終えたばかりのルーシーがセロに声をかけた。

「いったい、どうしたというのだ？　食堂の料理が気に喰わなかったのか？」

「いやいや、そんなことはないよ。とても美味しいよ」

「そうか。しかし、食べているときは、どうにも困ったような表情を浮かべていたぞ？」

「まあ……そりゃあね……」

　セロが珍しく言葉を濁したので、ルーシーは腰に手を当てて怒りを露わにしながら、

「はっきりとするのだ、セロよ。魔王たる者、常に堂々としていなくてはいけないものだぞ」

そんなふうに叱責したものだから、セロは「はあ」と大きく息をついてみせた。

「だって、この料理も、あの料理も、その料理もさ――」

セロはそこで言葉を切ると、心中で溜まっていたものを吐き出した。

「全部、ゴライアス様の血反吐が使われているじゃないか」

「だからどうした？」

「血反吐だよ。血、反、吐。その意味が分かっている？」

「うむ。とても美味しいではないか？」

「……………」

セロはつい沈黙した。

周囲を見るも、ドゥも、ルーシーの付き人たるディンも、あるいは食堂にいた人狼メイドたちも、いったい何が悪いのかといった表情を浮かべている。

だから、セロはここぞとばかりに力説するしかなかった――

「料理に血反吐、トマト畑の肥料も血反吐、温泉の赤湯まで血反吐、しかも最近は魔王城内に上下水道管が通ってきたけどさ、そこにもやっぱり血反吐。それにこないだなんか、美味しいトマトジュースかと思ったら新鮮な血反吐。そう、何もかもが血反吐だよ。おかしいでしょ？」

だが、ルーシーは頭を左右に九十度ほどきれいに傾げて、「なるほど」と呟いてから、ぽんっと手を叩いた。

「つまり、セロは土竜ゴライアス様の心配をしているのだな？　血反吐を出し過ぎだと？」

「うーっ！」

セロは子供みたいに地団太を踏みそうになったが……

ともあれ、血反吐の大量使用のおかしさに加えて、これほどに血を吐きっぱなしなゴライアス様のこともたしかに心配ではあったので、再度「はあ」と息をついてから、

「まあ……そういうことでいいよ」

と、項垂れつつも結論付けた。

すると、ルーシーがさりげなく提案してきた。

「それでは、これからゴライアス様のもとに向かうとするか？」

「……え？」

「ゴライアス様が気になるのだろう。善は急げだ。うじうじするぐらいならば、さっさと行ってみた方がいい」

「ええと……約束もなしに勝手に行っちゃって大丈夫なの？」

「問題ない。そもそも、ゴライアス様には『竜眼』がある。妾(わらわ)たちの考えている程度のことなど、とうにお見通しだ」

その言葉にセロは首を傾げるしかなかったのだが……

とにもかくにも以前と同様に、岩山の坂の途上で認識阻害によって隠してある扉を開いて、二人きりで地底湖まで下りていくことにした。

もちろん、セロはドゥやディンなども誘ってみたが、さすがに土地神として今も信奉していることもあってか、ディン曰く「あまりに畏れ多いことです」というわけで、結局、一緒に来てはくれなかった。おかげで、ダークエルフの近衛たちも、付き人もおらず、久しぶりに二人きりで城外を散策

することになった。

地底湖へと続く通路は暗がりなので、ルーシーがセロにしな垂れて甘えてくる。

こういうルーシーの態度は珍しいので、セロもまんざらではなかった。当初はゴライアス様のもとに来るつもりなどなかったのだが、こういうことなら定期的に来てみてもいいかなと思ったぐらいだ。なかなか現金なものである。

もっとも、地底湖に着くと、セロは驚きを隠せなかった。

「こ、これは――？」

というのも、そこには巨山のようなゴライアス様がいなかったからだ。

……

…………

……………………

もしや、血反吐の出し過ぎでゴライアス様に何かあったのか？

と、セロが心配していると、ルーシーが目聡（めざと）く洞穴の奥を指差した。そこには何者かがごろんと不貞腐れたようにして寝ていた。

「も、もしかして……ゴライアス様？」

セロは目を細めた。

遠くで横になっているのは明らかに人だった。

だが、その魔力（マナ）の波長は以前、この場所で戦った唯一無二の存在たる強大な土竜のもので間違いなかった。これはいったい如何（いか）に？　と、セロが戸惑っていたら、ルーシーが補足してくれた。

「もしや……セロは竜人を知らないのか？」

「竜人？」

「そうだ。竜神の掛け言葉でもあるな」

「へえ。竜人と竜神か……」

「ふむん。そもそも、四竜はこの世界では神に等しい存在だ。所詮、人族の信奉する神など、偽神に過ぎないからな」

もちろん、セロは王国の元聖職者だったので、その言い分に反論したかったが、とりあえずルーシーに話の先を促した。

「それに加えて、妾たち魔族はもとより神を持たない。その代わりに魔王を頂きに抱いて信奉する。よって、最も強い魔王が魔神の如き存在とみなされる」

「ふうん。なるほどね。それで……肝心の竜人というのは？」

「うむ。少しばかり話が逸れてしまったが——あそこにおられるのが竜人となった土竜ゴライアス様だ。要は、人型になったお姿というわけだ」

セロとルーシーは並んで進んだ。

さすがに相手は神様だから、礼を尽くして近づこうかとも思ったが、当のゴライアス様はというと、寝転びながらぽりぽりとお尻を掻いて、「ふ、あああ」と欠伸(あくび)までしてみせる。まるでモタみたいにぐーたらした姿だったので、セロにはどうしても敬意を抱くことが出来なかった……

「ふむ。やっと我(われ)のもとに来たのか。ずいぶんと遅かったな」

「……はあ」

セロとしては戸惑いの声をこぼすしかなかった。

遅かったなと責められても、もとより来る予定はなかったのだ。だから、こんなふうに不貞腐れた態度を取られるような謂れがセロには全くもってなかった。

するとこれまたルーシーが補足してくれた。

「先ほど竜眼の話をしただろう。妾たち魔族が魔眼を持っているように、竜族も竜眼を有している。それは魔眼よりもさらに優れていて、相対した人物の本質だけでなく、その未来まで見通せると謳われているのだ」

「ということは、ゴライアス様は以前、僕と相対したときに僕の未来まで見えていたってこと？」

「そういうことだ」

「つまり、今日、ここに来るのも分かっていたと？」

「おそらくな。もっとも、セロの到着が遅いと仰っていたことから、ご覧になった未来とは多少変化があったのやもしれない」

セロは「なるほどなあ」と感心した。さすがは土地神だ。

ここにきてやっとセロも改めて敬意を抱けるようになってきた。とはいえ、この地底湖に来たのはゴライアス様を信奉する為ではない。

「そういえば……ゴライアス様？」

「ふむ。どうしたのだ、愚者セロよ」

「口内は大丈夫ですか？ ずいぶんとひどいお怪我をされていたようですが？」

「ひどい？ はん。大したことなどなかったぞ。せいぜい口内炎で悩まされたぐらいだ」

そう言ってみせたので、セロは「ほっ」とした。実際に、地底湖はそれほど赤く染まってもいなかった。おそらく人型になっているのも、大量の血反吐を撒き散らさない為の配慮なのかもしれない……

「ところで、愚者セロよ」

そこで言葉を切ると、ゴライアス様は上体を起こして地面に胡坐をかいた。

そして、アイテムボックスから土で出来た杯を取り出して、それをぽいっとセロに投げて寄越す。

「こ、これは……？」

「聖杯だ。其方らの言葉でいうところの聖遺物の幾つか上の位――いわゆる神器だ」

「えええっ！」

さすがにセロもその重大さに驚いて、「おっとっと」と、聖杯を落としかけた。

「そんな大事なものをいったいなぜ？」

「ためしにその杯を傾けてみよ」

そう言われたので、セロは恐る恐る、聖杯を傾けてみた。

すると、聖杯から赤い液体がだらだらと落ちてきた――紛う方なく、血反吐だ。

「…………」

「そろそろ口内炎も治ってきたからな。そうはいっても、其方らの国は我の高貴な血で成り立っているようではないか。仕方がないからくれてやる」

「……あ、ありがとう……ございます」

セロにとっては全くもってありがたくなかったが、仕方ないので礼をぼそりと言った。

「それから、その杯は望んだものをこぼす」

「えええっ？」

血反吐のせいで気落ちしていたセロだったが、やはりその希少性を改めて認識して、「おっとっと」と、傾けた聖杯をまた落としかけた。

「ゴライアス様……そのう、望むものとはいったい――？」

セロは思わず「ごくり」と唾を飲み込んだ。

やはり聖杯というぐらいだから金銀財宝でも望めば、じゃらじゃらとこぼしてくれるのだろうか。

だとしたら、第六魔王国は今後一切、財政問題に悩まされることがなくなるかもしれない……

「ふむ。たとえば、甘いものをイメージして杯を傾けてみよ」

「はい」

「それは――スウィートな血反吐だ」

「…………」

「次に、苦いものをイメージせよ」

「は、はい」

「それは――ビターな血反吐だ」

「…………」

セロは目を閉じて天を仰いだ。

明らかに眼前にいる土竜に弄（もてあそ）ばれているような気がしたが、何はともあれ元聖職者の忍耐強さでもってゴライアス様の口内炎を増やすことだけは堪えてみせた。

もっとも、隣にいたルーシーはさっきから、

「これは凄いな、セロよ！　今後は様々な血反吐を飲み放題、食べ放題だぞ！」

と、珍しく、きゃっきゃとはしゃいでいた。

まあ、大切な同伴者(パートナー)のそんな可愛らしい姿を見られただけでも良しとするかと、セロは納得するしかなかった。

ちなみに、この聖杯はセロによって持ち帰られて、魔王城一階の修道院——そのセロ様像の掌中に収められて、第六魔王国に永遠の恵みをもたらすことになるのだが……当然のことながら、このときセロはどうやってこの杯を棄てようかと、ずっと頭を悩ませていたのだった。

追補06　火の国

以前にも記したが、大陸を代表する亜人族と言えば、エルフ、ダークエルフ、ドワーフ、それに蜥蜴人(リザードマン)の四種族がまず挙げられる。

もちろん、ハーフリング、犬人(コボルト)、虫人に魚人、また有翼族(ハーピー)や他の獣人などもいるにはいるのだが、気位の高さについては先の四者が抜けている。四竜こと――空竜ジズ、土竜ゴライアス、火竜サラマンドラや水竜レビヤタンの庇護、もしくは加護を受けているからだ。

もっとも、この四竜のうち、火竜と水竜の格は他の二体と比してやや落ちる。

というのも、古(いにしえ)の大戦にてそれぞれ倒されてしまったせいだ。だから、今の火竜は代替わりした竜であって、超越種のイモリがその役割を担って、改めて大きく成長した姿に当たる。

伝承では、そんなイモリが身を守る為に四方を山で囲んで、溶岩(マグマ)を垂れ流したのが現在の『火の国』の始まりで、もともと火に対して強い耐性を持ち、さらに錬成などを得意としたドワーフがその加護を求めて住み着いたとされる。

当然、竜の加護だけあって、セロの『導き手(コーチング)』同様にとても強力な身体強化(バフ)がかかるので、一般的にドワーフは近接戦闘だけならば人族や亜人族の中でも最強を誇ると謳われている。

とはいえ、ドワーフを語るときには必ず付いてまわる言葉がある。それは――火と酒だ。

火とは錬成のことで、ドワーフは山々に囲まれた陸の孤島に住んでいることもあって、独自の文化を生み出してきた。いわば、工芸品の刀や甲冑などで、王国では一風変わった芸術品として集める好事家が後を絶たない。

また、酒は説明不要だろうか。火の国の麦酒と言えば、真祖トマトと同様に、酒樽一つで商家が丸々買えるとまで言われる超高級品で、それほどに値が高くつくのには美味以外の他に、当然のことながら理由がある――

火の国が長らく鎖国政策を採り続けてきたせいだ。

そもそも、王国から火の国に行く為にはまず北の魔族領か、東の魔族領を通らないといけない。しかも、そんな危険な街道や砂漠を商隊で何とか突破した先には、火山の灼熱地帯が待ち受けている。

さらに、ドワーフはかなり気分屋で偏屈な種族なので、真っ当な人族の商人がやっとたどり着いたとしても、商いが出来るかどうかは全くもって分からない……

結局、火の国から出回ってくる商品というのは、ハーフリングたちが旅の過程でこつこつと信頼を勝ち取って、王国にわずかに流しているものだけというのが現状なのだ。

ただ、ドワーフは血気盛んな者が多い分、特に若者などは保守的な風土に嫌気が差すのか、

「そろそろ他種族と交易すべきではないか？　このままでは我らの技術は停滞する一方だぞ？」

と、多様性のなさから生じる、ドワーフ文化の硬直性に危機感を抱いていた。

その思想の代表者が族長の息子であるオッタだ。

年齢は百歳をとうに超えるのだが、人族の感覚からするとやっと二十歳を超えたばかり。成人して何かを成し遂げてみたいと、ちょうど意気込んでいる頃合いだ。

ちなみにドワーフの背丈はハーフリングとさして変わらない。ただし、筋骨隆々で、その風貌は男

女問わずよく似ていて、いわゆる落ち武者を想像するだけで事足りる。もっとも、オッタは族長の息子と分かるように、両頬に火竜の尾を描いた入れ墨がある。

そんなオッタが広場に集まっていた若者たちに壇上から問いかける。

「いつまで遥か昔の失敗にいじけて、固陋（ころう）な政策を採り続けるのだ？」

すると、広場からは「そうだ！」という雄叫びが上がった。

同時に、手も上がった。足も上がった。体もなぜか舞い上がった。つまり、皆がいきなり喧嘩を始めたのだ。

「我々、ドワーフは最強の戦闘種族！　魔王にだって対抗出来るはずだ！」

オッタがさらにけしかけると、広場では盛大な殴り合いになってしまった……

ともあれ、終始こうなのだ。ドワーフは基本的に酔っぱらいで、生まれたときから母乳の代わりに酒を飲むとまで言われている。それで健康的に育つのだから、やはり人族とは根本的に異なる種なのだろうが……何にせよ、そんなふうに酩酊したままなので、翌朝には何を議論していたのかさっぱりと忘れてしまって、

「そいや、昨日は何を話してたんだべ？」

「おめーの母ちゃんの足がくせえってことじゃなかんべかあ？」

「それで思い出したが……最近、山向こうに良い足湯を見つけたんだよ」

「マジか！　行くべ！　早速、遠征じゃあああ！」

こんなふうに二日酔いの刹那主義で生きているのがドワーフという種なのである。

が。

その日の晩のことだ――

「ありゃあ……なんじゃあああああ！」

「世界が終わる！　わしら全員、死んじまううううう！」

「こりゃあ、あれだべ……創世の神話に出てくる、世界の破滅ってやつじゃな」

「死ぬならせめて火のついたアルコールでも飲んでから逝くべ！」

ドワーフたちは皆、空を覆うばかりの『隕石（メテオフレイム）』を見た。

それが隣国である第六魔王国に落ちると、ドワーフたちにしては珍しく、老若男女問わずに全員が素面（しらふ）のままで広場に集まって、朝まで議論をぶつけてついに決を採った――

「第六魔王国に公式に訪問する！　我々は長らく鎖国してきたが、この一歩こそ、ドワーフ文明の新たな夜明けとして刻まれるだろう！」

オッタはそう声高々と宣言した。

隕石（メテオフレイム）の中からは珍しい土や鉄、あるいは未知の物質などが得られることもあって、そうした物が新たな技術革新に繋がるはずだと、ドワーフたちは公式訪問への熱烈な支持を打ち出したわけだ。

こうして二十人ほどからなるドワーフの外交使節団が様々な工芸品や酒樽などを担いで、大いなる期待を胸に、

「えいさ、ほいさ、よいやっさ！」

と、実に数百年ぶりに第六魔王国へと出発した。

もちろん、このときドワーフたちは知らなかった――大陸史上最大の経済戦争とまで謳われた、トマト通商貿易紛争の渦中に知らずのうちに飛び込んでしまっていたことなど。

あとがき

こんにちは、一路傍です。まずは拙作を手に取っていただき、本当にありがとうございます。ところで挨拶もそこそこに皆様にまた問いたいのですが――

カレーライスに福神漬けは付けますか？

なぜこんな問いかけをしたかと言いますと、前巻であとがきを刺身に付く菊の花にたとえたところ、知人から「むしろ、福神漬けみたいなものじゃね？」と指摘を受けまして、その言葉が喉奥に刺さった魚の小骨みたいに気になって、少しばかり考え込んでしまったのです。

そもそも、私はカレーに福神漬けを付けない派なので、その存在意義をあまり見出せません。しかし、前巻同様に食わず嫌いはいけないということで、福神漬けについても調べてみたところ――日本の一般的な漬物の一つで、大根など七種類の野菜を下漬けしていることから七福神になぞらえて命名されたもの、と出てきました。しかも、カレー以外に添えられることがほとんどなく、食べる機会が少ないとも……

なるほど。あとがきが福神漬けとは、言い得て妙なのかもしれません。実際にこのあとがきなるものもラノベ以外には付きません。小説の単行本にはありませんし、文庫だと普通は解説が付きます。見かけるとしたら学術書や新書ぐらいで、こちらは残念ながら小説ではありません。

というわけで、そんな事実を噛みしめながら私はカレーに福神漬けを添えて食べたわけですが……うん、意外に美味しい。何となくラノベのあとがきの味がします。やはり食わず嫌いはダメですね。

さて、またもやまえがきが長くなりましたが、今回も謝辞を述べさせてください。

拙作は二巻刊行にあたり、ＳＮＳにて「＃セロ様聞いて下さい」のタグで新規エピソードを募集させていただきました。その結果、本編追補の『健康診断』、『魔王城食堂』、『土竜ゴライアス様』及びブックウォーカー様の特典短編『夜明けの館で苦悩するパーティー』の執筆に至っております。ご応募くださった皆様、本当にありがとうございました。

私はまだひよっこ作家なので、皆様のご尽力によってやっと一人前になれます。こうした企画は次巻でも引き続き実施させていただきますので、その際もどうかお力添えくださいませ。

そうそう、特典といえば、皆様は奥付の「アンケートのお願い」はやっていらっしゃいますか？　アンケートにお答えいただくと特典ＳＳが読めるわけですが、今回は一風変わった趣向にしてあります。それこそちょっとした添え物になっていますからどうかお楽しみください。

最後に、投稿サイト掲載時に読んでくださった皆様、感想や応援コメントなどをくださった皆様、何より拙作を世に出す為に、校正、編集や営業等で尽力してくださったスタッフの方々、それといつも美麗なイラストを描いてくださるＮｏｙ先生、本当にありがとうございました。

日本の国民食と言っていいカレーライスみたいな作品を目指す！　と、豪語したいところですが、さすがにひよっこ作家には荷が重いので、せめてそんな人気作のそばにちょこんとあって、読者の皆様に七つの福をもたらすような作品になれればいいなあと祈っております。

こんな可笑しな作者ではありますが、今後とも、何卒、よろしくお願いいたします。

GC NOVELS

魔王スローライフを満喫する

勇者から「攻略無理」と言われたけど、そこはダンジョンじゃない。トマト畑だ

2

EVIL KING ENJOYS THE SLOW LIFE
VOL.TWO
ICHIROBOU PRESENTS
GC NOVELS

2023年9月7日　初版発行

著者　一路傍

イラスト　Noy

発行人　子安喜美子

編集　坂井譲

装丁　AFTERGLOW

印刷所　株式会社平河工業社

発行　株式会社マイクロマガジン社

URL:https://micromagazine.co.jp/

〒104-0041
東京都中央区新富1-3-7　ヨドコウビル
TEL 03-3206-1641 FAX 03-3551-1208(販売部)
TEL 03-3551-9563 FAX 03-3551-9565(編集部)

ISBN978-4-86716-453-2 C0093

本書は小説投稿サイト「小説家になろう」(https://syosetu.com/)に掲載されていたものを、加筆の上書籍化したものです。

ファンレター、作品のご感想をお待ちしています!

宛先　〒104-0041　東京都中央区新富1-3-7　ヨドコウビル
株式会社マイクロマガジン社　GCノベルズ編集部　「一路傍先生」係　「Noy先生」係

アンケートのお願い

二次元コードまたはURL(https://micromagazine.co.jp/me/)をご利用の上本書に関するアンケートにご協力ください。

■ご協力いただいた方全員に、書き下ろし特典をプレゼント!
■スマートフォンにも対応しています(一部対応していない機種もあります)。
■サイトへのアクセス、登録・メール送信の際にかかる通信費はご負担ください。